Freudsche Verbrechen

Eva Rossmann
Freudsche Verbrechen

Ein Mira-Valensky-Krimi

Folio Verlag

ISBN 3-85256-163-9

Lektorat: Franz Schuh

Erste Auflage 2001

Graphische Gestaltung: Dall'O & Freunde
Druckvorbereitung: Graphic Line, Bozen
Druck: Dipdruck, Bruneck

ISBN 3-85256-163-9

[1.]

Ich rührte ein Stück eiskalte Butter in die Fischsauce. Gismo sah interessiert zu. Der Duft des Branzino trieb mir das Wasser im Mund zusammen. „Du kriegst die Gräten", versprach ich meiner Katze.

Das Telefon läutete. Ein paar Beschäftigungen gibt es schon, bei denen ich nicht unterbrochen werden will. Eine davon ist Kochen. Ich ignorierte das Geklingel. An diesem Abend hatte ich mir Ruhe und ein gutes Essen verdient. Die Serie „So wohnen Österreichs Prominente" war abgeliefert. Meine gemütliche Küche hatte so gar nichts von dem bemühten Hochglanz, den ich in den meisten der Promi-Wohnungen gefunden hatte. Ob sie immer so lebten? Ob sie sich extra für meine Story Mühe gaben, ihre Wohnungen aussehen zu lassen wie Ausstellungskojen in einem Einrichtungshaus? Eigentlich war es mir egal. Als Lifestyle-Journalistin zu arbeiten hat Vorteile. Einer davon ist, dass sich die meisten Aufträge ohne allzu großes Engagement erledigen lassen.

Es läutete immer noch. Zwei Minuten, mehr nicht, schwor ich mir und nahm den Hörer ab.

„Ich bin's, Ulrike", klang es atemlos vom anderen Ende.

Ulrike? Ich konnte mich an keine Ulrike erinnern.

„Ja?"

„Ich weiß nicht, wer mir sonst helfen kann. Du musst kommen, sofort, du hast ja Erfahrung mit solchen Dingen."

Das brachte mich auch nicht weiter. Ich schwieg.

„Ulrike, deine Schulfreundin, wir haben uns beim Klassentreffen …"

Ulrike, mit der ich sogar einige Jahre in einer Bank gesessen war. In einem Mädchengymnasium, an das ich mich nicht mehr so genau erinnern wollte. Zwanzig Jahre Abstand. Daran konnte auch kein Klassentreffen etwas ändern.

„Bei uns liegt eine Tote. Und ich bin ganz allein. Die Polizei habe ich schon angerufen. Aber weil du ja mit den Volksmusik-Morden zu tun gehabt hast …"

„Wo ist das, bei ‚uns'?"

„Im Freud-Museum. Ich arbeite im Freud-Museum. Das habe ich dir ja erzählt."

„Wo ist das?"

„Du warst noch nie im Freud-Museum?"

Ich fand, es war nicht der Zeitpunkt, um über meine Bildungslücken zu diskutieren. Ich drehte die Gasflamme ab, stellte die Pfanne noch warm in den Kühlschrank, ignorierte Gismos beleidigten Blick und lief wenig später die acht Treppen von meiner Altbauwohnung nach unten. Eine Tote im Freud-Museum. Mein kleiner Fiat stand zum Glück nur ein paar Meter vom Hauseingang entfernt. Vor meinem inneren Auge sah ich eine Frau auf Freuds Couch liegen, mit leeren Augen, einer dramatischen Fülle von langem, rotem Haar, das sich mit dem Weinrot der Liege schlug, und einem Einschussloch mitten auf der Stirn. Ich sollte meine Phantasie zügeln. Es war viel wahrscheinlicher, dass eine alte Amerikanerin einen Herzanfall bekommen hatte. Egal, ich würde sehen, ob ich meiner Schulfreundin helfen konnte. Und wenn zu meiner Motivation auch etwas Sensationsgier und ein klein wenig berufliches Interesse gehörte, was war dabei? Mein schöner Branzino in eigener Sauce. Eigentlich war ich ja für ein bequemes, beschauliches Leben.

Ulrike erwartete mich schon am Eingangstor zum Museum.

„Ich habe es nicht mehr ausgehalten mit der Toten allein. Die Polizei ist noch immer nicht da. Und ich muss dich ohnehin hereinlassen. Das Tor ist zugesperrt, man kann natürlich auch mit der Gegensprechanlage öffnen, aber …"

Ich folgte meiner verstörten Schulfreundin in den ersten Stock. Ein gutbürgerliches Stiegenhaus, etwas eleganter als das in meinem Wohnhaus, aber durchaus vergleichbar. Sie schloss die Museumstüre auf.

„Sie liegt im Vorzimmer."

Ich sah mich um. „Wo?"

„Nicht im Museumsvorzimmer, in Freuds Vorzimmer. Komm."

Lindgrünes Holz, Bastbespannung an der abgewohnten Garderobe, einige Hüte und Mützen, ein Spazierstock. Der Raum sah aus, als hätte ihn Doktor Freud gerade eben für einen kurzen Besuch bei einem Patienten verlassen. Ulrike stand hinter mir und flüsterte: „Da ist sie." Auf dem ledernen Überseekoffer an der Schmalseite des Vorzimmers saß eine schlanke junge Frau in Jeans, einem blauen Sweatshirt und Turnschuhen. Sie schien auf ihn zu warten. Ihr Kopf war nach vorne gesunken, offenbar war ihr die Zeit zu lang geworden. Die blauen und grünen Teile des butzenscheibenartig zusammengesetzten Glasfensters hinter ihr zauberten Lichtreflexe auf ihren brünetten Pferdeschwanz. Die Arme lagen locker rechts und links vom Körper, sie schienen sie in ihrem Schlaf zu stützen. Neben ihr stand ein kleiner Rucksack, gelb und mit Sicherheit um Jahrzehnte jünger als das Vorzimmer.

„Sie ist sicher tot?" Ich flüsterte auch.

„Ich habe sie geschüttelt und dann habe ich gesehen, dass sie ganz blau am Hals ist. Und dann habe ich sie wieder hingelehnt. Und dann habe ich ..."

Ich ging ganz nahe zu der jungen toten Frau hin. Eine unwirkliche Szene. Teil einer Inszenierung. Erlebnismuseum. Heutzutage will man ja aus allem ein Erlebnis machen, egal ob im Schwimmbad, beim Essen, im Urlaub oder eben in einem Museum. Es fiel mir leicht, sie zu betrachten. Blaue Flecken am schlanken weißen Hals, erst dann sah ich ihre weit geöffneten Augen. Braune Augen wie aus Glas.

Mir wurde kalt, überdeutlich nahm ich wahr, wie sich an Rücken und Armen jedes kleine Härchen aufstellte. Der Eindruck des Unwirklichen war verschwunden. Realität war, dass diese junge Frau bis vor kurzem noch gelebt hatte.

„Wer ist sie?“

Ulrike zuckte die Schultern. „Keine Ahnung, ich habe sie, glaube ich, schon einmal im Museum gesehen, aber keine Ahnung, wer sie ist. In den letzten Tagen lief hier ein japanisches Kamerateam herum, und das war neben dem Normalbetrieb schwierig genug.“

Ich kramte nach einem Taschentuch und öffnete vorsichtig den Zippverschluss ihres Rucksacks.

„Das darfst du nicht“, protestierte Ulrike.

„Wir müssen wissen, wer sie ist. Wir müssen die Angehörigen verständigen. Wer weiß, wann die Polizei auftaucht.“ Vorsichtig sah ich mir das wenige, das sich im Rücksack befand, an. Ein Stadtplan. Sie war wohl keine Wienerin gewesen. Eine Haarbürste. Eine angebrochene Packung Taschentücher. Ein Lippenstift, der schon lange in dem Rucksack zu liegen schien. Keine Geldtasche. Kein Terminkalender. Kein Ausweis. Vorsichtig zog ich den Zipp wieder zu. „Du warst ganz allein, als du sie entdeckt hast?“

Ulrike lehnte in der Türe zum Museumsvorraum und ich bemerkte erst jetzt, wie bleich sie war. Ich führte sie nach draußen. „Können wir uns irgendwo hinsetzen?“

Sie deutete auf einen Nebenraum. Der Museumsshop. Sie ließ sich auf den Sessel hinter der Kassa fallen, ich zog mir den zweiten Sessel heran.

„Also“, begann sie, „wir haben hier im Shop Inventur gemacht. Wir sind länger geblieben als üblich. Zu dritt. Das Museum sperrt ja schon um fünf. Und als wir fertig waren, ist mir eingefallen, dass mich ein Student gebeten hatte, ein paar Seiten aus unserem Katalog für ihn zu kopieren. Also gingen die zwei anderen und ich versprach ihnen, die Schlussrunde zu machen. Ich habe kopiert und dann bin ich durch die Museumsräume gegangen. Und da habe ich sie gefunden.“

„Und mich gleich angerufen?“

„Nein, zuerst habe ich versucht, unsere Chefin zu erreichen. Aber sie war nicht da. Dann habe ich die Polizei angerufen und dann dich. Gefunden habe ich sie um 19 Uhr 44. Ich habe auf die Uhr gesehen, ich weiß, dass so etwas wichtig ist.“

Ich nickte. Keine Ahnung, ob das wichtig war. „Und es war niemand mehr im Museum? Niemand hatte die Chance, das Museum durch einen anderen Ausgang zu verlassen? Oder sich zu verstecken?“ Liebe Güte, vielleicht war der Mörder jetzt noch im Haus.

Aber Ulrike schüttelte den Kopf. „So groß ist das Museum nicht. Nach fünf ist jedenfalls niemand mehr gekommen. Kann sein, dass ein paar Besucher länger geblieben sind, weil wir noch da waren. Wir haben nicht darauf geachtet. Aber verstecken kann man sich hier fast nicht. Am ehesten noch in der Toilette, aber da habe ich nachgesehen. Und wir haben eine Alarmanlage, die auf Bewegungen reagiert. Ich habe sie für einige Minuten eingeschaltet. Nichts.“

Also war sie doch nicht so durcheinander. In der Schule war sie dafür berühmt gewesen, bei jeder Kleinigkeit die Nerven wegzuwerfen. Gut, Menschen verändern sich. Ich konnte nun nichts anderes tun, als mit ihr auf die Polizei zu warten.

„Gibt es irgendwo ein Fenster, das auf die Straße hinaus geht?“

Ulrike führte mich in einen anderen Ausstellungsraum. Bilder einer jungen Frau mit intelligentem, lebendigem Gesicht. „Anna Freud“, las ich. Durch die hohen Fenster sah ich auf die Berggasse.

„Ich habe einen Bekannten bei der Kriminalpolizei. Zuckerbrot. Er ist Leiter der Mordkommission. Ich rufe ihn an.“

Ein roter Renault, der mit quietschenden Bremsen in zweiter Spur hielt. Dahinter ein Golf Kabrio. Zu allem Überfluss auch noch schwarz. Den Typen, der aus dem Renault sprang, kannte ich. Zu prähistorischen Zeiten hatte ich ihn sogar einmal näher gekannt, jetzt arbeitete er als Kriminalreporter beim „Blatt“. Dem größten Sudelblatt, das es in unserem schönen Land gab. Der andere war eindeutig sein Fotograf. Der Ton der Türklingel ließ uns beide zusammenzucken. „Nicht aufmachen“, sagte ich, „die Medien sind vor der Polizei da.“ Ulrike sah mich fragend an. „Das ist üblich, sie hören den Polizeifunk ab. Und manchmal sind sie eben schneller. Da kommen sicher bald noch ein paar.“ Ich hatte Recht. Die nächsten drei Kollegen trafen gleichzeitig mit der Polizeitruppe ein. Der Dauerklingelton riss ab. Blaulichter, Blitzlichter, eine kurze, aber heftige Diskussion zwischen den Reportern und den Polizeibeamten. Dann wieder die Türklingel. Ulrike ging zur Gegensprechanlage.

„Polizei, Mordkommission. Sie haben uns angerufen. Bitte machen Sie auf."

„Ich will aber keine Medien."

„Die bleiben draußen. Versprochen."

Ulrike drückte auf den Summer. Wir gingen den Polizeibeamten entgegen.

Es war Zuckerbrots Kommission. Schon wollte ich erleichtert auf Zuckerbrot zugehen und ihm das wenige, das ich bisher wusste, erzählen. Da sah ich, wie sein Gesicht förmlich erstarrte. „Was machen Sie hier?"

„Ich bin eine Schulfreundin."

Er wandte sich an Ulrike. „Sie ist vom ‚Magazin'. Wissen Sie das?"

Ulrike sah ihn mit erhobenem Kinn an. „Ja. Und sie ist meine Schulfreundin. Und da Sie so lange nicht gekommen sind und ich ganz allein war, habe ich sie angerufen. Sie kennt sich ja aus mit Mord und solchen Sachen."

Zuckerbrot seufzte. „Zeigen Sie mir die Tote." Und zu mir gewandt: „Sie warten im Vorzimmer. Wenn Sie nicht gehen wollen. Was besser wäre."

„Die Tote liegt im Vorzimmer."

Zuckerbrot sah sich um.

„In Freuds Vorzimmer."

„Sie jedenfalls bleiben in diesem Vorzimmer."

„Also im Museumsvorzimmer", kommentierte Ulrike.

Offenbar hatte sie sich von ihrem Schock ganz gut erholt. Zuckerbrot dirigierte sein Team zum Tatort. Ich hatte die Tote ohnehin schon gesehen. Und seit meiner Story über das Leben und das Sterben der Stars der volkstümlichen Unterhaltungsmusik kannte ich mich aus mit der Spurensicherung. Die Prozedur würde lange dauern und jedenfalls für mich keinen unmittelbaren Sinn ergeben. Ich schlenderte durch die Räume. Viele Bilder von alten Männern. Oder sahen sie mit ihren steifen Krägen und ernsten Gesichtern älter aus, als sie waren? Bücher, Gruppenfotos. Sigmund Freud mit Frau, mit Kollegen. Würdig und mit weißem Bart. So, als hätte es einen jungen Sigmund Freud gar nicht gegeben. Warum nur wollte man sich immer an die alten Männer erinnern? Oder hatten sie sich als junge Männer bloß nicht bedeutend genug gefühlt, um ständig für Porträtfotos zu sitzen? Ich gebe zu, viel wusste ich nicht über Freud. Natürlich, er war „der Vater der Psychoanalyse" und es gab freudsche Versprecher und er musste als Jude in der Nazizeit fliehen. In dieser Wohnung also hatte er gelebt und gearbeitet. Heute war in dieser Wohnung eine junge Frau ermordet worden. Ein Zufall? Oder hatte jemand den Ort bewusst gewählt? Als eine Art psychoanalytischer Inszenierung vielleicht?

Besser, an das Nächstliegende zu denken. Ich sollte mit meinem Chefredakteur telefonieren. Mord im Freud-Museum. Allemal eine Doppelseite in unserer nächsten Ausgabe wert. Natürlich meldete er sich bereits nach dem zweiten Klingeln. Mobiltelefone waren für Menschen wie ihn erfunden worden.

„Aha, Sie sind wieder über einen Mord gestolpert", ließ er vernehmen. So als ob ich vor mich hin spazierte und dabei dauernd auf Leichen stieße.

„Meine Schulfreundin hat sich an die Volksmusikmorde erinnert."

„Lassen Sie mich morgen wissen, was es mit dem alten Freud und der jungen Toten auf sich hat." Das klang selbst für seine Verhältnisse übertrieben lässig. Schmierenschauspieler, der einen Chefredakteur mimt. Sicher war er in Gesellschaft. Wahrscheinlich in einem der Wiener In-Lokale. Ich dachte kurz an meinen Branzino. Keine Zeit für Hunger. Für Genuss schon gar nicht.

Ich setzte mich wieder in den Museumsshop und sah mich um. Bücher in hohen Regalen, in Deutsch, Englisch, Französisch. Einige wenige Souvenirs. Wer war die Tote? Gerade als ich aufstehen wollte, um ein paar der Bücher näher zu betrachten, kam Ulrike. „Ich soll auch warten."

„Was haben sie dich gefragt?"

„Das, was du mich auch schon gefragt hast. Außerdem habe ich ihnen eine Liste mit den Museumsmitarbeiterinnen gegeben. Sie wollen sie morgen vorladen. Und ich soll auch ins Präsidium."

Ulrike versuchte wieder, die Leiterin des Museums zu erreichen. Aber die hatte offenbar noch keinen Handy-Tick. Beim Vorsitzenden der Freud-Gesellschaft hatte sie mehr Glück. Aufgeregte Stimme am anderen Ende der Leitung. Nur zwanzig Minuten später war er da. Primarius für Hals-, Nasen- und Ohrenerkrankungen am Wiener Allgemeinen Krankenhaus. Offenbar mit einem Faible für die Psychoanalyse. Auf seinem Gebiet jedenfalls galt er als Koryphäe. Sein Museum, sein Freud, sein Mord. Er nahm das alles sehr persönlich. Zuckerbrot reagierte genervt und zog ihn von uns weg. „Wir hätten Sie ohnehin verständigt", versuchte er den Primararzt zu beruhigen. „Kannten Sie die Frau?" Wir lauschten. Keine Antwort. Wahrscheinlich hatte der Vorsitzende der Freud-Gesellschaft den Kopf geschüttelt. Sehen konnten wir ja von unserem Exil im Museumsshop aus nicht, was im Vorzimmer vorging.

Es dauerte geraume Zeit, bis die Tote abtransportiert wurde. Die Journalistenmeute auf der Straße wartete. Viel mehr als den üblichen Blechsarg und seine Träger würden sie nicht zu Gesicht bekommen. Da war ich im Vorteil. Und ich legte keinerlei Wert darauf, dass sie dahinter kamen. Die nächsten zwei Stunden lang durchsuchten Zuckerbrots Leute Raum für Raum des Museums. Groß war es ohnehin nicht. Gegen Mitternacht begannen sie den Tatort im Vorzimmer zu versiegeln. Der Protest des Primarius war unüberhörbar. „Denken Sie an unser Publikum. Wir können nicht sperren. So tragisch der Mord auch ist. Haben Sie nicht ohnehin schon alle Spuren? Ich bitte Sie, was macht das für ein Bild? ‚Freud-Museum wegen Mordes geschlossen.' Das darf nicht sein."

„Sie können den Rest aufsperren. Aber das Vorzimmer müssen wir uns morgen noch einmal genau ansehen. Sie wollen doch sicher, dass der Mord aufgeklärt wird?"

„Natürlich, aber ..."

„Was, aber?"

„Der Hauptteil des Museums ist ja nur durch den Vorraum zugänglich. Und die Toiletten auch."

„Tut mir Leid."

Zuckerbrot kam in den Museumsshop. „Sie beide können jetzt auch gehen."

Ich sah ihn an. „Mich wollen Sie gar nichts fragen?"

„Sie sind keine Zeugin."

Er hatte noch einen kleinen Wutanfall, als ich ihm von der Rucksack-Untersuchung erzählte. Ulrike schaltete die Alarmanlage ein und schloss ab.

„Sie fahren jetzt am besten heim, da können Sie wahrscheinlich am wenigsten anrichten", sagte Zuckerbrot zu mir, als wir alle gemeinsam die Treppe mit dem reich verzierten schmiedeeisernen Geländer hinuntergingen. Ich würde nun wohl doch meinen Kollegen begegnen.

Blitzlichtgewitter, ein paar erstaunte Ausrufe, als sie mich entdeckten. Gut, mein Chefredakteur hatte es also doch der Mühe wert gefunden, eine unserer Fotografinnen zu verständigen. Sie war die einzige Frau im Journalisten- und Fotografenpulk. Kriminalberichterstattung war immer noch weitgehend Männersache. Dass ihnen ausgerechnet eine Kollegin aus dem Lifestyle-Ressort zuvorgekommen war, schien einige von ihnen daher doppelt zu treffen. Und diesen Anblick hatte ich mir entgehen lassen wollen? Ich grinste triumphierend, winkte Zuckerbrot lässig zu und zog Ulrike um die nächste Straßenecke. „Komm, wir gehen was trinken."

Im neunten Bezirk kannte ich mich nicht gut aus. Aber schon fünfzig Meter weiter war ein kleines Kebab-Haus, das noch offen hatte. Die Wirtin kehrte den Boden. „Nur auf ein Glas", sagte ich, „wir haben es notwendig."

Sie lächelte. „Geht in Ordnung. Was wollen Sie?"

Wir bestellten zwei Achtel Rotwein. Er war besser, als ich befürchtet hatte. Ich fragte Ulrike noch einmal, wer die Tote sein könnte.

Sie schüttelte ratlos den Kopf.

„Was kann sie bei euch gewollt haben?"

„Na das Museum besichtigen. Es gibt Leute, die interessieren sich für das Freud-Museum. Allerdings sind wenige aus Wien darunter." Das war eindeutig gegen mich gerichtet.

„Ich wusste, dass es das Museum gibt. Aber ich war eben noch nie dort."

„Die meisten Besucher kommen aus dem Ausland. Aus den USA, aus England. Dort ist Freud ein Begriff und nicht bloß der freudsche Versprecher. Österreich und Psychoanalyse ... das sind nahezu Gegensätze."

„Also war sie aus dem Ausland?"

„Woher soll ich das wissen? Ich glaube allerdings, dass ich sie schon einmal bei uns gesehen habe."

„Gibt es Leute, die öfter kommen?"

„Ja, auch wenn du es nicht glaubst."

„Könnten deine Kolleginnen sie kennen?"

„Woher soll ich das wissen?" Sie seufzte.

Wir tranken und sahen durch die große Scheibe auf die Straße. Fast kein Verkehr mehr.

Plötzlich packte mich Ulrike beim Arm. „Sie kann in der Bibliothek gewesen sein."

„War Zuckerbrot dort?"

„Nein, ich bin in der Aufregung nicht auf die Idee gekommen. Sie ist nicht im Museumstrakt, sondern in der ehemaligen Privatwohnung Freuds. Und sie hat heute offen gehabt."

„Wir gehen zurück."

Zehn Minuten später schaltete Ulrike die Alarmanlage wieder aus und führte mich durch einen engen Gang in die Bibliothek. Bücher bis zur Decke und in der Mitte ein langer Tisch mit harten Sesseln. Kein Buch lag herum, kein Blatt Papier. Kahle Sauberkeit. Fehlanzeige.

Ulrike deutete auf einige gestapelte Bücher. „Das sind die Exemplare, die sich unsere Besucher zum Weiterlesen auf die Seite legen lassen. Jetzt müssten wir nur mehr wissen, falls sie da war, welches Buch sie gelesen hat und ob sie darin weiterlesen wollte."

„Und es gibt niemanden, der das weiß?"

„Diese Woche hat Tomas Dienst. Wenn die Bücher bloß hier in der Bibliothek gelesen werden, verlangen wir keinen Ausweis. Wir wissen nicht, wer da kommt und liest. Aber vielleicht hat er mit ihr geredet. Wir sind ja kein Massenbetrieb."

„Also weiß er, wer sie ist?"

„Keine Ahnung. Wir hatten bis heute das japanische Kamerateam, das hat uns ganz schön auf Trab gehalten."

„Ruf ihn an."

„Jetzt?"

„Meinst du, dass ihm ein Mord im Museum egal ist?" Ich streckte ihr mein Mobiltelefon entgegen. Sie blätterte in ihrem Telefonbuch und wählte. Tomas konnte sich erinnern, zwar nicht an einen Namen, aber an ihr Äußeres. Doch schon bei der Nationalität war er sich unsicher. Englischsprachig sei sie gewesen, vermutete er. Aber vielleicht sei er auch nur deshalb der Meinung, weil sie sich ein englischsprachiges Buch ausgeliehen habe. „Freud's Women". Da sei er sicher. Dann folgte ein wahres Feuerwerk an Fragen.

„Vielleicht eine Amerikanerin", sagte ich, als mir Ulrike das Telefon zurückgab.

„Nicht unbedingt. Viele lesen originalsprachige Bücher. Aber es kann schon sein."

Wir fanden den Band als drittobersten im Bücherstoß. Ich suchte wieder einmal nach einem Taschentuch, wickelte es um meine Hand und blätterte vorsichtig. Ich weiß nicht, was ich zu finden gehofft hatte. Enttäuscht wollte ich das Buch schon wieder zur Seite legen, als ich die Ecke eines eingelegten Zettels bemerkte. Mit spitzen Fingern schlug ich es auf der markierten Seite auf.

„Birkengasse 14" stand auf dem Zettel. Und darunter: „Birkengasse 14?" Und darunter noch einmal „Birkengasse 14" mit ein paar Schnörkeln. Als Abschluss gab es eine ganze Reihe von Fragezeichen. Wir sahen einander an.

„Der Zettel kann schon lange im Buch liegen", meinte Ulrike.

Ich konnte sie dennoch nicht davon abhalten, Zuckerbrot jetzt und auf der Stelle von unserem Fund zu erzählen. Morgen früh wäre mir früh genug erschienen. Ausnahmsweise war Zuckerbrot einer

Meinung mit mir. Er versprach, sich die Sache morgen anzusehen und gab Ulrike den Auftrag, bis zu seinem Eintreffen niemanden in die Bibliothek zu lassen. Das hatte sie davon.

Ich brachte Ulrike heim und sah im Stadtplan nach. Birkengasse, eine Gasse in Währing, einem der Bezirke am nordwestlichen Stadtrand, mit immer mehr Grün, je näher man der Stadtgrenze und dem Wienerwald kam. Wenigstens ansehen wollte ich mir das Haus mit dieser Adresse.

Die Birkengasse war eine ruhige, schmale Wohnstraße, links und rechts vollgeparkt mit Autos. Die Straßenlaternen warfen ein mildes Licht auf die hohen Bäume vor den Bürgerhäusern. Drei-, vierstöckige Gebäude, meist von einem kleinen Garten umgeben. Dahinter lagen die Ausläufer des Erzherzog-Karl-Parks. Eine gute Wohnadresse. Vor einigen Jahren hatte ich in dieser Gegend eine Mietwohnung besichtigt. Sie war mir dann aber doch zu teuer gewesen. Birkengasse 14. Ich hielt in zweiter Spur und stieg aus. Ein dreistöckiges Gebäude, gelb verputzt. Ein gepflegter Vorgarten mit einem Beet voller Frühlingsblumen, ein grün gestrichener Metallzaun mit einem großen Tor vor der Garageneinfahrt und einer kleineren Tür, von der ein gepflasterter Weg zum Hauseingang führte. Alles strahlte Wohlstand und Sauberkeit aus. Das Garagentor war geschlossen. Längst waren die Bewohner des Hauses heimgekommen. Kein Mensch zu sehen. Auf dem Mülleimer hinter dem Zaun saß eine große rote Katze mit dickem Kopf. Ich lockte sie und sie starrte mich unbewegt an. Es war ein milder Abend für Mitte April, gerade richtig für einen abenteuerlustigen Kater. Ich drehte an dem Türknopf der kleinen Gartentüre. Sie war versperrt. Diskret eingelassen in einem gemauerten Pfeiler ein Klingelbrett mit Namen. „Rosa Nawratil" stand da. Der ursprüngliche Name daneben war mit „Fallada+Zitz+Mayer" überklebt. Offenbar eine Wohngemeinschaft, wahrscheinlich Studenten. Vielleicht hatte die Tote eine Wohnung gesucht? Ich las weiter: „Mag. Obermüller", „Fam. Fleischmann" und dann, doppelt so groß wie die anderen Schilder, „Ministerialrat Bernkopf". Der Herr Ministerialrat hatte also, wenn ich rechnen konnte, gleich zwei Wohnungen.

Im Erdgeschoss brannte noch Licht, sonst waren alle Fenster dunkel. Kein Wunder, es war halb zwei in der Nacht. Über dem Hauseingang prangte ein Löwenkopf mit aufgerissenem Maul, die hohen Fenster waren mit glatten Stuckwülsten verziert. Der Kater sprang geräuschvoll von der Mülltonne auf einen umgedrehten Metalleimer. Ich zuckte zusammen. Was wollte ich hier? Höchste Zeit, heimzufahren.

Morgen würde ich die Leute aus der Wohngemeinschaft fragen, ob jemand von ihnen den Zettel im Freud-Buch vergessen hatte. Oder ob sie eine junge Frau kannten, die vielleicht ein Zimmer gesucht hatte. Und dann würde ich meine Story schreiben und damit Ende. Mehr konnte ich zur Aufklärung des Mordes im Freud-Museum nicht beitragen. Dafür war schließlich die Polizei zuständig, Zuckerbrots fleißige Mordkommission. Auch wenn sie heute Abend ganz schön lange gebraucht hatte, bis sie am Tatort erschienen war.

Am kommenden Wochenende sollte der Tanzpalast eröffnet werden. Das waren meine Geschichten. Ein riesiges Tanzlokal, in das niemand unter fünfunddreißig eingelassen werden sollte. Eine Marktlücke, mit Sicherheit. Da beinahe die gesamte Prominenz und erst recht die Schickimickis von Wien das Zulassungsalter schon überschritten hatten, würde die Eröffnungsparty zu einem unvermeidlichen Objekt meiner Berichterstattung werden. Man denke sich bloß: Der ehemalige Bürgermeister, Burgtheaterschauspielerinnen, die Gattin des größten Wurstfabrikanten und jede Menge Menschen, die nach Publicity gierten, auf einer Tanzfläche.

Leider aber war ich neugierig. Wer, verdammt noch einmal, war die Tote in Freuds Vorzimmer?

[2.]

Mein Herz raste. Ich schreckte aus dem Schlaf auf. Die Beine waren verkrampft. Es ist nichts, Mira, sagte ich mir, gar nichts. Ich war schweißgebadet. Der Radiowecker stand auf 4 Uhr 55. Durchatmen. Das war kein Herzanfall, ich war viel zu jung für einen Herzanfall. Aber das Herz klopfte immer schneller. Und die Beine waren vor Anspannung fast gelähmt. Wenn es dich jetzt erwischt, wird es Tage dauern, bis dich jemand findet. Ruhig durchatmen. Ich kannte das ja schon und noch nie war ernstlich etwas passiert. Und die Zeit war auch immer dieselbe: fünf Uhr in der Früh. Durchatmen. Und aufstehen. Auf und ab gehen, bis das Herz wieder normal schlägt.

Ich kletterte vorsichtig aus dem Bett, jeden Moment gewärtig, dass ich zusammenbrechen könnte, dass die Beine nachgeben, dass das Herz von hundert auf null geht, dass mir eine Ader im Hirn platzt und vor meinen Augen alles schwarz wird.

Ich tappte zitternd ins Wohnzimmer und nahm einen großen Schluck aus der Whiskey-Flasche. Mein Lieblingswhiskey, irischer Jameson. Ich ging im Licht der ersten Dämmerung im Zimmer umher, noch immer mit heftig schlagendem Herzen. Ich sah aus dem Fenster um mich abzulenken. Dass um diese Uhrzeit schon Menschen auf der Straße waren ... Ich nahm noch einen Schluck. Warm rann mir der Whiskey in den Magen. Ich entspannte mich allmählich. Warum hatte ich das, was ich „meinen Zustand“ nannte, ausgerechnet heute Nacht wieder bekommen? Die Tote im Freud-

Museum. Wahrscheinlich. Aber ich hatte gar nicht den Eindruck gehabt, dass mich die Sache sonderlich aufgeregt hätte. Ich war doch robust, konnte leicht mit etwas fertig werden. Und so wollte ich auch weiterhin erscheinen. 39 Jahre alt, Single, mit langem schwarzen Haar, einen Meter zweiundsiebzig, vierundsiebzig – manchmal auch sechsundsiebzig, aber das ging ja niemanden was an – Kilo schwer. Immer bereit für einen Scherz, ein gutes Essen und mit einem Faible für die Verlockungen der Umgebung von Venedig. Das war ich, nicht dieses bibbernde Elend um fünf Uhr morgens.

Ich drückte meine Stirn an die Scheibe. Das Zittern ließ langsam nach. Irgendwann würde ich zum Arzt gehen. Meine Skepsis gegenüber Ärzten war ungebrochen. Und außerdem wollte ich lieber nicht so genau wissen, welche Krankheiten ich vielleicht hatte. Nichts hast du, Mira. Du hast in letzter Zeit viel gearbeitet und heute zu wenig geschlafen. Und da war die Tote mit dem brünetten Pferdeschwanz.

Ich ließ mich auf einen Sessel fallen. Alles in Ordnung. Herz wieder normal, das letzte Zittern würde nach einem weiteren Schluck Whiskey vergehen. Ich kroch ins Bett und las. Die Augen wurden mir schwer. Und während draußen endgültig der Tag anbrach, schlief ich bei brennender Nachttischlampe über meinem Buch ein.

Gegen zehn betrachtete ich mein Gesicht im Spiegel. Tränensäcke unter den Augen, ein roter Fleck links unter der Nase. Ich fühlte mich wie gerädert und sah auch so aus. Ich streckte meinem Spiegelbild die Zunge heraus. Manchmal half das, aber nicht heute. Gismo schmierte um meine Beine, am liebsten hätte ich sie weggetreten.

Als Wiedergutmachung für meine aggressive Laune fütterte ich sie noch bevor ich meine vollautomatische Kaffeemaschine einschaltete.

Ich rief in der Redaktion an und sagte, ich sei bis Mittag auf Recherchen. Als ich gerade wieder ins Badezimmer schlurfen wollte, läutete es an der Tür, unmittelbar danach wurde aufgesperrt.

Vesna sah mich aufmerksam an. „Du siehst nicht gut aus, Mira Valensky“, sagte sie mit einem strafenden Unterton.

„Ich fühle mich auch nicht gut“, sagte ich zu meiner Putzfrau und fühlte mich schon etwas besser. Hätte ich doch einen Herzanfall gehabt, wäre ich immerhin schon am nächsten Morgen gefunden worden.

„Lange Nacht?“

„Zuerst eine Tote im Freud-Museum. Und dann konnte ich nicht schlafen.“

Vesna nickte weise. „Das macht der Tod.“

Ja, allgemein betrachtet war das schon richtig.

Und dann hatte ich ohnehin keine Zeit mehr, mir Leid zu tun. Denn Vesna ließ nicht locker, bevor sie nicht alle Details über den Mord im Museum erfahren hatte. Vesna war im Gegensatz zu mir die geborene Abenteurerin. Ohne sie hätte ich die eine oder andere meiner Recherchen nicht so glimpflich überstanden. Aber das wusste sie ohnedies.

„Du brauchst mich“, sagte Vesna, „ohne mich wirst du das nicht schaffen. Das ist ein komplizierter Fall. Mit Psyche.“

„Ich werde gar nichts schaffen, dafür ist die Polizei zuständig. Niemand kann in diesem Fall leugnen, dass es Mord war. Und sie ermitteln. Und ich schreibe meine Story und damit Schluss.“

„Ich kenne dich gar nicht, Mira Valensky“, erwiderte Vesna mit schmalem Mund.

Ich zuckte mit den Schultern und schlurfte endgültig ins Bad. Nicht einmal Vesna würde ich die Freude machen, mich mehr als nötig in die Sache einzumischen. Für sie wäre es ohnehin besser, sich ganz unauffällig zu verhalten. Angemeldet waren ihre Putzjobs nicht und ihr Aufenthaltsrecht war auch eher schwebend. Und dann hatte sie auch noch ihre unsägliche Maschine. Ein Motorrad mit einem viel zu starken und viel zu lauten Motor, das sie noch vor ihrer Flucht aus Bosnien gemeinsam mit ihrem Lieblingsbruder aus unterschiedlichsten Einzelteilen zusammengebaut hatte. Kein Wunder, dass dafür in Österreich keine Genehmigung zu bekommen war. Unsere Behörden waren flink, wenn sie jemanden aus dem Land werfen konnten. Vesna sollte etwas mehr an mich denken und sich ruhig verhalten. Als Putzfrau war sie bei meinem Chaos beinahe unersetzlich, als Freundin wollte ich sie schon gar nicht verlieren.

Ich putzte mir die Zähne, duschte lange und fühlte mich beinahe schon wieder lebendig.

„Okay", sagte ich zu Vesna. Wir saßen in der Küche und tranken schwarzen, starken, süßen Kaffee. „Ich fahre noch einmal in die Birkengasse und versuche herauszubekommen, wer die Tote ist. Und ich werde nachfragen, warum die Mordkommission so lange gebraucht hat, bis sie im Museum war. Aber dann ist Schluss."

„Vielleicht brauchst du Putzfrau mit guten Beziehungen zu anderen Putzfrauen und Hausmeistern und solchen Leuten."

„Vesna, ich brauche jemanden, der meinen Saustall aufräumt."

„Aber dabei ist Denken nicht verboten, oder? Außerdem weißt du: Ich bin Putzfrau, keine solche Bedienerin, die Dienstbote ist. Ich putze deinen Dreck und ich denke, was ich will. Und es ist gut für dich, mir zuhören."

„Zuzuhören."

„So genau auch nicht. Oder doch. Auf alle Fälle", sie sah mich eindringlich an, „spüre ich schon, dass etwas faul ist mit dem Mord."

„An jedem Mord ist etwas faul, Vesna."

Ich ließ sie in der Küche stehen, schlüpfte in meine Turnschuhe, packte eine dünne Jacke und meine Handtasche und ließ die Tür hinter mir ins Schloss fallen.

Jedenfalls hatte mir Vesna meine Energie wieder gegeben.

Ich läutete bei „Fallada+Zitz+Mayer".

„Ja?", fragte eine Frauenstimme.

„Ich komme wegen eines Zimmers."

„Bei uns ist alles voll."

„Könnte ich trotzdem einen Moment hereinkommen?"

Die Antwort war ein elektrisches Summen, ich drückte die Gartentüre auf. Blitzsauber war alles hier, da hatte das Licht der Straßenlaternen nicht getrogen. Keine einzige verblühte Blume, kein Blatt Papier, kein noch so kleiner Riss in der Fassade. Ich ging unter dem Löwenmaul durch die Eingangstür, dann einige Stufen nach oben. In der offenen Tür stand eine Frau, etwa zwanzig Jahre alt. Sie sah mich fragend an.

Ich lächelte entschuldigend. „Können wir drinnen reden?"

„Ich sag es Ihnen lieber gleich, Geld, um uns irgend etwas andrehen zu lassen, haben wir nicht."

Im Vorraum lehnten zwei Fahrräder, der Boden war mit einem Kunstgrasteppich belegt. Diese grüne Idee gefiel mir.

Ich beschloss, ihr die Wahrheit zu sagen. Sie war sich sicher, die Tote nie gesehen zu haben. Um ein Zimmer habe auch niemand gefragt. Ihre beiden Mitbewohnerinnen seien zur Zeit auf Studienaufenthalt in Spanien. Alle drei studierten Kunstgeschichte.

„Und dass sonst eine Wohnung oder ein Zimmer im Haus frei ist?"

Sie schüttelte energisch den Kopf. „Auf keinen Fall. Untervermieten ist streng verboten. Die Hauseigentümer wohnen auch hier, Ministerialrat Bernkopf. Außerdem geben sie Wohnungen ausschließlich an gute Bekannte. Wir haben die Wohnung nur bekommen, weil Susis Vater Sektionschef im Landwirtschaftsministerium ist. Sein unmittelbarer Vorgesetzter also." Sie grinste. „Da traut er sich nicht viel zu sagen, zumindest nicht zu Susi."

Fehlanzeige also. Ich wollte es trotzdem noch bei den anderen Hausparteien probieren. „Die meisten sind jetzt nicht zu Hause", half mir die Studentin. „Unsere Nachbarin ist schon über neunzig. An einem guten Tag ist sie völlig klar und man kann wunderbar mit ihr reden. Aber sie hat nicht viele gute Tage. Sie ist ziemlich verkalkt."

„Und die im oberen Stock?"

„Der Obermüller ist ein Dozent an der Technischen Universität. Geschieden. Und fast nie daheim. Die Fleischmanns sind ein älteres Ehepaar, das seit ein paar Wochen in Italien auf Kur ist."

„Haben sie Kinder?"

„Falls ja, sind sie schon groß und leben nicht bei ihnen. Die Eigentümer wollen keinen Krach im Haus. Der eigene Sohn ist inzwischen auch schon erwachsen. Er ist ein Wunderknabe. Verdient jede Menge Geld, fährt einen offenen BMW und hält sich für unwiderstehlich." Sie verzog das Gesicht.

„Und er wohnt da?"

„Nein, er hat in der Innenstadt irgendein schickes Penthouse." Sie kicherte. „Er hat versucht, Susi damit zu beeindrucken. Aber das ist gründlich schief gegangen. Susi ist auf der Anti-Kapitalismus-Welle. Ich nicht, aber mich turnt ein solcher Idiot auch nicht an. Immerhin ist unsere Wohnung gut, wirklich gut. Das schon." Sie schien es zu bereuen, mir so viel erzählt zu haben.

Trotzdem: „Was ist mit den Bernkopf-Eltern? Außer dass sie keine Kinder mögen, keine Fremden ins Haus nehmen und offenbar ziemlich viel Wert auf Sauberkeit legen?"

Sie kicherte wieder. „Was wollen Sie noch mehr? Das ist eine perfekte Beschreibung der Bernkopfs. Tüchtig, sauber, anständig, selbstgerecht. Sie ist Hausfrau, stammt aus guter Familie und kümmert sich ständig um irgendwelche karitativen Projekte. Er ist Ministerialrat im Landwirtschaftsministerium und tut so, als ob er Minister wäre. Würdig. Aber irgendwie sind die beiden auch ganz in Ordnung. Wenn man sie nicht aufregt, dann lassen sie einen in Ruhe. Und mit den Mietabrechnungen ist auch immer alles ganz korrekt. Soll ein jeder leben, wie er will."

„Sind sie zu Hause?"

„Wahrscheinlich ist sie einkaufen. Oder in der Kirche. Oder sonst wo. Er kommt erst gegen Abend."

Ich bedankte mich, ließ ihr für alle Fälle meine Visitenkarte da und lobte die Idee mit dem Kunstgrasboden. Sie steckte die Karte in ihre Jeans und lächelte zum Abschied. „Die alte Frau Nawratil ist sicher zu Hause. Sie kann nur mehr mit ihrer Heimhilfe außer Haus gehen. Aber wie gesagt: Die Frage ist, ob sie einen klaren Tag hat."

Ich atmete tief durch und läutete vis-à-vis. Ich war kein grundsätzlich schüchterner Mensch. Aber wildfremde Leute um Auskünfte zu bitten verlangte immer wieder etwas Überwindung. Und mit den Auswirkungen von Verkalkung hatte ich wenig Erfahrung. Noch, fügte ich in Gedanken hinzu und grinste.

Ich läutete noch einmal. Wahrscheinlich war die alte Frau Nawratil auch schon schwerhörig.

„Ja", rief es drinnen, „ich komme ja schon und hören Sie auf Sturm zu läuten, ich bin ja nicht schwerhörig."

Das allerdings hatte meine Großtante auch immer behauptet. Drei Schlüssel wurden im Schloss bewegt, dann zeigte sich ein Gesicht mit einer Haut wie zerknittertes Seidenpapier, hellblauen Augen und umgeben von kurz geschnittenem, schütterem weißem Haar.

„Mira Valensky", sagte ich und streckte ihr meine Visitenkarte entgegen. Sie nahm sie, schloss die Tür auf und öffnete sie zehn Sekunden später weit.

„Kommen Sie herein. Ich habe zwar schon eine Zeitung, aber kommen Sie herein."

Sie schien offenbar zu glauben, dass ich ihr ein Abo des „Magazins" andrehen wollte. Warum glauben alle Menschen zwischen zwanzig und über neunzig, dass es nur ums Verkaufen gehen kann, wenn eine Unbekannte vor der Tür steht? Ist das nur in Wien so oder gibt es dieses Phänomen auch sonst wo?

„Haben Sie in den letzten Tagen eine junge Frau gesehen, zirka zwanzig Jahre alt, brünette mittellange Haare, schlank?"

„Ich bin ja nur immer im Haus."

„Ja, eben. Haben Sie so eine Frau hier im Haus oder vor dem Haus gesehen?"

Sie schüttelte den Kopf. „Wissen Sie, ich bin nicht mehr so gut auf den Beinen. Früher schon, aber jetzt nicht mehr. Also sitze ich die meiste Zeit in meinem Sessel und schau nicht mehr so viel aus dem Fenster."

„Vielleicht war die junge Frau ja auch bei Ihnen? Überlegen Sie: Vielleicht haben Sie eine junge Verwandte, die so aussieht?"

„Liebe junge Frau, ich weiß ja nicht genau, was Sie von mir wollen, aber ich wüsste es, wenn jemand bei mir gewesen wäre. Zu mir kommt nur die Hilfe und auch die kommt nicht immer oder sie kommt zu spät. Pünktlichkeit ist keine Tugend mehr, so scheint es. Und junge Verwandte habe ich nicht. Meine Verwandten sind alle tot. Bis auf eine Nichte, aber die ist schon alt. Und sie ist verkalkt. Muss in einem Altersheim leben. Bevor ich in ein Altersheim gehe, stelle ich mich mitten auf die Straße und lasse mich von der Tramway niederführen."

Das alles kam in einem sehr gepflegten Wiener Hochdeutsch. „Sie haben ein Telefon?"

„Was glauben Sie denn? Ich habe seit den Zwanzigerjahren ein Telefon."

„Wenn Sie sich an etwas im Zusammenhang mit der jungen Frau erinnern, rufen Sie mich bitte an." Ich drückte ihr eine Visitenkarte in die Hand.

„Ich erinnere mich an alles. Wahrscheinlich haben Sie mit der Ministerialratsfrau geredet. Sie lügt. Ich bin nicht vergesslich. Sie will bloß die Wohnung frei bekommen. Ich erinnere mich an alles." Sie sah mich stolz an.

„Hervorragend", erwiderte ich. Etwas Besseres fiel mir nicht ein.

„Also wollen Sie mir jetzt Ihr ‚Magazin' verkaufen?"

Ich verabschiedete mich höflich von der alten Dame und sah gerade noch, wie sie meine Visitenkarte in einen Blumentopf steckte. Warum auch nicht?

Bei allen anderen Hausparteien hatte ich Pech. Niemand reagierte auf mein Klingeln. Egal, heute Nachmittag musste ich meine Story schreiben, morgen ging sie in Druck. Und wenn ich auch nicht herausgefunden hatte, wer die Tote war, so hatte die Geschichte vielleicht gerade dadurch ihr gewisses Etwas. Eine unbekannte Tote war meist interessanter als eine Tote, die Mizzi Huber hieß und halbtags im Schuhgeschäft um die Ecke arbeitete. Gearbeitet hatte. Aber dann wäre sie freilich wohl nicht ausgerechnet im Freud-Museum ermordet worden, sondern daheim von ihrem eifersüchtigen Freund.

Jetzt blieb nur noch zu klären, warum die Mordkommission gestern Abend so lange gebraucht hatte. Ich war zehn Minuten nach Ulrikes Anruf im Museum gewesen, die Polizei war erst zwanzig Minuten später gekommen. Absurd, die zentralen Polizeidienststellen waren vom Museum in der Berggasse bloß einige hundert Meter entfernt.

Mittagszeit. Vielleicht hatte ich Glück. Ich parkte in der Nähe der Rossauer Kaserne, sicherheitshalber ordnungsgemäß in der Kurzparkzone und mit Parkschein. Dann spazierte ich mit einem lässigen Winken an den beiden Wachebeamten des Sicherheitsbüros vorbei. Auch den Portier passierte ich so, als ob ich dazugehörte. Niemand hielt mich auf, Selbstbewusstsein hilft. Auch wenn es bloß vorgetäuscht war, denn mein Herz klopfte schon etwas rascher. Aber kein Vergleich zu heute Nacht. Ich wusste, wo die Kantine war. Den Gang entlang, zweimal abbiegen und dann schon immer der Nase nach. Es schien Kohlgemüse zu geben. Arme Polizei. Kein Wunder, dass der eine oder andere Bulle einmal wild wurde. Meiner ganz persönlichen Theorie zufolge macht zu viel fades Gemüse unzufrieden, frustriert und schließlich wild. Fleisch hingegen macht friedlich und träge, man hat genug mit sich und seiner Verdauung zu tun.

Ich blieb in einer der Eingangstüren zur Kantine stehen und sah mich um. Mit Glück erkannte ich jemanden von der Mordkommission oder einen der Streifenwagenfahrer. Mein Personengedächtnis ist nicht besonders gut. Schließlich fand nicht ich einen der Beamten, sondern einer fand mich. „Was machen denn Sie hier?“, fragte mich ein junger, großer Polizist in Uniform.

Ich lächelte. „Ich warte auf Zuckerbrot.“ Der war glücklicherweise nicht da. „Gestern ist es ganz schön spät geworden, was?“

Er nickte. „Dabei hätte ich schon um zehn Dienstschluss gehabt.“

„Eine mühsame Sache, der Polizeidienst.“

„Hören Sie, ich sollte mit Ihnen gar nicht reden.“

„Wir reden ja nicht über etwas Dienstliches.“

„Ist auch wahr. Geht es Ihrer Freundin wieder besser?“

„Ich denke, schon. Die Arme. Dabei ist sie so lange mit der Toten allein gewesen. Und es war die erste Tote, die sie überhaupt gesehen hat.“

„So lange hat es auch wieder nicht gedauert.“

„Mir ist es ja egal, aber hoffentlich fragt da niemand nach. Sie wissen ja, wie das ‚Blatt‘ reagiert, wenn die Polizei nicht sofort zur Stelle ist. Nicht mein Fall. Ich sage immer, Polizeibeamte sind auch Menschen.“

„Wir sind sofort los, es war nur ein dummes Missverständnis. Die Frau aus dem Freud-Museum hat angerufen und ich bin mit meinem Kollegen einfach losgefahren, weil Museen kennt man ja. Unterwegs sind wir draufgekommen, dass wir nur wissen, dass es irgendwo bei uns im neunten Bezirk ist. Aber nicht mehr. Dann habe ich per Funk die Anweisung bekommen, dass ich unseren Chef von zu Hause abholen und mitnehmen soll. Er weiß sicher, wo das Museum ist, habe ich mir gedacht. Ich war mit meinen Kindern bloß einmal im Naturhistorischen Museum, aber das ist ja auch mitten in der Stadt und nicht zu verfehlen. Der Chef steigt also ein und dann stellt sich heraus, dass auch er nicht weiß, wo das Museum ist. Und das, obwohl Freud doch so berühmt ist. Unseren Stadtplan habe ich in der Sicherheitsdirektion liegen gelassen. Bis wir nach Büroschluss jemanden aufgetrieben hatten, der uns nachgeschaut hat, sind einige Minuten vergangen. Dann sind wir quer durch den Bezirk zurückgerast. Dabei hätten wir zu Fuß gehen können. Theoretisch."

Ich hatte meine Antwort, da war also kein Geheimnis dahinter, sondern nur das offenbar weit verbreitete Desinteresse und die übliche Konfusion gegenüber Freud und der Psychoanalyse. Wer war ich, um die Ahnungslosen zu verurteilen? Ich verabschiedete mich unter einem Vorwand, nickte den Wachposten am Eingang wieder zu und fuhr in die Redaktion.

Ich hatte gerade die Handtasche auf meinen Schreibtisch gestellt, da kam auch schon die Lifestyle-Ressortleiterin auf mich zu. „Das mag ich nicht so gerne, wenn du Kriminalberichterstatterin spielst. Ich brauche dich hier. Für alles Kriminelle sind die Chronik-Fritzen zuständig. Alles klar?"

Ich sah sie beschwichtigend an. „Meine So-wohnen-Promis-Serie ist fix und fertig, das weißt du. Wenn mich eine Schulfreundin anruft, weil in ihrem Museum ein Mord passiert ist, dann schicke ich ihr niemanden aus der Chronik." Wäre sie nicht immer so sehr auf ihren Einfluss und ihre Zuständigkeiten bedacht, es wäre geradezu angenehm, mit ihr zu arbeiten. Der Verlag hatte sie vom Fernsehen eingekauft, sie war Chefin vom Dienst bei der beliebtesten Klatschsendung gewesen. Aber als die Leitung neu besetzt wurde, hatte man ihr einen jungen Schnösel mit guten Beziehungen zum Intendanten vorgezogen. Sie war gerne gekommen, und so hatte ich seit einigen Monaten eine Ressortleiterin.

„Die Tanzpalast-Sache wartet auf dich."

„Alles klar. Ich schreibe den Museumsmord für die morgige Ausgabe und dann ist für mich Schluss damit. Aber ich hoffe, du kannst dich erinnern: Du hast mir versprochen, dass ich mir ein, zwei Wochen freinehmen kann. Immerhin hast du mit der Serie Stoff für die nächsten sechs Wochen."

Sie verzog den Mund. „Es gibt eine ganze Menge ...", sie beschloss den Satz mit dem durch die Nase gesprochenen Wort „Events".

Eigentlich seltsam: Ich bin eine so genannte „freie Journalistin", ohne fixe Anstellung, arbeite bloß auf Honorarbasis und trotzdem darf das „Magazin" über meine Zeit verfügen. Wenn ich nicht mehr will, kann ich ja gehen. Aber der Mensch muss schließlich von etwas leben. Meine Schildpattkatze Gismo auch.

„Eine Woche?", bettelte ich. „Ich muss dringend ins Veneto. Mein seelisches Gleichgewicht ist in Unordnung." Ich dachte an die gestrige Nacht, mehr aber noch an ausführliche venetische Abendessen und Spaziergänge durch mittelalterliche Städte.

„Dein Körpergewicht würde es dir danken, wenn du dabliebst."

„Ich brauche eben eine solide Lebensbasis."

Die Ressortchefin vom „Lifestyle" wog maximal fünfzig Kilo und war dabei annähernd so groß wie ich. Eine Figur, wie geschaffen für Designerfetzen. Mein Körper kam mir billiger. Bei mir taten es Jeans und, wenn es feierlich zugehen sollte, ein Sakko darüber.

„Wir werden sehen."

Ich verdrängte meine Müdigkeit und griff zum Telefon. Ein letzter Versuch, noch jemanden im Haus in der Birkengasse zu erreichen. Bei Obermüller und Fleischmann hatte ich wie erwartet Pech. Bei Bernkopf meldete sich nach langem Läuten eine Stimme mit leichtem polnischen oder tschechischen Akzent. „Hier bei Bernkopf."

„Ist Frau Bernkopf zu sprechen?"

„Die gnädige Frau, Frau Ministerialrat Bernkopf, ist außer Haus.“

„Die gnädige Frau“, dass es das noch gab. Das musste ich Vesna erzählen. Wie konnte ich mir erlauben, sie einfach mit Bernkopf und ohne den Titel ihres Mannes anzusprechen? „Also wann kommt Frau Ministerialrat Bernkopf wieder?“

„Mit wem spreche ich?“

„Mira Valensky, vom ‚Magazin‘.“

„Sie wird erst gegen Abend zurückerwartet.“

Die Gute hatte eindeutig zu viele alte Gesellschaftskomödien gesehen.

„Vielleicht können auch Sie mir helfen: Haben Sie in den letzten Tagen im oder vor dem Haus eine junge Frau gesehen, um die zwanzig, brünette mittellange Haare, schlank?“

„Ich gebe keine Auskünfte.“

„Hören Sie, vielleicht stehen die Bernkopfs schon morgen in der Zeitung. Ziemlich sicher, dass sie mit mir reden wollen. Hat Frau Bernkopf ein Mobiltelefon?“

„Nein, sie sagt, so etwas braucht sie nun wirklich nicht.“

Ich legte nach einer eher kühlen Verabschiedung auf und probierte es bei Herrn Ministerialrat Bernkopf im Landwirtschaftsministerium. Man teilte mir mit, dass er bei einer interministeriellen Sitzung sei. Das klang wichtig, und auf meine Nachfrage, wann denn diese interministerielle Sitzung vorbei sein werde, meinte die Sekretärin: „Das weiß niemand. So etwas kann ewig dauern.“

Herzlichen Dank auch. Es sah ohnehin nicht so aus, als ob die Bernkopfs etwas über die Tote wüssten. Und wenn, war es zweifelhaft, ob sie es zugeben würden. Herr Ministerialrat nebst Gattin wurde sicher nicht gerne mit einem Mordfall in Verbindung gebracht. Aber genau das würde passieren. Und ich gebe zu, ich hatte gar kein schlechtes Gewissen dabei.

Ich schaltete den Computer ein und machte mich nun endgültig an die Story. Die Tageszeitungen hatten die Geschichte zwar bereits in der aktuellen Ausgabe auf den Chronik-Seiten groß aufgezogen, ihre Informationen aber waren gleich null. Ich konnte zumindest das Mordopfer ausführlich beschreiben und das Ambiente rundum auch. Und dann konnte ich fröhlich drauflos spekulieren. Außerdem hatte ich den Zettel mit „Birkengasse 14“. Und das Buch, in dem sie zuletzt gelesen hatte: „Freud's Women“. Gar nicht schlecht, Mira. Auch wenn ich nicht viel dafür konnte. Aber Glück zu haben gehört eben auch dazu. Am Abend würde ich Ulrike anrufen. Ganz privat, nur um zu sehen, wie es ihr ging.

In einer Woche war ich vielleicht schon in meinem Lieblingshotel im Veneto. Gianni würde mich mit seinem Campari-Prosecco verwöhnen, Armando und seine Frau mit einem acht- oder auch zehngängigen Menü, und dann konnte ich endlich einmal so richtig ausschlafen.

[3.]

Die neue Ausgabe des „Magazins“ war erst einige Stunden auf dem Markt, als der Ministerialrat aus der Birkengasse anrief. Er beschwerte sich erwartungsgemäß, mit dem Mord in Zusammenhang gebracht worden zu sein. „Ich lasse uns und unser Haus nicht diffamieren. Wir haben mit derartigen Vorfällen nichts zu tun.“

„Derartige Vorfälle“, als hätte die Tote aus lauter Böswilligkeit diese Adresse gekritzelt. Wenn sie es gewesen war. Man konnte es schließlich – vielleicht noch – nicht beweisen, aber darauf hatte ich in der Story ohnehin hingewiesen. Ich hatte bloß geschrieben, dass in dem Buch, in dem die ermordete Frau zuletzt gelesen hatte, ein Zettel mit der Adresse „Birkengasse 14“ gefunden worden war.

„Die Herren der Sicherheitsdirektion haben inzwischen bestätigt, dass wir mit der Angelegenheit nichts zu tun haben. Sie haben mit uns geredet. Das haben Sie ja nicht der Mühe wert gefunden.“

Ich hatte keine Lust, mich zu rechtfertigen und schwieg.

„Sie hätten schreiben müssen, was die Herren der Sicherheitsdirektion gesagt haben.“

„Es gibt eine Nachrichtensperre, also tue ich mich damit ziemlich schwer. Wenden Sie sich diesbezüglich an die ‚Herren der Sicherheitsdirektion‘.“

„Ich bin Jurist und Sie werden mir nicht sagen, was ich tun soll und was Sie tun dürfen.“

Ich schwieg wieder.

„Ich verlange, sofort mit Ihrem Chefredakteur zu sprechen.“

Ich stellte durch. Kein Problem. Mein Chefredakteur war zwar immer gerne bereit, vor Menschen mit viel Geld und Einfluss auf die Knie zu fallen. Aber mit Beamten, auch mit höheren Beamten, hatte er es nicht so. Außerdem war die Story sauber.

Immer noch war die Identität der jungen Frau ungeklärt. Sie war wohl tatsächlich keine Österreicherin. In Österreich verschwinden nicht gerade viele Menschen. Eine Zwanzigjährige, die gar niemandem abging, die gab es hoffentlich nicht. Schlimm genug, wenn es immer wieder vorkam, dass alte Menschen Wochen und Monate in der Wohnung lagen, bevor ihr Tod bemerkt wurde.

In der vergangenen Nacht war ich wieder gegen fünf Uhr wach geworden, wieder hatte mein Herz laut geschlagen. Aber es war nicht so schlimm gewesen wie in der Nacht nach dem Mord. Wahrscheinlich lernte ich langsam, damit zu leben und mich nicht unnötig aufzuregen. Ich seufzte.

Die junge Frau musste irgendwo gewohnt haben. Warum meldete sich niemand? Oder war sie gerade erst in Wien angekommen, ins Freud-Museum gegangen und gleich dort ermordet worden? Vielleicht von einem Psychopathen?

Ulrike war empört gewesen, als ich diese Möglichkeit angedeutet hatte. Im Freud-Museum seien nicht mehr Psychopathen unterwegs als in anderen Museen, hatte sie gemeint. Im Gegenteil: Wahrscheinlich gäbe es dort sogar mehr Menschen, die sich analytisch mit ihrer Psyche beschäftigten. Das sei nicht gefährlich, sondern gesund. Ich hatte zur Antwort etwas in der Art gemurmelt, es sei doch kein Zufall, dass man Verrückte und ihre Ärzte nicht immer auseinander halten könne. Ich wollte sie eben etwas provozieren. Ihre Antwort war ein längerer Vortrag über die Psychoanalyse im Allgemeinen und die Tatsache, dass es wohl in erster Linie von unserem eigenen Standpunkt abhängt, was wir als verrückt betrachten.

Da war schon etwas dran.

Mir erschien es zum Beispiel nicht verrückt, nur für mich ganz allein eine Hummerterrine zu produzieren. Im Gefrierschrank lag ein eingefrorener roher Hummer, das Schlagobers und frische Stangensellerie hatte ich gerade noch vor Geschäftsschluss am Heimweg besorgt. Genauer als sonst hatte ich mir die Menschen angesehen. Wer war normal, wer verrückt, wer hatte vielleicht psychische Probleme? Es wäre wohl besser zu fragen, wer keine psychischen Probleme hatte. Und gab es jemanden im Supermarkt, der morgen schon tot sein würde?

Die Hummerterrine war mein persönliches Programm, um Gedanken an plötzliche Todesfälle und Einsamkeit zu vertreiben. Mit einer gut gekühlten Hummerterrine würde ich mich lange nicht so allein fühlen wie mit einem alten Wurstbrot.

Während der Hummer auftaute, sah ich mir eine Sendung über das Leben der Wüstenspringmäuse an. Sie paarten sich, bekamen Kinder, sie fraßen und bauten ihre Wohnungen, sie kämpften und starben und eine neue Generation paarte sich. Im anderen Programm lief eine Arztserie. Da war mir der ewige Kreislauf der Wüstenspringmäuse allemal lieber. Zu Kabelfernsehen oder zu einer Satellitenschüssel hatte ich es noch nicht gebracht. Ich war selten genug am Abend zu Hause, da reichten die beiden österreichischen Programme.

Gismo genoss meinen Fernsehabend, sie hatte sich auf meinem Schoß zu einem dicken, beinahe kreisrunden Kringel zusammengedreht und schlief. Vorsichtig schob ich sie zur Seite.

Vertraute Handgriffe in der Küche. Ich wusch den Hummer, schälte Karotten, Zwiebel, schnitt sie und zwei Stangen Sellerie in feine Scheiben.

Bernkopf hatte auf meine Reportage sehr wütend reagiert. Aber das war wahrscheinlich ganz normal. Immerhin war sein Haus in Zusammenhang mit dem Mordfall erwähnt worden. Was hatte die Birkengasse 14 mit der Toten zu tun? Oder war alles nur ein Zufall?

Ich zerteilte den Hummer. Zuerst wurde der Schwanz abgeschnitten und ausgelöst. Ich musste grinsen, „Schwanz ab“, das Motto der Feministinnen in den Sechziger- und Siebzigerjahren. Dann riss ich dem Hummer die Beine aus, zwickte die beiden Scheren ab und öffnete den Körper. Wunderschön, kein stinkender Darminhalt, ich konnte alles verwenden.

Der Mörder hatte mitgenommen, was die Tote hätte identifizieren können. Das sah nach einer sorgfältig geplanten Aktion aus und sprach gegen einen Verrückten. Ach was, an den hatte ich ohnehin nie so recht geglaubt. Die meisten Opfer kannten ihre Täter. Oft sogar waren sie mit ihnen verwandt. Wer war die junge Frau?

Und: Warum war sie ausgerechnet im Freud-Museum ermordet worden?

Ich gab Butter in meinen Druckkochtopf, röstete das Gemüse an und warf dann den Körper, die Beine, die Scheren und den Schwanzpanzer dazu. Kräftiges Feuer, rühren, bis alle Teile schön rot waren. Ein guter Schuss Cognac. Ein langes Zündholz, mit blauen Flammen brannte der Cognac. Um ihn zu testen nahm ich selbst auch einen Schluck aus der Flasche. Ich spürte, wie ich von Minuten zu Minute ausgeglichener wurde. Jetzt mit Wasser aufgießen, nicht mehr, als dass gerade die meisten Hummerteile bedeckt waren. Pfefferkörner, Neugewürzkörner, Salz.

Und dann musste das Ganze eine halbe Stunde kochen.

Vielleicht lag der Schlüssel zum Mordfall im Museum. Ulrike würde mir mehr über Freud erzählen müssen. Seltsam, einer Schulkollegin unter diesen Umständen wieder zu begegnen. Wer von uns hätte sich das vor einem Vierteljahrhundert im Gymnasium gedacht? Damals, so mit sechzehn, siebzehn waren die meisten von uns ganz versessen darauf gewesen, zu heiraten und Kinder zu bekommen. Die wenigen anderen waren zu jeder Nicaragua-Demonstration gelaufen und hatten „Ende mit dem Imperialismus" gebrüllt. Ulrike hatte zur ersten Gruppe gehört, ich zur zweiten.

Ich fischte mir aus dem Kühlschrank mein heutiges Abendessen. Sushi und Maki von einem der besten japanischen Restaurants in der Stadt. Auch das gehörte zum Mira-Valensky-Verwöhnungsprogramm. Viel von der scharfen, grünen Washabi-Paste, eine exzellente biologische Sojasauce, meine Lieblingsstäbchen. Dazu eine Flasche Wein. Ich ging ins Vorzimmer zu meinem doppeltürigen Weinschrank und überlegte lange. Dann entschied ich mich für einen echten Österreicher. Rheinriesling Kabinett, von meinem

Lieblingsweinbauern aus dem Weinviertel. Auch einer, den ich dringend wieder einmal besuchen sollte.

Ich ließ mich mit meinem Essen am Küchentisch nieder. So hatte ich den Hummertopf im Blick und, was noch viel besser war, ich konnte das feine Hummeraroma riechen.

Ich schob mir ein Sushi mit Butterfisch in den Mund. Es zerging förmlich auf der Zunge. Ob man herausfinden würde, wer die Tote war? Früher oder später mit ziemlicher Sicherheit. Interpol war eingeschaltet worden, irgendwo saßen Eltern und vermissten ihre Tochter. Irgendwo waren Freunde und fragten sich, wo ihre Freundin geblieben war. Bis jemand von ihnen zur Polizei ging, konnte allerdings noch dauern. Die junge Frau war vielleicht für einige Wochen auf Urlaub gefahren. Aber dann hätte sich wohl das Hotel oder die Pension schon gemeldet. In ihrem kleinen gelben Rucksack war nicht einmal eine Zahnbürste gewesen. Vielleicht war sie davongelaufen. Vor ihren Eltern oder vor einem prügelnden Ehemann, den sie viel zu früh schon mit sechzehn geheiratet hatte. Oder sie hatte untertauchen müssen, nachdem sie in irgendeine Drogensache verwickelt gewesen war. So hatte sie allerdings nicht ausgesehen. Eher etwas unscheinbar, brav und so, als ob sie eben erst zu leben begonnen hätte. Vorbei.

Ich tunkte ein Maki fest in die Sojasauce.

Als ich dreizehn gewesen war, war auch ich einmal von zu Hause ausgerissen. Ich hatte mein Tagebuch mitgenommen, ein dickes, leeres Heft und einige Kugelschreiber, etwas Unterwäsche, ein T-Shirt und eine Viererpackung Mannerschnitten. Meine Idee war es gewesen, nach Süditalien zu trampen. Dort, so hatte ich gelesen – und ich las in dieser Zeit sehr viel –, konnten auch junge Mädchen Arbeit finden.

Für einen Teil meines Geburtstagsgeldes hatte ich mir eine Zugkarte für eine Fahrt über die italienische Grenze geleistet. Dass ich keinen Pass hatte, würde im Zug viel weniger auffallen als in einem Auto, war meine Überlegung gewesen.

Der Herdwecker klingelte. Ich stand auf und drehte das Gas ab.

Ich hatte es daheim unerträglich gefunden. Ich fühlte mich nicht respektiert, behandelt wie ein kleines Kind, dem niemand zuhört.

Außerdem hatte ich immer schon eine Menge Phantasie. Ich weiß noch, dass ich in Süditalien über meine Flucht und mein neues Leben ein Buch schreiben wollte. Ich war mir sicher, dass es ein Bestseller werden würde. Ich malte mir aus, wie ich, reich geworden, meine Eltern besuchen und ihnen verzeihen würde. Und sie würden mich achten und mit mir wie Freunde reden. Und dann würde ich wieder in mein wunderschönes weißes Haus am Strand zurückkehren.

Leider wurde ich schon an der Grenze geschnappt. Eine allein reisende Dreizehnjährige war ziemlich auffällig. Man setzte mich in einen Warteraum und einige Stunden später kam mein Vater mit dem Auto. Mein Vater war zu dieser Zeit Landesrat, ein bekannter Provinzpolitiker. Mit zuckersüßer Stimme erzählte er den Bahnbediensteten irgendwelche Lügengeschichten über mich. Im Auto allerdings bekam ich dann ein paar schallende Ohrfeigen. Und mir war klarer denn je, warum ich weg hatte wollen. Komisch, als ich meinen Vater letzte Weihnachten auf diese Episode von vor über einem Vierteljahrhundert ansprach, konnte er sich an fast nichts mehr erinnern. An die Ohrfeigen schon gar nicht. Er behauptete doch glatt, ich hätte zu meiner Tante nach Niederösterreich fahren sollen und sei versehentlich in den falschen Zug gestiegen. Ich weiß es besser. Ich tunkte ein Sushi mit Oktopus in die Sojasauce.

Aber die Tote im Freud-Museum war mindestens zwanzig, normalerweise kein Alter, in dem man noch vor seinen Eltern davonlief. Der große Teller mit Sushi und Maki war nun leer. Ich trank mein drittes Glas Wein aus. Ein Rheinriesling, wie er sein sollte: fruchtig und trotzdem trocken, kühl und leicht.

Gismo stieß unsanft mit ihrem Kopf gegen mein Schienbein. Ich kraulte sie am orangeroten Streifen, der sich über ihre Brust zog. Sie starrte mich mit ihren gelben Augen an. „Du hast dein Abendessen schon gehabt", sagte ich und die Worte hallten von den Küchenregalen zurück. Wahrscheinlich wurde ich schön langsam verrückt. Der erste Schritt war, laut mit der eigenen Katze zu reden und sich dabei zuzuhören. Gismo jedenfalls fand daran nichts Bedenkliches, sie begann zu schnurren und rieb ihren dicken Kopf an meinen Beinen. Ich wusste, was sie wollte.

Also ging ich zum Kühlschrank und nahm das Glas mit den schwarzen Oliven heraus. Gismos Schnurren wurde lauter und tiefer. Ihre Schnurrbartspitzen vibrierten vor Erregung. Ich legte eine Olive auf den Küchenfußboden und sie begann begeistert und noch immer unter lautem Schnurren das Fleisch vom Kern zu nagen. Wir haben eben alle unsere Marotten. Gismos Marotte waren schwarze Oliven. Ich hatte allerdings gelernt, dass es gefährlich war, sie Oliven aus meiner Hand fressen zu lassen. In ihrer Gier unterschied sie bisweilen nicht so genau zwischen Oliven und Menschenfleisch.

Der Druck im Kochtopf war inzwischen gesunken, ich hob den Deckel und Hummerduft strömte mir entgegen. Ich seihte den intensiven Sud ab und brachte ihn noch einmal zum Kochen. Etwas Salz, und dann wurde für einige wenige Minuten der rohe Hummerschwanz eingelegt.

Im Fernsehen liefen die Spätnachrichten. Ich drehte den Ton laut genug, um auch in der Küche zuhören zu können. Ein Erdbeben in Asien, ein Flugzeugabsturz in Südamerika und bei uns wollte die Regierung so lange sparen, bis es kein Budgetdefizit mehr gab. Das heißt, wir alle sollten sparen, damit die Regierung dann irgendwann verkünden könnte, sie habe das Defizit abgeschafft. Dumm für die Leute, die nichts mehr hatten, was sie sparen konnten. Politik ging mir auf die Nerven. Unsere Regierung noch mehr. Und Medien, die politische Entscheidungen einfach als natur- oder besser: gottgegeben annahmen, nervten besonders. Nichts über die Tote im Freud-Museum.

Ich fischte den Hummerschwanz heraus und kühlte den Topf mit dem Hummersud durch kaltes Wasser im Abwaschbecken. Gelatine einweichen. Eine Form mit Klarsichtfolie auslegen.

Dieser Ministerialrat Bernkopf war ausgesprochen anmaßend. Und wie die Bedienerin von der „gnädigen Frau“ gesprochen hatte ... An ihnen schienen die letzten Jahrzehnte spurlos vorbeigegangen zu sein. Vielleicht war die Tote eine verstoßene Tochter? Unwahrscheinlich, warum hätte sie die Adresse ihrer Eltern auf einen Zettel geschrieben? Die Studentin hätte sicherlich von einer Tochter gewusst. Sie hatte ja auch über den Bernkopf-Sohn einiges erzählen können. Ob der rote Kater zum Haus gehörte? Das brachte mich allerdings auch nicht weiter. Zuckerbrot würde den Fall schon lösen und ich würde morgen Abend, nachdem ich die erste Portion von der Hummerterrine gegessen hatte, zum neuen Tanzpalast für ältere Semester pilgern. Vielleicht eine Chance, Anschluss zu finden. Ich schüttelte mich. So weit war es mit mir auch noch nicht gekommen. Und immerhin gab es da ja Joe, auch wenn der zur Zeit wieder einmal in der Weltgeschichte unterwegs war.

Ich löste die ausgedrückten Gelatineblätter in der warmen Hummeressenz auf und stellte den Topf danach noch einmal in kaltes Wasser.

Zu Weihnachten hatte ich mir eine wunderbare Küchenmaschine geleistet – chromblinkend und mit jeder Menge Zusatzgeräte ausstaffiert. Damit schlug ich ein Viertel Schlagobers und verrührte es danach vorsichtig mit dem Sud. Dann goss ich ein kleines bisschen der Creme in die Form und stellte sie für zehn Minuten in den Gefrierschrank.

Für ein letztes Glas reichte der Wein in der Flasche noch. Ich gab Gismo eine weitere Olive und kraulte sie hinter dem Ohr. Momentan war ihr die Olive wichtiger.

Ulrike hatte wenig über die Befragung der anderen Mitarbeiterinnen und Mitarbeiter des Freud-Museums erfahren. Offenbar waren es Routineuntersuchungen gewesen, bei denen Geburtsdatum und Name der Zeugen wieder einmal wichtiger gewesen waren als das, was sie wahrgenommen hatten, und erst recht als das, was sie vermuteten. Niemand erinnerte sich genau, aber einige hatten das Gefühl, dass sie die Unbekannte bereits öfter im Museum gesehen hatten. Dann aber musste sie irgendwo in Wien oder der Umgebung Wiens eine Unterkunft gehabt haben. Wenn natürlich der Vermieter der Mörder war, dann lag auf der Hand, warum er keine Abgängigkeitsanzeige erstattet hatte. Vielleicht hatte sie doch unbemerkt bei den Bernkopfs gewohnt. Ich schüttelte den Kopf. Das wäre mir zwar ganz recht gewesen, aber es war doch ziemlich unwahrscheinlich. Die Studentin hätte sie gesehen. Oder die alte Frau Nawratil.

Zuckerbrot würde es schon herausfinden. Vielleicht auch nicht.

Was ging es mich an? Die braunen Augen der Toten hatten ausgesehen, als ob sie aus Glas wären.

Ich schnitt den Hummerschwanz in feine Scheiben. Dann nahm ich die Form aus dem Gefrierschrank. Gut, die unterste Schicht war fest. Ich verteilte die Hummerstücke und übergoss sie mit dem Rest der cremigen Masse aus Hummersud und Schlagobers. Gut verschließen und ab in den Kühlschrank.

Genießerisch wischte ich mit den Fingern die Reste des Hummerschaums aus der Schüssel. Die Terrine war eindeutig ein Grund, mich auf morgen Abend zu freuen. Ich gab Gismo noch eine Olive, zog mein Nacht-T-Shirt an und las, bis mir die Augen zufielen. Zum ersten Mal seit längerer Zeit schlief ich tief und traumlos durch.

Ich brachte Droch ein Stück von der Hummerterrine mit. Zwischen dem politischen Chefkommentator und mir gab es viele Gegensätze, doch einige Gemeinsamkeiten hatten wir auch. Gutes Essen zum Beispiel. Außer einem alten Korrektor war ich die einzige im „Magazin", die mit ihm per Du war. Als es um die Machenschaften im letzten Präsidentschaftswahlkampf gegangen war, hatten wir gemeinsam das eine oder andere Abenteuer überstanden. Damals hatte es beinahe so ausgesehen, als könnte uns mehr als das miteinander verbinden. Ich weiß nicht, an wem es gelegen hatte, dass daraus dann bloß ein romantisches Abendessen am Donauufer geworden war. Droch war verheiratet, unglücklich verheiratet, aber sind das nicht alle Männer, wenn sie gerade für eine andere Frau schwärmen? Ich kam immer mehr zur Überzeugung, dass klassische Zweierbeziehungen für mich einfach nicht gemacht waren.

Droch sah von seinem Computer auf, als ich hereinkam, und rollte zu mir. Seit einem legendenumwobenen Einsatz als Kriegsberichterstatter war er querschnittgelähmt und auf den Rollstuhl angewiesen. Er fuhr sich durch die kurzen, grauen Haare und lächelte halb erfreut, halb spöttisch. „Der nächste Mord?", fragte er lapidar.

Ich wickelte wortlos das Stück Hummerterrine aus der Verpackung, legte es auf einen Plastikteller und kramte nach einer Gabel. Er schnupperte genießerisch. „Für mich?"

Ich machte eine einladende Geste. „Trotzdem."

Er sah mich mit zusammengekniffenen Augen liebevoll an und kostete. „Himmlisch. Warum schreibst du über abgehalfterte Opernsängerinnen und aufgetakelte Baumeister, wenn du so kochen kannst?"

„Weil ich fürs Schreiben bezahlt bekomme."

„Ich kenne Männer ..."

„Da lasse ich mich schon lieber vom ‚Magazin' zahlen."

„Was ist mit dem Mord?"

„Das interessiert dich doch nicht." Ich schwieg unbarmherzig und sah ihm beim Essen zu.

„Erzähl schon, oder muss ich dich auf Knien bitten?"

„Es wäre mir wirklich zu anstrengend, dich wieder in den Rollstuhl zu hieven."

Er grinste. Solche Dialoge mochte er. „Also?"

Ich erzählte. Und ich erfuhr, dass sein Zugang zur Psychoanalyse auch nicht subtiler war als meiner. Als er dann noch mit vollem Mund feststellte, die meisten Psychiater hätten doch selbst einen Dachschaden, musste ich endgültig widersprechen. Schon aus Prinzip. Und weil er ein alter konservativer Querkopf war. Das sagte ich ihm auch und dass die Frage, ob verrückt oder nicht, wohl in erster Linie vom eigenen Standort abhänge.

Droch wischte sich die letzten Reste der Hummerterrine von den Lippen. „Natürlich", erwiderte er, „und von meinem Standpunkt aus sind eben die meisten Psychiater verrückter als ihre Patienten. Außerdem", fuhr er fort, „wundert es mich, dass ausgerechnet du dich für Freud und Co. ins Zeug wirfst. Er war ein alter Frauenfeind. Oder besser ein Freund der Frauen an dem Platz, an den sie gehören: ins Haus und in die Küche. Die anderen waren für ihn hysterisch – und dagegen hat er sie behandelt!"

„Dir bringe ich noch einmal etwas von meiner besten Terrine mit."

„Ausnahmen gibt es immer. Solange du so kochst, habe ich nichts dagegen, wenn du dich zwischen gesellschaftlichen Events und Promis verwirklichst. Selbst Freud hat mit Frauen verkehrt, die gar nicht so angepasst waren. Psychoanalytikerinnen, irgendeine sehr moderne Adelige und dann noch eine attraktive Schauspielerin, wenn ich mich richtig erinnere."

„Woher weißt du das?"

„Bildung, mein Mädchen. Ewas, das es jetzt in den Schulen nicht mehr gibt. Jetzt sind sie damit beschäftigt, Kindern wenigstens die Grundzüge eines halbwegs sozialen Verhaltens beizubringen, aber auch das gelingt immer seltener."

„Früher war eben alles besser."

Er winkte ab. „Weißt du etwas Neues?"

„Das wollte ich dich fragen." Droch war mit Zuckerbrot seit Jahrzehnten befreundet und über ihn hatte ich den Chef der Mordkommission auch kennen gelernt.

Droch schüttelte den Kopf. „Du und deine Putzfrau, ihr lasst nach."

„Zuckerbrot wird die Sache schon klären. Ich fahre nächste Woche ins Veneto. Und zuvor kümmere mich um die Eröffnung des Tanzpalastes, du weißt schon, dieser Mega-Schuppen für Überfünfunddreißigjährige. Hast du Lust, mitzukommen? Du bist doch schon über fünfunddreißig?"

Droch verzog angewidert das Gesicht.

Ich lachte. „Hat dir Zuckerbrot wirklich nichts erzählt?"

„Er hat mich gefragt, ob du mir wirklich nichts erzählt hast."

Es würde eben noch dauern, bis jemand die Tote vermisste und zur Polizei ging. Erst dann konnten die Ermittlungen beginnen. Wir vereinbarten, zu Mittag auf ein schnelles Essen zum Türken um die Ecke zu gehen, und ich verbrachte den Rest des Vormittages damit, meine Post zu sichten und die Rubrik mit den Ankündigungen der besten Events der kommenden Woche zu füllen.

Ich saß auf meinem winzigen Balkon, gähnte und ließ mir die Frühlingssonne ins Gesicht scheinen. Am Vorabend war es spät geworden. Nachdem ich bei der Eröffnung des Tanzpalastes mit Promis, Adabeis und der echauffierten Veranstalterin geredet hatte, nachdem ich mir notiert hatte, wer welche Designerklamotten getragen hatte, wer mit wem an einem Tisch gesessen war, und nachdem ich den Kulturstaatssekretär mit der Frage geärgert hatte, warum man ihn bei Promi-Treffs viel öfter sieht als bei Kulturveranstaltungen, hatte ich mich mit zwei Kolleginnen in ein ruhigeres Eck gesetzt und mit ihnen einem Menge Chardonnay getrunken. Nicht, dass der Wein so gut gewesen wäre, aber es war angenehm, einfach zu plaudern, sich über so genannte Kollegen zu beschweren, gemeinsame Feinde auszurichten und immer wieder auf die Tanzfläche zu sehen, um spöttische Bemerkungen zu machen.

Ich schloss die Augen und träumte vom Veneto. Dort war es sicher wärmer, mindestens um fünf Grad. Ich würde in der Sonne liegen, schlafen, essen, trinken.

Am Nachmittag ging ich in die Redaktion und schrieb die Reportage über die Tanzpalast-Eröffnung. Ich bin eine schnelle Schreiberin, es war eine Sache von nicht einmal einer Stunde. Unser Großraumbüro war am Samstag angenehm leer. Pflichtbewusst nahm ich mir, nachdem ich den Artikel ordnungsgemäß abgespeichert und weitergeschickt hatte, eine Zeitung.

Die Regierung kündigte Reformen an, die Opposition kritisierte Sozialabbau. Ich beließ es bei den Überschriften. Die Schlagzeile der Titelgeschichte im Chronikteil lautete:

„Freuds Tote war Amerikanerin". Gespannt las ich die Unterzeile: „Identität des Mordopfers im Freud-Museum geklärt: Jane Cooper, Studentin der Psychologie, 22 Jahre alt, aus New York." Ein Foto zeigte die junge Frau lachend vor dem Eingangsschild der State University of New York. Sie wirkte keinen Tag älter als achtzehn, aber vielleicht war das Foto ja nicht ganz neu.

„Gestern meldete sich der Sohn der Besitzerin der Fremdenpension A. bei der Polizei. Ihm war aufgefallen, dass einer der Pensionsgäste in den letzten Tagen nicht wiedergekommen war. Er gab an, die Medienberichterstattung über den Mord im Freud-Museum nicht verfolgt zu haben. Wenig später war klar, dass es sich beim Mordopfer um die Studentin Jane Cooper handelte. Sie war exakt vor einer Woche nach Wien gekommen um nach den Angaben ihrer schwer geschockten Eltern eine Arbeit über das Freud-Museum zu schreiben. Jane Cooper hatte in Wien keinerlei Bekannte oder Freunde. Auch insofern bleibt ihr Tod rätselhaft. Die Sicherheitsdirektion tippt auf einen Geistesgestörten, der das Milieu genutzt hat, um einen eindrucksvollen Mord zu inszenieren. Der Leiter der zuständigen Mordkommission betonte, dass in alle Richtungen ermittelt werde.

Kurz vor Redaktionsschluss stellte sich heraus, dass die Erdrosselte in der Fremdenpension im sechsten Wiener Gemeindebezirk nicht ordnungsgemäß angemeldet gewesen war. Wahrscheinlich hatte die Inhaberin der Pension deswegen keinen Kontakt mit der Polizei aufgenommen. Sie hat mit einer Verwaltungsstrafe zu rechnen. Die anderen Pensionsgäste sind dem Vernehmen nach noch gestern Nacht befragt worden."

Ich nickte. Also tatsächlich eine Amerikanerin. Psychologiestudentin.

Ich kramte in unserer Zeitungsablage nach dem „Blatt". Hier war die Sache weit reißerischer aufgemacht. „New Yorkerin ist Opfer des Psycho-Mörders". Der Text allerdings war kurz und unterschied sich inhaltlich nicht von dem der anderen Zeitung. Lediglich der letzte Absatz hatte es in sich: „Treibt sich der Mörder im Psycho-Milieu herum? Wer wird sein nächstes Opfer? Stimmen werden laut, die die Aufhebung der Schweigepflicht von Psychiatern im Kriminalfällen fordern. Wie aus gewöhnlich gut informierten Polizeikreisen verlautete, könnte es gut möglich sein, dass es sich bei dem Täter um einen psychiatrischen Patienten handelt."

Vielleicht sollte man dem Redakteur sagen, dass zwischen dem Freud-Museum und einer psychiatrischen Klinik ein kleiner Unterschied besteht. Und dass Psychoanalyse für sich betrachtet noch kein Mordmotiv ist. Ich sah auf die Namenszeile des Redakteurs. Mein alter Freund Hugo. Er machte mich endgültig zu einer Freundin von Freud, seinen Epigonen und dem ihm gewidmeten Museum. Zumindest tendenziell.

Vielleicht würde ich mir ins Veneto neben ein paar Krimis auch eine Freud-Biographie mitnehmen. Ich sollte Ulrike um einen Tipp bitten.

[4.]

Ich stand vor der halbgefüllten Reisetasche und überlegte, ob es für meine beiden Leinenhosenanzüge schon warm genug sein würde. Der Stapel Bücher war schon verstaut. Neben einer Reihe von Sachbüchern über Freud und die Psychoanalyse hatte mir meine Lieblingsbuchhändlerin den Psychoanalyse-Krimi von Batya Gur empfohlen. Ich hatte den Krimi gekauft und anstandshalber noch Freuds „Traumdeutung“. Freuds Werk lag auf meinem Schreibtisch. Batya Gurs Buch in meiner Reisetasche.

Für Gismo würde Frau Schneider viel zu gut sorgen. Frau Schneider wohnte zwei Stockwerke unter mir, sie liebte Katzen und fabrizierte für ihre Enkelkinder jede Woche Unmengen an Keksen. Gismo mochte Kekse. Sie würde in einer Woche um einen halben Kilo mehr wiegen. Dabei war sie ohnehin nicht eben untergewichtig. Ich grinste fröhlich. Warum sollte ich es ihr nicht gönnen, wo ich doch selbst auch vor hatte zu schlemmen? Und Frau Schneider machte ich nebenbei auch noch eine Freude. Eine eigene Katze hatte sie bloß aus der Angst heraus nicht, früher zu sterben als sie.

„Kekse, Gismo“, sang ich. Sie sah mich aufmerksam an.

Das Telefon läutete. Vielleicht Joe, mein Gelegenheitsgeliebter. Aber er sollte noch in Australien sein und eine dieser internationalen volkstümlichen Unterhaltungsshows moderieren. Eigentlich seltsam, dass es auch für volkstümelnde Musik einen internationalen Einheitsgeschmack gab. War das das schleichende Ende von Volkstümelei und anderem Völkischen? Oder dämmerte da eine neue

Bedrohung herauf: internationaler Nationalismus? Ich rief mich zur Ordnung, ich mochte diese Musik nun einmal nicht besonders, das war alles. Es gibt eben die unterschiedlichsten Berufe. Abgesehen davon, dass Joe im Dienst bisweilen Sakkos mit aufgestickten röhrenden Hirschen trug, war er ganz in Ordnung. Ich hatte ihn bei meinen Recherchen über das Leben der Stars der Volksmusik kennen gelernt. Allerdings war ich am Ende gezwungen gewesen, mehr über das Sterben dieser Stars zu berichten. Eine Zeit lang hatten wir uns beinahe täglich gesehen. In den letzten Monaten war aus der ersten Verliebtheit ein lockeres Verhältnis geworden, abgestimmt auf unsere unterschiedlichen Berufe und unsere unterschiedlichen Interessen. Aber es war immer wieder schön. Und jedenfalls recht bequem.

„Ja?“, trällerte ich.

„Mira? Da ist Ulrike.“

Auf sie hatte ich komplett vergessen. „Ich wollte dich gerade anrufen, ich fahre ...“

„Es ist schon wieder etwas passiert.“

„Ein Mord?“

„Nein, aber ... mein Freund hat die Tote gekannt. Diese Jane. Er ist Psychiater. Er ist mit ihr ein paarmal essen gegangen. Deswegen hatte er letzte Woche keine Zeit für mich. Er hat sie im Museum kennen gelernt, als ich nicht Dienst hatte. Auch wenn er sagt ...“

„Ulrike, das ist doch nicht so schlimm. Er meldet sich bei der Polizei und erzählt, was er weiß.“

„Ich will ihn da nicht hineinziehen. Er sagt, sie haben über nichts gesprochen, was mit dem Mord zu tun haben könnte. Ich weiß allerdings nicht, warum er mir von den Treffen nichts erzählt hat, wenn sie so harmlos waren.“

„Sag ihm, er soll zur Polizei gehen. Wenn er es nicht tut, kann es gut sein, dass sie trotzdem hinter diese Beziehung kommen, und dann steht er schlecht da.“

„Es war keine Beziehung.“

„Egal, was immer.“

„Er will erst einmal abwarten und überlegen. Und ich werde ihn sicher nicht melden. Er hat erst vor einem Jahr seine Praxis eröffnet. Und er hat Schulden. Kannst du dir vorstellen, wie sich sein Name in Verbindung mit einem Mord auf die Praxis auswirkt?“

Der Artikel im „Blatt“ hatte mir einen ungefähren Eindruck geliefert. Die Masse und die Massenmedien unseres Landes hielten nicht viel von Seelenklempnern und der Analyse der Psyche. Wahrscheinlich hatten sie vor dem Angst, was bei ihnen selbst zu Tage treten könnte.

„Mira?“

„Ja.“

„Bitte komm her, ich bin ganz verzweifelt. Ich weiß nicht, was ich tun soll. Womöglich ist er in den Mord verwickelt. Ich weiß nicht, was ich dann tue.“ Ihre Stimme kippte.

Ich sah durch die offene Schlafzimmertür auf meine Reisetasche und seufzte. Wenn ich ihr jetzt zu helfen versuchte, vielleicht gab es dann auch jemanden, der mir half, wenn ich Hilfe nötig hatte. „Ich komme.“

Ich ließ mir von Dr. Peter Zimmermann einen Termin geben. Ich leide an Schlafstörungen, erzählte ich ihm am Telefon, es sei nicht mehr auszuhalten. Zuerst bot er mir einen Termin in der übernächsten Woche an. Viel zu spät, jammerte ich. Also bestellte er mich nach einigem Gemurmel über andere zu verschiebende Termine bereits für den kommenden Tag.

Ulrike hatte ich versprochen, ihren Freund unauffällig auszufragen. Und dann würde ich endlich, mit Verspätung, ins Veneto fahren. Der Psychiater brauchte nicht zu wissen, dass ich Ulrike aus der Schulzeit kannte. Ich sollte herausfinden, in welcher Beziehung er zu Jane Cooper gestanden war und ob er – direkt oder indirekt – etwas mit dem Mord zu tun hatte. Ulrike schien ziemlich eifersüchtig zu sein, ihre Einstellung gegenüber der toten Amerikanerin jedenfalls hatte sich radikal verändert, seit sie von den Treffen gehört hatte. Als „diese Jane“ oder „diese Tote“ titulierte sie das Mordopfer jetzt. Kein Wunder, dass ihr der Psychiater nichts von seiner Bekanntschaft erzählt hatte. Jedenfalls: Ich würde mein Bestes geben, um Ulrike Gewissheit zu verschaffen.

Einen Tipp hatte mir Ulrike noch mit auf den Weg gegeben: „Er macht keine Psychoanalyse, er macht Psychotherapie. Deswegen wird es viel leichter sein, ihn auszuhorchen. Anders als bei der Psychoanalyse soll in der Psychotherapie ein durchaus persönlicher Kontakt zwischen Patient und Therapeut entstehen. Er wird dir, wenn er das Gefühl hat, dass du dich dann wohler fühlst, alles mögliche erzählen."

„Auch die Wahrheit?", hatte ich gefragt.

„Das musst du eben herausfinden. Und lass dir selbst eine gute Geschichte einfallen."

Die hatte ich. Immerhin konnte ich ihm von meinen Zuständen in der Nacht erzählen. Vielleicht waren sie ja sogar wirklich ein Fall für den Psychiater.

Seine Praxis hatte Dr. Zimmermann in einem der vom Verkehr grau gewordenen Altbauhäuser der oberen Linken Wienzeile, dort, wo man den Naschmarkt nicht einmal mehr riechen konnte. Ein blank geputztes Messingschild an der Türe, ein Hinweis, mit dem Lift in den vierten Stock zu fahren. Wenigstens ein Lift. Im vierten Stock zwei Wohnungen mit einem Gitter vor der Tür und der Eingang zur Ordination. Ich klingelte, die Tür ging automatisch auf. Ich ging durch ein Vorzimmer. Die Wände waren weiß, einige sehr schöne, farbenfrohe Miró-Drucke bildeten einen optimistischen Kontrast dazu. Der Garderobenständer, der aussah wie jene in alten Wiener Kaffehäusern, war leer. Ich öffnete vorsichtig die Tür, auf der „Wartezimmer" stand. Offenbar hatte er keine Sprechstundenhilfe. Oder hatten Psychiater so etwas gar nicht? Der Raum war menschenleer. Auch hier weiße Wände, bunte Drucke, viel Platz. Eine gepolsterte Sitzecke in Weinrot und ein Tischchen mit einigen Zeitschriften darauf waren das einzige Mobiliar. Keine Vorhänge vor den hohen, neu renovierten Fenstern. Man hatte einen beinahe ungehinderten Blick auf das Wiental. Sehr viele Patienten konnte Ulrikes Freund nicht haben. Oder hatte er bloß eine bessere Einteilung als die Ärzte, die ich bisher kannte? Vielleicht sollten die Patienten einander nicht begegnen? Könnte ja peinlich sein, wenn man hier seinen Chef traf. Ich grinste beim Gedanken, hier auf meinen Chefredakteur zu stoßen. Etwas Psychotherapie könnte dem sicher nicht schaden. Niemandem, der einen Psychotherapeuten benötigte, sollte das peinlich sein, natürlich nicht. Zumindest theoretisch war mir das klar, praktisch war eben auch ich durch diverse Witze geprägt. Was soll's.

Der Parkettboden knarrte, als ich vom Fenster zur Sitzgruppe ging. Unwillkürlich versuchte ich, mich leise zu bewegen. Ob ich an der Flügeltüre, die keine Aufschrift trug, klopfen sollte? Aber eigentlich musste er mein Kommen gehört haben. Ich beschloss, zehn Minuten zu warten und dann aktiv zu werden. Ich lauschte. Ich atmete flach. Kein Geräusch. Oder gehörte das alles schon zur psychiatrischen Therapie? Ich sah mich misstrauisch nach Kameras um, fand aber nur Halogenspots. Lächerlich, Zeit, die Vorurteile abzulegen.

Die Tür ging auf und ein schlanker blonder Mann mit strahlend blauen Augen kam mir lächelnd entgegen. Das konnte nicht der Psychiater sein, er war bestenfalls dreißig. Psychiater oder Psychoanalytiker waren alt, weise und hatten Bärte. Sie sahen eben aus wie Freud. Der hier hatte nicht einmal eine Brille und wirkte eher wie ein erfolgreicher Mittelstreckenläufer.

„Ich bin Peter Zimmermann", sagte er und streckte mir die Hand hin.

„Mira Valensky", erwiderte ich und fluchte auf Ulrike. Warum hatte sie mir nicht erzählt, dass ihr Freund um zehn Jahre jünger war als sie? Es spielte keine Rolle, das stimmt schon. Aber Überraschungen mochte ich zu meinem Geburtstag und nicht in einer Situation, in der ich mich ohnehin nicht ganz wohl fühlte.

Er führte mich zu einem bequemen gepolsterten Lederstuhl und bat mich Platz zu nehmen. Zwischen uns war ein Schreibtisch, überladen mit Papieren und Büchern. Dr. Zimmermann ließ sich in einen hohen Bürosessel fallen.

„Sie wollten also mit mir reden", sagte er und sah mich an.

Ich schluckte und nickte. Ich würde ihm zuerst einmal von meinen Zuständen erzählen, bis ich wieder Tritt gefasst hatte und meine eigentliche Mission starten konnte.

„Also“, begann ich.

Er zog ein leeres Blatt Papier aus einer Lade, nahm einen Kugelschreiber und nickte mir aufmunternd zu. Seine Augen waren unglaublich blau.

Ich erzählte ihm vom Wecker, der meistens auf fünf stand, vom rasenden Herz, von der Angst, einen Herzanfall oder einen Schlaganfall zu bekommen, von den verkrampften Beinen, den Schweißausbrüchen, dem Zähneklappern. Und davon, dass ich mich danach nicht einzuschlafen traute und so lange las, bis mir von selbst die Augen zufielen.

Er unterbrach mich kaum, stellte hie und da eine Zwischenfrage, nickte beinahe befriedigt und sagte dann: „Warum wollen Sie nicht sterben?“

Ich sah ihn fassungslos an. Damit hatte ich nun wirklich nicht gerechnet. „Weil ich leben will, natürlich, ich lebe gerne und es kommt mir absurd vor, sterben zu wollen. Und ich weiß nicht, was das mit meinem Herzrasen zu tun haben soll. Wenn ich sterbe, dann bin ich tot, das Leben ist aus, ich bin nicht mehr, kann nicht mehr ...“

„Aber warum haben Sie diese Angst, zu sterben?“

„Hat die nicht jeder? Weil ich leben will. Entweder tot oder lebendig. Ich bin für lebendig.“

„Und trotzdem haben Sie diese Attacken.“

Ich sah ihn an. „Ja, aber ... vielleicht kommen sie von der Wirbelsäule. Vieles kommt von der Wirbelsäule und als Journalistin sitze ich viel am Computer. Und ab und zu ist da auch so ein Schwindelgefühl dabei in der Nacht und ein Sausen in den Ohren.“

„Was Sie haben, hat nichts mit der Wirbelsäule zu tun. Es hat mit dem Leben und dem Tod zu tun und damit, dass Sie den Eindruck haben, dass etwas in ihrem Leben nicht stimmt. Natürlich ist es gut, noch ein paar physische Aspekte abzuklären, nur zur Vorsorge. Das Ergebnis erscheint mir ziemlich klar.“

Er beugte sich vor zu mir und legte seine gebräunten Unterarme auf den Schreibtisch. Woher hatte er schon im Frühling braune Unterarme?

„Sie leiden wahrscheinlich unter so genannten Panikattacken. Das ist viel weiter verbreitet, als man annehmen möchte. Es geht dabei auch um das Alleinsein."

„Ich lebe tatsächlich allein. Zumindest meistens."

„Das spielt keine Rolle. Jede und jeder kann sich allein fühlen. Das hat auch mit der Kindheit zu tun. Ob man Geborgenheit erlebt hat, das Gefühl, angenommen und geliebt zu werden. Sich verlassen zu können, sich fallen lassen zu können und aufgefangen zu werden. Vertrauen haben zu können."

Ich weiß nicht, warum mir plötzlich nach Weinen zumute war.

„Es geht um das Nichts und Niemand. Wenn niemand und nichts da ist, dann können solche Attacken entstehen."

Mir rannen ein paar Tränen über die Wange, ich konnte sie nicht stoppen. „Aber ich habe eine ganze Menge", widersprach ich und wischte mir die Tränen energisch weg. „Eine ganze Menge Dinge, die mir Freude machen. Und ich habe Freunde. Viele."

Er nickte und sagte sanft: „Es gibt eine Untersuchung über die Fischer in Grönland. Wenn sie auf das Meer hinausfahren und das Meer ist spiegelglatt und sie sind ganz allein, nur sie, nur sie und sonst nichts außer dem Meer, dann bekommen einige von ihnen solche Attacken."

„Ich habe keine Angst, allein auf großen Plätzen zu sein." Das stimmte nicht ganz, fiel mir ein. Ab und zu hatte ich das Gefühl, dass jemand auf mich zielt, dass jemand in der nächsten Sekunde abdrücken und mich erschießen würde. Aber das hatte wohl mehr mit meinen Recherchen in Mordfällen zu tun als mit der Angst vor Einsamkeit. Besser, ihm das nicht zu erzählen. Überhaupt sollte ich mich langsam um meine eigentliche Mission kümmern.

„Was sind Sie, wenn Sie nicht arbeiten, keine Freunde treffen, gar nichts tun, gar nichts tun können? Was bleibt dann von Ihnen?"

„Ich bin gerne faul, ich lese, ich koche, ich ..."

Er schüttelte den Kopf. „Nein, gar nichts: Was sind Sie, wenn Sie gar nichts tun? Nie mehr? Nicht bloß zur Erholung."

Irritiert sah ich ihn an. „Ich verstehe die Frage nicht. Aber ich könnte dann immer noch denken und ich würde mir überlegen, wie ich mich mitteilen kann. Es gibt fast vollständig Gelähmte, die Bücher geschrieben haben. Wahrscheinlich würde ich etwas Ähnliches probieren."

Er schüttelte wieder den Kopf. „Wenn Sie gar nichts tun."

Stille.

„Was sollte dann noch sein? Dann wird niemand merken, dass ich da bin. Dann bin ich so gut wie tot", sagte ich langsam.

„Dann", erwiderte er milde, „sind immer noch Sie selbst da."

Der rote Punkt auf dem Miró-Druck hinter seinem Schreibtisch begann zu tanzen. Ich konnte mich nicht mehr konzentrieren. Mir war schwindlig. Mein Herz klopfte heftig.

„Sie selbst."

Ich versuchte mich zu fangen und ihn spöttisch anzusehen. „Das wird die Welt aber freuen."

„Das sollte Sie selbst freuen." Er lächelte. „Sie haben allen Grund, sich über sich selbst zu freuen."

„Ich lebe gerne alleine. Und ich koche manchmal, nur für mich, Menüs mit zehn Gängen. Einfach für mich."

„‚Nur' für Sie selbst? Warum ‚nur'? Und: Allein zu leben kann ebenso gut sein, wie nicht allein zu leben. Und sich zu verwöhnen ist eine gute Sache. Aber Sie haben diese Attacken. Da ist also etwas, das Ihnen nicht passt."

„Ich bin ganz zufrieden, denke ich."

„Überlegen Sie, ob das stimmt. Ob Sie nicht vielleicht vor einem Umbruch stehen, etwas ganz anderes machen möchten. In eine neue Richtung gehen möchten. Und denken Sie über dieses Nichts und Niemand nach."

„Ich bin kein Typ für die klassische Zweierbeziehung."

„Hätten Sie gerne eine? Aber davon rede ich eigentlich auch nicht, ich rede von Ihnen, ausschließlich von Ihnen." Er sah auf die Uhr. „Du liebe Güte, wir haben unsere Zeit ziemlich überzogen. Also was ist: Haben Sie Lust auf ein paar weitere Gespräche? Sie könnten einen Großteil des Honorars von der Krankenkasse zurückbekommen. Entweder Sie zahlen bar oder mit Erlagschein. Wenn Sie wollen, dass unsere Gespräche ganz unter uns bleiben, dann zahlen Sie bar und können natürlich nicht für den Krankenkassenzuschuss einreichen. Unter gewissen Umständen dürfen Krankenkassendaten verwendet werden, bedanken Sie sich bei unserer Regierung. Meine Steuern zahle ich trotzdem, das kann ich Ihnen versichern. Aber bei Ihnen geht es wohl ohnehin nicht um Geheimhaltung und in meinen Aufzeichnungen kommen Sie nur als Kürzel vor, für alle Fälle. Wenn Ihnen aber eine Frau als Gesprächspartnerin lieber ist, könnte ich Ihnen auch Kolleginnen empfehlen. Und ich schreibe Ihnen einen guten Internisten auf, damit Sie zur Sicherheit ein paar Herzuntersuchungen machen. Obwohl ..."

„Ja, ich möchte schon weiterreden", sagte ich und war irritiert. Ich musste ja sogar weiterreden, mein Auftrag, der Mord im Freud-Museum.

Er zückte seinen Kalender, ich tat dasselbe. Wir vereinbarten einen Termin für kommende Woche. Doch so lange konnten meine Fragen über seine Beziehung zu der jungen Amerikanerin nicht warten. Höchste Zeit, sie endlich zu stellen. Ich suchte nach einer Einstiegsformulierung. Er sprang auf, ich tat automatisch dasselbe, er schüttelte mir eilig die Hand, öffnete energisch die Tür und begrüßte den nächsten Patienten, einen Mann um die fünfzig in einem gut geschnittenen grauen Anzug und mit dezentem braunem Lederaktenkoffer. Was konnte der für psychische Probleme haben? Ich musterte ihn so beiläufig wie möglich. Nicht einmal ein nervöser Tick. Vielleicht war er auch bloß der Steuerberater meines Psychotherapeuten. Wie sich das anhörte. Der blonde, braun gebrannte Typ, der jetzt also mein Psychotherapeut war, winkte mir noch einmal und dann ging die Tür zu seinem Zimmer zu.

Ich war irritiert. Ich hatte nur über mich geredet. Nur über mich. Nein, nicht „nur" – also über mich selbst. Ich selbst. Ohne sonst etwas. Komisches Gefühl. Ich atmete tief durch und versprach mir, wieder klar zu denken: Ich hatte meine Aufgabe vermasselt.

Wieder in der Redaktion, starrte ich auf meinen Computerbildschirm und versuchte, mich als „ich selbst“ zu fühlen. Ohne etwas zu tun. Nur als „ich selbst“. Da es für heute ohnehin zu spät war, um noch nach Italien aufzubrechen, und ich außerdem nicht genau wusste, wie ich Ulrike meinen Misserfolg beibringen sollte, hatte ich kurz beim „Magazin“ vorbeigeschaut. Und war mit seltenem Entzücken von meiner Ressortchefin begrüßt worden. Ich hätte sofort umkehren sollen.

Eine halbe Stunde später war klar gewesen, dass ich auch in den nächsten Tagen nicht wegfahren würde. Beide meine Kollegen waren krank geworden: Sie hatten sich bei einem Empfang der neuen Air-Allianz eine Salmonellenvergiftung zugezogen. Die Ressortleiterin musste morgen nach Oman – auf Einladung des dortigen Tourismusministeriums, das sich dafür nette Geschichten über die Schönen und Reichen erwartete, die in ihrem schönen und grundsätzlich auch reichen Land Urlaub machten.

Ich hatte also die Aufgabe, mich um die Routinearbeiten im Lifestyle-Ressort zu kümmern. Und ich würde schon bald einen weiteren Anlauf nehmen, um Ulrikes Freund über seine Beziehung zur Toten im Freud-Museum auszuhorchen. Diesmal würde ich mich nicht überraschen lassen.

Frau Schneider reagierte eindeutig enttäuscht, als ich auf dem Weg zu meiner Wohnung bei ihr Halt machte und erzählte, dass ich meinen Kurzurlaub auf unbestimmte Zeit verschieben müsse. „Sie Arme“, sagte sie dann und tröstete mich mit einem enormen Keksteller. „Ich habe besonders viele von den schokogetunkten aufgelegt, die haben Sie ja so gerne.“ Mir war ohnehin nach Süßem zumute, auch wenn ich Frau Schneider im Verdacht hatte, bei den Keksen weniger an mich als an Gismo gedacht zu haben.

Ich nahm den Teller, ging nach oben und nahm mir vor, demnächst ein oder zwei Stunden mit der alten Dame zu plaudern. Abgesehen von den kurzen Besuchen ihrer Enkelkinder war sie fast immer allein.

Kaum hatte ich den Teller aus Sicherheitsgründen ganz oben auf das Küchenregal gestellt, läutete das Telefon. Ich klemmte mir den Hörer unter das Kinn und schlüpfte gleichzeitig aus meinen Schuhen. Joe. Aus Australien. Die Aufzeichnung der Show sei hektisch wie überall auf der Welt, von Kängurus habe er in Sydney noch nicht viel gesehen. Er vermisse mich und wolle mit mir Urlaub in Australien machen, nicht jetzt, später einmal. Ich setzte mich auf den Vorzimmerteppich, lehnte meinen Rücken an die kühle Wand und genoss seine angenehme dunkle Stimme. Ja, vielleicht würden wir in Australien Urlaub machen. Wie war dort überhaupt die Küche? Die Frage irritierte ihn. In puncto Kochen und Essen war meine Leidenschaft deutlich stärker als seine. Ich beschloss, ihm nichts von der Sache im Freud-Museum zu erzählen. Es hätte ihn nur beunruhigt, mich in der Nähe eines Mordfalls zu wissen. Und er hätte mir nicht geglaubt, hätte ich ihm versichert, dass ich den Fall diesmal den Sicherheitsbehörden exklusiv überlassen wollte.

Als er nach einigen samtigen Liebesworten aufgelegt hatte, blieb ich mit dem Telefonhörer in der Hand auf dem Vorzimmerteppich sitzen. Warum nur kann man über das Telefon viel leichter „ich liebe dich“ oder zumindest „ich dich auch“ sagen als von Angesicht zu Angesicht? Und warum hatte ich den Eindruck, dass es so ähnlich klang wie in den Liedtexten der Volksmusikshows, die er moderierte? Aber das konnte ich ja nächste Woche meinen Psychotherapeuten fragen. Ich grinste. Gismo kam und hielt es für eine gute Idee, sich auf meinen Beinen niederzulassen. Ich schubste sie weg, rappelte mich auf, ging in die Küche und belohnte sie und mich mit je einem Schokoladenkeks. Heute war mir nach Gesellschaft. Ich musste nicht allein sein, wenn ich nicht wollte. Ich würde eine meiner Freundinnen anrufen und mit ihr durch die Lokale der Wiener Innenstadt ziehen. Früher hatte ich das häufig gemacht. In den letzten Jahren hatte es mich zunehmend gelangweilt, an immer denselben Plätzen dieselben Menschen zu treffen, die immer nur dasselbe sagten. Damit hatte ich beruflich genug zu tun. Vielleicht sollte ich daran denken, aufs Land zu ziehen.

Eine meiner Freundinnen hatte sich gemeinsam mit ihrem Mann ein Haus im Weinviertel gekauft und schwärmte vom Leben auf dem Land. Ich hatte mit Joe einen weinseligen Abend bei einem Heurigen in ihrem Ort verbracht. Der Heurige war einfach und echt gewesen, nicht eine dieser Touristenfallen, wie ich sie aus Wien kannte. Und dann hatte der Heurigenwirt weitererzählt, dass der berühmte Volksmusikmoderator Joe Platt mit einer unbekannten Frau bei ihm eingekehrt war. Das hatte eine Menge Komplikationen ausgelöst. Ich schüttelte mich. Raus mit mir. Ich war ein Stadtmensch. Ich brauchte Leben rund um mich, weder echte noch falsche Idyllen. Mit Begeisterung hatte ich für zwei Jahre in New York gelebt, zurückgekehrt bin ich bloß wegen einer zerbrochenen Beziehung. Ich war eben noch sehr jung gewesen, Mitte zwanzig. Damals allerdings war mir das gar nicht als so jung erschienen. Alles eben eine Frage des persönlichen Blickwinkels. Wien war für mich gerade die richtige Mischung aus Großstadt und Provinz. Punkt.

Sonja hatte Zeit und wir verabredeten uns für neun bei einem neuen Italiener im ersten Bezirk, gleich hinter dem Stephansdom. Es wurde ein langer Abend. Zuletzt landeten wir in meinem Lieblingsjazzlokal. Werner, ein sechzigjähriger, bärtiger Jazzfreak legte auf. Freddy, etwa gleich alt und wie immer ganz in Schwarz, tanzte zu einer der schönsten Nummern von Miles Davis mit seiner Langzeitverlobten, einer molligen Boutiquebesitzerin. Perfekte Übereinstimmung zwischen Bewegung und Klang. Jahrzehntelange Vertrautheit mit der Musik und dem eigenen Körper, selbstbewusst loslassen, diese ganz leichte Verzögerung des Rhythmus in den Schritten, in der Melodie der Trompete, so als müsste man noch einen Sekundenbruchteil überlegen, vorfühlen, bis man wirklich den Schritt tat, den Ton setzte. An den Tischen entlang der kleinen Tanzfläche saßen nur mehr wenige Menschen. Ich erkannte einen alten Trompeter, der vor Jahrzehnten tatsächlich einmal beim Dizzy-Gillespie-Quartett gespielt hatte. Nach einem Schlaganfall durfte er nicht mehr blasen, aber zuhören konnte er. Die Sehnsucht im Raum war greifbar und bittersüß. Wahrscheinlich hatte ich schon zu viel getrunken.

Wir lehnten uns an die lange Theke, bestellten irischen Whiskey. Ich wurde erst aus meiner Stimmung gerissen, als mich ein Musikredakteur ansprach, den ich flüchtig kannte. „Nicht viel los hier, was?“

[5.]

Das knallgelbe Cocktailkleid von Gianni Versace bestach durch seine Schlichtheit, dies eine Folge der Extravaganz der Verarbeitung und der Linienführung." Ich fluchte, hackte in die Tastatur und baute den Satz um. Unsere Moderedakteurin mochte zwar etwas von Haute Couture verstehen – wobei ich mir da auch nicht ganz sicher war –, vom Schreiben verstand sie wenig. Es war Schwerarbeit, ihre Reportage von der Präsentation der Pariser Herbstkollektionen lesbar zu machen.

Sie stammte aus einer der altösterreichischen Adelsfamilien und das war auch ihr größter Vorzug: Selbst wenn es um die wirklich exklusiven Society-Events ging, bekam sie eine Einladung. In der Redaktion hatten wir sie noch selten zu Gesicht bekommen. Unser Adelsspross war dürr, schmallippig, einiges über vierzig und trug um den mageren Hals gerne mehrreihige Perlenketten. Die männlichen Redaktionskollegen witzelten darüber, was sie wohl in der Nacht mit ihren Perlen tat. Es war besser, ich würde die wenigen Fakten in ihrer Reportage überprüfen. Wer wann welche Modeschau mit welchen Models präsentiert hatte, musste auch in den Agenturmeldungen zu finden sein. Ich tippte Kennung und Passwort für meinen Online-Zugang zu den Nachrichtenagenturen ein. Eine Minute warten.

Die Schlagzeilen der letzten Stunden erschienen. Ich gab einige Suchbefehle ein und warf dabei einen Blick auf die neuesten Nachrichten. Ich sah noch einmal hin. Dann klickte ich mit zitternder

Hand eine dieser Meldungen an und gab den Befehl zum Öffnen. Der Text erschien.

„Psychiater tot aufgefunden. Wie soeben aus der Wiener Sicherheitsdirektion verlautete, wurde der 37-jährige Facharzt für Psychiatrie und Neurologie Peter Z. heute Vormittag gegen elf Uhr tot in seiner Praxis gefunden. Hinweise auf die Todesursache gibt es keine, die Polizei kann zum jetzigen Zeitpunkt Fremdverschulden nicht ausschließen. Äußere Spuren einer Tathandlung waren jedoch nicht ersichtlich. Die zuständige Mordkommission rechnet im Laufe der nächsten Tage mit Untersuchungsergebnissen."

Mit offenem Mund starrte ich auf den Bildschirm. Wie viele siebenunddreißigjährige Fachärzte für Psychiatrie mit dem Vornamen Peter und einem Nachnamen, der mit „Z" begann, gab es in Wien? Von Ulrike hatte ich mittlerweile erfahren, dass der Psychiater älter war, als er jedenfalls für mich ausgesehen hatte. Exakt 37 Jahre alt. Ob Ulrike schon von seinem Tod wusste? Ich wollte nicht diejenige sein, die ihr davon berichten musste. Dafür war die Polizei zuständig. Sie hatten nicht zusammengelebt. Die Mordkommission würde kommen und sie ausfragen. Irgendwann. Zuerst war die junge Amerikanerin im Freud-Museum erwürgt worden und jetzt, einige Tage später, hatte man die einzige Person, zu der sie in Wien nachweislich Kontakt gehabt hatte, tot aufgefunden. Aber von diesem Zusammenhang hatten Zuckerbrots Leute keine Ahnung. Noch nicht. Hätte ich mit dem Psychiater nicht bloß über meine nächtlichen Zustände geredet, könnte er möglicherweise noch leben. Was hatte er gewusst? Hätten wir ihn gedrängt zur Polizei zu gehen, wäre er vielleicht nicht tot.

Keine äußeren Einwirkungen, war in der Meldung gestanden. Der Mann war jung, kräftig, sportlich, braun gebrannt. So jemand starb nicht einfach von heute auf morgen.

„Warum wollen Sie nicht sterben?" Seine Worte, sie hallten mir im Kopf. Hatte er sterben wollen? Seine blauen Augen. Ich musste es Ulrike sagen. Noch nie hatte ich so etwas tun müssen. Ich konnte sie doch nicht einfach anrufen und dann sagen: „Hör einmal, dein

Freund ist tot, aber nimm es nicht so tragisch, das Leben geht weiter und sie werden den Mörder schon finden." Meine Psychotherapie war zu Ende, bevor sie noch begonnen hatte. Ich ärgerte mich über meine selbstsüchtigen Gedanken.

Ich rief im Freud-Museum an. Zum Glück war Ulrike nicht selber am Apparat. Ihre Kollegin wollte sie zum Telefon holen. „Nein", schrie ich. Ich würde selbst hinfahren. Sofort. „Ich will sie überraschen", stammelte ich. Eine schöne Überraschung.

„Du wirst dich niedersetzen müssen", sagte ich zu Ulrike. Sie schien an meinem Gesichtsausdruck zu merken, dass ich keine frohe Botschaft brachte.

„Der Medienraum", murmelte sie. Ausklappbare Sitzelemente, in der Mitte des Raumes Bildschirme, über die eine Freud-Dokumentation flimmerte. Wir waren allein und nahmen nebeneinander Platz. Ich schluckte.

„Was ist? Hast du mit ihm geredet? Du glaubst, dass er in den Mordfall verwickelt ist? Hat er das selbst gesagt oder glaubt du es bloß?" Sie feuerte Fragen auf mich ab, aber ich konnte ihr nur eine einzige Antwort geben.

„Er ist tot." Ich hatte einen Aufschrei erwartet, einen Zusammenbruch. Ulrike aber sah mich nur groß an und wiederholte: „Tot?"

„Ich weiß es von der Nachrichtenagentur. Er wurde heute Vormittag in der Praxis gefunden. Man weiß nicht, was es war. Keine äußeren Einwirkungen, sagen sie."

„Tot? Warum?"

Ich zuckte mit den Schultern und kramte nach einem Taschentuch. Aber sie saß weiter mit tränenlosen, weit offenen Augen da und schüttelte bloß andauernd leicht den Kopf.

„Wann hast du zum letzten Mal mit ihm gesprochen?"

Auf den Bildschirmen war Freud zu sehen, weißbärtig, er beugte sich nieder, streichelte einen Hund, lächelte in die Kamera.

„Gestern, aber wir haben nur telefoniert. Ich wollte ihn nicht treffen, bevor du nicht geklärt hast, ob er ... was er ..." Sie starrte mich an. „Er kann nicht tot sein." Dann begann sie, leise zu weinen.

Ich hielt ihre Hand, gab ihr das Taschentuch und sagte nichts mehr. Was hätte ich auch sagen sollen?

So fand uns ihre Kollegin einige Zeit später. Ich klärte sie mit kurzen Worten auf und sie begann viel lauter als Ulrike zu schluchzen. „Ich kannte ihn, alle kannten wir ihn. Er hat einmal hier gearbeitet. Vor Jahren. Und er kam immer wieder her. Er war ein guter Arzt. Und er war so ..."

„Haben Sie irgendein Beruhigungsmittel?", fragte ich eisig. Wenn, dann hatte Ulrike das Recht auf derartige Ausbrüche.

„Ja", schluchzte sie, „wir haben was in der Apotheke. Ich werde eines ..."

„Sie werden mir Beruhigungsmittel für Ulrike bringen." Meine Schulfreundin hatte auf den Auftritt ihrer Kollegin kaum reagiert.

„Natürlich." Die Museumsangestellte schluckte. „Verzeihen Sie."

„Holen Sie das Zeug."

Ulrike setzte sich plötzlich auf und schüttelte meine Hand ab. „Ich will kein Beruhigungsmittel. Ich brauche so etwas nicht. Ich muss mit der Polizei reden. Sofort."

„Du wirst in deinem Zustand nicht mit der Polizei reden. Sie werden dich ohnehin vernehmen. Später. Du brauchst jetzt Ruhe."

„Warum haben sie mich noch nicht verständigt?"

„Ihr wohnt nicht zusammen."

„Aber er hat ein Bild von mir auf seinem Schreibtisch stehen."

„Mit Adresse? Sie werden wohl zuerst seine Eltern benachrichtigen, je nachdem, was sie an Kontaktadressen finden und was seine Nachbarn erzählen." Ich hatte kein Bild von Ulrike am Schreibtisch gesehen.

„Er kann nicht tot sein. Das Ganze hat mit dieser Amerikanerin zu tun. Die hat damit zu tun."

„Sie ist auch tot. Oder weißt du etwas, das ich nicht weiß?"

Ulrike schüttelte verzweifelt den Kopf.

Ein Paar um die vierzig kam herein. Ich hatte wieder Ulrikes Hand genommen, sie war sichtlich verweint. Wir müssen einen seltsamen Eindruck gemacht haben.

„Excuse me“, sagte die Frau im schönsten Oxford-Englisch, „is this the media-room?“

Ich deutete wortlos auf die noch immer flimmernden Bildschirme. Ulrike sprang auf. „Ich werde sofort mit der Polizei reden. Wenn ich gleich gesagt hätte, dass Peter die Tote kennt – er wäre vielleicht noch am Leben.“

Ich ließ die ratlosen Engländer zurück und lief Ulrike nach.

„Wie ist die Nummer?“, sagte sie fordernd.

Ich konnte nichts anderes tun. Ich kramte nach meinem Telefonbuch und suchte die direkte Nummer von Zuckerbrot heraus. Nachdem sie sich zweimal verwählt hatte, wählte ich für sie. „Soll ich zuerst mit ihm reden?“

Sie nahm mir den Hörer aus der Hand und sprach dann mit irgendeinem seiner Stellvertreter. Es dauerte nicht lange und er machte ihr Vorwürfe, nichts vom Kontakt zwischen ihrem Freund und der Amerikanerin erzählt zu haben. Ulrike schien darauf nicht gefasst gewesen zu sein und begann sich irritiert zu rechtfertigen. Schließlich schnappte ich mir den Hörer und sagte: „Wer immer Sie sind: Meine Freundin hat gerade erfahren, dass ihr Freund tot ist. Also seien Sie bitte so gut und quälen Sie sie nicht zusätzlich. Und richten Sie ihrem Chef aus, dass er mich anrufen soll, sobald er kommt. Mein Name ist Mira Valensky.“ Danach legte ich kommentarlos auf. Ulrike hatte wieder zu weinen begonnen.

Hätte ich nicht geglaubt auf eigene Faust nachforschen zu müssen und hätte ich mich dann nicht auch noch von meinen lächerlichen Problemen ablenken lassen, er säße womöglich neben uns und auch der Fall Jane Cooper wäre schon gelöst.

Was aber, wenn zwischen den beiden Fällen gar kein Zusammenhang bestand? Ich schüttelte den Kopf. Zu unwahrscheinlich. Ulrikes Kollegin kam mit einem großen Glas Wasser und überredete sie nun doch, ein Beruhigungsmittel zu schlucken. Ich musste herausfinden, woran der Psychiater gestorben war. Wie sollte ich das herausfinden? Zuckerbrot. Droch. Aber ich konnte Ulrike nicht allein lassen.

„Hast du eine Freundin, die sich um dich kümmern kann? Geschwister? Deine Eltern?“ Mir fiel auf, wie wenig ich von Ulrike wusste. Sie hatte lange blonde Zöpfe gehabt und war mit mir in einer Schulbank gesessen. Später hatte sie dann eine schicke Pony-Frisur getragen und mochte es sehr, im Mittelpunkt zu stehen. In Mathematik war sie, genauso wie ich, eher unbegabt gewesen. Aber sonst? Ich glaubte mich zu erinnern, dass es noch einen jüngeren Bruder gab. „Dein Bruder? Hat der Zeit für dich?“

Sie schüttelte den Kopf. „Ich will allein sein.“

Kam nicht in Frage. „Ich bringe dich heim, aber dann muss ich weg. Wer kann bei dir sein?“

„Er ist tot.“

„Ja, aber ...“

„Meine Schwester“, schluchzte sie, „vielleicht meine Schwester.“

Während wir die Treppen des Freud-Hauses nach unten gingen, erreichte ich ihre Schwester. Sie erschrak und versprach, sofort zu Ulrikes Wohnung zu fahren.

Ich wollte das Mobiltelefon gerade wieder einstecken, als es läutete. Mein Chefredakteur wollte wissen, ob ich schon vom Tod des Psychiaters gehört hatte. „Jetzt wird die Sache langsam interessant“, meinte er. Ich sah Ulrike an und fand ihn unsympathischer denn je. Andererseits konnte man von ihm nicht verlangen, dass er mit jedem wildfremden Menschen mittrauerte. Tat ich ja auch nicht.

„Ich bin an der Geschichte dran“, erwiderte ich und überlegte, wie ich es anstellen sollte, eine gute Story zu bekommen, ohne Ulrike bloßzustellen. Bis morgen hatte ich noch Zeit. Aber bis morgen wussten wahrscheinlich ohnehin alle Kriminalberichterstatter von den Verbindungen des Toten zum Freud-Museum. Polizeiakten bleiben selten geheim.

Ulrikes Schwester wartete schon vor der Türe. Sie war ein ganzes Stück größer und auch ein ganzes Stück breiter als ich. Ein Fels in der Brandung. Sie umarmte Ulrike stumm und mit dem Ausdruck einer besorgten, sehr tüchtigen, aber auch autoritären Krankenpflegerin. Mir gab sie flüchtig die Hand, dann nahm sie ihrer Schwester die Tasche ab, kramte nach dem Wohnungsschlüssel und sperrte auf. Ich versprach, am Abend wiederzukommen.

Es waren vergiftete Bonbons gewesen. Diese Information bekam ich von Zuckerbrot nach stundenlangen Versuchen, zuerst ihn selbst zu erreichen, ihn dann über Droch erreichen zu lassen und ihn dann davon zu überzeugen, dass die nächste Ausgabe des „Magazins"ohnehin erst übermorgen erschien.

Gezahlt hatte ich mit einer Menge an Informationen über Ulrike, die er allerdings beim ersten Gespräch mit ihr ohnehin bekommen hätte. Die geöffnete Bonbonniere war auf dem Schreibtisch des Psychiaters gefunden worden, die Verpackung im Papierkorb darunter. Irgendjemand hatte ihm per Post und ohne Absender Bonbons geschickt. Er hatte einige davon gegessen, und als er die Katastrophe bemerkt haben dürfte, war es schon zu spät gewesen. Was hatte er gewusst? Das hatte mich auch Zuckerbrot gefragt.

Jedenfalls war das Medieninteresse durch den zweiten Mord deutlich gestiegen. Eine Redakteurin von „Boston Today" stöberte mich in der Redaktion auf und stellte Fragen über die Zusammenhänge zwischen den beiden Todesfällen. Immerhin sei ich beim ersten Mord beinahe Tatzeugin gewesen. Sie war überzeugt davon, dass das Ganze in Zusammenhang mit Neonazis stehen musste. Ob ich denn nicht die historischen Fotos mit den Hakenkreuzfahnen am Freud-Haus kenne? Freud habe schließlich als Jude nach dem Anschluss Österreichs an Hitler-Deutschland fliehen müssen. In Österreich gäbe es zumindest eine Partei, aus deren Kreisen immer wieder antisemitische Aussagen kämen. Und es gäbe eine Menge Menschen, die diese Partei wählen. Ihr Führer habe sich sogar mit ehemaligen SS-Männern getroffen, das sei nicht zu leugnen. Ich seufzte und fragte sie, wie da der Mord am jungen Psychiater in ihr Bild passe. Ich fand die österreichische Politik mies genug, die Schwarz-Weiß-Malerei amerikanischer Medien war gar nicht nötig und in diesem Fall war sie überhaupt absurd.

Die Redakteurin entwickelte ihre These weiter: Wahrscheinlich gehe es um Hass gegen die Psychoanalyse, um einen tief sitzenden, psychoanalytisch interessanten Hass, der damit zu tun habe, dass der Vater der Psychoanalyse eben Jude gewesen sei.

Ignoranz treffe die Situation auch in diesem Fall viel eher, versuchte ich ihr klar zu machen. Die meisten Menschen unseres schönen Landes wären noch nie im Freud-Museum gewesen und über Psychiater werde eher gespöttelt. Das sei eben anders als in den USA, sicher nicht besser, aber von Hass auf die Psychoanalyse hätte ich bisher noch nichts gemerkt. Und außerdem: Der ermordete Psychiater sei kein Analytiker gewesen, sondern Psychotherapeut. Mir war zwar der Unterschied nicht ganz klar, aber der Redakteurin schien er einiges zu sagen. In New York hatte ich zwar Freundinnen und Freunde gehabt, die ohne ihren Analytiker offenbar nicht mehr leben konnten, aber damals war ich das Gefühl nicht los geworden, dass es sich dabei eher um eine Art Gesellschaftsspiel handelte. Motto: Nur simple Naturen brauchen sich nicht analysieren zu lassen. Einen Psychiater zu haben hieß kompliziert, interessant, vielschichtig zu sein. Allerdings konnte ich mich auch erinnern, dass es schon zu meiner Zeit in New York einen gewissen Trend weg von den Analytikern hin zu den Jogalehrern und anderen fernöstlichen Gurus gegeben hatte. Psycho-Moden eben.

Woran der Psychotherapeut gestorben war, verriet ich meiner amerikanischen Kollegin nicht. Mit viel Glück konnte ich über die vergifteten Bonbons ja doch übermorgen exklusiv berichten. Sie habe vor, einen Kollegen nach Österreich zu schicken, erzählte sie noch. Natürlich könnte ich mich mit ihm treffen, antwortete ich. Immerhin war es schön, wieder einmal englisch zu reden. Auch ein Weg, um der Enge zu entkommen.

Gerade als ich die Redaktion verlassen wollte, rief Vesna an. „Ich habe in Nachrichten gehört, es gibt den zweiten Psycho-Mord. Mira Valensky, du musst aufpassen. Sonst bist du Dritte."

„Und was soll ich dagegen tun?"

„Du brauchst Schutz. Ich begleite dich. Wie früher."

„Du hast Arbeit."

„Am Abend."

„Du hast deine Zwillinge."

„Die sind gescheit. Und der Mann kann ihnen kochen. Zwillinge werden es überleben. Hoffentlich."

Ich seufzte. Ihre Fürsorge tat gut. Vesna kümmerte sich um mich. Immer, wenn es brenzlig werden konnte. Oder kümmerte sie sich nur um mich, weil sie den Nervenkitzel brauchte? „Willst du mich beschützen oder willst du ein Abenteuer?", fragte ich.

„Abenteuer, was sonst. Außerdem bist du gute Kundin. Solche sollen nicht wegsterben."

Was hatte ich erwartet? „Als ob du nicht in Bosnien schon genug Abenteuer erlebt hättest."

„Krieg ist kein Abenteuer, Krieg ist Krieg. Und Abenteuer ist Spaß. Und Spaß braucht der Mensch. Außerdem sollte Mörder nicht frei herumrennen. Und ich muss aufpassen auf dich."

Ich versprach, mich nicht aus der Redaktion zu rühren, bis sie kommen und mich abholen würde. Dann nahm ich aus meiner kleinen Geheimflasche in der untersten Schublade zwei große Schluck Whiskey. Mir wurde innerlich angenehm warm. Endlich wieder ein gutes Gefühl.

Ulrike hatte irritiert gewirkt, als ich mit Vesna im Schlepptau zu ihr gekommen war. Sie erschrak, als ich ihr Vesna als Freundin und ganz persönliche Schutztruppe vorstellte. Jetzt saßen wir im Wohnzimmer auf einer jener Sitzgruppen, von denen Untrainierte kaum mehr aufstehen können.

„Vielleicht brauche ich auch einen Beschützer", murmelte sie.

„Wäre gut", erwiderte Vesna herzlos. „Gibt nur zwei Menschen, die mit beiden Morden zu tun haben und leben: Sie und Mira Valensky. Wenn Sie nicht Mörderin sind, Sie sind vielleicht in Gefahr."

Ulrike zuckte zusammen.

„Vesna, Ulrikes Freund ist tot. Du könntest etwas ..."

„Ist aber wahr."

Ich gab mich geschlagen. Ulrike schien sich ohnehin halbwegs gefasst zu haben. Ihr Blick war seltsam starr irgendwo in die Ferne gerichtet, beinahe wirkte sie unbeteiligt. Aber sie war ansprechbar und sie hatte zumindest zu weinen aufgehört.

Ihre Schwester war in der Küche um uns Tee zu machen und wollte danach gehen. Ich hätte etwas Stärkeres als Tee passender gefunden, aber darüber konnten wir auch reden, wenn die übergroße Schwester weg war.

Die nächste halbe Stunde plauderten wir über das Wetter, die Probleme schwer erziehbarer Kinder und die beste Teesorte – Ulrikes Schwester war, wie sich herausstellte, Pädagogin. Über die Mordfälle sollte offenbar nicht geredet werden. Wir fügten uns. Ich verstehe nichts von Pädagogik.

Bevor sie ging, umarmte die Schwester Ulrike lange und fest. Ich hatte schon Angst, die zierliche Ulrike würde daran ersticken.

Die Tür fiel zu, wir schwiegen betreten.

„Frag mich über den Mord. Frag mich über Peter“, sagte Ulrike dann. „Meine Schwester meint es gut mit mir. Aber es ist absurd, zu glauben, dass ich den Mord vergessen kann, wenn alle über Frühlingstemperaturen reden.“

„Du bist dir sicher, dass es geht?“

Sie nickte. „Morgen muss ich ohnehin ins Sicherheitsbüro. Da werden sie mich auch nicht schonen. Im Gegenteil, wie es aussieht. Man wirft mir vor, die Ermittlungen behindert zu haben. Weil ich nicht erzählt habe, dass mein Freund diese Amerikanerin gekannt hat.“

Noch wusste Zuckerbrot nicht, dass auch ich von dieser Verbindung gewusst hatte.

„Haben sie dir schon gesagt, woran er gestorben ist?“

Sie schüttelte den Kopf. „Du weißt es?“

Ich nickte und schwieg.

„Er ist ermordet worden, ganz klar. Ich will wissen, wie. Vielleicht hilft uns das weiter.“

„Man hat ihm vergiftete Bonbons geschickt.“

„Er hat Bonbons geliebt. Es war beinahe schon eine Sucht. Deswegen ist er wahrscheinlich auch so viel gelaufen, um trotzdem nicht zuzunehmen. Er konnte eine ganze Bonbonniere auf einen Sitz verdrücken. Mit Schokolade …“ Ihre Stimme wurde brüchig.

„Es sieht so aus, als hätte jemand gewusst, dass er auf Schokolade steht."

„Das wusste jeder, oder beinahe jeder. Ich weiß, dass er auch seinen Patienten davon erzählt hat. Er hat gesagt, es ist gut, wenn sie wissen, dass auch er seine Schwächen hat. Das macht es ihnen leichter, zu reden."

„Ein Patient. Gibt es eine Kartei? Weißt du, wie wir an die Namen seiner Patientinnen und Patienten kommen können?"

„Er hat sie lieber Klienten genannt. Er war so ..."

„Eine Kartei?"

„Er war da eigen. Sehr verschwiegen. Jeder, der zu ihm kam, bekam ein Kürzel. Damit seine Aufzeichnungen nicht missbraucht werden können."

Ich nickte. Das hatte er ja auch mir erzählt. „Aber die Abrechnungen. Überweisungen, Quittungen."

„Ich habe keine Ahnung."

„Hat er eine Sprechstundenhilfe oder eine Sekretärin?"

Ulrike schüttelte den Kopf.

„Macht er seine Steuerangelegenheiten selbst?"

„Nein, das erledigt eine große Steuerberatungskanzlei für ihn. Die sagen kein Wort, sicher nicht."

„Was hat er dir über Jane Cooper erzählt? Denk ganz genau nach, jede Kleinigkeit kann wichtig sein."

Ulrike spielte mit ihrer Teetasse. „Ich denke an nichts anderes. Aber er hat bloß erzählt, dass er sie im Museum kennen gelernt hat. Er kam, um mich zu überraschen, aber ich hatte den Dienst getauscht und war nicht da. Hätte ich nicht den ..."

„Das bringt uns nicht weiter, wie hättest du wissen sollen, was danach passieren würde?"

„Ja. Peter war im ehemaligen Arbeitszimmer Freuds. Dort, wo jetzt die Fotos hängen und Bücher und Objekte ausgestellt sind. Er hat das Museum geliebt. Es hat ihm die Wurzeln seiner Arbeit deutlich gemacht, hat er immer gesagt. Dabei war er gar kein Freund der klassischen Psychoanalyse. Aber es seien eben die Wurzeln, hat er gesagt. Und ohne Freud ... Also jedenfalls hat sie ihn auf Englisch angeredet und gefragt, ob er öfter hierher komme. Sie hat erzählt, dass sie an einer Hausarbeit über das Freud-Museum schreibe. Dass sie drei Wochen in Wien bleibe und niemanden kenne. Peter hat darauf gesagt, dass er ihr gerne etwas von Wien zeigen wolle. Sie war eben noch ein junges Mädchen, und das hat ihm offenbar gefallen."

„Wir sind auch noch nicht alt und dein Peter war kein Lustgreis."

„Du hast ja Recht. Jedenfalls war er mit ihr zweimal abendessen und er hat ihr einige Gebäude entlang der Ringstraße gezeigt. Am nächsten Tag wollte er mit ihr auf die Donauinsel fahren. Kein Wunder, dass er keine Zeit mehr für mich hatte." Ihre Augen füllten sich mit Tränen. „Und jetzt ist er tot."

Ich gab ihr mein letztes Taschentuch und war beruhigt, als sie sich energisch schnäuzte und weitersprach. „Sie haben über Freud geredet. Und über die Psychoanalyse und verschiedene moderne Therapieformen. Und über die seltsame Pension, in der sie abgestiegen war. Die Adresse hat sie von einer Stelle für Migranten bekommen. Eine Pension in den drei obersten Stockwerken eines ganz normalen Wohnhauses, dafür aber billig. Auch wenn dort niemand Englisch zu verstehen schien."

„Was hat sie mit Migranten zu tun gehabt?"

Vesna hob die Augenbrauen. „Dass Amerikanerin flüchten will, ist Unsinn. Bosnische Menschen schauen, dass sie nach Amerika kommen. Man muss nicht flüchten aus Amerika."

Wir hatten uns viel zu wenig mit dem privaten Umfeld von Miss Cooper beschäftigt. Vielleicht hatte es für sie doch einen Grund gegeben, die USA auf Dauer zu verlassen. Vielleicht war sie in eine Beratungsstelle gegangen um sich zu erkundigen, unter welchen Bedingungen sie in Österreich einwandern könnte. Aber Vesna hatte Recht, es klang ziemlich unsinnig. Migrantenstellen kümmerten sich in erster Linie um politische Flüchtlinge und andere Menschen ohne österreichischen Pass und mit Problemen. Wenn sie nicht weiß waren, aus einem reichen Land stammten und eine gut bezahlte Arbeit hatten, hatten sie üblicherweise Probleme genug. Was aber hatte Jane Cooper an einem solchen Ort verloren gehabt?

Trotz meiner Fragen konnte Ulrike nicht viel mehr berichten. Ihr Freund hatte ihr offenbar wenig erzählt. Sie nahm noch ein Beruhigungsmittel, versicherte uns, dass wir sie ohne Bedenken allein lassen konnten, versprach, gut abzuschließen und beim geringsten Anzeichen von etwas Ungewöhnlichem sowohl die Polizei als auch uns zu rufen.

„Wir müssen zu allen Beratungsstellen", zischte mir Vesna zu, sobald die Türe hinter uns zugefallen war. „Herausfinden, was Amerikanerin da wollte."

„Das wird die Polizei tun. Ulrike wird den Beamten morgen dasselbe erzählen wie uns."

Vesna lachte spöttisch. „Ausländerberatungsstellen und Polizei sind nicht Freunde. Die werden Polizei nicht viel sagen, wenn sie nicht müssen. Die mögen es nicht, wenn Polizei bei ihnen ist. Schlecht für den Schutz von Ausländern. Polizei macht Razzien, schikaniert Ausländer."

„Aber nicht die Mordkommission."

„Alles eins. Aber wenn Ausländerin kommt, dann erzählen sie."

„Wenn, dann werde ich hingehen."

„Ich weiß nicht. Das ‚Blatt' hetzt gegen Ausländer und Berater. Solch Journalist ist fast so schlecht wie Polizei. Wenn du sagst ‚Magazin' und Lifestyle, sie fallen auch nicht vor Begeisterung vom Hocker. Beraterinnen wollen in Ruhe arbeiten. Und Ausländer fürchten sich, wenn Leute von außen da sind. Nicht alle haben gültigen Pass und Aufenthaltspapiere so wie ich. Zumindest das habe ich."

„Wir gehen gemeinsam."

„Gut."

[6.]

Um neun Uhr war in der Beratungsstelle im einundzwanzigsten Bezirk bereits jede Menge Betrieb. Ich gähnte. Nichts würde mich zur Frühaufsteherin machen. Vesna hatte mich vor einer halben Stunde abgeholt. Bis Mittag hatte ich Zeit, um mit ihr Informationen über die tote Amerikanerin zu suchen, dann musste ich in die Redaktion.

Die Beratungsstelle war in einem niedrigen hässlichen Gebäude untergebracht, zusammen mit einer Lebensmitteldiskontkette, einem Schmuckdiskonthändler und einigen Firmen mit wenig seriös klingenden Namen, die über einen Aufgang zum ersten Stock erreichbar waren. Hier war Wien fast nichts anderes als irgendeine der Großstädte auf der Welt. An der Peripherie gab es Platz für diejenigen, die bei der Jagd nach Erfolg und Wohlstand nicht Schritt halten konnten.

Ein Schild mit einer mehrsprachigen Aufschrift wies auf die Beratungsstelle hin. Kritzeleien hatten es beinahe unleserlich gemacht. Die große Fensterscheibe neben der Eingangstür war fast vollständig mit Ankündigungsplakaten zugeklebt. Ein junger Mann bemühte sich schwarze Parolen an der Hauswand mit weißer Farbe zu übermalen. „Raus mit Serbe“, stand noch da.

Wir traten ein. Vesna ging zielsicher zu einem Tisch, hinter dem eine rund vierzigjährige Frau in Jeans und einem zu engen Top saß. Es war drückend heiß hier drinnen.

„Wir suchen Freundin“, begann Vesna, bevor ich noch etwas

sagen konnte. „Ist Amerikanerin und war vor einer Woche oder so da." Sie redete mit mehr Akzent als sonst und beschrieb Jane Cooper. Ich hielt den Mund.

Die Frau sah uns aufmerksam an und sagte dann mit einer Stimme, die auf mindestens sechzig Zigaretten pro Tag schließen ließ: „Eine Weiße oder eine Schwarze?"

„Weiß."

„Glaube ich nicht, dass die hier war. Wenn eine Amerikanerin gekommen wäre und noch dazu eine Weiße, hätte ich mir das gemerkt. Gerda", rief sie zu einer jüngeren Frau hinüber, die sich gerade auf Englisch mit zwei großen, dunkelhäutigen Männern unterhielt, „war eine Amerikanerin bei uns? Eine Weiße?"

„Eine Amerikanerin? Was soll die bei uns wollen?"

„Kurt kommt gleich wieder herein. Ich kann ihn auch noch fragen. Aber was hätte so jemand wirklich bei uns gewollt? Sie werden ja schon gemerkt haben, dass es andere sind, die unsere Hilfe brauchen. Gibt es sonst noch etwas, das wir für Sie tun können?"

„Ich habe gehört, dass sie da war."

„Also geben Sie mir Ihre Telefonnummer. Wenn es so gewesen ist, rufen wir Sie an. Was ist übrigens mit Ihrer Freundin? Ist sie stumm?"

Vesna sah mich kurz an und sagte dann: „Kann nicht Deutsch."

Erst auf der Straße konnte ich meiner Empörung Luft machen. Vesna aber lachte bloß. „Wie eine Idiotin hast du mich dastehen lassen", schimpfte ich.

„Wer nicht Deutsch kann, ist noch lange keine Idiotin", erwiderte sie.

Ein eigenartiges Gefühl, wenn einem plötzlich die Sprache genommen wird.

„Was ist, wenn sich jemand an Jane Cooper erinnern kann? Soll ich erst dann damit herausrücken, dass ich Reporterin bin? Und warum hast du außerdem mit diesem übertriebenen Akzent geredet? Du redest schon lange nicht mehr so."

„Mira Valensky, du hast keine Erfahrung mit Beratungsstellen.

Die meisten Leute dort sind wirklich gut und voll Einsatz. Aber zu wenige. Und sie kümmern sich gerne um die, die weniger Deutsch können. Die sind mehr hilfsbedürftig, glauben sie. Und oft haben sie Recht. Lass mich nur machen."

„Ich habe keine Lust, sie anzulügen."

„Willst du was erfahren oder nicht?"

Wir einigten uns darauf, es bei der nächsten Stelle nach meiner Methode zu probieren. Neunter Bezirk, eine Beratungseinrichtung speziell für Migrantinnen. Sie war durch den Hof eines Altbauhauses zu erreichen, zweite Stiege, steile, enge Treppen nach oben. Wieder eine mehrsprachige Aufschrift. Wir läuteten, wurden von der Kamera der Gegensprechanlage erfasst, man öffnete uns.

Im Vorzimmer der ehemaligen Wohnung saß eine Frau in meinem Alter mit kurz geschnittenem blonden Haar. „Ja, bitte?"

„Ich bin Mira Valensky. Vielleicht können Sie mir helfen."

Ich spulte den Text von der jungen Amerikanerin herunter, die möglicherweise hier gewesen war und den Tipp mit der Fremdenpension bekommen hatte. Inzwischen wusste ich, dass die Pension „Alexandra" hieß.

„Warum fragen Sie?" Die Frau am Empfang sah uns misstrauisch an. Ich holte Luft. „Sie ist ermordet worden. Und niemand weiß, was sie in Wien gemacht hat."

„Warum wollen Sie das wissen?"

„Ich bin Reporterin vom ‚Magazin'."

„Wir haben mit Sensationsgeschichten nichts zu tun", erwiderte sie und ihre Stimme war eisig.

„Der Polizei werden Sie die Frage beantworten müssen."

„Ja, aber Ihnen nicht."

Vesna war nicht mehr zu halten. „Aber es geht um falschen Verdacht. Wir müssen wissen, was Amerikanerin getan hat. Ich bin Putzfrau von Frau Mira Valensky, eine Migrantin, und Polizei glaubt, dass ich etwas mit Mord zu tun habe. Immer glaubt Polizei, dass Ausländerinnen was mit Verbrechen haben. Mira Valensky will mir helfen. Es gibt auch Gute bei Zeitung."

„Warum stehen Sie im Verdacht?"

„Lange Geschichte. Aber nichts dran. Bitte, nur eine Antwort: War Amerikanerin da?"

Die Frau sah uns beide noch immer misstrauisch, aber schon etwas freundlicher an. „Zu uns kommen keine Amerikanerinnen. Das haben sie nicht nötig." Sie wies in den Gang hinter sich. „Zwei Frauen aus dem Senegal, eine Türkin, die von ihrem Mann verprügelt wurde, eine Frau aus Afghanistan, die von einem Polizisten verprügelt wurde, Frauen aus ..."

„Und keine Amerikanerin?"

Sie schüttelte den Kopf. „Nein, keine Amerikanerin, mein Ehrenwort."

Ich schaltete mich wieder ein: „Und wenn Sie zu der Zeit nicht Dienst gehabt haben?"

Sie seufzte. „Wann soll das gewesen sein? In den letzten drei Wochen habe ich durchgehend Dienst gemacht. Meine Kollegin ist ausgefallen. Ich bin zwischen acht Uhr in der Früh und sechs Uhr am Abend hier gesessen. Manchmal auch länger. Tag für Tag."

„Immer?"

„Immer. Ich war die Einzige, die Menschen eingelassen hat. Und Sie haben ja gesehen, dass man nicht so ohne weiteres bei uns hereinkommt. Die Sicherheitsvorkehrungen sind notwendig geworden. Wir bekommen eine Menge Drohbriefe. Die Ausländerweiber sollen daheim bleiben und dort ihre Kinder kriegen und so. Und auch die Männer der Migrantinnen sind manchmal nicht begeistert, dass sie sich hier Hilfe holen."

„Ich will wirklich keine Sensationsgeschichte schreiben", murmelte ich, „nur die Wahrheit."

„Die Wahrheit? Schreiben Sie über die aussichtslose Lage vieler Migrantinnen in Österreich, das ist die Wahrheit."

Ich nickte.

„Richtig, Mira Valensky, darüber sollst du schreiben."

„Mit dir als Beispiel?"

„Ich bin kein Beispiel. Aber wenn sie wollen, sie werfen mich auch einfach hinaus. Samt Zwillingen. Und was dann? Dabei sind sie nur hier in die Schule gegangen."

„Du bist sicher?"

„Ziemlich sicher, nur ziemlich sicher."

Wir probierten es noch bei weiteren Stellen. Vesnas Methode hatte sich als die bessere herausgestellt. Also blieb ich stumm. Erfolg hatten wir trotzdem keinen. Aber laut Ulrike hatte Jane Cooper den Tipp mit der Pension „Alexandra" von einer Beratungsstelle für Flüchtlinge und Migrantinnen bekommen.

Vesna setze ich zu Hause ab, dann fuhr ich in die Redaktion und schrieb meine Story. Im Zentrum stand die Aussage, dass die beiden Morde zusammenhingen: Der Psychiater hatte die Amerikanerin im Freud-Museum kennen gelernt. Er war mit einer Mitarbeiterin des Freud-Museums befreundet gewesen. Ich wusste, was auf das Museum zukommen würde. Aber in ein, zwei Tagen hätte die Nachricht ohnehin ihre Runde durch die Zeitungs- und Rundfunkredaktionen gemacht. Dass der braun gebrannte Psychiater mithilfe vergifteter Bonbons umgebracht worden war, stand bereits heute im „Blatt". Die Meldung war in die stündlichen Nachrichten unseres öffentlich-rechtlichen und einiger privater Rundfunksender übernommen worden. Aber ich wusste von seiner Leidenschaft für Bonbons. Und vor allem: Das Freud-Museum war eine direkte Verbindung zwischen den beiden Mordfällen. Mit diesen Neuigkeiten würde ich trotz allem die Nase vorn haben.

Nach einer kurzen Unterredung mit meinem Chefredakteur, bei der er deutlich machte, wie wenig er von „psychisch labilen Personen" hielt und wie viel von „psychologischen Managementtaktiken", bekam ich sogar einen Anreißer auf Seite eins.

Es war schon gegen zehn am Abend, als ich schließlich die Redaktion verließ. Morgen würden Vesna und ich die restlichen Beratungsstellen abklappern. Ich war gespannt, ob wir weiterhin schneller als die

Mordkommission sein konnten. Es würde auch Zuckerbrot interessieren, was die junge Amerikanerin dort gewollt hatte.

Mein Magen knurrte. Unsere Sekretärin hatte mir am Nachmittag ein in Folie eingeschweißtes Sandwich gebracht. Außen Plastik, innen Plastik mit Plastikfülle. Ich hatte keine Lust gehabt, die Kunststoffindustrie zu fördern, aber gegessen habe ich diesen Angriff auf die Esskultur dann trotzdem. Drei Bissen, das Brot war weg und der Magen fühlte sich genauso leer wie vorher an. Aber durch den schlechten Geschmack im Mund wurde ich noch Stunden an meine Verzweiflungstat erinnert.

Der Türke an der Ecke zum Redaktionsgebäude hatte schon geschlossen. Ich würde mir daheim etwas Rasches kochen. Spaghetti all'aglio, olio e peperoncino. Eine gute Idee. Und ich musste Ulrike anrufen. Gleich nach dem Essen.

Ich stürmte die Treppen hinauf, räumte Gismo mit einem Schubser aus dem Weg und stellte Nudelwasser auf. Für Gismo gab es nur eine halbe Dose Katzenfutter, Zeit, um einzukaufen und ihr etwas Frisches mitzubringen, hatte ich nicht gehabt. Sie roch missbilligend an der Schüssel. Ihr Problem. Schlimmer als das Plastiksandwich konnte das Dosenfutter auch nicht sein. Ich drehte den Fernsehapparat auf. Er bot immerhin etwas mehr Ansprache als Gismo, außerdem wollte ich die Nachrichtensendung sehen. Man wusste ja nie ...

Eine Reportage über illegale Billigstarbeitskräfte aus dem Osten. Diesmal ging es um LKW-Fahrer. Wohl auch Fälle für die Migrantenberatung. Dann ein Beitrag über Nachwuchs bei den Eisbären im Wiener Tiergarten. Damit die Leute auch etwas zum Schmunzeln hatten. Ich gebe zu, ich sehe auch lieber Eisbärenbabys als verzweifelte Türken. Die Moderatorin der Sendung war gerade dabei, sich zu verabschieden, als ihr ein Blatt Papier gereicht wurde. Eine Sekunde lang war sie verunsichert, dann wieder von professioneller Glätte. „Soeben erreicht uns die Meldung, dass es im Fall der Psycho-Morde eine Verhaftung gegeben hat. Die Wiener Sicherheitsdirektion bestätigte einen Bericht in der morgigen Ausgabe der

Tageszeitung ‚Blatt'. Danach ist die Verlobte des ermordeten Facharztes in Untersuchungshaft genommen worden. Sie arbeitet seit zwei Jahren im Freud-Museum. Die Frau wurde bereits einmal wegen eines Eifersuchtsattentates verurteilt. Ihr Verlobter scheint die ermordete Studentin aus den USA im Museum kennen gelernt zu haben. Über weitere Entwicklungen in diesem Fall halten wir Sie in unseren nächsten Sendungen auf dem Laufenden."

Ich vergaß meinen Hunger und rief im Sicherheitsbüro an. Unter Zuckerbrots Durchwahl ging niemand ans Telefon. Ich wurde mit der Zentrale verbunden. „Ich brauche den Leiter der Mordkommission, Zuckerbrot. Es ist dringend. Unter seiner Klappe hebt er nicht ab, aber er müsste noch im Haus sein."

Die Männerstimme klang gelangweilt. „Ich weiß auch nicht, wo er sonst sein kann."

„Aber ich habe wichtige Informationen."

„Wenn es wichtig ist, dann wenden Sie sich bitte an unseren Journaldienst. Oder rufen Sie den Polizeinotruf."

„Ich brauche ihn persönlich!"

„Da kann ich Ihnen auch nicht helfen." Er hängte ein.

Mag sein, dass in der Nacht der eine oder die andere Verrückte bei der Polizei anrief. Aber was, wenn ich tatsächlich etwas Wichtiges mitzuteilen gehabt hätte? Klar hatte ich keine Informationen, sondern wollte welche. Jedenfalls: Ich musste mit Zuckerbrot sprechen. Was war das für ein Gerede von einem „Eifersuchtsattentat"? Ich musste ihn davon überzeugen, dass Ulrike nichts mit den Morden zu tun hatte. So weit reichte meine Menschenkenntnis gerade noch.

Droch. Er war schon nach dem ersten Klingeln am Apparat.

„Ich hoffe, ich habe dich nicht aufgeweckt."

„Du wirst es kaum glauben, aber es gibt auch Menschen im fortgeschrittenen Alter, die am Abend auf sind."

Ich hatte keine Zeit, mich auf unsere üblichen Wortgefechte einzulassen. „Ulrike ist verhaftet worden. Meine Schulfreundin."

„Du scheinst nur Leute zu kennen, die verhaftet werden."

Das war eine Anspielung auf Joe, der auch einmal unter Verdacht geraten war – verhaftet hatte man ihn allerdings nie. So viel Zeit musste sein, um das klarzustellen.

Dann fragte ich: „Hast du keine Nachrichten gesehen?"

„Ich bin beim Auftauchen des Eisbärbabys dorthin gegangen, wo auch der König zu Fuß hingeht. Bevor noch dieser ewig grinsende Zoodirektor erscheinen konnte. Der kam doch sicher auch noch vor?"

„Droch", bettelte ich, „Ulrikes Freund ist ermordet worden. Und sie halten sie für die Täterin, weil sie offenbar schon einmal einen Unsinn aus Eifersucht gemacht hat."

„Und was war dieser Unsinn?"

„Keine Ahnung, sie haben im Fernsehen nur erzählt, dass es eine Verurteilung wegen eines ‚Eifersuchtsattentates' gegeben hat. Was immer das heißen soll."

„Keine sehr gute Freundin, wenn sie dir das nicht erzählt hat."

„Wir haben uns Jahrzehnte nicht gesehen, wir sind uns erst beim letzten Maturatreffen wieder begegnet. Aber ich weiß, dass sie niemanden ermordet hat. Ich war es, die ihr vom Tod ihres Freundes erzählt hat – im Fernsehen haben sie von ihrem ‚Verlobten' gesprochen, das ist blanker Unsinn, wahrscheinlich haben sie noch mehr Unsinn gesagt – also ich habe ihr vom Tod ihres Freundes erzählt und ich habe ihre Reaktion gesehen. So gut kann sich kein Mensch verstellen."

„Vielleicht bringt sie ihn zuerst aus Eifersucht um und dann trauert sie um ihn."

„Aber warum hätte sie ihn überhaupt umbringen sollen? Die Amerikanerin war doch ohnehin schon tot."

„Ja, die hat sie zuerst um die Ecke gebracht. Möglicherweise. Sei realistisch, Mira: Zuckerbrot ist ein Vollprofi. Wenn er keinen ernsthaften Verdacht hat, nimmt er sie nicht in U-Haft."

„Ich will mit ihm reden. Sofort."

„Kann nicht dienen. Ich habe ihn nicht versteckt."

„Da hast seine Handynummer. Und seine Privatnummer. Bitte, hilf Ulrike."

Schweigen am anderen Ende der Leitung. In meiner Aufregung

hatte ich mir das Telefonkabel so fest um das linke Handgelenk geschlungen, dass die Finger schon taub wurden. Ich ließ die Schnur aus und betrachtete den roten Streifen auf meiner Hand. Ich wartete.

„Ich rufe ihn an. Und wenn er mit dir reden will, ruft er dich zurück. Du bist daheim, nehme ich an?"

„Bitte sag ihm, dass es wichtig ist. Bitte! Und mach schnell."

„Mira", erwiderte Droch ernst, „lass dich in nichts hineinziehen. Es ist schön, dass du alle retten willst, aber manchmal sind die Dinge anders, als du sie gerne sehen möchtest. Das spricht nicht gegen dich, ganz und gar nicht. Nur: Lass dich nicht hineinziehen."

Ich hatte schon eine Antwort in die Richtung parat, dass ich genug Menschenkenntnis und außerdem alles andere als ein Krankenschwestersyndrom hatte, dass es um Gerechtigkeit gehe und ... Ich schluckte sie hinunter, bedankte mich und legte auf.

Dann entwirrte ich die lange Telefonschnur und trug den Apparat zu meinem großen schweren Tisch aus Nussholz.

Ich starrte auf das Telefon. Jetzt musste Droch Zuckerbrot schon erreicht haben. Jetzt konnte er mich schon zurückrufen. Nun erst nahm ich wahr, dass der Fernseher noch immer lief. Ein paar Männer vor einem Würstelstand. Schon sichtlich angetrunken, philosophierten sie über Frauen und über Würstel. „A anständige Frau", grölte der eine in die Kamera, „a anständige Frau bleibt daham. Und wartet bis der Mann kommt. Und kochen muss sie natürlich a können. Kochen is fast das Wichtigste, aber das andere auch, Sie wissen schon, was ..." Er knallte mit seiner rechten Faust in seine offene linke Hand.

„Und so eine Frau haben Sie daheim?", fragte eine Journalistin aus dem Off. „Na, i hab gar ka Frau, is eh besser, weil der Mann nimmt das Geld ein und sie gibt es aus."

„Und was arbeiten Sie?"

„In der Arbeitslosen bin i, verstehen Sie? Aber wir werden schon wieder was finden, gell Kollegen?"

Zustimmendes Gemurmel der anderen Männer.

„Und war das immer schon so?", fragte die Stimme.

„Na, früher war es viel besser. Da war ich am Bau. Und bin auf den höchsten Gerüsten gewesen und gesoffen haben wir. Schon zum Frühstück unser Bier, das brauchst du einfach."

„Und wer ist dran schuld, dass das jetzt nicht mehr so ist?"

„Die Politik is schuld, natürlich. Und diese Manager. Und auch die Tschuschen. Also ich bin ja kein Ausländerfeind, dass Sie mich richtig verstehen, aber was zu viel ist, ist zu viel."

„Und was sollte sich da ändern?"

„A starker Mann gehört wieder her, was Kollegen?" Beifälliges Gemurmel. „Net so einer wie der Hitler, nur a kleiner Hitler halt, einer der aufräumt mit der ganzen Bagage. Und den korrupten Politikern und so."

Jetzt kam eine Frau in einem rosafarbenen Jogginganzug ins Bild, vor dreißig Jahren mochte sie eine Vorstadt-Sexbombe gewesen sein. „Hearst, red' net so", sagte sie zum Wortführer und hängte sich bei ihm ein. „Er is eh a Lieber. Er red' nur manchmal vül."

Ich hatte genug gesehen und drehte ab. Ein paar aufgeblasene Fernsehleute machten sich an ein paar mediengeile Typen aus der, wie sie es nannten, „Unterschicht" heran und dann wurde die so genannte Realität eingefangen. Das Ergebnis war immer gleich: Die Männer waren betrunkene, ausländerfeindliche Machos, die nach Hitler oder einem entsprechenden Ersatzmann riefen, die Frauen waren auch betrunken und wussten nichts Besseres, als diesen Männern schönzutun. Das Ganze lief dann auch noch unter „gesellschaftskritischer Berichterstattung". Die Gesellschaft war das nicht, selbst nicht die in den tiefsten Arbeiterbezirken Wiens. Außerdem hatte ich schon lange den Verdacht, dass die so genannte bessere Gesellschaft ihre Ansichten nur besser zu tarnen wusste. Kritik konnte ich auch keine erkennen. Eher wurde den Laiendarstellern noch zugeredet, ja in die tiefste Schublade zu greifen, vor der Kamera die Sau einmal so richtig herauszulassen.

Zuckerbrot würde wohl nicht mehr anrufen.

Ich konnte nichts anders tun, als auf die Nachrichtensendung um Mitternacht zu warten. Meine Reportage, die mich heute Nachmittag noch zufrieden gestimmt hatte, war inzwischen heillos veraltet.

Vielleicht konnte der Schlussredakteur noch vor dem Anlaufen der Druckmaschinen die letzten Entwicklungen einfügen. Ich jedenfalls hatte keine Lust, mich in der Redaktion zu melden und das weiterzugeben, was ich in den Nachrichten gehört hatte. Sie wussten, wo sie mich erreichen konnten. Der Schlussredakteur war schließlich dafür da, aktuelle Agenturmeldungen auf ihre Wichtigkeit hin zu überprüfen und entsprechende Änderungen vorzunehmen. Oder sollte ich doch in die Redaktion fahren und schauen, was die Nachrichtenagenturen über die Verhaftung von Ulrike wussten? Wem hätte das genützt? Ich seufzte.

Irgendwem musste etwas angebrannt sein. Ich schnupperte. Das roch nach einem Brand. Zuerst wurde jemand erwürgt, dann wurde jemand vergiftet, dann wurde jemand Opfer eines Brandanschlags. Voll Panik sah ich mich um. Woher kam der Geruch? Ich hetzte ins Vorzimmer. Hier war er stärker. Ich riss die Eingangstüre auf. Hier draußen war er schwächer, schien mir. Die Küche. Kein Feuer. Fluchend nahm ich einen Topfhandschuh, zog den Topf von der Gasflamme und drehte sie ab. Ich hatte auf mein Nudelwasser vergessen. Jetzt war der Boden des Topfes braun-schwarz verfärbt. Ich würde ihn wegwerfen müssen. Jedenfalls kein Brandanschlag. Ich goss mir ein großes Glas Jameson Whiskey ein, trank langsam und ging dann schlafen.

In der Nacht träumte ich davon, dass ich Dr. Zimmermann von einem Brandattentat erzählen wollte, aber er aß ein riesiges Bonbon nach dem anderen. Ich wusste, dass er platzen würde. Und da war auch die Stimme der Journalistin, die immer wieder fragte: „Und war das schon immer so? Soll ein starker Mann kommen?"

Punkt fünf Uhr wachte ich schweißgebadet auf und horchte auf mein Herz. Es schlug hörbar, aber nicht so schnell wie sonst um diese Zeit. Keine Panik. Oder kam sie erst? Ich würde zu dem Internisten gehen, den mir Ulrikes Freund empfohlen hatte. Ich sollte nicht mehr an den toten Psychiater denken. Eine Stunde lang wälzte ich mich im Bett, dann erst schlief ich wieder ein. Diesmal saß Ulrike mit einem großen Messer auf Freuds Couch und weinte. Und ich hatte keine Taschentücher mehr.

Langsam drang der Klingelton durch die verschiedenen Ebenen meines Bewusstseins. Ich blinzelte. Zehn Minuten vor sieben. Ich schloss die Augen wieder. Das Dauergeklingel ging weiter. Fluchend tappte ich aus dem Bett, stolperte fast über Gismo und griff nach der Gegensprechanlage. „Ja?"

„Ich bin's, Ulrike, bitte lass mich rein. Schnell!"

Wortlos drückte ich auf den Türöffner. Das war die Fortsetzung irgendeines Traumes. Ich war gar nicht wach. In der Realität saß Ulrike in Untersuchungshaft und ich schlief. Es läutete, ich öffnete und da stand Ulrike.

„Du bist nicht in Haft?"

„Nein, das hat bloß dieses idiotische ‚Blatt' geschrieben. Jetzt verfolgen mich die Reporter."

„Es war auch in den Fernsehnachrichten."

„Die Schwachköpfe haben es vom ‚Blatt' übernommen, nachdem es irgendjemand in der Sicherheitsdirektion bestätigt hatte. Es gibt schon eine Richtigstellung, aber das ist den Zeitungsschmierern egal."

Ich holte meinen Morgenmantel, bemerkte kurz, dass er am rechten lila Revers Zahnpastaspuren hatte, zog ihn trotzdem an und führte Ulrike in die Küche. „Kaffee?"

Meine Schulfreundin nickte.

„Also, was stimmt jetzt bei der ganzen Sache und was nicht?"

Ulrike sah aus, als würde sie jeden Moment umkippen. Keine Rede mehr von der gepflegten Frau mit den exakt geschnittenen halblangen blonden Haaren. Wilde Strähnen hingen ihr ins Gesicht. Ich verstand immer besser, wie Fotos zustande kamen, auf denen ganz gewöhnliche Menschen plötzlich in den Augen aller zu Schwerverbrechern werden. „Zuerst einmal atmest du durch und sagst nichts. Dann trinkst du deinen Kaffee. Und dann reden wir."

Sie nickte.

Ich ging ins Badezimmer und wusch mir das Gesicht. Ich sah auch nicht viel besser aus als Ulrike.

Ich ließ zwei extra starke Espressi herunter und trank sofort.

Prompt verbrannte ich mir die Zunge, aber jetzt war ich wenigstens wirklich wach. Ich füllte die Tassen gleich noch einmal.

„Also, ich war gestern in der Sicherheitsdirektion vorgeladen. Sie haben mich ausgefragt und ich habe ihnen das erzählt, was du ohnehin schon weißt. Sie haben mir die Hölle heiß gemacht, weil ich nichts vom Kontakt zwischen Peter und dieser Amerikanerin erzählt habe. Aber das war uns ja klar. Alles hat schrecklich lange gedauert, ich musste ihnen meine ganzen Tagesabläufe schildern und immer wieder haben sie unterbrochen und sind hinausgegangen. Es war schon späterer Abend, als ein Neuer hereingekommen ist, er hat mich angestarrt und gesagt: ‚Sie haben uns etwas Entscheidendes verschwiegen.' Ich war total irritiert. Ich konnte ohnehin schon keinen klaren Gedanken mehr fassen, obwohl die Beamten an sich freundlich und meistens auch höflich waren, was sollte ich verschwiegen haben? Also hat er mir es gesagt. Vor ziemlich genau zehn Jahren gab es einen Prozess, weil ich meinen damaligen Lebensgefährten mit kochendem Wasser angeschüttet hatte. Er hat mich angezeigt und ich bekam eine bedingte Freiheitsstrafe wegen Körperverletzung. Wir haben damals gerade in Trennung gelebt. Er hatte eine neue Freundin und pries ihre Vorzüge, wie schön sie sei und wie klug und wie sexy. Ich bin einfach ausgezuckt, habe das kochende Wasser vom Herd genommen und ihn damit angeschüttet. In Wirklichkeit hat er ohnehin bloß am Arm ein paar Brandblasen gehabt, aber für eine Verurteilung war es genug. Ich habe in diesem Zusammenhang wirklich nicht mehr daran gedacht. Das Schlimmste: Dieser Typ hat für den Prozess ein Gutachten anfertigen lassen, laut dem ich krankhaft eifersüchtig bin und zu spontanen Gewalttaten neige. Es war ein Privatgutachten und es wurde auch zurückgewiesen, weil der Gutachter ein Freund meines damaligen Lebensgefährten war. Irgendwie ist es trotzdem bei den Akten gelandet. Was stimmt, ist, dass ich immer schon eifersüchtig war. Damals allerdings viel mehr als heute. Der Gutachter hat mir eine histrionische Persönlichkeitsstörung vorgeworfen. Begründet wurde das damit, dass ich zu starken Emotionen neige, freundlich auf fremde Menschen zugehe, andererseits auch schnell in Tränen ausbreche und so. Und dass ich es eben nicht verkraften könne, wenn jemand meine Einflusssphäre verlässt."

Ich nickte und erinnerte mich: Ulrike war in der Schule ziemlich schnell hintereinander überaus heiter und dann wieder zu Tode betrübt gewesen. Aber da hatte es in unserem Mädchengymnasium einige gegeben, das galt ja auch geradezu als besonders mädchenhaft.

„Ein Teil war Unsinn, an einem anderen Teil war schon etwas dran. Ich konnte es einfach nicht verkraften, dass er mich verlassen wollte und eine andere Freundin hatte. Dabei hat er sich ganz schön mies benommen. Natürlich habe ich gedroht, dass ich ihr die Augen auskratze, aber das sagt man halt in solchen Situationen. Der Prozess war so etwas wie ein heilsamer Schock für mich. Ich habe mit einer Psychotherapie angefangen und habe mich für alles, was mit der Psyche zusammenhängt, zu interessieren begonnen. Deshalb habe ich dann auch Peter kennen gelernt und meine Arbeit im Freud-Museum gefunden. Ich bin zwar noch eifersüchtig, aber niemals könnte ich deswegen jemanden töten. Das hätte ich auch damals nicht gekonnt – zumindest glaube ich das. Ich habe gelernt, dass das Problem meine innere Leere war. Deswegen hat mich niemand verlassen dürfen, deswegen habe ich dauernd nach Selbstbestätigung von außen gesucht, weil ich innen nichts gesehen habe. Aber das hat sich geändert. Und jetzt wärmen sie diese Geschichte auf und stempeln mich zur Mörderin."

„Sie haben gesagt, dass du in Untersuchungshaft bist."

„Das war falsch. Die Vernehmung hat lange gedauert und da hat sich der Journalist vom ‚Blatt' offenbar etwas zusammengereimt. Und irgendein Idiot der Sicherheitsdirektion hat das dann bestätigt. Zuckerbrot hat getobt, als er es erfahren hat. Ich war im Nebenzimmer und habe ihn brüllen gehört. Nur: Ihre Mordverdächtige bin ich tatsächlich und jetzt jagen mich die Journalisten. Es sind sogar einige aus den USA dabei. Ich bin nach der Vernehmung aus der Sicherheitsdirektion gegangen und sie haben auf der Straße auf mich gewartet. Gott sei Dank stand mein Auto gleich um die Ecke. Es war ein Alptraum. Einige haben mich bis zu meiner Wohnung verfolgt. Dann bin ich hinauf und habe zwei Beruhigungsmittel genommen.

Aber seit fünf in der Früh läutet mein Telefon, lärmt die Gegensprechanlage. Die Polizei hat gesagt, dass sie nichts dagegen tun kann. Sie hat eine Richtigstellung veranlasst, aber das nützt ja nichts. Fast wünschte ich, ich wäre in Untersuchungshaft. Da könnte wenigstens nicht jeder auf mich losgehen."

Ich stand auf, lief zu einem Fenster, das auf die Straße ging, und sah hinunter. Acht oder zehn Personen warteten vor dem Haus. Ein Kamerateam war dabei, einige Fotografen. Ich öffnete das Fenster und brüllte aus dem vierten Stock: „Verschwindet! Geht heim!"

Hugo vom „Blatt" schrie herauf: „Hättest du wohl gerne, damit du eine Exklusivstory hast!"

„Vollidiot! Sie ist meine Freundin!"

„Wie praktisch!"

Ich überlegte kurz, ihm den Topf mit Rosmarin auf den Kopf zu werfen, dachte dann an Ulrikes Erfahrungen mit Affekthandlungen und knallte das Fenster zu.

Ulrike hatte den Kopf auf die Marmorplatte meines Küchentisches gelegt. Sie hob ihn, als ich kam. „Werden sie dableiben?"

„Ich fürchte. Vielleicht ist es besser, du gibt eine improvisierte Pressekonferenz. Außerdem brauchst du einen Anwalt. Oder eine Anwältin."

„Ich kenne keinen Anwalt."

Ich überlegte. Ich hatte zwar in grauer Vorzeit Jus studiert und das Studium auch abgeschlossen, aber meine Kontakte zur Juristenszene hatten sich bald darauf, als ich nach New York ging, verflüchtigt. „Haben sie dich in der Sicherheitsdirektion nicht gefragt, ob du mit einem Anwalt sprechen willst?"

„Sie haben mich ja bloß einvernommen und nicht angeklagt oder so. Ich hätte sowieso gesagt, dass ich keinen Anwalt brauche, ich bin ja unschuldig."

„Oft brauchen gerade Unschuldige einen Anwalt, Ulrike."

Drei Stunden später hielten wir im Café Landtmann eine rasch einberufene Pressekonferenz ab. Ich hatte in meinem Telefonbuch die Nummer einer Anwältin gefunden, mit der ich bei einer Recherche über ein Model in Kontakt gekommen war. Dem Model war damals vorgeworfen worden, seinen schärfsten Konkurrenten mit Hilfe von gefährlichen anonymen Drohungen ausbooten zu wollen. Dr. Fischer-Kalnik war mir damals gut und kompetent erschienen, auch wenn sie für ihren Mandanten wenig hatte ausrichten können. Die Beschuldigungen gegen den jungen schönen Mann hatten sich sehr schnell und unwiderlegbar als wahr herausgestellt.

Blass, aber frisiert und mit einem Hauch von Make-up im Gesicht erzählte Ulrike ihre Geschichte. Sie sah in ihrem dunkelblauen Jackenkleid eher wie eine gepflegte Englischlehrerin als wie eine Giftmörderin aus. Die Anwältin war an ihrer Seite, ich saß bei den zahlreich erschienenen Medienleuten. Drei Kamerateams, viele Fotografen, Radioreporterinnen, Printjournalisten. So viel Medienrummel konnten sich die meisten meiner Society-Promis nur wünschen. Ulrike hingegen hätte locker ohne Derartiges leben können.

Fragen wurden gestellt und beantwortet, Ulrike machte ihre Sache gut. „Boston Today“ hatte tatsächlich einen Reporter über den großen Teich geschickt. Er fragte nach der politischen Einstellung Ulrikes. Sie schüttelte den Kopf. Die Anwältin fuhr dazwischen. „Das steht hier wohl nicht zur Debatte.“

Der Reporter ließ nicht locker. „Meinen Sie nicht, dass es sich um eine politisch motivierte Tat handeln könnte?“, fragte er in gutem Deutsch.

Ulrike sah mich fragend an, ich zuckte mit den Schultern. Keine Ahnung was er damit sagen wollte. Offenbar war er auf demselben Trip wie seine Chefin. „Warum?“, rief ich dazwischen.

„Weil es um Freud und die Psychoanalyse geht. Und weil das politische Klima in Österreich auch in den USA bekannt ist. Es könnte sich um den Akt einer rechten Gruppe handeln, die gleichzeitig eine Mitarbeiterin des Freud-Museums und die Psychoanalyse in Verruf bringen will. Ich muss Sie wohl nicht darauf hinweisen, dass Freud Jude war.“

Die Anwältin antwortete: „Das erscheint schon sehr weit her

geholt. Äußerst unwahrscheinlich. Tatsache ist jedenfalls, dass meine Mandantin unschuldig in die Mühlen der Justiz geraten ist. Noch einmal: Wir werden uns rechtliche Schritte gegen die Wiener Sicherheitsdirektion vorbehalten, aber auch gegen Medien, die falsche Informationen veröffentlicht haben oder weiterhin veröffentlichen. Herzlichen Dank für Ihr Interesse."

Damit war die Pressekonferenz zu Ende und einige Journalisten stürmten nach vorne um noch extra, quasi exklusiv, denn darum dreht sich in unserer Branche ja so vieles, eine Aussage von Ulrike oder ihrer Anwältin zu bekommen.

Vesna winkte vom Saalausgang. Ich lief schnell zu Ulrike und verabschiedete mich. Ich wusste sie bei der Anwältin heute Nachmittag in guten Händen. „Wie war ich? War alles richtig?", flüsterte sie mir zu.

„Hervorragend. Wirklich. Gut, dass wir die Pressekonferenz gemacht haben. Jetzt hast du mehr Chancen auf Ruhe. Und ich komme spätestens am Abend."

„Das musst du nicht, ich habe ja auch noch andere Freundinnen, ich werde ein paar anrufen, jetzt bin ich wieder dazu fähig. Ich kann dir ja nicht immer die Zeit stehlen."

„Ich komme." Ich gab ihr einen Kuss auf die Wange und eilte zu Vesna. Nun würden wir endlich die restlichen Beratungsstellen abklappern.

Drei Stunden später saßen wir in einem Straßencafé in Favoriten. Die Aprilsonne schien warm genug, um es an einem Tisch im Freien erträglich zu finden. Zum Trost für unsere vergebliche Mühe hatten wir uns zwei riesige Eisbecher bestellt. Die Mordkommission hatte uns eingeholt. Auch Zuckerbrots Mitarbeiter waren nun dabei, Migrantenberater und Flüchtlingsbetreuerinnen zu befragen. Vesnas Strategie schien nicht mehr Erfolg versprechend, also versuchten wir als Freundinnen Ulrikes zur gewünschten Information zu kommen. Das Reden überließ ich trotzdem Vesna. Niemand hatte etwas von Jane Cooper gesehen. Alle reagierten gleich erstaunt auf die Vorstellung, dass sich eine junge, weiße Frau aus den USA an sie wenden sollte.

Wir streckten die müden Beine aus, schaufelten Eis in uns hinein, bis mir ganz kalt im Magen wurde. Danach fiel es besonders schwer, sich aufzuraffen und auch noch die letzten beiden Adressen abzuhaken. Bei der ersten gab es nicht viel zu fragen, die Stelle war geschlossen. Ein großer Zettel war auf die Tür geklebt: „Autonome Beratungsstelle für MigrantInnen und Konventionsflüchtlinge. Wegen Geldmangels gesperrt." Darunter stand eine Reihe von Adressen mit Einrichtungen, bei denen wir schon gewesen waren. Also auf zur letzten. Sie befand sich in einer Ecke des ersten Bezirks, in die sich Touristen nur selten verirrten. Gassen mit hohen Wohnhäusern, verparkte Straßen, einige hundert Meter entfernt vom Kriegsministerium aus Kaisertagen. Zur Zeit waren in dem Gebäude gleich mehrere Ministerien untergebracht, es schien dauernd und ohne ersichtlichen Fortschritt renoviert zu werden.

In einem Ecklokal, das früher ein Gasthaus gewesen sein muss, war nun diese Beratungsstelle. Vesna sagte unseren Spruch auf. Ein Mann, der weit über sechzig zu sein schien, hörte uns zu. „Die Polizei war schon da", sagte er dann. Wir nickten.

„Ich werde unsere Chefin fragen. Ich helfe hier bloß aus, weil ich im Burgenland geboren bin und Kroatisch kann. Und Englisch kann ich auch. Und Pension bekomme ich nicht viel."

„Ja, bitte" sagte ich, ohne auf den erschöpfenden Kurzabriss seines Lebenslaufes einzugehen. Er verschwand. Auf unserer Tour durch die Beratungsstellen hatten wir ein breites Spektrum an Helfern und Helferinnen erlebt. Von ganz jungen mit Tatoos und unzähligen Piercings bis zu ganz offensichtlich ehrenamtlich tätigen Frauen im mittleren Alter, von ausgebildeten Sozialarbeiterinnen über Zivildiener bis hin zu Rentnern oder Arbeitslosen, die mit diesem Job etwas dazuverdienten.

Die Frau, vom Typ professionelle Sozialarbeiterin, bat uns in ihr Zimmer. „Sie wissen, dass schon die Polizei nach der Amerikanerin gefragt hat."

Wir nickten.

„Ich kenne also die traurige Geschichte. Und ich sehe keinen Grund, sie Ihnen nicht zu erzählen – vorausgesetzt, Sie verwenden sie nicht in der Öffentlichkeit. Aber viel weiß ich ohnehin nicht."

Offenbar war ich von dem geballten Einsatz für die Schwächeren unserer Gesellschaft schon so benebelt, dass ich mir auch gut und edel vorkommen wollte. Ich sagte also: „Ich bin vom ‚Magazin'. Ich bin eine Schulfreundin von Ulrike, das stimmt. Sie hat sich mit der Bitte um Hilfe an mich gewandt. Aber ich schreibe über die Fälle auch im ‚Magazin'. Und ich bin gerne bereit, Ihnen absolute Vertraulichkeit zu garantieren."

Wenn Blicke töten könnten, den dritten Mord in diesem Fall hätte Vesna begangen. Und ich wäre die Leiche gewesen.

Die Leiterin des Zentrums spielte mit einem Kugelschreiber. Ich schwieg. Selbst Vesna schien nichts einzufallen. Ich betrachtete die zahlreichen aufgeschichteten Kartons und Koffer entlang der Wand.

„Das sind Altkleider, die wir bekommen und weitergeben", wurde ich informiert. Aber eigentlich wollte ich etwas anderes wissen.

„Gut", sagte die Frau, „Sie sind wenigstens ehrlich. Und ich kann mich ohnehin nicht darauf verlassen, was die Polizei mit meinen Informationen macht. Also: Die Amerikanerin war hier. Sie muss eine Zeit lang in einer Ecke gestanden sein, wir hatten jede Menge Betrieb. In der Nacht war eine Drogenrazzia gewesen und die Suchtgiftpolizei hatte in zwei Bezirken wahllos Menschen in Haft genommen, das einzige Kriterium war offensichtlich wieder einmal ihre dunkle Hautfarbe. Sie waren selbst in Flüchtlingsheimen und in einem Lehrlingsheim. Also, ich habe die junge Amerikanerin gesehen: ein schüchternes Mädchen mit einem brünetten Pferdeschwanz und Jeans. Ich habe sie für eine verirrte Touristin gehalten und bin rasch zu ihr hinüber gegangen. Sie hat Englisch gesprochen und gefragt, ob sie hier richtig sei bei einer Stelle für ‚migration'. Ich habe zugestimmt und sie hat mich gefragt, ob man sich hier schon immer in erster Linie mit Afrikanern beschäftigt habe. ‚Auch mit Menschen aus anderen Weltgegenden', habe ich geantwortet. Und mit der Auswanderung von Österreichern habe man auch zu tun?

Ich habe ihr gesagt, dass es hier um Zuwanderung und um die Probleme damit gehe. Sie schien sehr enttäuscht zu sein und fragte dann noch, wie lange es diese Stelle schon gäbe und ob ich ihr eine nennen könne, die auch mit Auswanderung zu tun habe. Das Ganze erschien mir ziemlich wirr. Ich war in Eile und ich habe gesagt, dass es so etwas schon lange nicht mehr gäbe. Da müsse sie sich an die jeweiligen Botschaften wenden. Sie wollte dann noch einen Tipp für eine preiswerte Unterkunft. Einer unserer Mitarbeiter hat ihr dann die Pension ‚Alexandra' genannt, sie ist, zumindest nach allem, was ich gehört habe, sauber. Die Zimmer haben sogar Duschen. Sie hat sich bedankt und ist gegangen."

Das Ganze ergab keinen Sinn. Offenbar hatte die junge Amerikanerin Informationen über Auswanderung gesucht. Freud hatte auswandern müssen, aber darüber hätte sie im Museum mit Sicherheit viel mehr erfahren als bei einer Flüchtlingsberatungsstelle. Auch Vesna konnte mit den Informationen wenig anfangen. „Ich habe einen schweren Bauch von dem Eis", sagte sie.

„Sie muss unmittelbar nach ihrer Ankunft zu der Flüchtlingsberatung gegangen sein. Sie hatte noch nicht einmal ein Zimmer."

„Eine Verwechslung, Mira Valensky."

„Ja, aber was für eine?"

Am Ring verkauften die ersten Kolporteure die Abendausgabe des „Blattes". Gemeinsam steckten wir den Kopf in die Zeitung. Auf Seite zehn stand es in fetten Lettern: „Psycho-Liebchen unter dringendem Tatverdacht". Darunter ein Foto, auf dem Ulrike verwirrt dreinsah. Die Augen weit aufgerissen, der Blick gehetzt, eine Haarsträhne klebte auf der rechten Wange. Es musste in der Früh aufgenommen worden sein, sicher nicht bei der Pressekonferenz. Gegen derartige Schmierblätter war man im Großen und Ganzen machtlos. Weit hinten im Text kam die Richtigstellung, dass es sich am vergangenen Tag nicht um ihre Festnahme, sondern nur um eine Einvernahme gehandelt habe. Es gab offene Kritik daran, dass Ulrike noch immer auf freiem Fuß war.

Der Untertitel lautete: „USA hetzt schon wieder gegen Österreich" – berichtet wurde von den Fragen des amerikanischen Journalisten über politische Mordmotive. „Die linke US-Presse arbeitet daran, die beiden heimtückischen Morde nicht näher genannten ‚rechten Kreisen' in die Schuhe zu schieben und als antijüdischen Racheakt darzustellen. Stadtrat Bierbauer reagierte empört und stellte klar, Wien werde sich gegen internationale Diffamierungen zu wehren wissen, auch wenn sie von der amerikanischen Ostküste kämen. Die Verdächtige Ulrike M. gab gestern eine Pressekonferenz, in der sie die zahlreichen Indizien gegen sie zu entkräften versuchte."

Vesna verabschiedete sich von mir wenig später. „Ich muss zu meinem Steuerberater. Ist höchste Zeit." Sie grinste. „Hört sich gut an, nicht? Und die Wirklichkeit: Ich putze bei dem Steuerberater."

[7.]

Das „Blatt“ hatte mich auf die Idee gebracht, noch etwas zu versuchen. Ich fuhr zur Pension „Alexandra“. Ein schlichtes Schild an einem Altbauwohnhaus wies darauf hin, dass im dritten, vierten und fünften Stock die Pensionszimmer untergebracht waren. Im Gang zum Lift roch es muffig. Ich fuhr nach oben. Die Glastüre zur Pension stand offen. Ein Perserteppich aus Acryl sollte Vornehmheit vorspiegeln, auf der schmucklosen Rezeptionstheke lagen ein paar Wienprospekte, die auch schon seit Jahrzehnten so daliegen konnten. Ich drückte auf die Klingel. Eine fette Frau um die sechzig erschien und schnaufte. „Wollen Sie ein Zimmer? A room?“

Ich schüttelte den Kopf. Ob ich das Zimmer sehen könne, in dem Jane Cooper gewohnt habe? Ich sei vom „Magazin“ und wenn die Pension in unserer Wochenzeitung vorkäme, dann sei das mit Sicherheit eine gute Werbung für sie.

„Gute Werbung, ein Mord.“ Sie schnaufte lauter.

„Sie ist ja nicht bei Ihnen ermordet worden.“

„Das wäre auch noch schöner. Das hier ist eine anständige Fremdenpension. Außerdem ist alles längst sauber gemacht, jetzt wohnt ein anderer Gast im Zimmer dieser Amerikanerin. Ich will auch nicht, dass meine Gäste erfahren, dass die Amerikanerin da gewohnt hat.“

„Haben Sie mit ihr gesprochen? Was hat sie gesagt?“

„Das hat mich die Polizei auch schon gefragt und Journalisten waren auch schon da. Sogar aus Amerika.“

„Was haben Sie denen gesagt?“

„Das Gleiche, was ich Ihnen sage: Das Zimmer ist nicht zu besichtigen – außer für die Polizei, die hat es natürlich schon gesehen und auch Spuren genommen – und geredet habe ich mit der Amerikanerin nicht. Sie hat ja nicht Deutsch verstanden.“

„Wissen Sie, was sie getan hat?“

„Sie war ein paar Tage da und dann ist sie nicht mehr wiedergekommen. Das ist alles, was ich sagen kann. Ich habe ihr natürlich das Anmeldeformular hingelegt, aber ich wollte sie eben nicht drängen und deshalb hat sie noch nicht unterschrieben. So ist das, wenn man zu den Gästen höflich ist. Sonst war sie zum Glück sehr ordentlich, auch wenn sie dann ermordet worden ist.“

Das klang, als sei Jane Cooper selbst schuld an ihrer Ermordung gewesen, als habe es sich dabei um einen Akt der Bösartigkeit gegenüber der Pensionswirtin gehandelt. Ob sie mit Vornamen wirklich Alexandra hieß?

„Die Zeitungen schreiben ohnehin nie die Wahrheit. Im ‚Blatt‘ ist gestanden, dass sie in einer ‚schmuddeligen Pension‘ gewohnt hat. So eine Frechheit. Dabei habe ich das ‚Blatt‘ sogar abonniert. Bei mir ist alles sauber, das Gesundheitsinspektorat war erst vor kurzem da und der Herr Inspektor hat gesagt: ‚Liebe Frau Alexandra, wenn es überall in Wien so sauber wäre, dann wären wir arbeitslos.‘ Man kommt zwar gar nicht nach mit dem Wischen und Putzen, und gewisse Mieter, das kann ich Ihnen versichern, sind richtige Schweine, aber sauber ist es bei mir immer. Einfach, aber sauber.“ Sie sah mich selbstgefällig an.

„Das könnte ich in meiner Geschichte schreiben, aber dafür müsste ich wenigstens einmal das Zimmer sehen. Um zu sehen, ob es sauber ist.“

„Draga hat alles geputzt und ich habe alles kontrolliert und nachgeputzt. Draga ist ein braves Mädchen, nicht so aufsässig wie viele, aber nachsehen muss man trotzdem immer.“ Sie sah auf das Schlüsselbrett. „Der Herr ist noch nicht da, also kommen Sie, aber nur auf einen Sprung.“

Ich folgte ihr in den oberen Stock. Sie schloss das Zimmer auf. Ein Raum mit absurden Dimensionen: Hoch und mit kleiner Bodenfläche, so als wäre eine Schuhschachtel auf die Schmalseite gefallen. Ein Einzelbett aus hell furniertem billigem Holz. Daneben ein dazu passendes Nachtkästchen. Ein hohes Fenster mit einem Vorhang aus Kunststoffspitze, auf der anderen Seite des Raumes ein doppeltüriger Kleiderschrank aus dunklerem Holz, offenbar noch aus den Restbeständen der ehemaligen Wohnungsbesitzer. Das Bett war sorgfältig mit türkisfarbenem Bettzeug überzogen, am Boden stand eine geöffnete Reisetasche. Eine weiße, sichtlich später eingebaute Türe, die Frau Alexandra jetzt öffnete. „Sehen Sie, das Badezimmer. Ist es hier etwa schmuddelig?" Eine schwache Birne flammte auf. Waschbecken, Dusche, WC, und das alles auf höchstens vier Quadratmetern. Aber wirklich sauber, das musste man ihr lassen. Hier also hatte Jane Cooper gewohnt.

„Ist die Amerikanerin irgendwann abgeholt worden? Hat jemand für sie angerufen?"

Die Pensionswirtin knipste das Licht im Badezimmer wieder aus und schüttelte den Kopf. „Aber sie ist ein-, zweimal lange weg gewesen für ein junges Mädchen, das allein in einer fremden Stadt ist."

„Woher wissen Sie, dass sie allein war?"

„Na, weil sie eben niemand abgeholt hat und niemand angerufen hat. Außerdem habe ich es in der Zeitung gelesen. Es heißt ja, sie soll so einen Psychiater gekannt haben."

„Ja."

„Abgeholt hat der sie jedenfalls nicht. Ob er sie heimgebracht hat, kann ich nicht so genau sagen. Die Nachtdienste macht mein Sohn und der schläft auf einer Bettbank im Zimmer hinter der Rezeption. Wenn jemand anläutet und keinen Schlüssel hat, dann macht er auf."

„Hat sie viel Gepäck gehabt?"

„Nur eine Reisetasche, und die war nicht besonders groß. Aber man hat sie ohnehin immer nur in Jeans gesehen. Eine richtige amerikanische Studentin eben. Aber wenigstens nicht mit bunten Haaren, so wie es das bei uns gibt. Das nicht."

„Und sonst? Was ist auf ihrem Nachtkästchen gelegen?"

Sie sperrte die Tür ab und schnaufte die Treppe nach unten. „Ich achte nicht darauf, was am Nachtkästchen meiner Gäste liegt. Ich glaube, dass einmal ein Tagebuch da gelegen ist. Wie es junge Mädchen eben so schreiben."

„Sie glauben?"

„Na, gelesen habe ich es nicht. Außerdem war es ja auf Englisch."

Ich grinste innerlich. „Und ihre Pensionsgäste? Haben die mit der Amerikanerin geredet?"

„Machen Sie mir ja nicht meine Gäste rebellisch. Es war schlimm genug, dass sie von der Polizei befragt worden sind. Niemand hat mit ihr geredet. Wir haben keine amerikanischen Gäste gehabt zu dieser Zeit. Ein paar Ungarn, ein paar Russen und zwei Männer aus Griechenland. Die haben mir mit ihren Zigaretten alles verstunken. Es ist noch nicht Hauptsaison. In der Hauptsaison haben wir bessere Gäste, Italiener und sogar Deutsche, aber auch Schweizer, und alles ist voll."

„Sind jetzt noch Gäste da, die Jane Cooper gesehen haben?"

„Das werde ich Ihnen auf die Nase binden!"

Hier, das war mir klar, konnte ich nichts mehr erfahren. Ich versprach Frau Alexandra noch, ihre wirklich saubere Pension hervorzuheben, verabschiedete mich und fuhr zu Ulrike.

Ich kurvte zum dritten Mal durch dieselben Straßen und hielt nach einem Parkplatz Ausschau. Jetzt erst merkte ich, wie müde ich war. Es war ein langer Tag gewesen. In den inneren Bezirken Wiens Auto zu fahren, ist idiotisch. Aber die Beratungsstellen waren über die ganze Stadt verteilt und in gewissen äußeren Bezirken gab es leider keine U-Bahn, sondern nur nervtötend langsame Straßenbahnen oder Busse, von denen ich nie genau wusste, wohin sie fuhren. Endlich quetschte ich mich in eine Parklücke. Und ging dann gute zehn Minuten zu Fuß.

„Komm herein", sagte Ulrike. Auf ihren Wangen leuchteten rote Flecken. „Wir wollten gerade eben mit dem Essen anfangen." Offenbar hatte ihr jemand ein Aufputschmittel verabreicht.

An dem Glastisch saßen die Anwältin und ein voluminöser Mann, Mitte vierzig, mit offenem Hemdkragen und aufgekrempelten Ärmeln. Sein Sakko und eine weinrote Krawatte hingen über der Lehne des Stuhles. Mehr als der Unbekannte interessierte mich allerdings das, was auf dem Tisch stand: In verschiedenen Schüsselchen und Tellern war eine Reihe von kalten Köstlichkeiten angerichtet, gefüllte Pilze sah ich und fein geschnittenen Prosciutto, eine Pastete, wohl eine Wildpastete, riet ich.

Der Unbekannte hatte sich höflich erhoben.

„Mira, das ist Dr. Kellerfreund, der Kollege von Frau Dr. Fischer."

Er schüttelte mir fest die Hand und lächelte. Freundliche braune Augen, keinen scharfen Blick, wie ich mir das von einem Rechtsanwalt erwartete. Schon wieder ein Klischee beim Teufel. Mindestens einen Meter neunzig groß. Hundertzwanzig Kilo.

„Wir haben schon eine Flasche Prosecco getrunken", sprudelte Ulrike weiter.

Daher also kamen die roten Flecken.

„Dr. Kellerfreund hat alles mitgebracht. Jetzt soll es einen Rotwein geben. Du magst sicher auch ein Glas?"

Und ob ich wollte.

Ulrike brachte ein weiteres Gedeck und ich dankte dem voluminösen Kellerfreund für seine guten Ideen.

„Irene, also meine Kollegin Fischer, vergisst immer aufs Essen. Da ich unseren jüngsten Fall auch kennen lernen wollte, habe ich mich mit ein paar kulinarischen Mitbringseln hereingeschwindelt."

Ich sah gierig auf seine Auswahl. Ulrike war wirklich in guten Händen. Diese Anwälte waren ein Glücksgriff gewesen.

Die nächste Stunde plauderten wir fast entspannt über Essen, Trinken, Vorurteile gegenüber der Psychoanalyse und eigenartige Wiener Fremdenpensionen. Der Anwalt verstand eine ganze Menge von gutem Essen, und als er sich dann auch noch als leidenschaftlicher Koch zu erkennen gab, vergaßen zumindest wir zwei Ulrikes Probleme. Er liebte die französische Küche und hatte unzählige Kochkurse bei den besten französischen Köchen gemacht. Ich liebe bekanntlich die italienische Küche und erzählte vom Veneto und seinen kulinarischen Feinheiten.

Die Entenleberpastete war exzellent und die Röllchen aus Gänsebrust gefüllt mit einer Preiselbeer-Wacholdercreme hinreißend. Zum Glück war der Anwalt einer, der eher zu viel als zu wenig auf den Tisch brachte. Auch etwas, das uns verband. Ich brach mir noch ein Stück Baguette ab.

„Ich kann nicht mehr", seufzte Ulrike.

Ich konnte noch. Und aß fröhlich weiter.

„Wenn Sie müde sind, dann werfen Sie uns hinaus", meinte die Anwältin besorgt zu Ulrike. Sie hatte schon vor längerer Zeit das Besteck weggelegt.

Ulrike schüttelte den Kopf. „Es ist so nett von Ihnen, dass Sie da sind. Das müssten Sie nicht, das weiß ich."

„Keine Sorge, wir verrechnen es nicht einmal, Vergnügungen würden wir nie verrechnen", erwiderte der Anwalt und angelte sich noch zwei der gefüllten Tomaten.

Übergangslos kamen Ulrike die Tränen. „Es ist so nett, ich kenne Sie kaum, und Sie sind so gut zu mir. Und Mira auch, dabei habe ich sie seit Jahren nicht mehr gesehen. Meine Freundinnen sind da anders. Ich habe sie angerufen und alle haben eine Ausrede gehabt, alle haben sie so getan, als ob sie empört seien über die Berichte, aber gekommen ist niemand. Gar niemand."

„Das war ein Zufall", versuchte ich Ulrike zu beschwichtigen.

„Das war kein Zufall", schluchzte sie auf, „Frau Dr. Fischer ist dabei gewesen und hat es gehört."

Ich sah die Anwältin an, sie zuckte hilflos mit den Schultern. Vielleicht war doch noch etwas von der Persönlichkeitsstörung geblieben, von der mir Ulrike erzählt hatte. In der einen Minute himmelhoch jauchzend, in der anderen zu Tode betrübt. Andererseits konnte man es ihr nicht eben verdenken, dass sie emotional etwas aus dem Gleichgewicht war. In so einer Situation herauszufinden, dass sich vermeintliche Freundinnen beim ersten Anzeichen von Problemen zurückziehen, ist keine nette Sache. „Wir sind jedenfalls da und wir bleiben da, bis du uns hinauswirft", sagte ich und schenkte ihr noch ein Glas Rotwein ein.

„Ich bin eine Idiotin“, schnupfte Ulrike in ihr Taschentuch, „verzeiht mir.“

„Wir werden die Sache schon hinkriegen“, murmelte Anwalt Kellerfreund mit vollem Mund.

Wir tranken noch drei Flaschen Wein, Ulrike wurde lustiger und lustiger und bot ihren Anwälten schließlich das Duwort an. Also tranken wir Bruderschaft. „Schwesternschaft“, kicherte Ulrike und gab Frau Fischer einen Kuss auf die Wange.

„Da bin ich auch gerne eine Schwester“, brummte der Anwalt, worauf er ebenfalls einen Kuss bekam. Kellerfreund hatte ein erstaunliches Fassungsvermögen. Mit ihm konnte nicht einmal ich mithalten. Irgendwann, lange nach Mitternacht, legte Ulrike plötzlich ihren Kopf auf den Tisch und schlief tief und fest.

Wir hatten tatsächlich fast alles aufgegessen. Obwohl es gar nicht nötig gewesen wäre, flüsterten wir. Oskar, wie Herr Kellerfreund mit Vornamen hieß, verstaute die Überreste im Kühlschrank. Ich räumte das schmutzige Geschirr in den Geschirrspüler. Und die Anwältin Irene versuchte Ulrike wieder für einige Augenblicke wachzubekommen. Ohne Erfolg.

Schließlich fassten Oskar und ich Ulrike je unter einem Arm und zogen sie hoch. Sie erwachte nur halb und bemühte sich, selbsttätig zu schlurfen, aber wir waren vollkommen außer Atem, als wir sie schließlich ins Bett gebracht hatten. Ich küsste die beiden phantastischen Anwälte zum Abschied auf die Wange und versuchte dann, Ulrike aus ihren Kleidern zu schälen. Am liebsten hätte ich mich, gleich so wie ich war, zu ihr ins Bett gelegt.

[8.]

Vesna wischte energisch über meine weißen Küchenmöbel, ich saß am Tisch, trank Kaffee und erzählte ihr vom gestrigen Abend. Früher hatte ich ein schlechtes Gewissen gehabt, wenn ich so untätig herumgesessen war, während sie arbeitete. Das hatte sich gelegt, ich wusste jetzt, dass Vesna es auch so meinte, wenn sie sagte, dass man ihr lieber nicht in die Arbeit pfuschen solle.

Sie war jemand, der mich nicht im Stich lassen würde, auch nicht, wenn mir Medien einen Mord anhängen wollten. Eine bessere Freundin als die, die Ulrike offenbar hatte. Im nächsten Monat hatte Vesna Geburtstag. Ich durfte ja nicht darauf vergessen. Einundvierzig wurde sie, zu ihrem Vierziger hatte ich ihr ein großes Überraschungsfest beschert.

Wieder tauchte sie das Tuch in den Kübel. Vesna war fast einen Kopf kleiner als ich, schlank, aber ihre Muskeln waren vom Putzen überaus zäh. Sie konnte Lasten heben, unter denen ich fast zusammenbrach. Ihr Optimismus schien trotz allem, was sie schon erlebt hatte, grenzenlos zu sein.

„Was denkst du, Mira Valensky?"

Ihre Eigenart, mich mit Vor- und Nachnamen anzureden, stammte noch aus der Zeit, in der ich ihr das Duwort angeboten, sie es aber für unpassend gehalten hatte, ihre Arbeitgeberinnen zu duzen. „Ich habe mir gerade gedacht, dass du eine unverbesserliche Optimistin bist – obwohl du schon Schlimmes erlebt hast."

„Nicht obwohl, weil. Was soll noch schlimmer kommen? Und wenn, dann beschäftige ich mich damit. Wenn es Kindern gut geht und natürlich auch dem Mann, dann ist es gut."

„Und was ist mit dir?"

„Dann geht es mir auch gut. Und wenn ich Spaß habe."

„Du meinst, Abenteuer, Aufregung."

„Man muss lebendig sein und Spaß braucht der Mensch zum Lebendigsein."

Mein Schädel brummte. Ich hatte am Vorabend eindeutig zu viel Wein getrunken. Ich erzählte Vesna von der Pension „Alexandra". Sie rümpfte die Nase. Ich schenkte mir Kaffee nach.

„Ich hab es", sagte sie dann. „Ich wohne in der Pension. Und ich sehe nach, ob jemand in der Pension mit der Amerikanerin geredet hat. Wenn Ungarn und Russen dort sind, dann fällt bosnische Frau nicht auf."

Ich überlegte. Der Plan war nicht übel. In der Pension kannte Vesna niemand und sie würde auch nicht so leicht mit dem Mord im Freud-Museum in Verbindung gebracht werden. „Du wärst eine perfekte Privatdetektivin", sagte ich.

Vesna strahlte. „Vielleicht, wenn ich österreichische Staatsbürgerschaft habe, ich mache so etwas."

„Und was wird dann aus meiner Wohnung?"

„Du wirst putzen lernen, Mira Valensky. Ich habe auch putzen gelernt."

Nach einem Telefonat mit der Redaktion war klar: Das „Magazin" würde die Übernachtungskosten für eine Woche übernehmen. Außerdem wollte man pro Tag 1.000 Schilling zahlen, bei Erfolg noch einmal 5.000. Das war zwar nicht üppig, aber mehr, als ich mir erhofft hatte. Exklusiv, dieses Wort hatte wieder einmal gezogen. Gab es nichts zu berichten, waren die Spesen gering gewesen. Gut, dass Jane Cooper nicht im Hotel Sacher abgestiegen war.

Vesna war hoch zufrieden. „Dann mache ich nur wichtige Arbeiten und sage anderen ab. Ich werde herausfinden, was in dieser Pension los ist."

Vesna regelte mit Mann, Nachbarin und Kindern ihren Umzug, zahlte, wie es in der Pension „Alexandra“ Vorschrift war, für drei Tage im Voraus und bekam ihr Zimmer.

Ihr erster Bericht war wenig ermutigend. Draga, so erzählte sie, stamme zwar aus einem Dorf, das nur zwanzig Kilometer von ihrem eigenen Heimatdorf entfernt lag, aber sie sei „eine echte Dienerin“. Die Pensionswirtin halte sie für einen Hungerlohn den ganzen Tag auf Trab und habe ihr überdies verboten, mit Gästen zu tratschen. Und sie gehorchte, eisern. „Aber ich kriege sie schon weich“, meinte Vesna. Von den Gästen schien nur ein russisches Ehepaar schon seit Jane Coopers Zeit dort zu sein. Gesprochen allerdings hätten die Russen mit der jungen Amerikanerin nicht. Die beiden seien ihr gegenüber sehr misstrauisch gewesen, erzählte Vesna. Offenbar handelten sie mit Computerteilen und mit gebrauchten Computern. Ganz legal sehe ihr die Sache jedenfalls nicht aus. Vielleicht wäre da noch eine Story für das „Magazin“?

Ich bat Vesna, sich trotz allem auf Jane Cooper zu beschränken.

Vesnas weitere Berichte brachten zwar Einzelheiten über das Leben in einer Billigpension in Wien zu Tage, in unserem Fall aber gab es nichts Neues. Gegen Ende der Woche trafen wir uns in einer Pizzeria nahe meiner Wohnung.

„Ich muss das Vertrauen von Draga haben. Sie ist die Einzige, die etwas wissen kann. Aber ich weiß nicht, wie ich das Vertrauen bekomme. Ich bin Pensionsgast. Wenn ich Putzfrau wäre, die ich bin, dann wäre es leichter. Aber so sie sagt ‚Gnädige Frau‘, wie zu allen anderen. Wenn ich ihr die Wahrheit sage, dann lauft sie gleich zu der Frau Alexandra. Ihr Sohn, übrigens, bringt in der Nacht Mädchen für Gäste, die das wollen. Mama weiß nichts, da bin ich ganz sicher.“ Sie grinste. „Und ein Mädchen ist bei ihm geblieben auf der Couch. Mama weiß auch davon nichts, ganz sicher.“

Am nächsten Tag schon ergab sich ein besserer Kontakt mit Draga wie von selbst. Als Vesna beim Pensionsfrühstück gesessen war, das ihren Angaben zufolge regelmäßig aus genau zwei Semmeln, einem

Butterpäckchen, zwei Marmeladetiegeln und einem Päckchen mit Streichwurst bestand, hatte sie von der Rezeption her lautes Schimpfen gehört. Sie eilte nach draußen und sah Frau Alexandra mit hochrotem Kopf, außerdem eine schluchzende Draga und ein aufgeregtes älteres Ehepaar aus Tirol.

Man beschuldigte Draga einen herzförmigen Anhänger samt Kette gestohlen zu haben. Gestern noch sei er da gewesen, jetzt aber verschwunden. Dabei müsse man zum Zug. Und das dringend. Frau Alexandra habe immer wieder gerufen, dass jedenfalls nicht sie für den Schaden aufkommen werde. Der Tiroler hatte von Anzeige und Diebsgesindel gesprochen.

Vesna erzählte mir am Telefon, sie sei ohne irgendeinen Kommentar in das offene Zimmer der Tiroler gegangen und habe zu suchen begonnen. „Ich kenne die Plätze, an denen Schmuck verloren geht. Habe lange genug geputzt. Man muss vorsichtig sein in diesem Geschäft. Drei Minuten später habe ich die Kette gefunden. Sie war hinter dem Bett, hinter dem Kopfteil. Billiges Silber, mehr nicht. Also habe ich sie den Tirolern gebracht. Die haben sie gepackt und nicht einmal ‚Entschuldigung' gesagt. Die haben sich noch aufgeregt, dass sie jetzt vielleicht den Zug nicht bekommen. Und ich habe zu Frau Alexandra gesagt: ‚Draga ist eine gute Kraft.' Sie hat genickt und Draga hat mich ganz dankbar angeschaut. Also vielleicht redet sie jetzt leichter. Man wird sehen."

Man konnte nur hoffen. Die offiziellen Ermittlungen in den beiden Mordfällen gingen jedenfalls auch nicht voran. Ulrike galt noch immer als die Hauptverdächtige. Das „Blatt" hatte ein paar Tage lang Dinge aus ihrem Privatleben ausgegraben. Ihr ehemaliger Lebensgefährte hatte ein Exklusivinterview gegeben und gesagt, dass er ihr das „Eifersuchtsattentat" verziehen habe, aber damals jedenfalls sei sie zu allem fähig gewesen. Die Tatsache, dass sie danach eine Psychotherapie gemacht hatte, wurde so formuliert: „Sie befand sich über ein Jahr in psychiatrischer Behandlung."

Die Leitung des Freud-Museums legte Ulrike nahe, einen längeren Urlaub anzutreten. Man stehe voll hinter ihr, aber sie brauche nach dem Schock Ruhe und Entspannung. Viel Ruhe hatte Ulrike allerdings nicht.

Bei dem Gift hatte es sich um Botulinus gehandelt. Ein Nervengift, das das Atemzentrum im Gehirn lahm legt. Verwendet wurde das Gift aber auch in der Medizin, um gewisse Nervenstränge gezielt ruhig zu stellen. An sich kommt es in verdorbenen Lebensmitteln vor. Ich beschloss, genauer als bisher auf das Ablaufdatum gewisser Produkte zu achten. Wie sollte Ulrike an Botulinus gekommen sein?

Dieser offene Punkt war es wohl, der die Mordkommission davon abhielt, sie in Untersuchungshaft zu nehmen. Denn für die Zeit, in der Jane Cooper ermordet worden war, hatte sie kein Alibi. Ihre Kollegen, mit denen sie im Museumsshop Inventur gemacht hatte, waren zwischendurch für eine Stunde weggegangen, um dem japanischen Kamerateam ein paar weitere Plätze zu zeigen, die mit Freud in Verbindung standen. Das war gegen Ende der Öffnungszeit des Museums gewesen.

Als Motiv für beide Morde stand Eifersucht noch immer hoch im Kurs.

Die amerikanischen Journalisten, die eher auf ein politisches Mordmotiv getippt hatten, waren bereits wieder abgereist. Sie konnten wenigstens ein paar antiamerikanische und antisemitische Äußerungen von Lokalpolitikern vorweisen, die im Zusammenhang mit ihren Spekulationen gefallen waren.

Mir wurde der Platz in der nächsten Ausgabe des „Magazins“ auf eine halbe Seite zusammengestrichen.

„Die Sache ist gegessen“, meinte mein Chefredakteur, wie immer ganz hinten in seinem Lederschreibtischsessel liegend, „egal, ob sie es war oder nicht. Ohne neue Fakten keine Story. So interessant sind das Freud-Museum und ein toter Psychiater auch wieder nicht.“

Ich versuchte mich also in einer kurzen Ehrenrettung Ulrikes und hoffte, dass Vesna doch noch knapp vor Redaktionsschluss eine Neuigkeit liefern würde.

Zwei Stunden später meldete mir unsere Empfangsdame, dass „da eine gewisse Frau Krajner ist, die sagt, dass sie zu Ihnen will". Ich bat sie Vesna zu mir bringen zu lassen.

„Als ob ich den Weg nicht kenne", sagte Vesna statt einer Begrüßung.

„Momentan haben sie es bei uns gerade wieder mit Sicherheitsvorkehrungen. Der stellvertretende Chefredakteur hat einen Kurs in Sicherheitsmanagement gemacht. Hast du Neuigkeiten?"

„Ja, habe ich."

Mein Kollege am nächsten Schreibtisch unseres Großraumbüros sah interessiert auf. Ich hatte keine Lust, dass alle erfuhren, wer Vesna war und was sie in diesem Fall für eine Rolle spielte. Wir gingen in den Aufenthaltsraum, der gegen Ende der Produktionszeit ausnahmsweise menschenleer war.

„Draga war dankbar. Und sie hat erzählt. Viel gibt es nicht. Vielleicht aber Wichtiges. An einem Tag hat sie im Papierkorb viel Papier gefunden. Und auf einem Blatt ist gestanden: ‚Dear Mister Bernkopf'. Was danach gestanden ist, weiß sie nicht. Sie kann nicht Englisch. Nicht einmal was ‚dear' heißt, hat sie gewusst. Dabei muss sie in der Schule Englisch gehabt haben. Auch in Bosnien gibt es Englischunterricht. Gut, sie glaubt, dass es ein angefangener Brief war. Und auf zwei anderen Blättern ist auch ‚Dear Mister Bernkopf' gestanden, aber nur weniger Text. Genauer hat sie nicht schauen können, weil dafür ist nicht Zeit."

„Hat sie die Blätter aufgehoben?"

Vesna sah mich beinahe mitleidig an. „Beschriebenes Papier? Warum? Sie hat nicht gewusst, dass die Frau wird ermordet. Das mit Bernkopf hat sie auch nur interessiert, weil der Freund ihrer Freundin Bernkopf heißt. Aber sie sagt, um den kann es nicht gehen, weil der kann auch nicht Englisch."

Also hatte die Sache doch mit dem Haus in der Birkengasse zu tun. Die Frage war bloß, ob Jane Cooper einen Brief abgeschickt hatte oder es bei Briefentwürfen geblieben war. Was verband die junge Amerikanerin mit Ministerialrat Bernkopf? Sie konnte es nicht mehr erzählen. Wie brachte man den Ministerialrat dazu, diese

Verbindung zuzugeben? Dass er tatsächlich nichts von Jane gewusst hatte, wurde immer unwahrscheinlicher.

In der einen Stunde bis zum endgültigen Redaktionsschluss würde ich das nicht mehr herausfinden können. Ich bat Vesna, beim Türken ums Eck auf mich zu warten, strich in meinem kurzen Bericht einige Zeilen und fügte am Ende ein paar neue Sätze an:

„Unterdessen weist ein neues Indiz auf eine Verbindung zwischen der ermordeten Jane Cooper und dem Haus in der Birkengasse 14 hin. Wie bereits berichtet, hatte man im Freud-Museum einen Zettel entdeckt, auf dem diese Adresse notiert worden war. Nun verlautet aus einer zuverlässigen Quelle, dass im Papierkorb der Pension, in der die junge Frau aus den USA abgestiegen war, eine Reihe von Briefentwürfen gefunden worden sind. Sie begannen mit der Anrede ‚Dear Mister B.' Der Name ist ident mit dem des Hauseigentümers. Alles ein Zufall? Es sieht immerhin so aus, als könnte die Angestellte des Freud-Museums schon bald entlastet sein."

Speichern, wegschicken. Bernkopf würde empört sein. Aber medienrechtlich war die Sache wasserdicht und meine kleine Spekulation war gar nichts gegen das, was die Boulevardpresse mit Ulrike aufgeführt hatte. Außerdem: Vielleicht konnte man Bernkopf so aus der Reserve locken.

Ich klopfte an Drochs Tür. Vom Computer her kam ein Knurren. Offenbar war der politische Leitartikel noch nicht fertig.

„Ich habe es satt, mich mit diesen Idioten zu beschäftigen. Linke Weltverbesserer und rechte Arschlöcher."

Unwillkürlich zog ich den Kopf ein.

„Was ist?"

„Vesna und ich sind beim Türken. Kommst du nach?"

„Zehn Minuten."

Wir aßen wie immer beim Türken ausgezeichneten Dönerkebab und beratschlagten. Droch gab zu, dass er nicht von der Schuld Ulrikes überzeugt war. Auch Zuckerbrot war es nicht, ließ er durchblicken. Obwohl man von der Polizei vor allem rasche Ergebnisse forderte.

Nicht nur das „Blatt“ machte Druck, sondern auch ein Teil der Freud-Gesellschaft.

„Ich fahre nach New York“, sagte ich und überraschte damit nicht nur Vesna und Droch. „Wir haben uns viel zu wenig mit Jane Coopers Privatleben beschäftigt. Was spielt die eine Woche Wien schon für eine Rolle in ihrem Leben?“

Droch erwiderte trocken: „Am Ende dieser Woche wurde sie ermordet.“

„Aber die Gründe dafür können in New York zu finden sein.“

„Und was ist mit dem Psychiater?“

„Wir müssen zurück zum Anfang.“

„Du willst bloß wieder einmal nach New York, aber das ‚Magazin‘ zahlt das sicher nicht.“

„Ich habe noch eine freie Woche gut. Wo ich die verbringe, kann dem ‚Magazin‘ egal sein. Wenn ich eine gute Story liefere, dann sollen sie mir die Spesen im Nachhinein zahlen.“

„Daran glaubst du wohl selbst nicht.“

„Jedenfalls habe ich einen Vorteil in New York. Ich habe in der Stadt gelebt. Ich kenne mich aus.“

„Ja“, bekräftigte Vesna, „das tut sie.“ Und an Droch gewandt: „Sie sind der wichtigste Mann im ‚Magazin‘. Sie können machen, dass Mira Valensky die Reise bekommt.“

Droch knurrte etwas von „Weiberwirtschaft“.

„Etwas anderes brauche ich noch notwendiger, Droch.“ Ich sah ihn an. „Alles, was ich weiß, ist, dass Jane bei ihren Eltern in Manhattan gelebt hat. Es gibt Tausende Coopers in Manhattan.“

„Deine amerikanischen Kollegen werden die Adresse kennen.“

„Keine Ahnung, wer sie weiß. Und wie lange es dauert, bis sie sie mir sagen. Natürlich finde ich sie heraus, aber es gäbe einen einfacheren Weg.“

„Nein“, erwiderte Droch.

Wir starrten ihn böse an.

Eine Viertelstunde später hatte ich die Adresse. Ein Wohnblock in der Columbus Avenue, Upper Westside. Zuckerbrot ließ mir bestellen: Falls jemand herausbekommen sollte, woher ich die Adresse hatte, würde er einen Grund finden, mich so lange hinter Gitter zu bringen, bis jedes meiner schwarzen Haare grau wäre. Offenbar tappte er bei dem Fall selbst im Dunkeln, anders konnte ich mir seine Kooperationsbereitschaft nicht erklären.

Ich versprach Droch nach meiner Rückkehr ein sensationelles Essen mit mindestens acht Gängen.

„Was soll ich dir noch liefern?“, grinste er.

Vielleicht würde ich in New York auch Janes Verbindung zu Bernkopf klären können. Das Sicherheitsbüro schien diese Spur jedenfalls nicht weiter zu verfolgen. Janes Eltern waren lediglich im Zuge der Rechtshilfe von einem US-Officer einvernommen worden.

Vesna tippte darauf, dass Jane Cooper jemanden aus der Birkengasse 14 kennen gelernt und sich die Adresse notiert hatte. Aber notierte man sich üblicherweise eine Adresse mehrfach auf einem Blatt? Und verzierte man sie mit Fragezeichen? Warum hätte sie dann Bernkopf einen Brief schreiben sollen?

„Na weil sie etwas Seltsames entdeckt hat.“

Ich spekulierte, dass Jane vielleicht doch ein uneheliches Kind von Ministerialrat Bernkopf gewesen war.

Vesna schien unbeeindruckt. „Aber bringt man uneheliches Kind um?“

Droch bestellte sich eine Mischung dieser entsetzlich süßen türkischen Nachspeisen.

„Was meinst du?“, fragte ich ihn.

„Ich glaube, dass es sich um einen Zufall handelt. Die Amerikanerin ist von einem Verrückten erwürgt worden. Und der Psychiater von einem anderen Verrückten, einem seiner Patienten, bei dem er etwas falsch gemacht hat.“

„Aber das glaubst du selber nicht!“

„So plausibel wie eure Theorien ist meine noch lange.“

„Die Sache mit der Beratungsstelle passt nicht ins Bild“, überlegte ich. „Vielleicht hat es mit Freud zu tun. Die Nazis haben ihn zur Auswanderung gezwungen. Allerdings ist er nach England gegangen, nicht in die USA. Aber was hat das wieder mit dem Haus in der Birkengasse zu tun?"

Die beiden hatten den Mund voll mit süßem Halva.

„Was ist, wenn Jane mit Freud verwandt ist?"

Droch verdrehte die Augen.

„Oder wenn sie andere Vorfahren aus Wien hat? Vielleicht hat ihnen das Haus in der Birkengasse einmal gehört?"

Droch schüttelte den Kopf. „Das hätten ihre Eltern wohl sofort erzählt. Und wenn nicht – dann hätten es die amerikanischen Reporter herausgefunden. Die sind doch ganz heiß auf ein politisches Mordmotiv."

Das war wiederum auch wahr.

Der Gedanke an New York jedenfalls versetzte mich in Hochstimmung. Ich war seit vier Jahren nicht mehr dort gewesen. Ich rief das Stadtbüro der AUA an und fragte nach dem nächsten Flug. Ich hatte Glück. Das Flugzeug am morgigen Vormittag war nicht ausgebucht.

„Ich fliege schon morgen", strahlte ich die beiden an, „und jetzt muss ich noch einmal in die Redaktion."

Vesna küsste mich zum Abschied besorgt, normalerweise war sie keine große Freundin von Zärtlichkeiten. „Sei vorsichtig, Mira Valensky. In New York bist du allein."

Der Gerechtigkeit wegen gab ich auch Droch einen Kuss auf die Wange.

„Du wanderst ja nicht aus", sagte er.

„Und jetzt", meinte Vesna, „gehe ich heim und Herr Droch begleitet Mira Valensky und redet mit dem Chefredakteur."

„Sie hätten Feldwebel werden sollen", meinte Droch.

„Krieg ist nicht meines, da ist noch Staubwedel besser."

[9.]

Wie hatte ich die Geräusche dieser Stadt vermisst. Das Verkehrsbrausen, das bloß zunahm und wieder abnahm, aber nie aufhörte. Die Hupen und selbst die Sirenen. Ich stand in der Mitte der Dachterrasse meines Hotels und sah auf die Wolkenkratzer rundum. Die Lichter gingen an, Millionen von Lichtern, Leben. Der rote Backsteinbau des „Pickwick Arms“ lag in Midtown Manhattan, nicht auf der Westside wie die Wohnung der Coopers, sondern auf der Eastside. Es war für New Yorker Verhältnisse erstaunlich billig und seine Dachterrasse war schlicht einmalig. Hier schien sich nichts verändert zu haben. Ein Plankenboden, ein hohes Geländer, das war alles. Die meisten Gäste kannten nicht einmal den Aufgang zur Terrasse. Mein Herz schlug schneller, aber hier war das normal und kein Zeichen von aufziehender Panik. Die Stadt war schnell und wild und dabei romantisch. Wer hatte das gesagt? Woody Allen in „Manhattan“, zumindest hatte ich etwas Ähnliches in Erinnerung. Ich machte einige Tanzschritte. Niemand sah mich, ich tanzte im 23. Stock zwischen den Wolkenkratzern, ein winziger Punkt von dem Hubschrauber aus, der eben vorbeiflog. Die Luft war lau und mit dem leichten Wind konnte man das Meer riechen. Ich hatte gar nicht gewusst, dass ich solche Sehnsucht nach New York hatte.

Dieser Abend sollte ganz allein mein Abend sein. Ab morgen würde ich mich um den Mord im Freud-Museum kümmern.

Wenig später ging ich die Straße entlang, die Bilderhandlung gab es immer noch, bog in die Second Avenue ein, genoss die Häuserschluchten, die Menschen, die gelben Taxis, die über die holprige Straße brausten. Mein Ziel war ein irisches Pub. Es existierte schon viel länger als die meisten der sonst kurzlebigen Lokale in dieser Stadt. Es würde wohl auch die letzten Jahre überstanden haben. Die Steaks in diesem Pub waren legendär und bessere Folienkartoffeln hatte ich nirgendwo auf der Welt gegessen.

Ich wurde zu einer der plüschigen Nischen geführt. Das war auch etwas, das ich beinahe vergessen hatte: In Österreich bekam man als Frau allein nur allzu oft den schlechtesten Tisch, in New York kümmerte sich das Personal um allein reisende Frauen besonders zuvorkommend. Ich nahm die überdimensionale Speisekarte und seufzte. Natürlich kannte ich die Schattenseiten von New York, ich hatte ja hier zwei Jahre verbracht. Wer reich oder zumindest wohlhabend war, konnte in dieser Stadt wunderbar leben. Wer arm war, galt als selbst daran schuld. Arme und Reiche waren getrennt, und wenn nicht, dann taten die Reichen einfach so, als gäbe es die Armen und Obdachlosen bloß als Projektionsfläche für irgendwelche schicken Charity-Partys. Und die Armen verachteten die Reichen. Eine Verachtung, die bei gewissen Typen schnell in Zorn und Aggression umschlagen konnte. Ich wollte ihnen nicht begegnen, aber verstehen konnte ich sie.

Ich bestellte das große Filetsteak, nahm dazu eine Folienkartoffel und gebackene Zwiebelringe sowie auf Empfehlung des Kellners ein Glas kalifornischen Zinfandel. Mir lief das Wasser im Mund zusammen. Im Hintergrund spielte ein Pianist alte Broadwaymelodien. New York, New York.

Ich schlief lange und tief, allein das war ein Geschenk. Wahrscheinlich war es mir in Wien einfach zu still in der Nacht. Was ich brauchte, war New York und kein Psychiater. Meiner war ohnehin tot.

Angesichts des opulenten Dinners verzichtete ich auf ein Frühstück im Coffee Shop neben dem Hotel. Obwohl mir allein der Gedanke an geröstete Kartoffeln, gebratenen Speck, Spiegeleier und den einen oder anderen Bagel das Wasser im Mund zusammenlaufen ließ. Mira Valensky, du bist nicht wegen des Essens nach New York gekommen. Ich beschloss mir Zeit zu nehmen und zu Fuß zur Wohnung der Coopers zu gehen. Manhattan ist wie gemacht, um es zu Fuß zu durchstreifen. Ich begrüßte meine Lieblingsgebäude, war an einigen Stellen, die ich anders in Erinnerung hatte, verblüfft. Die Stadt veränderte sich dauernd, aber ihr Charakter blieb bestehen.

In meinen New Yorker Jahren hatte ich in einem der niedrigen Häuser der Upper Eastside gewohnt. Häuser im englischen Stil mit kleinen Vorgärten, einigen Treppen nach oben und schließlich der Eingangstür. Der damalige Mann in meinem Leben kam aus einer wohlhabenden Familie. Ich hatte zwei Jahre gebraucht um herauszufinden, dass er auch nichts anderes sein wollte als ein ewiger Sohn. Umsorgt, versorgt und ohne Interesse, selbst etwas zu geben. Er hatte ein Lokal und durch ihn habe ich die italienische Küche lieben gelernt. Niemand hat nur schlechte Seiten. Sein Vater war Gemüsegroßhändler, allerdings im internationalen Stil. Vielleicht würde ich ihn besuchen. Seine Familie stammte aus Sizilien und wie ein Sizilianer sah sein Vater auch aus. Klein, gedrungen, mit seiner ewigen Zigarre im Mundwinkel, mit seinen dunklen, wachen Augen und den schwarzen, mit Pomade geglätteten Haaren.

Ich durchquerte den südlichen Central Park. Sonne, Vogelgezwitscher, ein paar verspätete Jogger. Es war ein Tag, um sich mit einem Buch unter einen der großen Bäume zu verziehen und später dann ein Hot Dog zu essen. Aber ich hatte einen Auftrag. Also weiter.

Mit Absicht hatte ich mich nicht bei Familie Cooper gemeldet. Was würde man am Telefon einer Redakteurin aus Österreich schon sagen, die Näheres über die ermordete Tochter wissen wollte? Ich hoffte auf den Überraschungseffekt und darauf, dass es sich bei dem Wohnhaus um keines mit einem unüberwindlichen Portier handeln würde. Aber besonders wohlhabend schien Janes Familie nicht zu sein, sonst wäre sie wohl kaum in der Pension „Alexandra" abgestiegen.

Mit schnellen Schritten ging ich die Nineth Avenue hinauf, die direkt in die Columbus Avenue überging. Das Adressensystem New

Yorks hat für Nichteingeweihte seine Tücken. Für Eingeweihte auch. Aber die Wohnblocks waren nicht zu übersehen. Es waren keine vornehmen Apartmenthäuser, aber immerhin solide Häuser mit soliden Wohnungen in annehmbarer Lage. Ich hatte Glück. Vor mir ging eine Frau mit einem Kinderwagen durch die Glastür, sie war durch ihren brüllenden Nachwuchs abgelenkt. Ich hielt mich dicht genug hinter ihr, um mit ihr ins Innere des Hauses zu schlüpfen.

Ich wusste, dass die Wohnung im 14. Stock lag. Ich nahm einen der chromfarbenen Lifte nach oben, ging den künstlich beleuchteten Gang entlang und läutete an der Wohnungstür der Coopers.

Gut möglich, dass Janes Eltern tagsüber arbeiteten. Ich läutete noch einmal. Zwei Schlösser wurden aufgesperrt, dann war im Türspalt über einer massiven Sicherheitskette ein von vielen hellblonden Löckchen umrahmtes Gesicht zu sehen.

„Mrs. Cooper?“, fragte ich.

Sie nickte. „Was wollen Sie?“

„Ich bin die Freundin einer Angestellten des Wiener Freud-Museums, die nun zu Unrecht beschuldigt wird, ihre Tochter ermordet zu haben.“

Die Tür fiel ins Schloss.

Dabei hatte ich mir den Satz genau überlegt. Aber ihre Tochter war tot. Wie konnte ich kommen und noch einmal alles fragen, alles hören, alles wissen wollen? Andererseits: Genau deswegen war ich da. Und auch Ulrike hatte man einiges angetan. Ich kramte nach meinem Notizblock und schrieb auf Englisch: „Liebe Frau Cooper, verzeihen Sie, dass ich die schrecklichen Ereignisse noch einmal aufwühle. Aber eine Unschuldige ist unter Verdacht geraten. Die Medien machen eine Mörderin aus ihr. Vielleicht kann ich helfen, den wahren Mörder zu finden. Vielleicht ist es dafür wichtig, mit Ihnen zu reden und zu sehen, wie Jane gelebt hat. Ihre Mira Valensky.“

Ich schob den Zettel unter der Tür durch und wartete. Fünf Minuten vergingen. Ich war mir fast sicher, dass Frau Cooper noch im Vorraum stand und überlegte.

Schließlich ging die Tür langsam auf.

Jane Coopers Mutter war schlank und um die fünfzig, sie trug einen hellblauen Hausanzug aus Frottee. Ihre Locken waren mit Sicherheit nicht natürlich gewachsen. Unter den Augen hatte sie tiefe Schatten. Sie winkte mich wortlos nach drinnen. Es war eine typisch amerikanische Mittelstandswohnung. Ein kleiner Vorraum, zu viele Möbel und Ziergegenstände. Das niedrige Wohnzimmer wurde von einer dunkelbraunen Ledergarnitur dominiert. Synthetische Spannteppiche, das hier überaus beliebte „wall-to-wall-carpeting". Frau Cooper hatte immer noch kein Wort gesagt.

Ich räusperte mich. „Entschuldigen Sie ..."

„Sie haben Glück, dass ich da bin. Ich arbeite als Krankenschwester und heute ist mein freier Tag. Ich habe mir nicht Urlaub genommen, die Arbeit lenkt mich ab."

Ich nickte. „Danke, dass Sie mit mir reden wollen." Irgendwann würde ich ihr sagen müssen, dass ich Journalistin war. Später.

„Ich weiß nicht", erwiderte sie und hob unsicher ihre Hände. „Wir sind von den Journalisten belästigt worden. Und vorher gab es die Untersuchung durch die Polizei. Und bis jetzt gibt es die ganze Unsicherheit darüber, was in Wien passiert ist. Mein Mann und ich, wir waren noch nie in Wien."

„Und Janes Großeltern?"

„Auch nicht. Meine Eltern stammen aus Pennsylvania und die Eltern meines Mannes haben in Kalifornien gelebt. Was haben Sie von der Frau gesagt, die zu Unrecht unter Verdacht geraten ist? Sind Sie ganz sicher, dass es nicht sie war, die ..."

Ich nickte. „Ja, ich bin mir ganz sicher. Die Frau arbeitet im Freud-Museum und sie war gleichzeitig die Freundin des ermordeten Psychiaters."

„Ich habe davon gehört, dass danach noch ein Psychiater ermordet worden ist. Kann das nicht Zufall sein?"

„Schon, aber in Wien gibt es lange nicht so viele Psychiater wie in New York und es ist sehr selten, dass einer von ihnen ermordet wird. Wenn der dann auch noch Kontakt zu einem anderen Mordopfer hatte ... Wissen Sie überhaupt davon?"

„Ja, die Polizei hat mich danach gefragt. Ich hatte keine Ahnung, dass Jane diesen Mann gekannt hat. Ich bin mir sicher, dass sie ihn erst in Wien kennen gelernt hat. Sie war ein sehr offenes Mädchen, sie hat mir alles erzählt.“ Sie schluckte und fuhr sich über die gelben Löckchen.

Erstaunlich, wie viele Mütter glauben, dass ihnen ihre Töchter alles erzählen. „Sie hat Ihnen auch nicht geschrieben, dass sie Dr. Zimmermann kennen gelernt hat?“

„Es kam nur eine Ansichtskarte. Es war schrecklich, sie kam zwei Tage nachdem wir erfahren hatten, dass unsere Tochter ...“

Ich nickte.

„Die Polizei hat die Ansichtskarte nach Wien zu den Akten geschickt. Aber es stand wenig drauf. Dass es ihr gut gehe und dass das Freud-Museum sehr interessant sei. Sonst nichts.“

„Sie ist nach Wien gefahren, um eine Arbeit über das Freud-Museum zu schreiben. War diese Reise lange geplant?“

„Nein, gar nicht. Sie hat hart studiert und ich hatte ein wenig den Verdacht, dass sie in erster Linie einmal hinaus wollte. Da kam ihr die Idee mit dieser Arbeit wohl gerade recht. Sie war eine sehr gute Studentin.“

„Können Sie mir sagen, bei wem sie diese Arbeit geschrieben hat? Wer ihr Professor war?“

Frau Cooper zögerte und rief dann plötzlich: „Aber ich habe Ihnen ja nicht einmal etwas zu trinken angeboten. Verzeihen Sie.“

Ich winkte ab, sie ließ es sich trotzdem nicht nehmen und sprang auf. „Was darf ich Ihnen bringen? Saft? Coke? Wasser?“

Ich entschied mich für Wasser.

Sie breitete eine Serviette über den Couchtisch aus dunkler Eiche und stellte einen großen Krug mit Eiswasser und zwei Gläser ab.

„Wir waren beim Namen des Professors.“

„Ich kann mich nicht genau erinnern. Evans oder so ähnlich. Aber das müsste in ihrem Zimmer herauszufinden sein. Es ist noch alles unverändert. Ich habe noch nicht die Kraft gehabt ...“

„Haben Sie eine Ahnung, warum Ihre Tochter an einen ...“ Ich stockte. „Ministerialrat“ auf Englisch zu übersetzen war unmöglich. „... einen hohen Beamten namens Bernkopf schreiben wollte?“

„Das muss ein Irrtum sein. Ich bin mir sicher, dass sie niemanden in Wien kannte. Wir waren deswegen auch etwas in Sorge, aber sie ist ja erwachsen." Sie sah mich erschrocken an. „Sie war ja erwachsen. Für mich lebt sie noch. Sie ist fortgefahren und hat mich geküsst und jetzt ist sie eben fort. Aber bloß fort."

Das Bild der jungen Frau, die wartend auf dem Überseekoffer Freuds gesessen war, stieg in mir auf. Und dann das Bild mit den Würgespuren.

„Entschuldigen Sie. Aber sie hat niemanden gekannt."

„Sie hat den Brief erst in Wien geschrieben."

„Ich verstehe es nicht."

„Kennen Sie ein Haus in der Wiener Birkengasse? Gibt es irgendeine Verbindung Ihrer Familie zu diesem Haus?"

Sie schüttelte mit Bestimmtheit den Kopf. „Danach hat die Polizei auch schon gefragt. Es gibt keinen Zusammenhang. Es muss eine riesige Verwechslung sein."

Ich seufzte. „Darf ich das Zimmer Ihrer Tochter sehen?"

Es war tatsächlich alles so, als ob Jane in den nächsten Minuten zur Tür hereinkommen und mit einem „Hi, Mummy" die Tasche auf den Schreibtisch schleudern würde. Für eine junge Frau von zweiundzwanzig wirkte der kleine Raum allerdings etwas kindlich. Auf einem Bücherregal saßen zahlreiche Plüschtiere und auf ihrer Bettcouch gab es noch mehr davon. Die Möbel waren aus hellem Holz, die Tagesdecke über dem Bett hatte ein pastellfarbenes Blumenmuster. Das Fenster ging auf die Straße, ich sah ein hohes Wohnhaus vis-à-vis. Auf dem Fensterbrett stand eine kleine Zimmerpalme. Wenigstens etwas Grün.

„Die Polizei hat alle ihre Sachen durchgesehen. Wenn Sie glauben, dass es hilft, dann sehen Sie sie noch einmal durch. Es ist schon egal. Aber bitte bringen Sie nichts in Unordnung."

„Hat die Polizei etwas mitgenommen?"

„Nicht viel. Die Postkarte. Und dann ein altes Adressenverzeichnis. Das neue ist offenbar verschwunden. Und alte Tagebücher. Die habe ich ungern hergegeben. Sie sind zu privat. Ich habe sie nie gelesen. Aber vielleicht hätte ich sie später einmal lesen wollen. Ich weiß nicht. Wir sollen sie nach Abschluss der Untersuchungen zurückbekommen."

„Ich darf auch in die Schubladen sehen?"

Die Frau seufzte resigniert. „Wie lange werden Sie brauchen? Ich muss einkaufen gehen, später."

Keine Ahnung. Janes Mutter ließ mich allein. Sorgfältig sah ich Schublade für Schublade durch. Es war unwahrscheinlich, dass die Polizei etwas übersehen hatte. Aber wer weiß, wie sorgfältig die New Yorker Police Officers gewesen waren. Jane hatte erstaunlich wenig privates Zeug. Die meisten Unterlagen bezogen sich auf ihr Studium. Ein paar Liebesbriefe, die sie in einer Briefpapierschachtel aufgehoben hatte. Ich las sie, ohne Frau Cooper um Erlaubnis zu fragen. Die Briefe waren wohl schon vor einiger Zeit geschrieben worden. Der Schreiber Ken würde es nie zu literarischen Großtaten bringen. Aber sie waren voll tollpatschiger Verliebtheit und zweideutiger Anspielungen auf das Liebesleben im College. Ich würde Frau Cooper nach Janes Freunden und Freundinnen fragen müssen.

Seltsam, in die Welt eines Menschen einzudringen, der nicht mehr am Leben ist. Zeugnisse, Hefte mit eiliger Mitschrift. Fotos, die sie gemeinsam mit ihren Eltern im Grand National Park zeigten.

Im Bücherregal standen einige Romane, vor allem amerikanische Bestseller der letzten Jahre. Der Großteil der Bücher bestand aus psychologischer Fachliteratur. Es gab auch zwei Wörterbücher, das eine für Italienisch, das andere für Deutsch. Das deutsche sah ich mir genauer durch. Keine Anmerkungen, keine Hinweise. Einfach eine fleißige junge Frau.

Ich öffnete den Kleiderkasten. Eine Menge weiter Röcke und Jeans, zwei Kostüme. Die Mäntel hingen offenbar anderswo. Blusen, T-Shirts und Unterwäsche waren sorgfältig zusammengelegt und gestapelt. Hatte das ihre Mutter getan oder war sie selbst so ordentlich gewesen? In den Jeanstaschen fand ich ein altes Kinoticket und ein paar gebrauchte Papiertaschentücher. Nirgendwo ein Hinweis auf ihren Tod im Freud-Museum. Nirgendwo eine Verbindung zum Haus in der Birkengasse.

Ich sah unter das Bett. Als ob ich die Erste gewesen wäre ... Nichts.

Ich hob jedes der Stofftiere von seinem Platz. In Filmen wären zumindest in einem von ihnen Diamanten verborgen gewesen oder auch Drogen. Jane Cooper schien ein in jeder Beziehung sauberes Mädchen gewesen zu sein.

„Nein, Jane hatte keinen Freund. Sie hat vor einem halben Jahr mit Ken Schluss gemacht. Sie waren vier Jahre zusammen, aber irgendwie hat es nicht mehr gepasst."

„Und Freundinnen?"

Sie gab mir drei Telefonnummern.

Ich wollte schon gehen, als mir die Sache mit der Flüchtlingsberatungsstelle wieder einfiel. Frau Cooper reagierte ratlos. „Sie wollte doch nicht auswandern. Vielleicht hat sie geglaubt, dort Hilfe zu bekommen ..." Übergangslos begann sie zu weinen. „Niemand hat sie beschützt." Sie sah mich wütend an. „Ich hasse Wien."

Ich stieg von einem Fuß auf den anderen. Jetzt zu gehen wäre mir herzlos erschienen.

„Entschuldigen Sie, aber ich bin mit all dem noch nicht fertig geworden. Es ist ein grauenvolles Jahr. Zuerst meine Schwiegermutter und dann meine einzige Tochter."

Ich sah auf. „Ihre Schwiegermutter ist auch ..."

„Nein, nicht was Sie denken. Sie starb einen hundertprozentig natürlichen Tod. Was man eben natürlich nennt. Sie ist an Krebs gestorben." Frau Cooper suchte in einer Lade des Vorzimmers nach einem Papiertaschentuch und schnäuzte sich.

„Entschuldigen Sie", sagte sie noch einmal. „Mein Mann sagt immer, ich muss die Vergangenheit ruhen lassen. Ich muss an die Zukunft denken. Aber ich kann noch nicht. Ich sollte Janes Zimmer ausräumen und daraus ein Gästezimmer machen. Und ich sollte auch die Sachen, die Jane von ihrer Großmutter geholt hat, weggeben. Es hat keinen Sinn, in der Vergangenheit zu leben, sagt mein Mann. Aber kann man für die Zukunft leben, wenn man mit der Vergangenheit nicht abgeschlossen hat? Nicht abschließen kann?“ Sie schüttelte den Kopf.

„Jane hat Sachen ihrer Großmutter geholt?“

„Sie hat in einem Seniorenheim in Kalifornien gewohnt und nach ihrem Tod hat man uns gebeten ihre Sachen durchzusehen. Jane ist hinübergeflogen und hat ein paar Andenken geholt. Sie liebte solche Sachen. Sie hat einen uralten Koffer mitgebracht. Mein Mann wollte ihn gleich auf den Müll werfen, aber Jane sagte, sie wolle sich die alten Sachen ihrer Großmutter genau ansehen. Es könne kein Zufall sein, dass ihre Großmutter diesen Koffer aufgehoben habe. Sie ist bis zur Einäscherung in Kalifornien geblieben und wir haben die Urne dann hier in New York beisetzen lassen. Hier hat Janes Großmutter als junges Mädchen gewohnt. Mein Mann hat seine Mutter wirklich geliebt, aber er konnte nicht weg, er ist Manager eines großen Restaurants. Er hat gesagt, trauern könne er auch, ohne bei der Einäscherung dabei zu sein.“

„Ich habe den alten Koffer in Janes Zimmer nicht gesehen.“

„Er stand im Weg, es war nichts Interessantes drinnen, hat mein Mann gesagt, Kleider und so, aber ich kann eben nichts wegwerfen, also habe ich ihn in den Wandschrank gesteckt.“

Sie öffnete den Vorzimmerschrank und hob einen abgeschabten dunkelbraunen Lederkoffer heraus.

Obenauf lagen zwei schmale Seidenkleider im Stil der Dreißigerjahre. Das eine war dunkelblau, das andere hatte einen silbrigen Schimmer und war tief ausgeschnitten. Ich legte sie vorsichtig auf Janes Bett. Darunter war die Fotografie eines Paares, aufgenommen offensichtlich zu Beginn des Jahrhunderts. Das Foto maß mindestens 20 mal 30 Zentimeter und war zum Schutz in ein dickes Stück Karton eingelegt. Wahrscheinlich hatte man damals weltweit dieselbe Art von Porträt angefertigt. Mehr braun als grau, mit sorgfältig nachretuschierten Gesichtern, der Hintergrund künstlerisch verschwommen. Das Auffälligste am jungen Mann war der große, buschige Schnurrbart. Er blickte ernst auf die einen halben Kopf kleinere Frau. Sie trug ihre üppigen Haare in der Mitte gescheitelt und halblang. Sie lächelte scheu, ihr Kleid mit dem kleinen weißen Spitzenkragen wirkte feierlich. Ein junges Ehepaar, dachte ich. Vielleicht Janes Großeltern. Oder ihre Urgroßeltern.

Als Nächstes nahm ich eine braun-gelb karierte Reisedecke heraus. Sie war weich und fühlte sich warm an. Darunter lagen nur noch einige Briefcouverts und ein paar kleinere Fotos. Zwei zeigten das mir schon bekannte Paar gemeinsam mit einem kleinen Mädchen. Ein anderes zeigte die Frau allein in großer Abendrobe. Sie sah auf dem Bild um einige Jahre älter und selbstbewusster aus. Dann ein Foto mit drei jungen lachenden Mädchen. Es schien noch einige Jahre später aufgenommen worden zu sein. Die Mode ordnete ich den Dreißigerjahren zu. Das mittlere Mädchen hatte schwarze, lange Haare, große dunkle Augen und fein geschnittene Gesichtszüge. Eine richtige Schönheit. Zum Schluss kam ein Foto, auf dem im Hintergrund ein Haus zu sehen war. Vor dem Haus stand das Ehepaar und daneben ein etwa zehnjähriges Mädchen, eindeutig die spätere Foto-Schönheit. Ich sah genauer hin. Dann vergaß ich beinahe zu atmen. Ich kannte das Haus. Es stand in Wien, Adresse Birkengasse 14.

Frau Cooper hatte gesagt, dass ihre Familie nichts mit Österreich zu tun habe. Warum hatte sie gelogen? Es bestand kein Zweifel. Das Ehepaar stand mit seiner Tochter vor dem Haus in der Birkengasse 14.

Ich öffnete den ersten Brief. Er kam von einer Hedi Klein, geschrieben in Schreibschrift mit altertümlichen Schnörkeln. Er war ganz kurz. Am Rand trug er ein händisch aufgemaltes Blumenornament.

„Liebe Hanni,

alles Liebe und Gute zu Deinem Geburtstag in der Fremde. Mögen alle Deine Abenteuer so gut ausgehen wie dieses! In Gedanken bin ich bei Dir. Bei uns ist es noch immer unruhig, aber das wird sich hoffentlich wieder legen. Auch Margit läßt Dich herzlich grüßen. Genieße Deinen Aufenthalt in Amerika und bleibe, so lange Du kannst.

Deine Dich liebende Freundin
Hedi

Wien, im Monat Februar des Jahres 1938“

Der zweite Brief enthielt eine Kunstpostkarte mit einem Blumenstillleben. Auf der Rückseite stand:

„Herzlichen Glückwunsch, Du Ausreißerin!

Mach es gut in Amerika und schreibe mir möglichst bald. Ich beneide Dich! Auf der Universität hat es gestern Krawall gegeben, aber ich war zum Glück nicht dort. Mein Geburtstagsgeschenk bekommst Du, wenn Du wieder zurück bist. Genieße die Freiheit!

Mit liebem Kuß,
Elisabeth

Wien, fast schon Frühling, aber bitterkalt, 1938"

Der dritte Brief war etwas länger und ohne Verzierungen.

„Liebe Hanni!

Gerade noch rechtzeitig, um Dir zum Geburtstag gratulieren zu können, habe ich Deine Adresse in New York bekommen. Ich hoffe, Dir geht es gut. Ich wünsche Dir ein wunderschönes Geburtstagsfest im fernen Amerika. Sei klug und komme nicht zurück. Die Lage bei uns spitzt sich weiter zu. Die Braunen trauen sich immer ungenierter auf die Straße. Das läßt sich nicht mehr aufhalten. Man hat in Deutschland ja gesehen, wohin es führt.

Ich habe daher an Dich eine große Bitte: Kannst Du mir helfen, damit ich auch nach Amerika fahren kann? Wie Du weißt, können mich meine Eltern finanziell nicht unterstützen. Mehr als die Hälfte der Reisekosten kann ich zur Zeit nicht aufbringen. Aber ich hörte von einigen Mädchen, die als Gouvernanten oder als Hausmädchen nach Amerika vermittelt wurden. Kannst Du fragen, ob mich jemand brauchen kann? Die Hälfte der Reisekosten würde ich selbst übernehmen. Du weißt, mein Englisch ist ganz passabel und mein Französisch gut. Ich bin bereit, alles zu tun.

In der Hoffnung, daß zumindest Du Dein ‚gelobtes Land' schon gefunden hast,

noch einmal herzlichen Glückwunsch,
Deine Freundin Franziska

Wien, am 2. März 1938“

Ich saß neben den beiden Seidenkleidern auf Janes Bett, die ersten drei Briefe in der Hand. Janes Großmutter war also knapp vor der Machtergreifung der Nazis nach Amerika gefahren. Ob ihre Freundin Franziska die Flucht geschafft hatte? Ob die Freundinnen den Krieg überlebt hatten? Ich nahm noch einmal die Fotografie der drei jungen Mädchen und sah sie lange an. Gut möglich, dass eine der Schreiberinnen mit auf dem Bild war. Wie jung und optimistisch sie aussahen.

Der nächste Brief trug dieselbe New Yorker Adresse wie die anderen drei. Auch er war an „Johanna Rosner bei Theodore Marvin“ gerichtet. Ich faltete die beiden Blätter auseinander.

„Liebes Kind,

vielen Dank für Deinen ausführlichen Brief. Ich hoffe, unser Glückwunschtelegramm ist zur rechten Zeit angekommen. Es freut uns, daß es Dir gutgeht. Wie Du weißt, können wir Deine abenteuerliche Reise nicht billigen und noch weniger Dein, wie Du es nennst, ‚Zusammenleben‘ mit einem jungen Mann. Aber unsere Liebe ist bei Dir und auch unsere Sorge.

Es ist sehr schön von Dir, liebes Kind, daß Du uns nach Amerika holen willst. Tatsächlich ist es seit dem Einmarsch der deutschen Truppen noch immer sehr unruhig bei uns. Vor allem in den inneren Bezirken soll der Pöbel schrecklich gewütet haben. Aber die Berichte amerikanischer Zeitungen, von denen Du im Brief erzähltest, sind übertrieben. Du darfst nicht jede Greuelpropaganda glauben. Wir werden es nicht leicht haben, aber wir sind nicht an Leib und Leben bedroht. Da kannst Du ganz beruhigt sein. Du weißt, daß wir den jüdischen Glauben nie praktiziert haben. Dein Vater war Offizier im Ersten Weltkrieg. Er hat Seite an Seite mit den Deutschen gekämpft und wurde dafür mehrfach ausgezeichnet. Es gibt auch Trauriges zu berichten. Dein Onkel Hans wurde in ein Gefängnis gebracht. Wir wissen noch nicht, wohin. Tante Martha ist verzweifelt.

Vater hat seine Stelle in der Kanzlei aufgegeben. Sein Kompagnon hat dazu geraten, ihm vorerst alle Vollmachten auszuschreiben und ihm seine Klienten zu überlassen. Das sei in der aufgeheizten Stimmung besser, außerdem könne es für ihn gefährlich sein, da sich der Pöbel noch immer in der Innenstadt herumtreibe.

Einen Aufmarsch der Nationalsozialisten gab es vor einigen Tagen auch ganz nahe bei uns. Sie haben Schaufenster eingeschlagen und ihre Parolen gegrölt.

Vater sagt, diese Leute können bloß marschieren und dreinschlagen, aber das reicht nicht aus, um ein Land zu verwalten. Vielleicht wird es ja doch noch eine Lösung geben.

Wir könnten auch unser Haus nicht im Stich lassen. Bei uns selbst ist alles soweit ruhig, und unsere Mieter hoffen mit uns, daß der schlimmste Spuk bald ein Ende hat. Das Haus ist ein wahrer Segen. Denn bis der Kompagnon Deines Vaters ihm Geld überweisen kann, haben wir immer noch den Mietzins.

Vaters Husten ist leider schlimmer geworden. Morgen wird er einen Arzt aufsuchen. Unser bisheriger Hausarzt hat es leider für notwendig erachtet, das Land zu verlassen.

Liebes Kind, bleibe in New York, bis sich die Lage beruhigt hat. Und dann komme wieder.

In der Hoffnung, Dich schon bald wieder in die Arme schließen zu können,

Dein Vater und Deine Mutter

Wien, am 25. April 1938“

In unserem Gymnasium hatte der Geschichtsunterricht mit den Friedensverträgen nach dem Ersten Weltkrieg geendet. Der Rest sei zu neu um schon als Geschichte gelten zu können, hatte man uns erklärt. Davon könnten uns die Eltern und Großeltern aus eigenem Erleben erzählen. Die wenigsten allerdings hatten das getan. Und wenn, hatten sie allzu sehr aus ihrem persönlichen Blickwinkel berichtet. Was man ihnen auch schwer vorwerfen konnte.

Natürlich wusste ich einiges über den Holocaust und ich wusste vom Jubel, den es in Österreich beim Einmarsch der Hitler-Truppen gegeben hatte. Aber auch in meiner Familie war wenig über die Nazizeit gesprochen worden. Mehr hatte ich da schon über die Untaten der russischen Besatzung nach dem Krieg erfahren. Russen waren und blieben das Feindbild meines Vaters. Er war im Zweiten Weltkrieg noch ein Kind gewesen, ein Soldat hatte ihm seine erste Uhr weggenommen und das saß tief.

Ich nahm den nächsten der beiden übrigen Briefe.

„Liebe Hanni, unser liebes Kind,

Du wirst wohl noch einige Zeit in Amerika ausharren müssen. Die Zustände hier bessern sich nicht so rasch, wie wir zu Anfang hofften. Unter Umständen werden wir uns tatsächlich nicht in Wien, sondern in New York wiedersehen.

Wundere Dich nicht über unseren Absender, wir haben das Haus verlassen müssen und leben jetzt bei einem älteren Ehepaar im zweiten Bezirk, in der Praterstraße. Sie sind ganz reizend, obwohl wir ihnen Platz wegnehmen. Wie das gekommen ist? Das, liebes Kind, wissen wir selbst nicht so genau.

Es gibt ein Gesetz, laut dem alle Menschen jüdischer Herkunft ihr Vermögen angeben müssen. Das haben wir selbstverständlich sofort getan. Es hat keinen Sinn, Widerstand zu leisten. Sonst kann das passieren, was Onkel Hans passiert ist. Er ist aber zum Glück wieder aus dem Gefängnis entlassen worden. Was dort vorgefallen ist, darüber schweigt er.

Vorige Woche kamen zwei Beamte und zwei Männer in Uniform zu uns und erklärten, das Haus sei beschlagnahmt. Dein Vater hat ihnen klargelegt, daß in unserem Haus ausschließlich nichtjüdische

Parteien wohnen und daß diese ihre Wohnungen auch nach den neuen Gesetzen nicht verlieren dürfen.

Das haben die Beamten bestätigt. Dann sagten sie, der Widerwille gegen den Umstand, daß es noch immer jüdische Hausbesitzer gäbe, sei direkt aus unserem Haus gekommen. Wir glauben nicht, daß das stimmen kann. Jedenfalls erhielten wir einige Stunden Zeit zum Packen und wurden dann in die Wohnung in der Praterstraße eingewiesen.

Dein Vater wird als Jurist dagegen rechtliche Schritte unternehmen. Das Problem ist bloß, daß sich die Gesetze jetzt jeden Tag zu ändern scheinen. Und auch viele der Beamten sind gänzlich ungebildet. Traurigerweise dürfte überdies ein Rechtsstreit mit Vaters Kanzlei-Kompagnon drohen. Er weigerte sich bisher, uns Einnahmen aus der Kanzlei zu überweisen. Es sei verboten, Juden zu bezahlen, hat er mitteilen lassen. Vater hat das tief getroffen. Wo er es doch war, der ihn seinerzeit in die Kanzlei aufgenommen hat. Vater sagt, daß sein Kompagnon außerdem auch juristisch im Unrecht sei. Es sei auch nach den neuen Gesetzen nicht verboten, Juden zu bezahlen. Das Geld muß jetzt bloß auf ein sogenanntes Sperrkonto gelegt werden. Sobald wir das Geld haben, werden wir entscheiden, ob auch wir das Land verlassen. Zuvor hat es keinen Sinn, sich darüber Gedanken zu machen. Denn es gibt jetzt eine sogenannte Reichsfluchtsteuer und andere Steuern, die zu bezahlen sind, bevor man ausreisen darf. Viele unserer Bekannten haben es schon getan. Hat sich übrigens der Bruder von Familie Glück bei Dir gemeldet?

In der Hoffnung, daß es Dir gutgeht,

küssen und umarmen Dich Deine

Eltern

Wien, im Oktober 1938“

Der letzte Brief, der in dem alten Koffer lag, war an die Adresse von Hannis Eltern in der Praterstraße gerichtet. Die Anschrift war mit einem dicken roten Stift durchgestrichen und daneben stand Hannis New Yorker Adresse. Wer den Brief wohl so völlig kommentarlos an Hanni zurückgeschickt hatte?

„Liebe Eltern,

ich habe für uns eine Wohnung gefunden. Sie ist nur klein, wir werden eben zusammenrücken müssen. Wundert Euch nicht, mit Theodore ist es aus. Ihr habt es mir ja immer prophezeit. Ich habe in einer Rechtsanwaltskanzlei eine Stelle als Stenotypistin gefunden und kann mich glücklich schätzen. Die meisten der Flüchtlinge bekommen höchstens eine Arbeit im Haushalt oder am Bau. Ja, lieber Vater, Deine Tochter wird eben vorerst nicht weiter die Juristerei studieren können, sondern juristische Briefe tippen. Zum Glück ist mein Englisch inzwischen nahezu „perfect".

Über meinen neuen Chef habe ich Euch auch die nötigen Einreisepapiere schicken lassen. Ich hoffe, sie sind gut angekommen.

Ich bitte Euch inständig, macht Euch unverzüglich auf den Weg! Jeden Tag steht in unseren Zeitungen etwas über neue Katastrophen. Stimmt es, daß jüdische Kinder nicht mehr in die Schule gehen dürfen? Kommt in den Westen, und zwar so schnell es geht!

Eure Euch liebende Tochter

Hanni
New York, August 1939"

Dieser Brief hatte das Ehepaar Rosner nie erreicht. Hatten sie die Einreisepapiere in die USA bekommen?

Ich legte meinen Kopf auf die Reisedecke. Wahrscheinlich hatte die junge Hanni Rosner die Decke mitgenommen, als sie 1938 nach Amerika fuhr. Offenbar aus Liebe zu einem jungen Mann und gegen den Willen ihrer Eltern. Die Decke war weich und roch nach altem Staub. Ich legte sie wieder auf das Bett zurück. Heraus fielen zwei weitere Briefe.

Aufgeregt öffnete ich den ersten. Er kam von einer Margarethe Burger.

„Liebe Hanni,

ich war sehr erstaunt, nach so langer Zeit wieder etwas von Dir zu hören. Es ist schön, zu wissen, dass es Dir gutgeht. In Wien können das die wenigsten Menschen von sich sagen. Die Stadt ist immer noch voller Bombenschäden, auch wenn es langsam besser wird. Du warst klug genug, rechtzeitig in die USA zu gehen. Auf Deine Frage nach Eurem ehemaligen Haus in der Birkengasse kann ich Dir mitteilen, daß es noch steht. Es hat im Krieg kaum etwas abbekommen. Eigentümer ist jetzt eine Familie Bernkopf, mehr habe ich nicht herausfinden können, aber das wolltest Du ja auch gar nicht.

Warum willst Du nicht nach Wien zurückkommen? Es ist doch Deine Heimatstadt, trotz allem. Man kann nicht einfach mit seiner Vergangenheit brechen. Außerdem ist es in den letzten Kriegsjahren allen schlecht gegangen, da haben auch Nichtjuden leiden müssen. Ich habe den Verlust meines älteren Bruders zu beklagen, vielleicht erinnerst Du Dich noch an ihn. Gott sei seiner Seele gnädig, Josef hat er geheißen.

Unbekannte Grüße an Deinen Gatten und an den kleinen Buben,

Margarethe Burger

September 1948“

Auch der vierte Brief stammte von Margarethe Burger. Er war kurz.

„Liebe Hanni,

Du kannst es nicht ernst meinen, daß Du nach diesem Brief nie mehr ein Wort deutsch schreiben oder reden wirst. Es tut mir wirklich leid, was mit Deinen Eltern geschehen ist. Ich kann mich gut an Deine Mutter erinnern. Sie war eine wirklich liebe Dame. Ich war auch noch einmal bei Eurem ehemaligen Haus. Kannst Du Dich noch erinnern, wie wir unsere Botschaften und Schätze in dem Loch in der Hausmauer versteckt haben?

Gib mir wenigstens Nachricht, ob es Dir auch gutgeht. Ich kann schließlich nichts dafür, nicht jüdischer Herkunft zu sein. Sei vorsichtig. Man hört so viel von der Kriminalität in Amerika.

Deine
Margarethe Burger

Mai 1949“

Ich schüttelte die Kleider aus, sah noch einmal in die Decke. Mehr Briefe gab es nicht. Janes Großmutter hatte danach wohl endgültig mit der Vergangenheit gebrochen. Das Ehepaar, dessen Fotos ich gefunden und dessen Briefe an die Tochter ich gelesen hatte, war ermordet worden. Millionen Juden waren ermordet worden. Durch den Blick in das Leben dieser zwei war diese Tatsache für mich nicht länger abstrakt, sondern ganz konkret.

Ich blieb noch eine Zeit lang ruhig sitzen und legte dann sorgfältig die Fotos, die Decke und die beiden Seidenkleider zurück in den Koffer. Es war Hanni, Janes Großmutter, doch nicht ganz gelungen, die Vergangenheit zu vergessen. Sie hatte diesen Koffer aufbewahrt und Jane hatte ihn gefunden.

Am Nachmittag traf ich mich mit Janes Freundinnen und ihrem ehemaligen Freund. Die Briefe hatte ich kopieren lassen. Frau Cooper war ehrlich darüber erstaunt gewesen, dass die Mutter ihres

Mannes aus Wien stammen sollte. Es sei nie über Derartiges geredet worden. Die Briefe habe sie nicht angesehen, bloß an eine Adresse in New York könne sie sich erinnern, die sei auf den Kuverts gestanden. Ob es sich nicht um eine Verwechslung handeln könne? Ich hatte ihr die Fotos gezeigt und sie war skeptisch geblieben. So hätten damals wohl die meisten Menschen ausgesehen, war ihre Antwort gewesen. Am Abend würde sie ihren Mann fragen, ob er mit mir darüber reden wolle.

Janes Freundinnen wussten nichts Nennenswertes zu berichten. Jane hatte keiner von ihnen aus Wien geschrieben, die Idee mit der Hausarbeit über das Freud-Museum sei plötzlich aufgetaucht und sehr rasch umgesetzt worden. Ja, der Polizei hätten sie auch nicht mehr erzählen können.

Von Janes ehemaligem Freund Ken vernahm ich bloß, dass die Coopers eben eine der typischen Aufsteigerfamilien seien. Sein abfälliger Ton war nicht zu überhören. Jane hätte ihr Studium dementsprechend wichtig genommen, noch nie hätte jemand in ihrer Familie studiert. Sie sei einfach für keinen Spaß mehr zu haben gewesen, das habe dann auch zum Ende ihrer Beziehung geführt. Er zog die Oberlippe hoch. „Meine Eltern haben ein Ferienhaus auf Long Island. Man kann dort wundervolle Partys feiern, aber sie musste immerzu lernen. Wissen Sie, was das absolute Ende war? Ein paar Freunde haben gemeinsam mit mir Melonen geimpft. Also da nimmst du große Wassermelonen und injizierst ihnen so viel Wodka wie möglich. Am Abend haben wir am Strand gefeiert und auch Jane war wieder einmal mit dabei. Wenn die Melonen schön kalt sind, merkt man den Wodka nicht. Sie hat eine Menge Melone gegessen und keinen Alkohol getrunken. Irgendein Schwachkopf hat ihr dann verraten, dass die Melonen geimpft waren. Sie hat total humorlos reagiert."

Für Ken war seine frühere Freundin ganz offenkundig nicht erst in Wien, sondern schon früher gestorben.

New York erschien mir heute ganz anders. Lebendigkeit als Inszenierung gegen den Tod. Lärm, um zu zeigen, dass man noch lebte.

Viele waren hierher geflohen, um den Lagern, der Zwangsarbeit und den Gaskammern zu entgehen. Einige von ihnen lebten noch, viele hatten Nachkommen. Janes Großmutter hatte ihre Vergangenheit offenbar geheim gehalten. Wie eine Schande, wie eine Schuld. Oder einfach, weil sie unerträglich war? Eine junge Studentin aus guter Familie in Wien, dann plötzlich ein Flüchtling, der dankbar sein musste, eine halbe Welt von zu Hause entfernt unterkriechen zu dürfen. Ein Flüchtling, der nichts dagegen tun konnte, dass die Eltern ermordet wurden.

Ich atmete tief durch. Trotz allem. Hier war Leben. Banal, aber wahr: Das Leben geht weiter. Vielleicht kommt neues Leben auch davon, dass man die Vergangenheit vergessen kann. Aber wer kann das?

Pizzaduft kitzelte meine Nase. Das Wasser lief mir im Mund zusammen. Ich lächelte und die schwarze Frau, die mir mit einem kleinen Mädchen entgegenkam, lächelte zurück. Ich würde herausfinden, wer Janes Mörder war.

Im Hotel erreichte mich eine Nachricht von Janes Vater. Ich solle ihn sofort zurückrufen, es sei überaus dringend. Ich wählte die Nummer des Hotelrestaurants und ließ mich mit ihm verbinden. Er klang aufgeregt. „Also haben meine Großeltern ein Haus in Wien besessen? Hat meine Frau das richtig verstanden?“

Ich bestätigte es. Er lud mich zu einem Abendessen in ein Lokal ein, das „Three Pennies“ hieß und in Tribeca lag. Es sei einer der trendigsten Plätze der Stadt, ließ er mich stolz wissen.

Ich nahm ein Taxi um nicht schon verschwitzt anzukommen. Es war neun am Abend, die Luft war warm und in den Straßen drängten sich die Menschen. Ich hätte einiges darum gegeben, mich in der Menge treiben lassen und dann allein essen gehen zu können, mich nicht wieder mit dem Fall Jane Cooper beschäftigen zu müssen. Ein roter Neon-Schriftzug über dem Eingang verriet mir, dass ich hier richtig war. „Three Pennies“. Zwei Stretch-Limousinen fuhren vor. Offenbar war der Platz wirklich ziemlich in Mode.

Ich ging hinein und wurde von einem der so angenehm informellen New Yorker Kellner begrüßt. „Hi, ich hoffe, du hast eine gute Zeit. Kann ich dir helfen?"

Das war auch etwas, das ich schätzte: Hier musste man nicht selbst nach einem Platz oder nach Menschen, die man vielleicht gar nicht oder kaum kannte, suchen, hier wurde man zu seinem Platz geführt. Janes Vater war schon da. Ein schlanker Mann um die fünfzig, elegant, ein klassisch italienischer Typ. Er erhob sich. Keine schlechte Wahl für ein Abendessen zu zweit. Ich rief mich zur Ordnung. Es ging um die ermordete Tochter dieses Mannes.

Er lächelte und bat mich, Platz zu nehmen. Ganz offenkundig war er sich seiner Erscheinung bewusst. Wir tauschten die üblichen Begrüßungsfloskeln aus und ich versicherte ihm, wie Leid mir der Tod seiner Tochter tat. Er versicherte mir, wie sehr ihn der Tod seiner Tochter getroffen habe. Unser Dialog wirkte wie die drittklassige Aufführung eines Gesellschaftsstücks.

Mit gespielter Lässigkeit nahm er die Speisekarte. Offenbar wollte er mir imponieren. Darauf wies auch die Preiskategorie des Lokals hin. Ich wusste nicht, was ein Restaurantmanager verdiente, aber in der Wohnung seiner Familie hatte es nicht viele Zeichen von Luxus gegeben. Ich blätterte nervös in meiner Karte. Sie bestand zum großen Teil aus italienischen Gerichten und wirkte etwas beliebig. Diese Erfahrung hatte ich in In-Lokalen New Yorks schon in der Vergangenheit gemacht. Deftige italienische Küche nach Originalrezepten durfte ich mir hier nicht erwarten, kreative Küche aber auch nicht. Ich entschied mich für Vermicelli mit Muscheln und danach ein Seezungenfilet.

Bevor ich noch eine Frage stellen konnte, kam Janes Vater zur Sache: „Also meine Großeltern haben ein Haus in Wien besessen? Es ist ein großes Haus, nicht wahr? Ich habe mir das Foto angesehen. Wie viel ist das Haus wert?"

„Keine Ahnung. Es gehört nun einer Familie Bernkopf."

„Ich kenne mich aus. Es handelt sich um arisiertes Vermögen. Das kann man zurückfordern. Das bin ich allein schon meiner Mutter schuldig." Nach einer kurzen Pause fügte er hinzu: „Und meiner Tochter. Halten Sie mich nicht für herzlos, aber wir haben ein Anrecht auf dieses Haus und es wäre auch in Janes Interesse, wenn ich mich um das Haus kümmere. Schließlich ist sie deswegen nach Wien gefahren. Mit Sicherheit wollte sie unsere Ansprüche klären."

Darauf gab es zumindest keine Hinweise, sagte ich ihm.

„Weil sie vorher ermordet wurde. Der Mord hatte damit zu tun. Man muss die Medien informieren, die Polizei muss sich mit den jetzigen Hauseigentümern befassen."

Ich hatte bis zu diesem Augenblick tatsächlich noch nicht darüber nachgedacht, dass meine Entdeckung wohl auch das Wiener Sicherheitsbüro etwas anging. Und dass ich meinen Chefredakteur auf eine größere Story vorbereiten musste.

„Ich weiß nicht", sagte ich, als die Vorspeisen kamen, „ich möchte gerne noch einige Hinweise überprüfen. Dann muss die Polizei alles erfahren, das ist klar."

„Haben Sie Kontakt zu Medien? Das wird wichtig sein. Ich weiß, dass es bei uns einige Anwälte gibt, die um Entschädigungen für Naziopfer kämpfen. Und wir müssen natürlich alles tun, damit der Mörder meiner Tochter gefunden wird. Jetzt, wo es neue Anhaltspunkte gibt."

Ich schwieg und überlegte. Irgendwann würde ich ihm ohnehin sagen müssen, dass ich selbst Journalistin war. Er deutete mein Schweigen sichtlich falsch und stotterte:

„Ich meine, mir ist es noch nicht voll zu Bewusstsein gekommen. Es ist schrecklich, meine Großeltern sind von den Nazis ermordet worden."

„Haben Sie nie etwas über Ihre Großeltern gehört? Nie gefragt?"

Er stocherte in seinem Fischsalat. „Gefragt habe ich schon, aber ich hatte ja Großeltern, väterlicherseits. Und meine Mutter hat mir erzählt, es sei eine traurige Geschichte gewesen mit ihren Eltern, jedenfalls seien sie bereits gestorben, als sie noch ein junges Mädchen war. Und sie wolle nicht darüber sprechen. Irgendwie habe ich immer an einen Autounfall gedacht, ich weiß nicht, warum. Dabei hat es damals ja noch wenig Autos gegeben."

„Sie wussten auch nicht, dass Ihre Mutter in Österreich aufgewachsen ist? Hat sie keinen Akzent gehabt?“

„Ich wusste nichts davon. Sie hat einmal erzählt, dass unsere Vorfahren aus Europa stammen. Aber das ist bei sehr vielen Amerikanern der Fall. Ich dachte an eine Auswanderungsgeschichte im 19. Jahrhundert. Eigentlich seltsam, dass ich nicht nachgefragt habe. Aber meine Eltern sind ein so typisches amerikanisches Ehepaar gewesen. Mein Vater war Postbeamter, meine Mutter Stenotypistin. Wir haben in der Bronx gewohnt, in einer gepflegten Straße, das schon, aber eben in der Bronx. Amerikanisches Kleinbürgertum“, sagte er und zog die Brauen hoch. „Meine Mutter hat immer gesagt, man muss in der Gegenwart leben und in die Zukunft schauen. Aber das haben viele gesagt, eigentlich fast alle. Und es stimmt ja auch. Familie war durch die Brüder meines Vaters und deren Kinder mehr als genug da.“

„Der Koffer Ihrer Mutter hat Sie nicht stutzig gemacht?“

Er zuckte mit den Schultern. „Ein paar Kleider und ein paar Briefe an ihre Adresse in Manhattan. Ich wusste, dass sie, bevor sie meinen Vater kennen lernte, in Manhattan gelebt hatte. Ich wollte mir die Sachen irgendwann einmal näher ansehen.“

„Ihre Tochter hat Ihnen nichts von den Briefen erzählt? Konnte sie Deutsch?“

„Kein Wort hat sie erzählt. Und Deutsch konnte sie sehr schlecht. Sie hat im College zwei Semester Deutsch studiert, das war alles. Bei Bekannten von uns war voriges Jahr ein deutscher Freund eingeladen. Sie weigerte sich mit ihm deutsch zu sprechen. Sie versuchte es nicht einmal, denn sie genierte sich für ihre mangelhaften Kenntnisse.“

„Könnte es jemanden geben, mit dem sie über den Inhalt des Koffers geredet hat?“

„Da müssen Sie schon meine Frau fragen. Ich halte es für unwahrscheinlich. Nachdem sie es nicht einmal uns erzählt hat. Wo ich doch der legitime Erbe des Hauses ... Wenn Sie mir helfen die nötigen Schritte einzuleiten, um das Haus wiederzubekommen, dann werde ich mich selbstverständlich finanziell erkenntlich zeigen.“

Er musste diesen Satz vor dem Spiegel geübt haben. Er wurde mir immer unsympathischer. Natürlich hatte seine Familie ein Recht auf das Haus, das ihr in der Nazizeit weggenommen worden war. Aber ihm schien der materielle Wert viel wichtiger zu sein als alles das, was sich zwischen 1938 und jetzt rund um die Birkengasse 14 abgespielt hatte. Andererseits: Unterschied sich sein Zugang von dem, den die meisten Österreicher zur Vergangenheit hatten? Er schien meine ablehnende Reaktion zu spüren.

„Wissen Sie, wir haben uns aus eigener Kraft hinaufgearbeitet. Ich habe als Kellner begonnen und dann auf der Abendschule eine Prüfung nach der anderen gemacht. Jetzt bin ich Restaurantmanager. Uns ist nie etwas in den Schoß gefallen. Und dann hört man, dass die Großeltern ein Wiener Wohnhaus besessen haben ..."

„Wollen Sie nichts über das Leben Ihrer Mutter in Wien wissen? Sie war nicht immer Stenotypistin."

„Natürlich will ich alles darüber wissen. Aber es war schließlich meine Mutter selbst, die sich entschieden hat, die Vergangenheit ruhen zu lassen."

„Vielleicht bloß, weil sie sie nicht ertragen hat."

Er schwieg und sah mich erschrocken an. Am Nebentisch begrüßten sich zwei Frauen mit spitzen Schreien des Entzückens.

„Sie hat immer so ... stabil gewirkt. Sie war eine richtige Schönheit, auch noch, als sie über fünfzig war. Die Leute sagen, ich hätte ihre ..."

Wäre es Jane in erster Linie um den Besitz an dem Haus in der Birkengasse 14 gegangen, sie hätte mit ihrem Vater darüber geredet. Aber wenn es darum ging, die Vergangenheit zu erkunden, konnte sie bei ihrem Vater, wahrscheinlich auch bei ihrer Mutter, auf wenig Verständnis hoffen.

„War unter den Bekannten Ihrer Mutter ein gewisser Theodore Marvin?"

Er schüttelte den Kopf. „Sie war sehr beliebt. Sie hatte viele Freunde und Bekannte in unserer Straße. Aber einen Theodore Marvin hat es nicht gegeben. Ich habe ein hervorragendes Namengedächtnis, das braucht man in meinem Beruf. Ist das nicht der Name, der auf einigen Briefen stand?"

„Er war der Mann, wegen dem sie kurz vor dem Einmarsch der Hitler-Truppen in Österreich in die USA gekommen ist."

„Vor dem Anschluss? Dann ist sie also gar nicht geflohen?"

„Sie konnte nur nicht mehr zurück. Und ihre Eltern blieben in Wien."

Er nickte ernst. „Nein, von einem Theodore Marvin habe ich zuvor nie etwas gehört. Sie haben meiner Frau erzählt, dass diese Beziehung auch nicht lange gedauert hat, richtig? Die Adresse ist gut, Upper Eastside. Ich glaube allerdings nicht, dass das Haus noch steht. Übrigens: Liegt das Wiener Haus in einer guten Gegend?"

„Ja, es liegt sogar in einer sehr guten Gegend."

„Grund genug für einen Mord. Mein armes Kind. Man muss die Medien ..."

„Hören Sie: Es stimmt zwar, dass ich die Freundin der Frau bin, die zur Zeit von der Kriminalpolizei verdächtigt wird, aber ich bin auch Journalistin. Ich versichere Ihnen ..."

„Das ist ja großartig! Ich gebe Ihnen gerne ein Interview. Das heißt, vielleicht sollte ich mir vorher einen Anwalt besorgen, damit ich auch die richtigen Sachen sage. Der Tod meines Kindes muss aufgeklärt werden und man hat ja nur eine vage Ahnung davon, wie das mit der Rückgabe von Nazivermögen geht. In Österreich, so hört man, gibt es jede Menge neuer Nazis. Schlimmstenfalls wird man auch die Regierung klagen müssen."

Ich beließ es dabei, es war mir einfach zu mühsam, graue, teilweise ohnehin nur dunkelgraue Facetten in sein Schwarzweißbild zu zeichnen. „Wir haben unabhängige Gerichte, so wie Sie hier." Mir fiel ein, dass erst vor kurzem vier New Yorker Polizisten, die einen unbewaffneten Schwarzen mit mehreren Dutzend Schüssen niedergestreckt hatten, freigesprochen worden waren.

„Man muss in die Zukunft denken, das hat auch meine Mutter immer gesagt."

„Und trotzdem hat sie den Koffer aufbewahrt."

Am nächsten Morgen ließ ich mich zur Adresse bringen, an der Theodore Marvin gewohnt hatte. Entgegen der Vermutung von Janes Vater stand das Haus noch. In den unteren zwei Stockwerken war jetzt ein Museum für zentralafrikanisches Kunsthandwerk untergebracht. Die restlichen vier Stockwerke bestanden aus Privatwohnungen. Da ich nicht wusste, in welches Apartment Theodore Marvin gehört hatte, ging ich systematisch vor und begann im sechsten Stock zu suchen. Nur wenige Menschen waren zu Hause. Einige reagierten misstrauisch, die meisten freundlich. Aber helfen konnte mir niemand. In New York sind sechzig Jahre eine unendlich lange Zeit. Am längsten wohnte eine Frau im Haus, die mir in Jeans und einem farbenbekleckstem Hemd öffnete. Sie sei seit den Siebzigerjahren da, aber auch sie habe noch nie etwas von einem Theodore Marvin gehört. Blieb nur mehr das Museum. Wieder ein Museum.

Im Eingangsbereich hingen die Porträts der Spender des Museums, kaum zur Überraschung waren es vor allem Menschen mit dunkler Hautfarbe. Eine elegante Frau kam auf mich zu. „Der Eintritt in unser Museum, das den Menschen in Zentralafrika und ihren Nachkommen hier in New York gewidmet ist, ist frei. Wenn Sie uns aber trotzdem ..."

Ich beschloss, mir das Museum bei Gelegenheit anzusehen. Eine andere Geschichte von Vertreibung. Ein anderes Stück Vergangenheit. Jetzt aber stellte ich meine Frage.

Sie zog die Stirn in Falten. „Theodore Marvin, der Name kommt mir bekannt vor. Ganz sicher. Keine Ahnung, ob er früher hier gewohnt hat. Das Museum ist bereits über zwanzig Jahre alt. Ich helfe hier nur aus, zwei Tage in der Woche, ehrenamtlich."

Ich gab ihr meine Hoteladresse und stand bereits auf der Straße, als sie mir nachkam. „Ich Idiotin, immer sehe ich sein Bild und trotzdem habe ich seinen Namen vergessen. Theodore Marvin ist einer unserer Stifter. Gut möglich, dass er die Wohnung zur Verfügung gestellt hat. Aber darüber gibt es Unterlagen. Kommen Sie mit. Ich glaube, er war in der Zeitungsbranche."

Theodore Marvin war einer der New Yorker Zeitungsmagnaten gewesen. Vor einigen Jahren hatte er alles verkauft und lebte laut einem Artikel zurückgezogen mitten in New York. Ein Widerspruch in sich. Näher betrachtet, vielleicht doch kein Widerspruch ...

Ein Anruf beim Geschäftsführer des Museums brachte mir die Adresse. Piekfein, eines der Apartmenthäuser direkt am Central Park, nur einen Katzensprung vom Metropolitan Museum entfernt. Kein Wunder, dass ich die Adresse ohne großes Zögern bekommen hatte. Wenn er nicht wollte, würde ich Theodore Marvin dort nie zu Gesicht bekommen. Denn in diesen Häusern wachte ein Portier darüber, dass keiner seiner wohlhabenden Arbeitgeber belästigt wurde.

Egal, ich würde es probieren. Und mit Janes Professor, bei dem sie ihre Arbeit über das Freud-Museum schreiben wollte, musste ich auch noch reden. Doch je früher ich nach Wien zurückfliegen konnte, desto besser. Ich hatte eine Menge zu erzählen. Als ich am Central Park entlangging, versprach ich mir, bald wieder einmal nach New York zu kommen. Einfach nur um mir eine Freude zu machen.

Der Portier fuhr mit im Lift nach oben. Das war ein anderer Aufzug als der im Haus der Coopers – Marmorboden, Kristallspiegel und sogar eine mit rotem Samt gepolsterte Bank. Mir war zwar unklar, wer sich auf dem kurzen Weg nach oben setzen wollte, das Ambiente jedenfalls glich einer Miniaturausgabe der Boudoirs französischer Damen im neunzehnten Jahrhundert – oder dem, was sich ein amerikanischer Innenarchitekt darunter vorgestellt hatte.

Der Lift hielt mitten im Vorzimmer von Theodore Marvin. „Salon" zu sagen wäre angebrachter. Auch hier jede Menge weißer Marmor und im Vergleich zu den Coopers angenehm wenig Möbel. Ein Mann, deutlich über achtzig, kam auf mich zu. Er ging etwas gebückt, aber seine gedrungene Gestalt strahlte Vitalität aus und die hellen grauen Augen blitzten interessiert. Der Portier verschwand.

Er führte mich in einen noch größeren Raum, von dem aus man einen herrlichen Blick über den Central Park hatte. Wir nahmen auf einer beigen Bauhaus-Sitzgruppe Platz: Klare kubische Formen, harte Sitzpolster und dennoch deutlich bequemer als die meisten der so genannten Wohnlandschaften. Ein wunderbar fein gearbeiteter Perserteppich, ein schwarzer antiker chinesischer Schrank. Auch hier viel Platz. Über dieses Apartment hätte ich gerne eine Reportage gemacht. Österreichs Prominente schienen nicht so viel Stil zu haben. Vielleicht aber hatten sie schlicht nicht so viel Geld.

„Seit zweiundsechzig Jahren habe ich nichts mehr von Hanni gehört", begann er. Er sprach es amerikanisch aus, „Hänni". „Und jetzt kommen Sie und wollen mir Fragen stellen. Ich bin neugierig."

„Sie haben seit 1939 nie mehr etwas von ihr gehört?"

„Nein. Ich nahm zwar an, dass sie nicht nach Österreich zurück gegangen ist, das wäre ja Wahnsinn gewesen, aber ganz sicher war ich mir nie. Sie hat sehr darunter gelitten, dass ihre Eltern in Wien waren, als Hitler einmarschierte. Wir haben uns in Wien kennen gelernt. Ich war damals ein junger Auslandskorrespondent. Österreich war ja keine Demokratie, auch vor Hitlers Einmarsch nicht, aber es war doch anders als unter den Nazis. Ich bin Ende 1937 nach New York zurückgeflogen. Ich war schrecklich verliebt in Hanni und habe sie gebeten, so schnell wie möglich zu kommen. Nicht, dass ich alles Schreckliche schon heraufdämmern gesehen hätte, aber ich wusste, dass sie Jüdin war, und man wusste auch, dass es in Deutschland die Nürnberger Rassengesetze gab. In erster Linie aber", er lächelte wehmütig, „ging es mir wohl darum, möglichst bald wieder mit Hanni zusammen zu sein. Mein Vater war wohlhabend, ich habe ihr das Geld für ein Flugticket geschickt. Das war damals noch etwas Seltenes. Aber so ging es schneller. Sie war so schön. Und sie muss wohl auch in mich verliebt gewesen sein. Damals stürzten sich Mädchen nicht ohne weiteres in solche Abenteuer. Sie kam, obwohl ihre Eltern ihr die Reise verboten hatten. Wir hatten einige wundervolle Monate, die dann aber immer mehr von den Ereignissen in Österreich überschattet wurden. Sie machte sich schreckliche Vorwürfe, ihre Eltern zurückgelassen zu haben. Was ist eigentlich aus ihren Eltern geworden?"

Ich schüttelte den Kopf. „Sie haben es nicht überlebt."

Er sah eine Zeit lang stumm aus dem Fenster. „In meinem Alter ist der Tod nichts Fernes mehr. Aber wir waren damals jung. Vieles, was man schon zu Beginn zumindest an Gerüchten gehört hat, wollten wir nicht glauben. Wir wollten leben. Natürlich haben wir gleich versucht Hannis Eltern herzuholen. Aber sie haben das abgelehnt. Und dann ist es wohl zu spät gewesen. Unsere Beziehung ist am Nazireich zerbrochen. Ein kleiner Schaden im Verhältnis zur großen Katastrophe, ich weiß. Der Gegensatz zwischen Wien und New York war zu groß. Sie hat mich oberflächlich genannt und das war ich wohl auch. Sie hat mich verlassen. Ich glaube, sie wollte dafür büßen, dass sie ihre Eltern zurückgelassen hatte. Aber vielleicht sind das auch bloß die Gedanken eines eitlen, alten Mannes. Lebt sie noch?“

Ich schüttelte wieder den Kopf. „Sie ist heuer in Kalifornien gestorben.“

„Wie hat sie gelebt?“

Er lehnte sein Kinn in die Hand und hörte zu, also ob ihm jemand ein Märchen aus lange vergangener Zeit erzählte.

„Sie war so schön“, sagte er dann noch einmal mit Sehnsucht in der Stimme. „Und so gebildet. Stenotypistin, sagen Sie? Einen Postbeamten hat sie geheiratet? In Wien hatte sie studiert. Damals gab es noch nicht viele Mädchen, die auf die Universität gingen. Bin ich mit schuld an ihrem verpatzten Leben? Wahrscheinlich.“

„Warum glauben Sie, dass ihr Leben verpatzt war?“

„Entschuldigen Sie, das ist überheblich, Sie haben Recht. Aber sie hat so vieles von ihren Fähigkeiten nicht nützen können. Sie hat überlebt, vielleicht auch dadurch, dass sie in mich verliebt gewesen ist. Aber vielleicht hätten ohne mein Drängen auch ihre Eltern überlebt. Oder sie wäre nach dem Krieg nach Wien zurückgegangen, hätte ihr Studium abgeschlossen.“

Er unterbrach sich und rund um seine Augen bildeten sich Lachfältchen. „Verzeihen Sie meinen Zynismus, aber was würde das alles ändern? Jetzt wäre sie auch tot. Oder zweiundachtzig Jahre alt, würde ihrer Schönheit nachweinen und sich um ihre zunehmende Inkontinenz Sorgen machen.“

„Sie ist zweiundachtzig Jahre alt geworden.“

„Ich habe sie in Erinnerung, wie sie als junges Mädchen war. Warum sind Sie eigentlich gekommen? Was interessiert Sie so an meiner Hanni?“

„Ihre Enkeltochter Jane wurde ermordet, in Wien. Hannis Eltern hatten ein Haus in Wien. Der Mord scheint mit dem Haus in Verbindung zu stehen. Ihre Hanni hatte weder ihrem Sohn noch ihrer Enkeltochter jemals erzählt, dass sie in Wien aufgewachsen ist. Erst nach ihrem Tod hat ihre Enkeltochter einen alten Koffer gefunden, in dem Fotos und Briefe waren. Deshalb fuhr Jane Cooper nach Wien.“

Als ich meinen Bericht abgeschlossen hatte, seufzte er. „Ich habe über den Mord im Freud-Museum gelesen. Wie hätte ich auf die Idee kommen sollen, es handelt sich um Hannis Enkeltochter? Wie kann ich Ihnen helfen?“

„Sie haben mir schon geholfen, indem Sie mir von Janes Großmutter erzählt haben. Mir ist jetzt viel klarer, warum sie von ihrer Vergangenheit nichts wissen wollte. Da war nicht nur die Verbittung über das, was die Nazis angerichtet haben. Das waren auch Schuldgefühle ihren Eltern gegenüber. Sie fährt aus Liebe nach New York und ihre Eltern werden umgebracht.“

„Wie ist ihr Sohn?“

„Wenn Sie mich fragen, ein aufgeblasener Oberkellner, nein, er hat es zum Restaurantmanager gebracht und ist mächtig stolz darauf. Er ist ganz gierig danach, das Haus zurückzubekommen.“

„Und das lehnen Sie ab?“

„Natürlich nicht. Das Haus hat seiner Familie gehört, es wurde ihr weggenommen. Bloß: Es scheint ihm wichtiger zu sein als alles andere. Aber er hat eindeutig etwas von der Schönheit seiner Mutter geerbt.“

„Und Hannis Enkeltochter? Wie hat sie ausgesehen?“

„Sie ist mehr nach ihrer Mutter geraten.“

„Werde ich mit der Polizei sprechen müssen?“

„Ich weiß es nicht. Soll ich der Mordkommission Ihre Adresse geben?“

„Ja, tun Sie das. Vielleicht kann ich sechzig Jahre nach dem Ende meiner leidenschaftlichsten Liebe doch noch etwas für meine Hanni tun. Auch wenn ich es bezweifle."

„Darf ich Sie in meiner Reportage zitieren?"

„Es ist mir ein Vergnügen. Wissen Sie, ich habe mich längst aus dem Geschäft zurückgezogen. Ich bin nur mehr Privatmann und muss keine Rücksichten mehr nehmen. Meine drei Exfrauen sind gut versorgt, meine Kinder auch. Ich lebe hier für mich, schaue über den Central Park, lese historische Bücher und lasse mich von meinem Hausmädchen verwöhnen. Nein, nicht was Sie denken. Ich werde im nächsten Monat siebenundachtzig. Sie wird immer mehr vom Hausmädchen zur Krankenschwester, aber ich will nicht klagen."

Er hatte meiner Meinung nach auch wenig Grund dazu. Ich versprach, ihn auf dem Laufenden zu halten. Wenn er vierzig, vielleicht auch bloß dreißig Jahre jünger gewesen wäre, ich hätte mich in ihn verlieben können. Oder doch in erster Linie in seine Wohnung? Ich sagte ihm das, er küsste mir formvollendet die Hand und versprach auf mich zu warten, bis ich alt genug sei.

Einen Tag später saß ich im Flugzeug. Wieder einmal versuchte ich kurz nach dem Start die Skyline von Manhattan zu sehen, wieder einmal gelang es nicht. Zu viele Kilometer lagen dazwischen, zu viel Staub und Dunst. Ich lächelte immer noch, wenn ich an Theodore Marvin dachte. Eine Brücke zu einer anderen Zeit. Unvorstellbar, dass er bereits vor dem Zweiten Weltkrieg über Österreich berichtet hatte. Für mich war das alles tiefste Vergangenheit. Aber mir wurde klar, wie viele Menschen noch lebten, die die Nazizeit als Realität erlebt hatten. Das war nicht im Mittelalter gewesen, da hatte es Telefon und Autos und in den USA auch schon Fernsehgeräte gegeben. Es war mitten in meiner Welt passiert.

Mein Gespräch mit Richard Evans, Janes Professor für Geschichte der Psychologie, war ohne nennenswertes Ergebnis verlaufen. Es sei Jane gewesen, die die Idee mit dem Freud-Museum gehabt habe. Eine gute Idee. Nein, er habe ihr keine Kontaktpersonen genannt, sondern nur die Adresse des Museums gegeben. Warum sie zu einer

Migrantenberatungsstelle gegangen sei? Keine Ahnung, mit der Aufgabenstellung der Arbeit habe das jedenfalls nichts zu tun gehabt. Wien, so hatte er geschwärmt, sei das historische Zentrum der modernen Psychologie.

[10.]

Ich war wütend. Am Flughafen hatte ich mir ein Taxi genommen und war nach durchflogener Nacht sofort in die Redaktion gefahren. Und dann hatte mein Chefredakteur die Neuigkeiten lediglich für „ganz interessant" gehalten. Dabei bot die Story vom politischen Dauerbrenner arisierten Vermögens bis hin zu einer Liebesgeschichte wirklich alles.

„Ein zusätzliches Mordmotiv, mehr nicht", hatte der Chefredakteur gemeint. „Dieser Ministerialrat Bernkopf ist schon vor Wochen von der Kriminalpolizei einvernommen worden, das Ergebnis war offenbar negativ. Außerdem ist es unklug, sich bei den Nazigeschichten zu weit hinauszulehnen. Es können viele Leute eben nicht verstehen, warum sie etwas zurückgeben sollen, das irgendjemand vor Jahrzehnten den Juden weggenommen hat. Zu Unrecht natürlich. Aber es ist besser, in die Zukunft zu schauen. Wir stellen die Liebesgeschichte in den Mittelpunkt. Die zeigt auch, wie fürchterlich die Nazizeit war, aber anders. Irgendwie menschlicher."

Jetzt saß ich im Vorzimmer der Mordkommission und Zuckerbrot ließ mich bereits zwanzig Minuten warten. Ich ging zur Sekretärin und fauchte. „Ich bin die ganze Nacht durchgeflogen und habe dann sofort Ihren Chef angerufen. Wenn er nicht wissen will, was ich herausgefunden habe, dann soll er mir das sagen. Ich warte noch fünf Minuten."

„Sie werden schon warten müssen, bis er Zeit für Sie hat."

„Ich bin hier nicht zu einer Einvernahme, ich bin freiwillig da."

„Das kann sich ändern." Sie betrachtete mit stoischer Ruhe ihre rot lackierten Fingernägel.

Ich ließ mich wieder auf den unbequemen Holzstuhl fallen. Fünf Minuten, nicht mehr.

Nach sieben Minuten kam Zuckerbrot herein und gab mir die Hand.

„Erfolgreiche Ermittlungen?", spöttelte er.

„Jedenfalls haben Ihre Beamten nicht herausgefunden, dass das Haus Jane Coopers Großmutter gehört hat."

„Ihren Urgroßeltern."

„Sie sollten sich Bernkopf noch einmal genauer ansehen."

„Danke für den Tipp. Wo sind Ihre Unterlagen?"

Ich hatte in der Redaktion einen weiteren Satz Kopien von den Fotos und den Briefen angefertigt und legte sie Zuckerbrot hin. „Näheres können Sie in der nächsten Ausgabe des ‚Magazins' lesen."

„Sie erzählen jetzt einmal. Von Anfang an."

„Bitte."

„Bitte. Und los." Zuckerbrot machte sich ein paar Notizen und unterbrach mich selten. Am Ende sagte er: „Das erklärt, warum Jane Cooper an Ministerialrat Bernkopf schreiben wollte. Das entschuldigt ihn eher."

Ich traute meinen Ohren nicht. „Er hätte das perfekte Motiv. Da kommt eine junge Amerikanerin und meldet ihren Anspruch auf das Haus ihrer Urgroßeltern an."

„Sie haben selbst gesagt, dass es ihr offenbar nicht um den finanziellen Wert gegangen ist. Aber selbst wenn: So einfach geht das nicht mit der Vermögensrückgabe."

Ich war übernächtig und ich war so rasch wie möglich nach Wien zurückgekehrt, weil ich überzeugt war wichtige Informationen zu haben. Ich stand auf und sagte böse: „Offenbar gehören Sie zu denen, die die Vergangenheit am liebsten verdrängen."

Jetzt kam auch Zuckerbrot in Rage. „Was glauben Sie, was Zuckerbrot für ein Name ist? Sechzehn Leute aus meiner Familie sind ermordet worden. Wir haben nicht zu den Reichen gehört. Wir haben erst gar nicht genug Geld gehabt, um legal auswandern zu können. Aber ich habe mich an die Gesetze zu halten. Ich werde nicht nach Sympathie oder Antipathie ermitteln. Es geht um die Fakten."

„Ich habe Fakten! Ich bitte nur darum, sie auch zu berücksichtigen, wenn sie nicht von einem Ihrer Beamten kommen."

„Das werden wir, da können Sie sicher sein." Er stand nun auch auf und wies mit der Hand zur Tür.

Grußlos ging ich und fragte mich, warum ich nicht längst daran gedacht hatte, dass Zuckerbrot ein jüdischer Name war.

Als ich die Wohnungstüre aufschloss, begann Gismo zu miauen. Gleichzeitig läutete das Telefon. Ich stellte meine Reisetasche ins Eck und hob ab. Gismo starrte mich böse an und erhöhte die Lautstärke. Meine Mutter war am Apparat. Ob ich wisse, dass mein Vater in zwei Wochen fünfundsechzig Jahre alt werde? Das schien eines der komplizierteren Gespräche zu werden. Ich trug das Telefon in die Küche, in meinem Schlepptau maunzte Gismo weiter. „Nein, Mutti, ich habe kein Problem mit dem Staubsauger. Das ist Gismo, meine Katze, du weißt schon." Meine Mutter hatte wenig Verständnis für Katzen. Sie waren ihr unheimlich.

Ich klemmte den Hörer zwischen Wange und Kinn und öffnete eine von Gismos Lieblingsdosen. Nicht, dass irgendein Dosenfutter besondere Gnade bei Gismo gefunden hätte, aber andererseits blieb auch selten etwas davon übrig. Ab und zu trug ich ein „Ja" oder „Nein" zum Gespräch bei, es kreiste momentan um die offizielle Geburtstagsfeier des Pensionistenverbandes, dem mein Vater politisch vorstand.

Gismo fraß und war endlich ruhig.

Ich setzte mich an den Küchentisch. Meine Mutter klagte über die vielen Menschen, die nicht bloß an den offiziellen Geburtstagsfeiern teilnehmen würden, sondern die sich auch eine private Einladung erwarteten. „Und? Sie haben ja nicht Geburtstag", warf ich ein. Die Antwort meiner Mutter bestand in einem langen Seufzer. Mir graute vor dem Gedanken an eine große Geburtstagsfeier mit all den Provinzhonoratioren, ihren „Gattinnen“, wie das immer noch hieß, einigen alten Freunden, ihren ebenso alten Scherzen und meiner überforderten Mutter. Aber natürlich hatte ich keine Wahl. Auch wenn wir uns nicht eben häufig sahen, beim fünfundsechzigsten Geburtstag meines Vaters konnte ich schlecht fehlen. Was sollte ich ihm bloß schenken? Materiell hatte er alles, was er wollte. Hobbys hatte er nie gehabt. Ihm reichte seine Politik, seine Partei und alles, was damit zusammenhing.

„Was machen wir mit dem Essen?“, jammerte meine Mutter. „Natürlich können wir bei uns eine Feier für fünfzig oder auch siebzig Leute machen, vielleicht sollte man im Garten ein Partyzelt aufstellen, auch wenn der Rasen danach mit Sicherheit vollständig niedergetrampelt ist, aber das Essen und die Getränke müssen geliefert werden. Wo soll ich das bestellen? Ganz abgesehen davon, dass das Essen dann entweder nicht gut ist oder unendlich teuer wird.“

Ich hatte eine Idee. Sie hatte wohl noch mit dem Jetlag zu tun. „Ich muss sowieso kommen, Mutti. Also koche ich auch. Ich mache ein kaltes Buffet, kein Problem. Das ist dann gleichzeitig mein Geschenk an Vater. Ich bereite einen Teil in Wien vor, komme einen Tag früher, richte den Rest her und schon ist die Sache gelaufen.“

Meine Eltern waren von meinen Fähigkeiten im Allgemeinen nicht sehr überzeugt. Sie beklagten noch immer regelmäßig, dass ich, statt mich der Juristerei zu widmen, als Journalistin mein Geld verdiente. Und das nicht einmal mit einer fixen Anstellung. Aber meine Kochkünste beurteilten sich durchaus positiv. „Ihr zahlt die Rohprodukte, ich mache die Arbeit“, schränkte ich meine Großzügigkeit ein.

„Wirklich, Kind?“, lautete die vorsichtige Gegenfrage.

„Fix ausgemacht.“

„Aber nichts zu Exotisches, bitte. Nicht zu viel Fisch, du weißt, viele Leute mögen das nicht so bei uns.“

„Eine Mischung, etwas von allem, in Ordnung? Ich verspreche, es wird auch ein großes Stück Schwein dabei sein.“

Gismo hatte bereits alles aufgefressen und starrte mich aufmerksam an. Bevor meine Mutter noch ins Detail gehen konnte, verabschiedete ich mich. Vielleicht war dieses Buffet sogar eine gute Abwechslung. Jedenfalls aber wusste ich, wie ich mir beim Geburtstagsfest meines Vaters die Zeit vertreiben würde. Es sollte ein feines Buffet werden, schließlich hatte ich einen Ruf zu verteidigen. Es würde mir gut tun, wieder einmal gelobt zu werden. Selbst wenn der Zuspruch nur von den alten konservativen Polit-Knackern meines Vaters kommen würde. Theodore Marvin war da schon ein anderes Kaliber.

Der Schlafmangel machte sich bemerkbar. Ich nickte am Küchentisch ein und schreckte Sekunden später wieder hoch. Keine Zeit zum Schlafen.

Als Erstes rief ich Ulrike an. Ihr Anrufbeantworter teilte mir mit, dass ich sie über die Rechtsanwaltskanzlei Fischer-Kalnik und Kellerfreund erreichen könne. Eine gute Idee, sie auf diese Weise abzuschirmen. Offenbar wurde sie noch immer von den Medien belästigt. Nach meiner nächsten Story würde sich das Interesse weg von ihr hin zu Ministerialrat Bernkopf verlagern. Mit dem musste ich auch noch reden. Wertete ich wirklich nach Sympathie und Antipathie, wie mir Zuckerbrot vorgeworfen hatte? Vielleicht spielte das tatsächlich eine Rolle, aber man konnte es ebenso gut Instinkt nennen. Darüber hinaus gab es deutlich mehr Fakten, die auf Bernkopf hinwiesen als auf Ulrike. Doppelmord aus Eifersucht schien mir einfach zu melodramatisch. Doppelmord aus Angst, ein wertvolles Wohnhaus zu verlieren, hatte für mich etwas deutlich Realistischeres. Aber welche Rolle hatte der Psychiater mit den blauen Augen gespielt? Ewig schade, dass Ulrike keinen Schlüssel zu seiner Praxis hatte.

Die Sekretärin der Rechtsanwaltskanzlei weigerte sich mir zu sagen, wie ich Ulrike erreichen konnte. Die Anwälte seien nicht da und nur sie könnten entscheiden, wer mit meiner Schulfreundin in Kontakt treten durfte. Ich versuchte ihr klarzumachen, dass sie bei mir ruhigen Gewissens eine Ausnahme machen konnte. Sinnlos. Ich bat um die Mobiltelefonnummer von Dr. Kellerfreund. Nach langem Zögern bekam ich wenigstens die. Bloß: Kellerfreund hob nicht ab, ein Band wies mich an, es doch in der Kanzlei zu probieren. Ich kam mir vor wie ein Hamster im Laufrad. Noch einmal ein Gespräch mit der Sekretärin. Frau Dr. Fischer sei nicht zu erreichen, ganz sicher nicht. Ich probierte es. Die Sekretärin hatte Recht gehabt. Also würde ich Ulrike und ihre Anwälte eben erst später informieren können.

Abgabeschluss für meine nächste Story war morgen Nachmittag. Ich blätterte in meinem Telefonbuch.

„Bei Ministerialrat Bernkopf."

„Mira Valensky vom ‚Magazin'. Könnte ich bitte mit Ministerialrat Bernkopf sprechen?"

„Ich muss erst nachsehen, ob er da ist." Das hieß im Klartext: Sie musste erst nachsehen, ob er mit mir sprechen wollte. Bevor ich Sekretärin geworden wäre, hätte ich lieber in den miesesten Lokalen als Kellnerin gearbeitet.

„Bernkopf hier. Ich bitte Sie noch einmal im Guten, mich nicht zu belästigen."

„Und was machen Sie, wenn ich das doch tue?" Das war mir so herausgerutscht.

„Es gibt rechtliche Möglichkeiten."

„Recherchieren ist nicht verboten. Wir haben Meinungsfreiheit, das ist nicht so wie in der Nazizeit."

„Was meinen Sie damit?"

„Darüber möchte ich mit Ihnen persönlich sprechen."

„Kommt nicht in Frage. Haben Sie etwa damit zu tun, dass ich morgen noch einmal ins Sicherheitsbüro kommen muss?"

Sieh an, Zuckerbrot hatte schneller reagiert, als ich gedacht hatte. „Gut möglich. Aber auch das ist nicht strafbar." Ich machte eine Pause und riss mich zusammen. „Hören Sie, ich war in New York und habe neue Informationen zum Tod von Jane Cooper. Ich glaube, es wäre auch in Ihrem Interesse, alles aus erster Hand zu erfahren. Geschrieben wird die Story so oder so. Sie sollen aber die Chance haben, Ihre Sichtweise darzustellen. Wenn Sie das nicht wollen, dann schreibe ich eben den berühmten Satz hinein: ‚Ministerialrat Bernkopf lehnte jede Stellungnahme dazu ab.' Klingt meistens nicht allzu gut. Eine Stellungnahme verweigern können Sie außerdem auch noch, nachdem Sie meine Geschichte gehört haben. Ich bin seriös."

Er lachte auf.

„Ich zitiere Sie nur so, wie Sie es selbst wollen. Sie können Ihre Zitate auch noch vor Erscheinen des ‚Magazins' überprüfen. Kein Problem."

„Wann?"

„Sofort wäre am besten."

„Wo?"

Ich hatte ihn offenbar ganz schön unter Druck gesetzt. Oder wollte er mit mir reden, damit er wusste, was ihn in der Sicherheitsdirektion erwartete? Egal. „Am besten bei Ihnen zu Hause."

„Das kommt nicht in Frage."

„Sie werden noch verstehen, warum."

„Gar nichts verstehe ich. Ich kann eine halbe Stunde aus dem Ministerium weg. Wir treffen uns im Café Ministerium. Kennen Sie das?"

Natürlich kannte ich es, das Café lag vis-à-vis vom ehemaligen Kriegsministerium, in dem nun auch das Landwirtschaftsministerium untergebracht war. Ich stutzte. Ganz in der Nähe war die Flüchtlingsberatungsstelle, in der Jane nach einer billigen Pension gefragt hatte.

„Ich kann mich nur wiederholen, ich habe die junge Frau nicht gekannt. Glauben Sie mir, die Sache tut mir überaus Leid. Wenn sie gefragt hätte, ob sie das Haus ihrer Vorfahren sehen kann, dann wäre es uns eine Freude gewesen, ihr alles zu zeigen. Das wäre ja nun wirklich das Mindeste gewesen. Aber sie war nicht bei uns. Sie hat mir auch nicht geschrieben. Vielleicht wollte sie es, das wäre plausibel. Aber es hat eben nicht mehr dazu kommen sollen." Ministerialrat Bernkopf zog ein ernstes Gesicht.

Mir schien seine Trauer nicht sehr tief zu gehen. Er rührte in seiner Melange und fuhr fort: „Fürchterlich, die Wirren des Zweiten Weltkrieges."

„Das Haus ist Janes Urgroßeltern geraubt worden."

„So viel Fürchterliches ist passiert unter dem verbrecherischen Regime. Ich heiße das absolut nicht gut, damit da kein Missverständnis aufkommt. Das arme junge Mädchen. Kommt nach Wien und wird dann von einer eifersüchtigen Psychologin ermordet."

„Sie ist keine Psychologin. Und sie hat sie nicht ermordet."

„Alle anderen scheinen aber davon auszugehen."

„Ihr Haus gehört rechtmäßig der Familie Cooper."

Ministerialrat Bernkopfs Lippen wurden schmal. „Hören Sie, ich habe gedacht, wir können uns vernünftig unterhalten. Und jetzt kommen Sie mit solchen absurden Beschuldigungen. Wahrscheinlich steckt da auch schon so ein amerikanischer geldgieriger Anwalt dahinter. Bei uns gibt es aber gottlob Gesetze. Die Vermögensrückgabe nach dem Ende des Dritten Reichs wurde in den Sechzigerjahren abgeschlossen."

„Ich habe selbst Rechtswissenschaft studiert. Was ist, wenn die Familie Cooper bis vor kurzem gar nichts von dem Haus gewusst hat?"

„Die Fristen sind trotzdem schon vor Jahrzehnten abgelaufen."

„Fristen können nicht zu laufen beginnen, wenn jemand gar nichts von ihnen weiß."

„Die Gesetze sind ordnungsgemäß kundgemacht worden. Daher ist jeder, der nicht von ihrer Existenz weiß, selbst daran schuld."

Fair war das nicht, vor allem, wenn man in den USA wohnte und das Gesetz in Österreich kundgemacht worden war, aber ich musste zugeben, es klang mir irgendwie vertraut und plausibel. Ministerialrat Bernkopf hatte sich wohl intensiv mit den Grundlagen der Nazirestitution beschäftigt. Das allein war schon interessant. Ich jedenfalls hatte auf der Uni nichts darüber gehört.

„Also noch einmal: Die Sache mit dieser Jane Cooper tut mir wirklich Leid, aber ich habe nichts damit zu tun. Und ich muss jetzt zu einer wichtigen Besprechung."

„Jane Cooper ist wegen dem Haus in der Birkengasse nach Wien gekommen. Sie haben damit eine Menge zu tun."

„Aber nicht mit ihrem beklagenswerten Tod."

Ich sah ihn an. „War es Ihr Vater, der der Familie Rosner das Haus weggenommen hat?"

Ministerialrat Bernkopf ballte die Fäuste. Automatisch duckte ich mich etwas. Aber er ließ seine Hände auf dem Tisch liegen, nur die Fingerknöchel traten beinahe weiß hervor. „Nein, mein Vater hat dieser Familie das Haus nicht weggenommen", sagte er langsam und mit gespielter Ruhe, „er hat das Haus im Jahr 1939 ehrlich erworben und bezahlt. Dafür gibt es Unterlagen."

„Ehrlich erworben und bezahlt? Janes Urgroßeltern sind gezwungen worden, ihr Haus zu verlassen. Das war dann der Anfang vom Ende."

„Vielleicht wollen Sie mir auch noch gleich vorwerfen, mein Vater hätte das Ehepaar vergast? Es war eine schreckliche Zeit, aber wir hatten damit nichts zu tun." Er entspannte sich etwas. „Mein Vater hat das Haus nicht von Rosner erworben, sondern vom Staat. Das Haus ist versteigert worden und er hat es ersteigert. Sind Ihre Fragen damit geklärt?"

„Er hat den Nazis ein arisiertes Haus abgekauft und sich nichts dabei gedacht? Die Nachkommen der ehemaligen Hausbesitzer sollen deswegen durch die Finger schauen?"

„Ich finde es ungeheuerlich, mich mehr als sechzig Jahre später für ein völlig legales Vorgehen rechtfertigen zu müssen. Ungeheuerlich, in Zusammenhang mit einem Mord gebracht zu werden, nur weil ein Mädchen aus welchen romantischen Gründen auch immer nach Wien gekommen ist. Ich sage Ihnen eines: Nicht nur Ihre geliebten Juden haben es im Krieg schwer gehabt. Ich kann mich gut erinnern, nach dem Krieg sind Ausgebombte bei uns einquartiert worden. Ich weiß noch, dass mein Vater das Haus von Grund auf renovieren musste. So war das in Wirklichkeit. Aber Sie gehören wohl auch zu diesen Linken, die von nichts anderem als Antifaschismus reden, ohne dass sie die Zeit gekannt haben. Wahrscheinlich reden sie deswegen so viel von der Vergangenheit, weil sie selbst keine Zukunft haben. Das hat man ja zum Glück mit dem Zusammenbruch des Ostblocks gesehen. Und, ganz im Vertrauen: Was sind das für Leute, die sich in einem halben Jahrhundert nicht so viel erarbeitet haben, dass sie ehrlichen und anständigen Bürgern ihre Häuser wegnehmen wollen? Haben Sie sich das schon einmal überlegt? Ich sage Ihnen: Für die Zeit damals können wir alle nichts, das heute aber ist modernes Raubrittertum."

„Die Häuser haben diesen Leuten gehört. Oder ihren Verwandten. Und Millionen von ihnen sind ermordet worden. Und niemand konnte etwas dafür?"

Er knallte mit seiner rechten Faust auf den Tisch. „Es reicht mir. Ich muss mich von Ihnen nicht beschuldigen lassen. Wehe, Sie schreiben ein Wort. Ich verklage Sie. Da steckt politische Absicht dahinter." Er sprang auf und verschwand ohne zu zahlen. Ausgerechnet mir politische Absichten zu unterschieben. Natürlich war ich auf der „Gegen-die-Nazis-wehret-den-Anfängen-Seite". War ich schon immer gewesen. Das hatte wohl auch mit natürlicher Opposition gegen die Einstellung meines Vaters zu tun. Vieles, was mein Vater sagte, klang sehr ähnlich wie das, was Bernkopf von sich gegeben hatte. Auch wenn das Einfamilienhaus meiner Eltern zum Glück aus den Siebzigerjahren stammte.

Allerdings hatte ich noch nie Lust gehabt, mich aktiv an irgendwelchen Aktionen zu beteiligen. Allzu viele gab es meines Wissens ohnehin nicht. Ich kannte ein paar so genannte Antifaschisten, die mir mit ihrer Selbstgerechtigkeit auf der Uni gründlich auf die Nerven gegangen waren. Was soll's. Wahrscheinlich war ich einfach nur zu bequem gewesen um mitzutun. Das Gespräch mit Bernkopf hatte jedenfalls dazu beigetragen, mich stärker denn je mit ihnen zu solidarisieren. Mir gingen die Briefe der Eltern von Hanni Rosner im Kopf herum. Sie hatten sich nicht vorstellen können, dass ihnen von heute auf morgen alles, absolut alles genommen werden konnte. Nicht bloß das Haus, sondern auch das Vertrauen in ihre Umwelt, auch die Hoffnung und dann das Leben. Aber ein Bernkopf klagte darüber, dass sie nach dem Krieg Einquartierungen gehabt hätten und dass sein Vater das arisierte Haus habe renovieren müssen.

Der Ober kam, ich hatte keine Lust, für Bernkopf mitzuzahlen. „Sie kennen Ministerialrat Bernkopf?", fragte ich.

Der Ober nickte.

„Er hat zu zahlen vergessen. Bitte erinnern Sie ihn das nächste Mal daran."

Der Ober zog seine Stirn in Falten und schien zu überlegen, was er in einem solchen Fall tun sollte. „Gerne", sagte er dann und kassierte meinen großen Braunen.

Ich telefonierte mit der Studentin aus der Parterrewohnung im Haus der Bernkopfs. Ob sie wisse, wie lange ihre alte Nachbarin schon hier wohne? „Seit ewig", lautete die Antwort, zumindest habe sie ihr einmal erzählt, dass sie schon vor dem Krieg da gelebt habe. „Unvorstellbar, was?", lachte die Studentin. Ich erzählte ihr lieber nichts von der Arisierung. Man konnte nicht vorsichtig genug sein. Ich wollte die Erste sein, die diese Story an die Öffentlichkeit brachte. Ganz selbstlos waren meine Motive also auch nicht, dachte ich bei mir und grinste schief.

Ich beeilte mich. Ich wollte mit der alten Frau Nawratil reden, bevor der Ministerialrat nach Hause kam.

Diesmal öffnete sie schon nach dem ersten Läuten. Sie sah mich zweifelnd an. Offenbar hatte sie zwar das Gefühl, mich zu kennen, konnte mich aber nicht einordnen. Derartiges passiert nicht nur Menschen über neunzig. Als ich mein Sprüchlein aufgesagt hatte, erinnerte sie sich. Zum Glück hatte ich wieder einen ihrer besseren Tage getroffen.

Wir saßen uns in denselben beiden Fauteuils gegenüber wie beim letzten Mal. „Wie lange wohnen Sie hier schon?"

„Oh, seit langer Zeit. Sehr lange schon."

„Haben Sie schon vor dem Krieg da gewohnt?"

„Aber ja, natürlich schon vor dem Krieg. Da war ich ja schon Musiklehrerin. Mein Vater ist gestorben und ich habe das Konservatorium abbrechen müssen. Zuerst habe ich privat Musikunterricht gegeben und dann bin ich an eine Schule gegangen. Ja, natürlich war das noch vor dem Krieg. Aber jung war ich damals schon noch, das können Sie mir glauben."

Ich nickte. „Haben Sie die Familie Rosner gekannt?"

„Wen?“

„Die Familie Rosner. Sie haben ein Mädchen gehabt, das Hanni geheißen hat.“

„Ach, die Hanni, freilich habe ich die gekannt. Die hat bei mir Klavierstunden gehabt. Die Hanni Rosner. Ein fesches Mädel.“

„Die Familie Rosner hat auch da gewohnt.“

„Ja, natürlich. Jetzt, wo Sie es sagen. Aber sie sind bald wieder ausgezogen. Dabei habe ich über sie überhaupt erst diese Wohnung bekommen. Ich habe in einem Untermietzimmer gewohnt, wo es immer Probleme mit dem Klavierspielen gegeben hat. Hanni hat dann gesagt, dass ich vielleicht hierher ziehen kann.“

„Der Familie Rosner hat dieses Haus gehört.“

„So? Wirklich?“

Vielleicht hatte Frau Nawratil doch keinen so guten Tag. „Können Sie sich noch an die Geschichte erinnern, wie die Familie Rosner ausziehen musste?“

„Die Hanni ist mit einem jungen Mann nach Amerika durchgebrannt. Das weiß ich noch. Da war Feuer am Dach bei ihren Eltern. Bald darauf sind sie auch weggegangen.“

„Dazwischen ist Hitler einmarschiert. Und Herr und Frau Rosner waren Juden.“

„Richtig. Der Hitler. Den habe ich nie leiden können.“

„Das Ehepaar Rosner ist gezwungen worden das Haus zu verlassen.“

„So?“ Sie versuchte sich zu erinnern. Sie zog die Stirn in Falten: „Dann ist der Vater von Herrn Ministerialrat Bernkopf gekommen. Mit seiner Gattin. Und dann haben sie den kleinen Ministerialrat Bernkopf bekommen, Fritz haben sie ihn genannt, ich kenne ihn vom ersten Tag an. Trotzdem wollen sie jetzt die Wohnung frei kriegen und mich in ein Heim stecken. Weil ich nicht mehr in der Lage sein soll, allein zu wohnen. Ist das ein Dank?“

„Die Nazis haben Familie Rosner zum Weggehen gezwungen.“

„Es ist dauernd etwas passiert. Man hatte nichts wie Ärger mit ihnen. Keine Ruhe, kein Frieden. Ja. Wir anderen sind natürlich alle geblieben. Weil wir waren ja keine Juden. Und Wohnungen waren ohnehin knapp. Ich weiß noch, wie ich zu Frau Rosner gesagt habe: ‚Ich gebe schon Acht auf alles, bis Sie wiederkommen.' Aber sie sind nicht wiedergekommen. Fast ein Jahr haben wir keinen Mietzins zahlen müssen, daran erinnere ich mich auch noch gut. Diese Beamten damals haben vieles verschlampt, da war keine deutsche Gründlichkeit, das waren Österreicher."

„Hat Herr Bernkopf auch dazu gehört?"

Sie sah mich strafend an. „Wo denken Sie hin? Der war doch noch gar nicht geboren. Der ist jetzt ein hoher Beamter. Er ist sicher sehr ordentlich."

„Sein Vater."

„Ich weiß nicht, was er gemacht hat. Ich glaube, er war ein Offizier. Ein sehr feiner Mensch. Wir haben alle in den Wohnungen bleiben dürfen, das war ein Glück. Wenn das Haus bei der Familie Rosner geblieben wäre, dann hätten wir alle gehen müssen und Juden wären einquartiert worden, hat er uns erzählt. Er war wie der Herr Rosner im Ersten Weltkrieg. Beide waren sie Offiziere. Nur dass es der Herr Bernkopf von Berufs wegen war und Herr Rosner war es nur nebenbei, weil eben Krieg war und die Männer das Land verteidigen mussten. Von Beruf war er Anwalt."

„Wissen Sie, was für ein Offizier Herr Bernkopf gewesen ist?"

„Wie?"

„War er bei den Nazis?"

„Nein, er war im Ersten Weltkrieg."

„Und danach?"

„War er wahrscheinlich weiter Offizier. Mein Vater war auch im Krieg, im ersten. Er ist dann viel später erst an den Kriegsfolgen gestorben, er ist als Invalide zurückgekommen. Sie sind noch viel zu jung um das alles zu kennen."

Ich nickte. „War Herr Bernkopf bei der SS? Oder bei der SA? Oder hat er sonst einen Rang gehabt?"

„Irgendwo wird er wohl gewesen sein. Aber da fragen Sie besser seinen Sohn. Ich glaube, er hat im Nachschubwesen gearbeitet. An der Front war der, glaube ich, nie. Da war mein Vater ein größerer Held."

„Wie hat er das Haus dann bekommen?“

„Na gekauft hat er es, von der Verwaltung. Das weiß ich sicher. Der Nachbar, ein gewisser Herr Willibald, er ist auch schon lange tot, hat der Familie Rosner schon früher ein Angebot gemacht für das Haus. Das war gleich nachdem der Hitler gekommen ist. Eine unruhige Zeit war das. Ich kann mich erinnern, weil mir der Herr Willibald damals so gut gefallen hat, ein fescher Mensch war das, groß und mit einem blonden Schnurrbart, aber da war ich eben noch ein junges Mädel. Die Rosners haben das abgelehnt, sie haben gesagt, sie wollen nicht verkaufen und außerdem sei das Haus mehr als doppelt so viel wert. Dann hat Herr Bernkopf, also der Offizier, noch weniger zahlen müssen. Das war freilich schon im Dritten Reich. Da wäre es besser gewesen, die Rosners hätten das Angebot von Herrn Willibald angenommen. Aber so ist der Herr Willibald nach Graz gezogen und ich habe ihn aus den Augen verloren. Entweder haben sich die Rosners mit dem Preis geirrt, oder der Herr Bernkopf hat ein gutes Geschäft gemacht.“ Sie lächelte verschmitzt. „Wird wohl Beziehungen gehabt haben. Beziehungen braucht man eben, das ist immer so.“

Ich bedankte mich bei ihr und versprach, mich für sie einzusetzen, falls ihr die Familie Bernkopf kündigen wolle.

„Sagen Sie ihnen, dass ich noch ganz gut denken kann, sagen Sie ihnen das“, rief sie mir noch auf der Stiege nach.

Vielleicht würde sich das Problem mit dem Haus in der Birkengasse dadurch lösen, dass Frau Nawratil vergaß, das Gas abzudrehen. Ein großer Knall, und alles war vorbei.

Das beste Mittel, um einen Jetlag gar nicht erst entstehen zu lassen, ist, einfach zur üblichen Zeit schlafen zu gehen. Aber es war ein anstrengender Tag gewesen. Ich schleppte mich zum zweiten Mal an diesem Tag die Stufen zu meiner Wohnung nach oben und fluchte wieder einmal darüber, dass zwar seit Jahren über den Einbau eines Aufzugs diskutiert wurde, aber bisher nichts geschehen war. Ich spürte alle meine Beinmuskeln, als ich vor der Eingangstür angekommen war. Ich blieb stehen, schnappte ein paarmal nach Luft und kramte dann nach dem Schlüssel. Ich hörte Schritte. Deutlich leichtfüßiger als ich kam da jemand die Treppen herauf. Für einen Moment hielt ich den Atem an. Jemand hatte es auf mich abgesehen. Ich atmete pfeifend wieder aus. Alles Einbildung, wer sollte mir etwas Böses wollen? Besser, ich suchte mir möglichst bald einen neuen Psychotherapeuten.

Noch immer mit einem unguten Gefühl wandte ich dem Stiegenhaus den Rücken zu und sperrte auf.

„Warte, Mira Valensky", rief Vesna.

Es stellte sich heraus, dass nicht nur ich einiges zu erzählen hatte. Auch sie war in den letzten Tagen aktiv gewesen. Die Geschichte des Hauses in der Birkengasse quittierte sie mit heftigem Nicken. „Wo Krieg ist, gibt es auch Gewinner. Wer will sich Beute nehmen lassen? Das ist in Bosnien auch so. Und glaube nicht, Mira Valensky, die UNO macht da viel dagegen. Die wollen nur Ruhe. Aber Frieden kann es nur geben, wenn der Krieg und was damit gekommen ist, wirklich aus ist. Die Sieger wollen das nicht."

„Aber das Deutsche Reich hat den Krieg verloren."

„Und was ist mit Deutschen? Mit Österreichern? Die haben nicht alle verloren. Manche haben gewonnen. Zum Beispiel Häuser. Die wollen nicht, dass darüber geredet wird. Sie sind stark, haben Freunde. Auch weil sie gewonnen haben. Ist überall ähnlich."

Zwei Tassen Kaffee später legte Vesna ein Bündel Kopien auf den Tisch. „Unterlagen von dem Psychiater", sagte sie und lächelte stolz. „Die Sache in der Pension ‚Alexandra' war nicht so gut, also habe ich gedacht, ich schaue weiter. Ich habe Unterlagen aus der Praxis geholt."

„Wie?"

„Putzfrauenverbindung. Nicht nur du kannst recherchieren, Mira Valensky. Die Putzfrau vom Psychiater ist die Tante von der Familie Tomčić, die bei uns im Haus wohnt. War ein Zufall, dass das so ist. Eigentlich habe ich über den Hausmeister probieren wollen, aber dann erzählt Frau Tomčić, die immer so viel redet, dass ihre Tante bei einem geputzt hat, der ermordet worden ist. Gut, ich habe mit der Tante geredet und sie war sehr helfend. Ich habe ihr versprochen, neue Kunden zu liefern. Sie hat am Abend aufgesperrt. Natürlich habe ich Handschuhe getragen. Sie hat am Gang aufgepasst und ich habe die Unterlagen gefunden, gleich zum Kopieren getragen und wieder zurückgelegt."

„Und wenn sie euch erwischt hätten? Vesna, so etwas ist zu gefährlich. Oder willst du etwa heim nach Bosnien?"

„Wir beide sind Putzfrauen. Wenn sie kommen, dann putzen wir und wissen von nichts. Glaubt uns jeder, du kennst das."

„Ob dir Zuckerbrot auch geglaubt hätte?"

„Was kann er nachweisen? Eben. Leider war vieles nicht da. Kein Kalender, keine Steuerunterlagen. Weißt du, wegen Einzahlungsscheinen. Vielleicht war dieser Bernkopf auch Patient. Oder sonst jemand, an den wir noch nicht gedacht haben. Für mich sind Unterlagen nur Wortsalat. Leider keine Namen. Aber vielleicht helfen sie."

Wir sahen uns die Kopien durch. Es gab zwölf Deckblätter, die mit jeweils zwei Initialen beschriftet waren. Die Seiten, die dazugehörten, waren aber auch für mich weitgehend unverständlich. Lateinische Fachausdrücke, häufig abgekürzt. Einzelne Wörter, oft mehrfach unterstrichen oder eingerahmt.

„Vater???!!", stand auf einem der Blätter und dann „Selbstwert!" und: „Auto wichtig"; die anderen Wörter waren schon aufgrund der chaotischen Schrift nicht lesbar.

Offenbar hatte er jeder Patientin und jedem Patienten ein Kürzel zugewiesen. Sehr viele Leute waren bei ihm wohl nicht in Therapie gewesen. Aber laut Ulrike hatte er auch im Krankenhaus gearbeitet. Seine Kontakte dort zu überprüfen war allerdings so gut wie unmöglich. Oder sollte ich mich dort einweisen lassen? Vielleicht würde ich weniger auffallen, als ich glaubte. Zumindest hatte ich dem Psychiater so viel zu erzählen gewusst, dass ich darüber meinen eigentlichen Auftrag vergessen hatte. Und er hatte mir zu einer Therapie geraten. Oder war er bloß aufs Geld aus gewesen? Den Eindruck hatte er eigentlich nicht gemacht. Aber wahrscheinlich bräuchte wohl jeder Mensch eine Therapie oder fast jeder.

„Mira Valensky!“, rief Vesna.

Ich schreckte hoch. Ich musste kurz eingedämmert sein.

Wir durchsuchten die Deckblätter auf meine Initialen. Sie waren nicht dabei. Offenbar hatte Ulrikes Freund irgendein Codesystem entwickelt. Ohne Einzahlungsbelege und bei Verzicht auf die Unterstützung durch die Krankenkasse konnten die Sitzungen ganz geheim bleiben, hatte er mir damals versichert. Oder die Unterlagen waren nicht komplett.

Es läutete. Ich ging zur Gegensprechanlage. „Oskar Kellerfreund ist da, das ist ein Überfall“, dröhnte es fröhlich. Er brauchte geraume Zeit, bis er die Stufen geschafft hatte. Dann stand er lächelnd, schnaufend, mit einem Strauß Frühlingsblumen und einer großen Papiertragetasche in der Tür.

„Bringen Sie immer Essen mit?“

„Ja, nur die Blumen gibt es nicht immer. Übrigens waren wir schon per Du.“

Er sah Vesna ins Vorzimmer kommen und war etwas weniger fröhlich. „Oh, du hast Besuch.“

„Vesna Krajner, eine Freundin von mir.“

„Ich hätte anrufen sollen. Aber ich habe von unserer Sekretärin gehört, dass du heute zurückgekommen bist und dass du Neuigkeiten hast. Irene muss sich um einen Wirtschaftsprozess kümmern, da kennt nur sie sich aus. Da ist unerwartet einiges in Gang gekommen, also habe ich ein paar Klienten übernommen, Ulrike ist eine davon. In der Redaktion habe ich erfahren, dass du daheim zu erreichen bist. Ich finde, das beste Mittel gegen den Jetlag ist, ja nicht früher als sonst zu Bett zu gehen. Also habe ich eingekauft und hier bin ich. Ich kann aber auch wieder gehen ...“, fügte er unsicher hinzu.

Bei seinen Ausmaßen war man auf Unsicherheit gar nicht gefasst. Ich begann mir zu wünschen, dass Vesna nicht gekommen wäre.

„Ich wollte schon gehen“, sagte Vesna.

Ich schalt mich undankbar, sagte zu ihr: „Bleib doch noch.“ Und zu Oskar Kellerfreund: „Du hast sicher genug für drei mitgebracht. Vesna kennt die ganze Geschichte. Mehr noch: Sie hat die Unterlagen des Psychiaters. Aber das fällt natürlich unter deine Verschwiegenheitspflicht."

Der Anwalt war es offenbar gewohnt, sich rasch auf veränderte Umstände einzustellen. Mit Vesnas Hilfe legte er die Köstlichkeiten auf kleine Teller. Diesmal gab es verschiedenste Sorten von Fisch und Früchten. Geräucherter Wildlachs war ebenso dabei wie eine Jakobsmuschelterrine und Riesengarnelen mit Cocktailsauce. Den mitgebrachten Wein stellte ich fürs Erste einmal in den Kühlschrank und holte eine Flasche von dem Prosecco, den ich immer aus dem Veneto mitbrachte.

„Du magst Fisch ganz besonders, hast du gesagt", strahlte er.

Ich nickte. Vesna zog ein langes Gesicht. Sie konnte Meerestieren wenig abgewinnen.

„Warum?", fragte Oskar Kellerfreund kauend, „sie kommen doch aus dem ehemaligen Jugoslawien."

„Aber nicht von der Küste. Bei uns isst man Rindfleisch. Und Gemüse. Und Schaf und Ziege. Aber Fisch nicht. Etwas Fisch mag ich, aber diese Garnelen ..."

„Hätte ich das gewusst ..."

„Herr Kellerfreund, was Sie gemacht haben, ist großartig. Ist ja auch gar nicht für mich. Wenn ich störe ..."

Eine halbe Stunde und eine Flasche Prosecco später debattierten wir eifrig über unseren Fall und die Vergangenheit, die ihre Schatten, egal ob man es wollte oder nicht, in die Gegenwart warf.

Zwei Flaschen Soave später läutete es wieder an der Tür. Es war gegen Mitternacht. „Ich bin's", sagte eine Stimme und für einen Sekundenbruchteil musste ich nachdenken, wer „ich bin's" war. Joe. Sollte ich ihm sagen, dass ich nicht allein war? Doch gut, dass Vesna heute Abend vorbeigeschaut hatte. Andererseits war ich ihm keine Erklärungen schuldig. „Komm rauf, aber ich bin nicht allein", rief ich in die Gegensprechanlage und drückte auf den Türsummer.

Warum nur hatte ich trotz allem dieses unbehagliche Gefühl? „Joe kommt, er ist aus Australien zurück", rief ich ins Wohnzimmer. Den Rest würde hoffentlich Vesna erledigen.

Schon stand mein Gelegenheitsgeliebter im Vorzimmer, küsste mich und fragte: „Wer ist da? Und wann gehen sie?"

Ich stellte die beiden Männer einander vor. Sie beäugten sich misstrauisch. Vesna zwinkerte mir zu, sie hatte es auch bemerkt. Ich grinste. Es war eigentlich ganz nett, auf diese Art im Mittelpunkt zu stehen. „Sie sehen diesem Volksmusikmoderator ähnlich", sagte Oskar Kellerfreund dann.

„Er ist es", sagte ich, „also sag lieber nicht, was du von volkstümlicher Unterhaltungsmusik hältst."

„Nur zu", erwiderte Joe, „schimpft, was das Zeug hält, ich kann's verstehen nach dieser Show in Australien. Lauter Irre. Die meisten von ihnen singen auch noch."

Es wurde dann doch ein gemütlicher Abend. Gegen drei in der Früh warf ich Vesna, Joe und Oskar hinaus. „Ich will nur mehr ins Bett." Oskar verzog den Mund und Joe wollte gerade etwas sagen, als ich hinzufügte: „Allein. Außerdem weiß Joe, dass ich nach Mitternacht unberechenbar bin. Das letzte Mal, als er so spät gekommen ist, habe ich noch zu kochen begonnen. Egal ob Joe wollte oder nicht, er hat erst schlafen gehen dürfen, nachdem er alle Gänge gelobt und aufgegessen hatte. Das willst du doch nicht noch einmal erleben, was Joe?"

Joe grinste. „So schlimm war es gar nicht."

„Was hat es zu essen gegeben?", fragte Oskar.

[11.]

Das Haus sah jenem in der Birkengasse 14 ähnlich. Es stand auch bloß zwei Straßen entfernt. Der markanteste Unterschied war, dass es hier eine sorgfältig renovierte hölzerne Veranda vor jeder der Wohnungen gab. An dieser Adresse hatte Elisabeth Mahler gewohnt, eine der Freundinnen, die der jungen Hanni Rosner zu ihrem Geburtstag und ihrer Reise nach Amerika gratuliert hatten. Der Name Mahler kam auf dem Klingelbrett nicht vor. Ich gähnte und läutete auf gut Glück bei Maier. Eine misstrauische Frauenstimme war durch die Gegensprechanlage zu hören.

„Ich suche nach Elisabeth Mahler, sie hat in den Dreißigerjahren in diesem Haus gewohnt."

„Sind Sie verrückt?"

„Wer kann das wissen? Ich meine: Wer kann wissen, ob und wo ich Frau Mahler finden kann?"

Stille. Es juckte mich, meinen Finger auf den Klingelknopf zu legen und einfach draufzubleiben. Statt dessen probierte ich es bei Nentwich. Es schien eine Gegend zu sein, in der Frauen freiwillig, unfreiwillig oder aus Altersgründen am Vormittag zu Hause waren.

„Ja?"

„Entschuldigen Sie, in den Dreißigerjahren hat hier ein junges Mädchen mit dem Namen Elisabeth Mahler gewohnt. Wissen Sie, was aus ihr geworden ist?"

Schweigen am anderen Ende. „Mahler? Da kenne ich nur den

Komponisten, natürlich nicht persönlich, wenn Sie verstehen, was ich meine. Ist sie mit Mahler verwandt gewesen?"

„Keine Ahnung."

„Tja, leider ..."

„Wer könnte es wissen? Wer wohnt am längsten im Haus?"

„Familie Zirler, den Zirlers gehört das Haus."

Ich bedankte mich und probierte es bei Zirler. Wieder eine Frauenstimme. Die Gegensprechanlage machte es mir unmöglich, ihr Alter einzuschätzen. Ich wiederholte meinen Spruch.

„Es tut mir Leid, aber hier wohnt niemand, der Mahler heißt."

„Wahrscheinlich hat sie geheiratet."

„Wir haben das Haus in den Sechzigerjahren gekauft. Und alle unsere Mieter sind danach gekommen. Tut mir Leid. Aber seltsam, vor einigen Wochen hat schon einmal jemand nach einer Frau Mahler gefragt."

„Wer? Eine Frau? Ein Mann?"

„Eine Frau, sie hat mit starkem englischen Akzent gesprochen. Ich habe ihr auch nicht helfen können."

Ich starrte auf das weiß verputzte Gebäude mit seinen grünen Holzveranden. Vor mehr als sechzig Jahren hatte Elisabeth Mahler hier gewohnt. Wo war sie jetzt? Und: War Jane Cooper ebenso vor diesem Haus gestanden wie ich?

„Haben Sie mit ihr ausführlicher gesprochen?"

„Nein, nur durch die Gegensprechanlage, wie mit Ihnen. Warum?"

Der nächste Brief an Hanni Rosner führte mich in ein großes, vom Alter und vom Ruß schwarz gewordenes Mietshaus an einer der Hauptstraßen des Bezirks. Ich sah mutlos die sieben Stockwerke nach oben. Wo sollte ich beginnen? Dann erinnerte ich mich an Vesnas Methoden und probierte es bei der Hausbesorgerin. Volltreffer.

Sie kam sogar selbst zur Eingangstür und erzählte mir, dass Hedi Klein seit einigen Jahren im Altersheim Willhelminenhöhe lebte. „Sie heißt aber schon lange nicht mehr Klein, sondern Leitner. Sie hat einen Herrn Leitner geheiratet, aber das war noch lange vor meiner Zeit. Vor ein paar Jahren ist der alte Herr Leitner dann gestorben und Frau Leitner ist ins Altersheim." Sie fuhr sich durch ihre rot gefärbten Haare.

„Was wollen Sie von ihr?"

„Woher wissen Sie dann, dass sie früher Klein geheißen hat?"

„Na von ihr natürlich. Wir haben viele alte Leute im Haus und sie reden alle gerne. Haben ja nicht mehr viele Verwandte oder so. Ich setze mich eben zu ihnen und höre ihnen zu. Ich weiß gar nicht, was die Hausverwaltung machen wird, wenn ich nächstes Jahr in Pension gehe."

Neben den Containern für Altpapier lagen Zeitungen und einige Papierknödel. Das Stiegenhaus roch muffig. Die Hausverwaltung würde wohl doch nicht ganz verzweifelt sein, wenn die Frau in Pension ging. Andererseits: Vielleicht war es wichtiger, mit den Leuten zu reden als zu putzen. Mag sein, dass ihre Gesprächigkeit mehr der Neugier als einer karitativen Neigung entsprang, aber das war vereinsamten Seelen eher egal.

„Hat vor einigen Wochen eine junge Amerikanerin nach Frau Klein gefragt?"

Kopfschütteln. „Ich kann ja gar kein Amerikanisch. Mein Sohn schon, aber der ist schon seit langem nicht mehr da. Der ist jetzt bei der Bundesbahn. In der Verwaltung."

Ich zeigte mich gehörig beeindruckt und verabschiedete mich.

Ins Altersheim würde ich fahren, nachdem ich die dritte Adresse abgeklappert hatte. Eine schmale und selbst am hellen Vormittag schattige Seitengasse kurz vor dem Wiener Gürtel. Die Abgase, der Lärm, der Staub und der Schmutz dieser Hauptverkehrsader waren deutlich wahrnehmbar. Ich wusste es, als ich das Haus sah. Hier würde ich Franziska Rothkopf nicht finden. Dieses Gebäude war wie einige andere in seiner Umgebung erst nach dem Krieg errichtet worden. Vis-à-vis, in einem deutlich älteren Haus, war eine Tabaktrafik. Ich öffnete die Türe, das in solchen Geschäften noch immer übliche Klingeln zur Ankündigung eines Kunden war zu hören. Aus dem Hinterzimmer kam ein alter Mann.

„Ich suche eine Frau, die vor mehr als sechzig Jahren im Haus gegenüber gewohnt hat. Franziska Rothkopf heißt sie, damals war sie noch ein junges Mädchen."

„Lassen Sie mich in Ruhe." Eine halb gerauchte Zigarette wippte im Mundwinkel mit. „Oder wollen Sie etwas kaufen?"

„Wissen Sie, was aus ihr geworden ist?"

„Ich helfe nur aus. Mein Sohn hat das Geschäft übernommen."

„Es muss eine Familie gewesen sein, Familie Rothkopf."

„Da haben viele gewohnt. Ich will meinen Frieden. Das habe ich der Amerikanerin auch schon gesagt. Aber die hat mich gar nicht verstanden, so schlecht hat die Deutsch gesprochen."

„War das eine junge Frau mit brünetten Haaren, schlank, wahrscheinlich in Jeans?"

„Keine Ahnung. Das geht Sie nichts an und mich auch nicht. Ich kümmere mich lieber um meine eigenen Angelegenheiten. Wollen Sie was kaufen?"

Ich nahm zehn Kurzparkscheine und machte damit einen Fehler.

„Daran verdienen wir nichts, gar nichts. Ich habe meinem Sohn schon gesagt, dass wir die Parkscheine auflassen. Und jetzt gehen Sie."

„Sie kannten Franziska Rothkopf, nicht wahr?"

„Mit Sicherheit nicht. Sie sehen ja, dass die alten Häuser gar nicht mehr stehen. Die sind alle zerbombt worden." Er ging wieder in das Hinterzimmer und ließ mich allein zurück. Zumindest hatte er nicht den Eindruck, ich würde stehlen. Ich griff nach einer Tageszeitung und wollte einen Blick auf die Schlagzeilen werfen.

„Hände weg!", kam es von drinnen, „wir haben einen Spiegel und ich kann Sie beobachten."

Jetzt noch die Adresse von Margarethe Burger. Sie hatte nicht verstanden, dass Hanni nach dem Krieg nicht mehr nach Wien zurück wollte. Dass sie jeden Kontakt zu ihrer Muttersprache und zu ihrem Geburtsland abbrechen wollte. Allen sei es doch schlecht gegangen, hatte sie geschrieben. Ein hohes Gründerzeithaus. „Burger" stand als dritter Name von oben auf dem Klingelbrett. Hier schien ich mehr Glück zu haben. Immerhin stammte der Kontakt ja auch aus der Zeit nach dem Krieg. Ich läutete. „Ja?“, knarrte es aus der Gegensprechanlage.

„Frau Burger? Wohnt hier Margarethe Burger?“

„Nein, ich bin Marion Burger. Wenn Sie mit Margarethe Burger meine Schwiegermutter meinen, dann tut es mir Leid. Die ist seit zwei Jahren tot.“

Das hörte sich nicht eben nach tiefer Trauer an. Aber zwei Jahre waren eben eine lange Zeit. „Haben Sie noch Erinnerungen an sie? Alte Fotos? Briefe? Könnte ich einen Sprung hereinkommen?“

„Nein, können Sie nicht. Da gibt es nichts mehr, wir haben den ganzen Krempel dem Roten Kreuz gegeben, die haben die Wohnung geräumt und dann sind wir eingezogen. Was ist mit meiner Schwiegermutter? Vor ein paar Wochen hat schon einmal jemand nach ihr gefragt.“

„Und haben Sie damals mit der Person geredet?“

„Die konnte kaum Deutsch, die habe ich erst gar nicht hereingelassen. Man ist heute ja nicht mehr sicher, bei all den Ausländern.“

„Es war eine Amerikanerin. Sie ist ermordet worden. Sie war die Enkelin von Hanni Rosner. Und Hanni Rosner war eine Freundin ihrer Schwiegermutter. Sie ist in die USA emigriert.“

„Also davon weiß ich nichts.“

„Könnte Ihr Mann etwas wissen?“

„Glaube ich nicht.“

„Könnte ich nicht doch kurz hereinkommen?“

„Nein, wozu?“

„Schreiben Sie sich meine Telefonnummer auf und bitten Sie ihren Mann sich zu melden, falls ihm etwas einfällt.“

Sie seufzte. „In Ordnung. Geht schon.“

Ich gab ihr meine Nummer durch und war mir nicht sicher, ob sie sie auch tatsächlich notierte.

Eigentlich war es höchste Zeit, in die Redaktion zu fahren und meine Story zu schreiben. Aber trotz der vielen neuen Fakten, der möglichen Spekulationen und der Chance, Ulrike zu entlasten, fehlte mir noch etwas. Was ich suchte, war eine direkte Verbindung zu Janes Großmutter, nicht in New York, sondern hier in Wien. Jemand, der sie als junges Mädchen gekannt hatte, der die Zeit miterlebt hatte, der von ihren Eltern wusste. Lächerlich, würde mein Chefredakteur sagen. Es ging nicht um Janes Großmutter, sondern um die Mordfälle Jane Cooper und Peter Zimmermann.

Ich setzte mich trotzdem ins Auto, ließ mir via Mobiltelefon von unserer Redaktionssekretärin die Adresse des Altersheims heraussuchen und fuhr hin.

Eine Pflegeschwester führte mich durch die mit gelbem Linoleum belegten Gänge. In einer Aufenthaltsecke, die ohne Türen an den letzten der Gänge anschloss, standen helle, billige Holzstühle, einige Resopaltische. Ein dürrer grauer Greis in einem Rollstuhl bewegte seinen Kopf hin und her, immer im gleichen Takt. Er wirkte wie ein verzauberter trauriger Elefant. Menschen, die mich neugierig musterten. Andere, die mich nicht einmal wahrzunehmen schienen. Die Geruchsmischung aus Desinfektionsmitteln und Kartoffelsuppe nahm mir beinahe den Atem.

Die Schwester führte mich an einen Tisch, an dem drei Frauen saßen. Die eine konnte ihre Hände nicht ruhig halten, Parkinson'sche Krankheit, nahm ich an. Die anderen beiden starrten mich wortlos an.

„Frau Leitner", rief die Schwester mit enormer Lautstärke, „Sie haben Besuch."

Die Angesprochene kniff die Augen zusammen und sah mich weiter an.

„Sie ist nicht immer ganz da, wenn Sie verstehen, was ich meine", sagte die Schwester noch immer in derselben Lautstärke. Ich empfand es als entwürdigend, peinlich. Die Schwester drehte sich um und verschwand. Ich räusperte mich. Mit Alter und Krankheit hatte ich wenig Erfahrung, und ich gebe zu, meine größte Sorge war, dass jemand von diesen betagten Mitmenschen im nächsten Moment kollabieren könnte.

Frau Leitner trug einen rosa Morgenrock. Unvermittelt griff sie nach meiner Hand. „Du bist aber nicht Claudia, oder?“, sagte sie dann. Ich schüttelte stumm den Kopf.

Die Frau mit der Parkinson'schen Krankheit sagte mit klarer Stimme: „So nehmen Sie sich schon einen Stuhl und sagen Sie, wer Sie sind und was Sie wollen. Wir sind keine Idioten, nur weil wir schon etwas älter sind. Oder zumindest nicht alle von uns sind deppert. Claudia ist ihre Tochter, sie hat sie schon lange nicht mehr besucht. Daran, dass sie auch einen Sohn hat, kann sie sich gar nicht mehr erinnern. Kein Wunder, der kommt nicht einmal zu Weihnachten.“

Ich setzte mich. „Frau Leitner“, begann ich, „kennen Sie eine Hanni Rosner?“

„Hanni?“ Sie sah mich mit sanften, beinahe farblosen Augen an. „Ist sie zurück?“

„Nein, aber erzählen Sie mir von ihr.“

„Sie ist nach Amerika gegangen. Und ich habe geheiratet.“

„Wie war das, als Hanni wegging? Und was war mit ihren Eltern?“

„Meine Eltern sind tot.“

„Mit Hannis Eltern?“

„Die sind auch tot.“

„Warum?“

„Weil sie alt waren. Hanni war noch jung, jünger als ich. Und dann ist sie weggegangen.“

„Warum wollen Sie etwas von diesen alten Geschichten wissen?“, fragte die Parkinson-Frau. „Sie verwirren Hedi nur noch mehr, lassen Sie sie in Ruhe.“

Die dritte Frau am Tisch starrte mich weiter wortlos an. Ich versuchte mich zu konzentrieren. „Wissen Sie, wo Frau Leitner während des Krieges war?“

„Unsinn, woher soll ich das wissen.“ Sie wandte sich ihrer Sitznachbarin zu: „Weißt du, was du im Krieg gemacht hast?“

Hedi Leitner zuckte mit den Schultern. „Geheiratet habe ich. Weil ja Krieg war und ich eine halbe Jüdin bin. Einen Arier habe ich geheiratet, der hat mir geholfen. Aber ich war ihm zu dankbar. Nach dem Krieg ist er dann gegangen. Aber das war viel später. Und er hat mir immer Geld geschickt. Und dann hab ich noch einmal geheiratet. Herrn Leitner.“

Ich sah die Frau mit den zitternden Händen fragend an. „Keine Ahnung“, sagte sie, „vergessen Sie es.“

Einen Versuch noch. „Frau Leitner, hat die Enkelin von Hanni Rosner mit Ihnen geredet?“

„Hanni Rosner war jung.“

„Eine junge Amerikanerin. Vielleicht hat sie Ihnen Fotos gezeigt. Oder Briefe. Sie haben doch einen Brief an Hanni nach Amerika geschrieben?“

„Ja, natürlich. Ich habe ihr zum Geburtstag gratuliert. Sie ist nach Amerika gegangen. Danach habe ich ihr noch einmal geschrieben. Aber das Mädchen hat ihr gar nicht ähnlich geschaut. Hanni war bildschön. Das Mädchen hat fast nur englisch geredet. Ich habe Englisch gelernt, damals am Gymnasium. Wir waren nicht hinter dem Mond, damals. How do you do?“

„Und Sie haben mit dem Mädchen über Hanni geredet?“

„In der Schule? Hanni war ja selbst in der Schule. Drei Klassen unter mir.“

„Nein, mit der jungen Amerikanerin, die Hannis Enkeltochter war.“

„Kommt sie wieder?“

„Nein, ich glaube nicht.“

Ein enttäuschter Zug breitete sich auf ihrem Gesicht aus. „Schade. Ich kann noch Englisch.“

„Was hat sie erzählt?“

„Wer?“

„Also hören Sie schon auf, sie zu quälen. Was soll das Ganze überhaupt?“

Ich machte eine Kopfbewegung in Richtung Frau Leitner. Ich wollte ihr nicht alles erzählen, es wäre mir unbarmherzig erschienen. Die Parkinsonkranke verstand, nickte, packte sich eine Krücke und stand schwerfällig auf. „Wir kommen gleich wieder.“

Ich erzählte ihr in groben Zügen, was ich wusste. Sie nickte ein paarmal. „Wir reden lange nicht so viel von der Vergangenheit, wie Sie vielleicht glauben“, sagte sie dann. „Wir haben genug mit unserer jetzigen Existenz zu tun: Mit Krankheiten, mit den netten und den weniger netten Pflegerinnen. Und mit der Sauerei, dass wir nur mehr in einem einzigen kleinen Raum rauchen dürfen. Ich weiß wenig über Hedis Vergangenheit. Aber wenn es etwas gibt, das Sie interessieren könnte, dann rufe ich Sie an.“

Eine philippinische Schwester kam vorbei. „Sie dürfen nicht so stehen, Frau Tomas“, tadelte sie sanft.

„Quatsch“, antwortete die Parkinson-Frau. „Wenn ich umfalle, dann fall ich eben um.“

Ich hatte für die Story bloß eine Doppelseite bekommen. Die Aufregung am nächsten Tag bewies allerdings, dass sie bemerkt worden war. Korrespondenten von US-Medien wollten mich sprechen, Bernkopf drohte das „Magazin“ mit Klagen einzudecken, die linke Opposition warf der Polizei die bewusste Verschleppung der Aufklärung der beiden Mordfälle sowie der Regierung mangelhafte Sensibilität im Umgang mit der Nazivergangenheit vor, die rechte Regierungspartei forderte die Polizei auf, den Mörder im Kreis linksextremer Provokateure zu suchen. Der Kanzler plädierte für Gelassenheit. Ich gab drei Interviews für amerikanische Fernsehanstalten und lehnte das Angebot eines Sensationsblattes ab, mit einem deutschen Neonazi über den Holocaust zu diskutieren. Von einem Tag auf den anderen galt ich als engagierte Kämpferin gegen Rechtsextremismus und für die Vermögensrückgabe an Naziopfer, als linksradikale Hetzerin oder heldinnenhafte Antifaschistin – je nach politischem Standort eben. Ulrike rief mich an um sich zu bedanken. Oskar Kellerfreund rief an um mich zum Essen einzuladen. Joe rief an um sich für eine weitere Fernsehproduktion nach Berlin zu verabschieden. Sogar mein Vater rief an und bat, mich „bei diesem Thema“ nicht so weit hinauszulehnen. „Du bist zu jung um das zu verstehen. Außerdem scheinen diese Mordsachen eine fixe Idee von dir zu sein.“

So als ob ich mir Morde herbeiwünschen würde.

„Denk daran, dass der Ministerialrat Bernkopf ein anständiger Mann ist."

„Kennst du ihn?"

„Nein, aber per Zufall habe ich heute mit einem alten Freund gesprochen und der kennt ihn gut. Über alle moralischen Zweifel erhaben. Ein ausgezeichneter Beamter, der schon bald Sektionschef werden soll. Du spielst das Spiel seiner politischen Gegner, wenn du ihn so grundlos beschuldigst."

Das Netz der Partei- und Vereinsfreundschaften hält eben.

„Ich schreib nur, was wahr ist", murmelte ich und bemühte mich, nicht wütend zu werden.

„Als ob du wüsstest, was die Wahrheit ist. Sei vorsichtig, ich will ja nur dein Bestes."

Ich glaubte ihm ja. Aber was mein „Bestes" war, darüber waren wir eben meist sehr unterschiedlicher Ansicht. „Wir sehen uns bei deiner Geburtstagsfeier."

Agenturmeldungen verkündeten, dass die wöchentliche Demonstration gegen unsere Regierung diesmal am Haus in der Birkengasse 14 vorbeigeführt werden sollte. Eine Aktivistin rief an und fragte, ob ich vor dem Haus eine Rede halten wolle. Ich lehnte gerade kurz angebunden ab, als der Chefredakteur an meinen Schreibtisch kam, mir ohne Rücksicht auf das Telefongespräch auf die Schulter klopfte und so, dass es alle im Großraumbüro hören konnten, rief: „Was ich gesagt habe: Diese Story wird einschlagen!"

Am späten Nachmittag wurde es ruhiger. Die morgigen Zeitungsausgaben gingen in Druck, die ersten Radio- und Fernsehbeiträge waren bereits ausgestrahlt worden. Anders als es die aufgeregten Reaktionen hatten vermuten lassen, hielt zumindest der öffentlich-rechtliche Rundfunk seine Berichterstattung sehr kurz. Von Jane Cooper war kaum die Rede, mehr Platz nahm der alte Parteienstreit über die Frage ein, wie viel Geld es für welche Naziopfer geben sollte.

Noch einmal läutete das Telefon. Es war mein Kollege von „Boston Today". Er hatte bei der Pressekonferenz mit Ulrike die Frage nach politischen Mordmotiven gestellt.

„Ich sitze im Flugzeug“, begann er, „in drei Stunden bin ich in Wien. Ich möchte Sie unbedingt treffen. Also habe ich doch Recht gehabt mit meiner Vermutung, es handelt sich um eine politische Sache.“

Das erschien mir relativ unpräzise, immerhin hatten sich seine Vermutungen auf irgendwelche durchgeknallten Neonazis bezogen und von denen konnte ich zum Glück weit und breit keine entdecken. „Ich habe heute schon etwas vor.“

„Wir werden zusammenarbeiten. Ihr ‚Magazin‘ und unsere Zeitung. Das ist gut für Sie.“

Für mich? Bestenfalls für das „Magazin“. Zu einer Überidentifikation mit meinem Arbeitgeber sah ich keinen Grund. Das Abendessen mit Oskar Kellerfreund hatte ich mir redlich verdient. Er hatte angekündigt, mir ein neues, seiner Meinung nach exzellentes russisches Lokal zu zeigen. „Ich gehe russisch essen. Wir können uns morgen treffen.“

Die Botschaft schien nur teilweise beim Empfänger angekommen zu sein. „Die Russen? Sie haben auch mit dieser Sache zu tun?“

„Ja, und Freud persönlich auch, aber sagen Sie’s nicht weiter.“

„Wie bitte? Ich verstehe nicht. Hallo! Hallo!“

Ich hängte ein und wollte mich möglichst rasch aus dem Staub machen. Jeder Mensch hat ein Recht auf Privatleben. Wenn ich die ganze Geschichte schon nicht vergessen konnte, dann würde ich darüber lieber mit Oskar bei einem ausführlichen Essen reden als mit diesem Bostoner Redakteur.

Der Portier unseres Bürohauses hielt mich auf. „Sie haben Ihr Handy abgeschaltet“, sagte er streng.

„Ja“, erwiderte ich und lächelte. „Das ist nicht verboten, wissen Sie?“ Unser alter Portier war vor kurzem in Pension gegangen. Er war großartig gewesen. Und mit einer guten Flasche Wein leicht zur Zusammenarbeit zu bewegen. Sein Nachfolger war ein widerlicher Kriecher, der sich allmorgendlich vor den Chefs verbeugte. Die Verbeugung vor dem Herausgeber war die tiefste, dann folgte die Verbeugung vor dem Verwaltungsdirektor. Unser Chefredakteur kam gleichauf mit dem Werbeleiter an dritter Stelle.

„Die Chefredaktion lässt ausrichten, Sie mögen noch einmal nach oben kommen."

Ich knurrte etwas Unverständliches und ging zurück zum Lift.

Ein kleiner Deal unter Chefredakteuren und ich kam zum Handkuss. „Boston Today" würde das „Magazin" zitieren, dafür sollte ich mit meinem Kollegen aus Boston zusammenarbeiten. Ich konnte mir zwar nicht vorstellen, was es einem österreichischen Wochenmagazin bringen sollte, in Boston zitiert zu werden, aber mein Chefredakteur war von der Idee geradezu begeistert. Also sagte ich mein Abendessen mit Oskar Kellerfreund ab und fuhr zum Flughafen.

Er war einer der Ersten, die aus dem Ankunftsbereich kamen. Seine kurz geschnittenen dunkelbraunen Haare und die khakifarbene Tasche verliehen ihm etwas Militärisches. Auf dem Weg zu seinem Hotel erzählte ich ihm alles, was er noch nicht wusste, aber bereits öffentlich war. Meine Gedanken und meine Detailinformationen behielt ich für mich.

Er checkte ein und bestellte sich an der Bar ein Mineralwasser ohne Kohlensäure. Ich ließ mir einen doppelten Whiskey kommen.

„Das ist ungesund", sagte er.

Ich prostete ihm zu. Ich hatte genug von seinen krausen politischen Theorien. Natürlich war die Sache mit dem arisierten Vermögen politisch, aber nicht so, wie er sich das vorzustellen schien. Die größte Freude hätte ich ihm wohl mit einem leibhaftigen Neo- oder auch Altnazi machen können. Vielleicht aber auch nicht. Er schien ohnehin alle Menschen in Österreich entweder für Nazis oder für jüdische Opfer zu halten. Dafür oder dagegen – darauf lief es hinaus. Dazwischen gab es nichts, da wurde kein Pardon gegeben. Gab es etwas dazwischen? Ich nahm einen großen Schluck. Entweder war man auf der Seite der Täter oder auf jener der Opfer. Die, die sich lieber heraushalten wollten, machten sich mitschuldig, weil sie die Schuld nicht sehen wollten. Die meisten wollten sich heraushalten. Das war in Österreich immer schon so gewesen. War auch bequemer so. Ich nahm noch einen Schluck. Einfach war die Sache nicht. Mein Kopf brummte. Es war ein harter Tag gewesen.

Der Journalist nannte Zeugen für seine These, dass in Österreich die Nazizeit nie ganz aufgehört hatte. Immerhin sei ein SS-Kriegsverbrecher zum Bundespräsidenten gewählt worden.

„Vorher war er UNO-Generalsekretär."

„Aber da wusste niemand von seiner Vergangenheit."

„Ein ‚Kriegsverbrecher' im engeren Sinn war er nicht, das hat auch die Historikerkommission festgestellt."

Absurd. Ich war drauf und dran unseren ehemaligen Präsidenten zu verteidigen. Damals hatte ich gegen ihn demonstriert.

Der amerikanische Journalist legte mir den Arm um die Schultern. „Wir werden den Mörder finden, Mira."

Ich hasse es, von Fremden angegriffen zu werden, und zuckte zurück. Er zuckte auch und entschuldigte sich. „Sorry, ich wollte Ihnen nicht zu nahe treten. Es war nicht sexistisch gemeint."

Ich musste wider Willen grinsen. Die politische Korrektheit trieb seit einiger Zeit in den USA seltsame Blüten. Aber offenbar war es für die meisten Männer eben bequemer, jeden Körperkontakt mit Frauen zu unterlassen, als darauf zu achten, welche Signale von der Frau ausgingen.

„Wir werden den Mörder finden. Ich sage Ihnen, Mira, er wird bei den Nazianhängern zu finden sein. Alles passt zusammen."

Ich hatte es längst aufgegeben, ihm zu widersprechen. Er schien keinen Alkohol zu brauchen, um sich andauernd zu wiederholen. Also schüttelte ich bloß den Kopf und sah auf die Uhr.

„Er muss seine gerechte Strafe bekommen. Es muss ein Exempel statuiert werden. Die Leute hier müssen endlich begreifen, dass Antisemitismus kein Kavaliersdelikt ist. Und dass solche Morde so streng wie möglich bestraft werden müssen. Es ist ein Fehler, dass es in Ihrem Land keine Todesstrafe gibt."

Ich glaubte, mich verhört zu haben. „Die Todesstrafe?"

„Natürlich. Wie sonst soll man vorsätzlichen Mord rächen? Noch dazu Mord mit solchen Motiven? Die Todesstrafe gibt es nur nach einem gründlichen Verfahren, das versteht sich von selbst. Aber glauben Sie mir, es sind keine Unschuldigen, die hingerichtet werden. Ihre Schuld wurde mehrfach erwiesen."

„Sie sind also Antifaschist und für die Todesstrafe?"

Jetzt sah er überrascht aus. „Natürlich. Ich bin doch kein Pazifist."

„Bei den Nazis hat es die Todesstrafe gegeben."

„Beleidigen Sie unser Land nicht, das ist etwas ganz anderes. Wir sind eine Demokratie und bei uns wurde die Todesstrafe von den gewählten Volksvertretern beschlossen. Auch wenn viel Propaganda dagegen gemacht wird."

„Der Staat darf also entscheiden, wen er tötet?"

„Natürlich, nach einem gründlichen rechtsstaatlichen Verfahren."

„Und das Problem war für Sie bloß, dass die Nazis für die Juden kein solches rechtsstaatliches Verfahren entwickelt haben."

Er reagierte empört. „Hören Sie sofort damit auf, die Todesstrafe mit dem Holocaust gleichzusetzen."

„Ich setze sie nicht gleich, ich glaube nur nicht daran, dass der Staat töten darf", sagte ich sanft und trank meinen dritten Whiskey aus. „Ich halte Menschen für unglaubwürdig, die alle Österreicher für Nazis halten und gleichzeitig nach der Todesstrafe schreien." Ich stutzte. „Was ist eigentlich mit den Österreicherinnen? Halten Sie die auch für Nazis?"

Er sah mich überrascht an. „Ich weiß nicht ... Frauen waren wohl immer dabei."

„Aber nicht in der Lage, selbst politisch zu handeln. Selbst Nazis zu sein."

„Es hat Wärterinnen gegeben und so ... aber das waren wohl eher Mitläuferinnen." Er stutzte. „Hitler war ein Mann", sagte er dann und sah mich triumphierend an.

„Die Typen, die in den USA für die Todesstrafe sind, sind auch mehrheitlich Männer. Und die Medienleute, die dafür sind, auch. Und die Politiker, die daran festhalten, auch."

„Täuschen Sie sich nicht. Bei uns gibt es eine Menge vernünftiger Frauen, die für die Todesstrafe sind."

„Und gegen die Abtreibung?"

„Ja, natürlich."

„Das sind dann die gleichen, die Österreich vorwerfen ein Naziland zu sein."

Ich spürte, wie ich von Sekunde zu Sekunde zur pazifistischen, antifaschistischen Feministin wuchs. Gar kein übles Gefühl, es den Typen zu zeigen. Den Ignoranten da in Österreich und den überheblichen Besserwissern in den USA. Allerdings lehnte bloß dieser mickrige Journalist über seinem vierten Mineralwasser an der Theke. Der Barkeeper polierte mit solcher Hingabe Gläser, dass er wohl nichts mitbekam. Dass meine Lust an konkretem Engagement auch immer durch die real existente Umgebung gebremst wurde. Ich grinste etwas. Selbstgerechtigkeit war mir ein Gräuel. An absolute Wahrheiten glaubte ich nicht. Aber ein paar Werte wollte ich hochhalten, höher als bisher.

„Danke", sagte ich zum sprachlosen Vertreter der „Boston Today", ließ mir eine Rechnung geben und ging.

Im Hotelfoyer kaufte ich die neueste Ausgabe vom „Blatt". Diesmal hatte ich die Nase vorne gehabt. Hugo war mit Sicherheit gekränkt gewesen, als er mir die Story hatte nachschreiben müssen. Vergönnt. Auf dem Weg zur Hotelgarage las ich die Titelzeile auf Seite zwei: „Hetzkampagne gegen Hausbesitzer". Schon wollte ich weiterblättern, als mir zu Bewusstsein kam, dass damit Bernkopf gemeint war. Ich blieb stehen.

„Wüsten politischen Angriffen sah sich Ministerialrat B. von Seiten der linken Opposition und der Berichterstattung des ‚Magazin' ausgesetzt. Er wurde in die Nähe des Psycho-Mordes an der US-Amerikanerin Jane Cooper (22) und dem Wiener Psychiater Peter Zimmermann (37) gebracht. Dem Ministerialrat, dem von allen Seiten vollstes Vertrauen entgegengebracht wird, war unter anderem vorgeworfen worden, bei seinem Haus handle es sich um unrechtmäßig erworbenen ehemals jüdischen Besitz.

Stadtrat Bierbauer dazu: ‚Es ist erwiesen, dass die Eltern des überaus geschätzten Ministerialrates das Haus rechtmäßig erworben haben. Es geht um eine linke Hetzkampagne gegen österreichische Haus- und Wohnungsbesitzer. Wir werden sie vor den unqualifizierten Angriffen zu schützen wissen. Noch leben wir zum Glück in einem Rechtsstaat.‘

Dem Vernehmen nach soll sich ein US-Anwalt bereits auf dem Weg nach Wien befinden, um gegen eine Reihe österreichischer Hausbesitzer zu prozessieren. Gefordert wird von seinen jüdischen Klienten die sofortige Herausgabe aller Güter, die sich angeblich im Eigentum ihrer Verwandtschaft befunden haben.

Stadtrat Bierbauer: ‚Wieder einmal wollen linksextreme Vernaderer unser Land in Misskredit bringen. Die Sicherheitspolizei wird gut beraten sein, zu überprüfen, ob es nicht gerade diese Kreise sind, die mehr mit den Morden zu tun haben.‘

Jüngsten Informationen zufolge soll auch eine so genannte Ausländerberatungsstelle in den Fall verwickelt sein.

Die Polizei bestätigte, dass auch in den einschlägigen Milieus rund um solche Beratungsstellen sowie weiterhin im Umfeld von Wiener Psychologen, Psychiatern und dem Freud-Museum ermittelt werde. Die Verdächtige Ulrike M. befindet sich jedoch weiterhin auf freiem Fuß.

‚Am besten‘, so Stadtrat Bierbauer launig im Exklusiv-Gespräch mit dem ‚Blatt‘, ‚wäre es, amerikanische Anwälte und ihre vom Verfolgungswahn gepackten Klienten nähmen sich ein paar österreichische Psychiater mit nach Hause und ließen uns in Ruhe.‘“

Ich stand im Stiegenabgang zur Hotelgarage und überlegte. Hatte Hugo diesen Unsinn geschrieben, weil er mir eins auswischen wollte? Weil es einfach nicht so aussehen durfte, als sei ich schneller gewesen? Vielleicht auch deswegen. Unsere kurze Affäre war seit beinahe zehn Jahren Vergangenheit. Damals war er noch Radioredakteur gewesen. Und davon überzeugt, dass es seine Aufgabe sei, Menschen zu informieren. So gut es eben ging. Beim größten Sudelblatt des Landes verdiente er mit Sicherheit das Fünffache. Offenbar hatte die Umgebung sehr rasch sein Bewusstsein verändert. Erschreckend, wie leicht das möglich war.

Im Fernseher lief ein Actionfilm. Ein schwarzer Sportwagen raste in eine Mauer, ein Feuerball, eine noch größere Explosion im Haus dahinter, ein Mann, ebenfalls ganz in Schwarz, stürmte mitten durch die Flammen, zog einen Revolver, ging hinter einer Mülltonne in Deckung. Ich gähnte und drehte wieder ab.

Gismo saß auf dem Tisch und putzte sich. Sinnlos, sie zu vertreiben. In zwei Minuten würde sie wieder oben sein. Ich war ohnehin allein zu Hause. Besser, meine Dressurversuche auf die Zeit zu beschränken, in der ich Publikum hatte. Gismo gähnte auch.

Zum Schlafen war ich zu unruhig. Ich sollte endlich einen Termin mit dem Internisten vereinbaren, den mir Ulrikes Freund empfohlen hatte. Für alle Fälle. Ich spürte mein Herz schlagen. Mir war lieber, es schlug, ohne dass ich es bemerkte. Peter Zimmermann war vergiftet worden. Botulinus, seltsames Gift. Lebensmittelgift. Essen. Ich hatte in der Hotelbar bloß einen Sandwich gegessen.

Ich wollte mich ablenken. Ein kleiner Mitternachtsimbiss. Etwas Leichtes. Die Gurke im Kühlschrank war noch fest und knackig. Ich schnitt sie längs in hauchdünne Streifen und belegte damit den größten Teller, den ich fand. Etwas Salz, etwas groben schwarzen Pfeffer, ein paar Tropfen Zitronensaft, ein paar Tropfen Olivenöl.

Bernkopf hatte offenbar gute Beziehungen. Und er schien sie zu nützen, um Verwirrung zu stiften. Ob man dem „Blatt" glauben würde, dass linke Provokateure dahinter steckten? Es war völlig unlogisch. Aber es war wieder einmal ein Spiel mit der Angst. Hausbesitzern, Wohnungsbesitzern wurde die Botschaft vermittelt, dass sie sich vor amerikanischen Anwälten in Acht nehmen sollten. Und vor denen, die ihnen die Aufträge gaben. Vor einiger Zeit hatte es Verhandlungen über Entschädigungszahlungen für Zwangsarbeiterinnen und Zwangsarbeiter gegeben. Ob sie das Geld schon bekommen hatten? Wahrscheinlich war es Janes Vater gewesen, der mit dem „Blatt" geredet hatte. Statt ihm zu helfen, hatten sie die Sache zu einem Angriff gegen alle Hauseigentümer aufgeblasen. Die Opfer der Nazizeit und ihre Nachkommen wurden so plötzlich zur Bedrohung stilisiert.

Ich nahm ein Stück Thunfischfilet aus dem Gefrierschrank und schnitt es ebenfalls in hauchdünne Scheiben. Der Fettanteil war hoch genug, dass das mit einer guten Schneidemaschine auch im fest gefrorenen Zustand kein Problem war.

Bernkopf hatte bei weitem das beste Motiv. Ich gab den Rest des Thunfischs zurück in das Gefrierfach. Auch wenn es mit Sicherheit nicht so einfach war, ihm das arisierte Haus wegzunehmen. Wie war das eigentlich nach dem Krieg gewesen? Hatten die zurückgekehrten Juden ihren Besitz wiederbekommen? Höchste Zeit, das zu recherchieren. Eigentlich wusste ich über die konkreten Auswirkungen des Naziregimes wenig. Erst die Briefe von Hannis Eltern hatten in mir das Gefühl geweckt, dass es um mehr ging als um abstrakte Gerechtigkeit. Es ging ums ganz konkrete Leben und um ganz konkrete Schicksale. Millionenfach. Ähnlich und sehr verschieden zugleich.

Ich legte die Thunfischscheiben über die Gurken, beträufelte das Ganze noch einmal mit etwas Öl und holte ein Stück Parmesan aus dem Kühlschrank. Die Überheblichkeit des Bostoner Journalisten war jedenfalls unerträglich gewesen. Natürlich hatte er mit vielem Recht, aber eben nicht mit allem. So einfach war die Sache nicht. Außerdem sollten sie sich in den USA lieber um ihre eigene miese Politik kümmern. Mit dem Käsehobel schnitt ich hauchdünne Parmesanstücke ab und legte sie auf den Thunfisch. Noch etwas Pfeffer. Wurde ich etwa langsam zur Patriotin? Wir sind wir und die anderen haben sich nicht einzumischen? Dabei war mir Patriotismus immer schon auf die Nerven gegangen. Hier und auch in den USA. Mein Vater hatte am Nationalfeiertag alljährlich im Garten die österreichische Flagge aufgezogen. Die ganze Familie war zu diesem Zweck versammelt worden. Einmal waren auch Medienleute dabei gewesen. Ich muss damals wohl etwa zehn Jahre alt gewesen sein, aber mir war aufgefallen, wie der eine Journalist spöttisch das Gesicht verzog. Bis heute war mir unklar, weshalb man an gewissen Tagen eine Fahne hissen sollte. Wir leben in Österreich. Andere leben in den USA. Und wieder andere in Bangladesh. Glück für mich, dass nicht ich es bin. Grenzen nerven mich. Egal welcher Art. Etwas für Gockelhähne und ihre Revierkämpfe.

Ich toastete zwei Scheiben Brot, nahm mir ein Glas Pinot Grigio und setzte mich mit meinem späten Abendessen an den Küchentisch.

Ach was, Frauen waren auch nicht viel besser. Eigentlich seltsam: Der Bostoner Journalist hatte mich mit seiner Art, Frauen nicht als Täterinnen, sondern bestenfalls als Mitläuferinnen in der Nazizeit zu sehen, ziemlich in Rage gebracht. Auch das war für mich Sexismus, Frauen einfach nicht ernst zu nehmen. Weder im Guten noch im Bösen.

Frau Bernkopf fiel mir ein. Um sie hatte ich mich bisher nicht gekümmert. Dabei konnte es gut sein, dass eine Hälfte des Hauses ihr gehörte. Jedenfalls aber lebte sie genauso in der Birkengasse wie ihr Mann. Auch sie hatte wohl Interesse daran, dass sich daran nichts änderte. Vielleicht war ihr Interesse sogar noch größer als seines. Sie war Hausfrau. Sie kümmerte sich, wie mir die Studentin aus dem Parterre erzählt hatte, um die Wohnungsvermietung. Das rückte das Haus bei ihr vielleicht noch stärker in den Mittelpunkt. Gleich morgen würde ich mit ihr reden. Wo? Es war schwierig, ins Haus zu gelangen. Und wenn: Sie konnte mir die Türe vor der Nase zuschlagen. Am Vormittag fuhr sie meistens zum Einkaufen. In der Öffentlichkeit würde sie kein Aufsehen wollen. Eine gute Chance.

Ich kostete vom Gurken-Thunfisch-Carpaccio und seufzte zufrieden. Gerade das Richtige, um wieder einen klaren Kopf zu bekommen.

In der Nacht träumte ich davon, dass das Haus in der Birkengasse brannte. In einem Feuerball kam Ulrike aus dem Haus gerollt. Ich hatte eine Maschinenpistole in der Hand und wusste, dass ich ihre Großmutter retten musste. Aber ich hatte keine Ahnung, wie das MG funktionierte. Aus dem Hintergrund schrie der Bostoner Journalist höhnisch: „Keine Ahnung, sie hat keine Ahnung!" Dann gab es eine riesige Explosion.

Ich wachte schweißgebadet auf. Besser, nicht auf die Uhr zu sehen. Besser, erst gar nicht darauf zu hören, wie laut das Herz schlug und ob es zu rasen begann. Ich stand auf, ging ins Wohnzimmer und sah aus dem Fenster. Morgendämmerung.

[12.]

Ich parkte hinter einem grünen Opel, etwa dreißig Meter vom Hauseingang entfernt. Jetzt konnte ich nur noch warten, ob Frau Bernkopf das Haus verlassen würde. Ich kam mir vor wie in einem zweitklassigen Detektivfilm. Zum Frühstück hatte ich mir zwei Schinkensemmeln und eine Thermosflasche voll Kaffee mitgebracht. Hoffentlich würde die Ministerialratsgattin den Wagen nehmen. An das Haus war eine Doppelgarage angebaut, also hatte sie offenbar ein eigenes Auto. Ich konnte von meinem Platz aus zwar nicht die Garagentüre sehen, wohl aber den Gitterzaun nach der Garagenauffahrt. Ich rieb mir die Augen. Acht Uhr. Viel zu früh für mich. Aber es konnte gut sein, dass die Bernkopfs Frühaufsteher waren. Bisher hatte sich allerdings im Haus noch nichts geregt. Es war anstrengend, das Gitter nicht aus den Augen zu lassen. Ich suchte nach einem Radioprogramm. Auf dem einen Sender fand ich deutsche Schlager. Herzlichen Dank, nicht mein Geschmack.

Wann sich Joe wohl wieder melden würde? Mir fiel auf, dass unser Kontakt in den letzten Monaten fast immer von ihm ausgegangen war. Ich hatte mich darüber gefreut, aber selbst wenig für unsere lockere Beziehung getan. Wollte ich sie überhaupt noch? Ich verdrängte den Gedanken. Ich hatte jetzt wirklich Wichtigeres zu tun. Im nächsten Sender spielte man Mozart. Schon besser. Aber für kurz nach acht einfach zu einlullend. Ich war nach meinem absurden Traum nicht wieder ins Bett gegangen. Auf einem anderen Sender schrien und lachten einige Menschen gleichzeitig. Keine Chance zu verstehen, warum. Ohne die Ausfahrt aus den Augen zu lassen kramte ich nach einer CD. Die hier war richtig. Kubanische Musik. Schwung und Begeisterung. Keiner der Interpreten war unter achtzig. Ich dachte an die Menschen im Altersheim. Zumindest das Klima war in Kuba besser – es ließ offenbar fröhlicher altern als bei uns.

Ich wickelte die erste Schinkensemmel aus, als das Gitter automatisch aufging. Ich startete und legte die Semmel auf den Beifahrersitz. Mal sehen, wer da aus der Garage kam. Ein roter Golf. Ich kniff die Augen zusammen. Glück gehabt. Frau Bernkopf, wenn die Beschreibung der Studentin stimmte. Es war gegen halb neun. Gut, dass mich mein Traum geweckt hatte. Sonst wäre ich wohl kaum früh genug da gewesen. Frau Bernkopf hatte mich noch nie gesehen. Mein weißer kleiner Fiat war nicht eben ein auffälliges Auto. Ich fuhr hinter ihr her. Sie war keine schnelle Fahrerin. Wir bogen zweimal ab, der Frühverkehr wurde umso dichter, desto breiter die Straße wurde. Wir bewegten uns nun auf der Hauptstraße in Richtung Innenstadt. Sie schien mich nicht zu bemerken. Warum auch? Ohne zu blinken bog sie ab. Fast hätte ich es übersehen. Ich riss das Lenkrad herum und erntete für mein Manöver ein Hupkonzert. Aber ich blieb hinter ihr. Sie stellte das Auto am Parkplatz vom „Le Gourmet“ ab. Eine Lebensmittelkette, in der alles teurer und angeblich besser war. Meiner Meinung nach stimmte nur Ersteres. Aber auch meine Mutter und die meisten ihrer Freundinnen kauften bei „Le Gourmet“ ein. Das gehörte sich in gutbürgerlichen Familien so.

Ich folgte Frau Bernkopf nach drinnen. Sie legte dies und das in den Wagen, zauderte, schien jede Menge Zeit zu haben. Sie ließ sich zehn Deka Beinschinken geben und akzeptierte es huldvoll, als die Verkäuferin vierzehn Deka einwickelte. Von der Salami nahm sie ebenfalls zehn Deka. „Auf Wiedersehen, Frau Ministerialrat“, sagte die Wurstverkäuferin. „Grüß Gott, Frau Ministerialrat“, grüßte eine Frau in beigem Jägerleinen. „Grüß Gott, Frau Doktor Hubschmid“, grüßte Frau Ministerialrat zurück. Sie sollte zwei Morde begangen haben? Eine Frau erwürgt und einen Mann vergiftet haben? Allerdings: Physisch schien sie mir dazu im Stande zu sein. Sie war stark genug, ein zierliches Mädchen zu erwürgen. Wahrscheinlich spielte sie Tennis. Und sie war mit Sicherheit größer, als Jane gewesen war. Und das Gift? Ich hatte von Botulinus noch nie zuvor gehört, aber vielleicht hatte sie Pharmazie studiert? Oder Medizin? Es in Bonbons zu injizieren konnte jedenfalls kein Problem gewesen sein. Aber warum den Psychiater? Vielleicht verbarg sich hinter einem der Kürzel in seiner Kartei ihr Name. Sie hatte ihm alles gestanden und es dann mit der Angst bekommen. Aber waren Psychiater nicht zum Stillschweigen verpflichtet? So wie Priester? Und außerdem: Dann wäre es bloß ein verhängnisvoller Zufall gewesen, dass der Psychiater sowohl Jane als auch Frau Bernkopf gekannt hatte.

Ich schüttelte den Kopf und nahm eine Schachtel Schokokekse.

Frau Bernkopf schwankte lange zwischen zwei Sorten abgepacktem Toastbrot, kontrollierte genau das Ablaufdatum und legte schließlich das aus Vollwertmehl in den Einkaufswagen. Ich betrachtete Haarshampoos. Endlich ging sie zur Kassa. Ich zahlte meine Kekse unmittelbar nach ihr.

Sie lud ihren Einkaufskorb in den Kofferraum des Wagens. Jetzt.

„Frau Bernkopf?"

Sie drehte sich überrascht um. „Ja?"

„Ist in den letzten Wochen eine junge Amerikanerin zu Ihnen gekommen?"

Sie blickte gehetzt. „Bitte lassen Sie mich in Ruhe. Mein Mann redet mit den Medien, soweit es notwendig ist. Ich habe damit nichts zu tun. Ich bin eine Privatperson und das sollten Sie respektieren. Bitte."

„Haben Sie die junge Frau gesehen?"

„Nein, natürlich nicht. Wir haben sie nicht gekannt."

„Aber es geht um Ihr Haus."

„Das sind alles Verleumdungen. Ich bin mir auch sicher, dass die Tote das gar nicht gewollt hat."

„Woher wollen Sie das wissen?"

„Lassen Sie mich in Ruhe. Ich weiß es nicht. Ich denke es mir nur. Seither haben wir keine Ruhe mehr."

„Besser, Sie sagen die Wahrheit."

Ihre Stimme wurde schrill, auf den Wangen bildeten sich rote Flecken. „Wir klagen alle, die uns etwas unterstellen wollen. Die Eltern meines Mannes haben das Haus rechtmäßig erworben. Es ist eine Kampagne."

„Aber ermordet wurde Jane Cooper, die Urenkelin der ehemaligen Hausbesitzer."

„Sie hätte eben daheim bleiben sollen. Wien ist nicht mehr so sicher, wie es einmal war."

„Offenbar. Wann ist Jane Cooper zu Ihnen gekommen?"

„Noch einmal, sie war nie bei mir. Ich hätte ja nicht einmal ausreichend Englisch gesprochen, um mich mit ihr unterhalten zu können."

„Woher wissen Sie, dass sie kaum Deutsch konnte?"

„Na aus den Medien. Woher es alle wissen. Aber jetzt: Auf Wiedersehen." Sie riss an der Fahrertür und bemerkte erst dann, dass sie noch versperrt war.

Ich hatte die Frau ganz schön in Aufregung versetzt. Mit Sicherheit war es nicht angenehm, von Medien verfolgt zu werden. Aber war das der alleinige Grund? Ich hielt sie am Ärmel ihrer weinroten Kostümjacke fest. „Sie waren bei Dr. Zimmermann in Behandlung. Ich habe Sie gesehen."

Sie starrte mich mit großen Augen an. „Unsinn", sagte sie dann. „Wer ist Dr. Zimmermann?"

„Der ermordete Psychiater."

„Den hat doch seine Freundin ermordet. Und die Amerikanerin auch. Oder es waren irgendwelche Linken, die dauernd mit diesen Nazisachen hausieren gehen."

„Und deswegen morden?"

„Lassen Sie mich los! Oder ich hole die Polizei."

Ich hatte das Gefühl, dass Frau Bernkopf mehr wusste, als sie zu sagen bereit war.

„Ich weiß, dass Jane Cooper bei Ihnen war."

Sie schüttelte verzweifelt den Kopf. „Nein, das können Sie nicht wissen. Weil es nämlich nicht so ist. Fragen Sie meinen Mann. Fragen Sie meinen Sohn. Fragen Sie, wen immer Sie wollen. Außerdem“, ihr Mund verzog sich zu einem schmalen Lächeln, „ich habe ein Alibi, wie das ja wohl in Ihrem Milieu heißt. Am Abend, als diese Amerikanerin ermordet wurde, hatten wir Gäste. Die Sicherheitsdirektion hat das überprüft. Freunde von uns und mein Mann und mein Sohn. Und zuvor habe ich gekocht.“ Sie sah mich triumphierend an. „Wir haben alle ein Alibi.“

„Wann sind Ihre Gäste gekommen?“

„Fragen Sie das die Polizei“, rief sie und riss sich los.

„Wollen Sie nicht auch, dass man den Mörder findet?“

„Sicherlich. Aber ich bin es nicht. Und mein Mann ist es auch nicht. Und mein Sohn auch nicht.“

Ich seufzte und ging. Warum nur ließ ich mich immer wieder auf solche Situationen ein? Ich war keine von denen, die biedere Hausfrauen auf Parkplätzen in die Zange nehmen und sich dabei wichtig vorkommen. Ich blickte mich um. Niemand schien unseren Auftritt bemerkt zu haben. Wenigstens etwas. Vielleicht sah sie ja auch bloß zu bieder aus, als dass man ihr Aufmerksamkeit schenkte.

Wir hatten uns im Staatsarchiv verabredet. Ich hatte mir einen Repräsentativbau der Gründerzeit erwartet, eines der Gebäude, vor denen Japaner und Amerikanerinnen standen und Fotos schossen. Tatsächlich aber lag das Archiv in der Wiener Vorstadt und war ein Betonkoloss aus den Siebziger- oder Achtzigerjahren mit vielen gelb getönten Fensterscheiben. Irgendwie glich er einem Schlachtschiff. Es war Oskar gewesen, der mir den Tipp gegeben hatte, mich mit der Zeitgeschichtlerin Dora Messerschmidt zu treffen. Er schien sich mit Zeitgeschichte auszukennen. Ewig schade, dass ich unser Abendessen wegen dieses aufgeblasenen Journalisten aus Boston hatte absagen müssen. Seither hatten wir nur mehr telefoniert. Dienstlich, sozusagen. Vielleicht auch besser so.

Ich meldete mich beim Portier an. Die Eingangshalle war menschenleer. Ob er bitte Frau Dr. Messerschmidt mitteilen könne, dass ich schon da sei? Er blätterte in seinem Telefonverzeichnis. Es gäbe hier keine Frau Dr. Messerschmidt, sagte er dann, wahrscheinlich arbeite sie nur zeitweise hier und nütze das Archiv.

Ich wartete. Eine blonde Schönheit, Typ Barbiepuppe, eilte die Treppe herunter. Automatisch sah ich mich nach einem Fotografen um. Hatte es nun bereits das Staatsarchiv notwendig, etwas für sein Image zu tun?

Das Model kam auf mich zu. Ich bemerkte, dass die Frau nicht mehr ganz so jung war, wie sie aus der Entfernung gewirkt hatte. „Frau Valensky?"

Ich war erstaunt. Warum versauerte jemand wie sie als Sekretärin im Staatsarchiv?

„Ja?"

„Ich bin Dora Messerschmidt."

Ich gab ihr sprachlos die Hand. Eine langmähnige langbeinige Zeitgeschichtlerin mit Idealmaßen lag einfach jenseits meiner Vorstellungskraft. Ernsthafte Wissenschaftlerinnen trugen Brillen, hatten praktische Kurzhaarfrisuren und waren entweder asketisch oder von zu viel achtlos hineingestopftem Fastfood dick.

Dora Messerschmidt lächelte. „Wir gehen am besten in das Wirthaus gleich an der Ecke. Es ist eines der wenigen übrig gebliebenen Wiener Vorstadtbeiseln. Mit hervorragender Küche und einer strengen, aber gerechten Serviererin. Wir lieben es alle. Und es hat einen Garten."

Ein Stück die staubige Straße entlang, dann nahmen wir unter einem Schatten spendenden Baum Platz und schienen plötzlich ganz woanders zu sein. Kein Straßenlärm, keine Spur vom nahen Schlachthof und von den Industriegebäuden rundum. Vogelgezwitscher, ein lauer Wind, viel Grün.

Auch Dora Messerschmidt bestellte sich einen gespritzten Weißwein, sie wurde mir immer sympathischer. Jetzt blieb nur noch zu klären, ob sie alt genug war um ihr Studium tatsächlich schon abgeschlossen zu haben. Wahrscheinlich hatte Oskar mehr auf ihre Figur als auf ihre Qualifikation gesehen. Wer konnte es ihm verdenken? Trotzdem war da so ein kleiner eifersüchtiger Stich. Ich legte die Speisekarte entschlossen zur Seite. Dora Messerschmidt hingegen bestellte gebackene Leber mit Kartoffelsalat.

„Sie haben also diese Geschichte über das Haus in der Birkengasse 14 geschrieben“, begann sie.

„Und dabei habe ich bemerkt, wie wenig ich eigentlich über Arisierungen und alles, was damit zusammenhängt, weiß.“

Sie nickte. „Das geht fast allen so. Mich hat die Sache schon während des Studiums zu interessieren begonnen. Momentan arbeite ich an einem Projekt über die Auflistung des in der Nazizeit geraubten Vermögens. Von Häusern, Wohnungen, Bildern, Schmuck, aber auch dem Wert von vorenthaltenen Versicherungspolicen, allem, was es eben so gibt. Und es geht dabei nicht bloß um jüdisches Vermögen, sondern auch um das von Zigeunern, teilweise auch um solches von Homosexuellen. Eine schwierige Sache.“

„Und das soll alles zurückgegeben werden?“

Sie schien über so viel Naivität nur zu staunen. „Nein“, sagte sie und schüttelte den Kopf, „den Eindruck erwecken nur gewisse Medien. Das meiste kann schon deswegen nicht mehr zurückgegeben werden, weil es keine Nachkommen gibt, die davon wissen. Andere wollen gar nichts zurück, die suchen nur nach ihren Wurzeln. Sie wollen herausfinden, was ihren Eltern, Großeltern, Urgroßeltern passiert ist und wie sie gelebt haben. Gerade wenn es um Häuser geht, so war es schon immer äußerst schwierig, sie zurückzubekommen. Es hat auf den Druck der Besatzungsmächte hin nach dem Krieg so genannte Rückstellungsgesetze gegeben. Aber die meisten, die die Verfolgung während der Nazizeit überlebt hatten, waren im Ausland. Viele wollten nicht mehr zurückkommen. Vielen wurde es aber auch so schwer gemacht, zurückzukommen, dass sie dann darauf verzichteten. Andere haben von den Rückstellungsgesetzen gar nichts erfahren. Denn kundgemacht wurden sie bloß im Amtsblatt zur Wiener Zeitung. Für das österreichische Rechtsverständnis hat es gereicht. Die großen internationalen Zeitungen haben damals zwar von sich aus darüber berichtet, aber wer die nicht gelesen hat, hat nichts davon gewusst. Viele von denen, die sich um die Rückgabe ihres Eigentums bemühten, haben dann oft nach langen, zermürbenden Verfahren einen Vergleich mit den neuen Besitzern geschlossen. Denn entweder haben sie die Verfahren vom

Ausland aus geführt, da waren die jetzigen Besitzer natürlich im Vorteil, sie waren ja vor Ort, oder es gab auch das Problem, dass alle Renovierungsmaßnahmen, alle seither gemachten Veränderungen in Geld abzugelten waren. Die meisten Juden hatten kurz nach dem Krieg nicht besonders viel Geld. Außerdem gab es noch die Streitereien, was denn nun ‚redlicher Erwerb' gewesen sei und was nicht. Wenn Juden zum Beispiel ihr Haus um ein Spottgeld abgekauft worden war, weil sie lieber heute als morgen fliehen wollten: War der Verkauf dann freiwillig erfolgt oder nicht? Jedenfalls aber wurde in den Rückstellungsverfahren dieser bezahlte Kaufpreis zurückverlangt. Und das, obwohl das Geld fast immer auf so genannte ‚Sperrkonten' gegangen ist, zu denen die ehemaligen jüdischen Hauseigentümer gar keinen Zugang hatten.

Langer Rede kurzer Sinn: Leicht war es nicht, etwas zurückzubekommen. Jetzt ist es noch viel schwieriger. Es gibt keine Rechtsgrundlage. Klagen kann man immer, aber ob es etwas nützt?" Sie zuckte mit den Schultern.

„Und sollen sie es probieren?"

„Wenn sie ihr Eigentum zurückbekommen wollen? Warum nicht? Aber allzu viele Hoffnungen sollten sie sich nicht machen. Außerdem, ich hab's ja schon gesagt, sind die meisten Menschen, die jetzt aus dem Ausland zu uns kommen, viel mehr an den Wurzeln ihrer Vorfahren interessiert als an realem Besitz. Mag schon sein, dass im Zuge dieser Nachforschungen bei einigen dann der Gedanke entsteht, dass dieses Haus oder diese Wohnung ja eigentlich ihnen gehören würde. Damit sind sie zweifellos im Recht. Aber die wenigsten setzen konkrete Schritte, um etwas zurückzubekommen."

„Und diese amerikanischen Anwälte?"

„Die spielen ihr eigenes Spiel. Sammelklagen kennt man bei uns nicht. Eine lukrative Sache für Anwälte. Allerdings auch eine recht einfache Sache für Opfer um zu ihrem Recht zu kommen. Sie tragen den Aufwand eines Rechtsstreits nicht allein. In gewissen Zeitungen werden Opfer schnell zu Tätern, wenn sie sich zur Wehr setzen. Österreich will seine Ruhe", setzte sie etwas bitter hinzu.

„Haben Sie die Sache mit der Birkengasse in den Medien verfolgt?“

„Natürlich, und ich bin auch von amerikanischen Journalisten dazu befragt worden. Die scheint das ja weit mehr zu interessieren als die Presse hierzulande. Es handelt sich offenbar um einen der besonders komplizierten Fälle. Es ist nie ein Anspruch erhoben worden, weil die Nachkommen höchstwahrscheinlich gar nichts von dem Haus gewusst haben. Es handelt sich um ein Haus, das enteignet und danach versteigert wurde. Gewisse Rechtsexperten sagen nach wie vor, dass es sich damit um einen so genannten ‚redlichen Erwerb‘ gehandelt habe. Immerhin hat es der nächste Besitzer gekauft. Wenn auch von der nationalsozialistischen Verwaltung.“

„Hat er dafür den normalen Preis bezahlt?“

„Keine Ahnung. Teilweise wurden Marktpreise gezahlt. Teilweise auch nicht. Das hing davon ab, wie gut die Beziehungen des Erwerbers zum Regime und zu denen waren, die die Sache durchgezogen haben.“

„Er war offenbar Offizier.“

„Wo?“

„Weiß ich nicht.“

„Egal, dann hat er wahrscheinlich weniger bezahlt. Trotzdem: Es ist fast aussichtslos, das Haus zurückzubekommen.“

„Obwohl es seinen Besitzern weggenommen wurde. Und obwohl das der nächste Besitzer wissen musste.“

Sie nickte. „Aber klagen kann man natürlich immer.“

„Das scheint Janes Vater vorzuhaben.“ Ich stutzte. Ob sie dafür Verständnis haben würde, dass mir seine Art nicht eben sympathisch war? Er war zweifellos im Recht. „Janes Vater wirkt, als wäre er in erster Linie am Haus interessiert“, begann ich vorsichtig. „Für die Lebensgeschichte seiner Mutter interessiert er sich kaum. Allerdings hat seine Mutter zu Lebzeiten alles geheim gehalten. Sie wollte über ihre Herkunft nicht sprechen und ihr Sohn hat nicht gefragt.“

Dora Messerschmidt nickte. „Solche Fälle gibt es immer wieder. Für viele war die Vergangenheit so unerträglich, dass sie sich vor den Erinnerungen schützen mussten. In diesem Fall sind ihre Eltern in Wien geblieben und ermordet worden, nicht wahr? Und sie ist knapp vor dem Krieg zu einem jungen Mann nach New York durchgebrannt. Wissen Sie", sie sah mich ernst an und strich ihre langen blonden Haare zurück, „viele der Überlebenden des Holocaust haben Schuldgefühle. Absurd, aber sie fragen sich, warum ausgerechnet sie überlebt haben. Ob sie nicht auch andere hätten retten können. Ob sie es wert sind, überlebt zu haben. Eine hohe Messlatte für ein Leben. Sie geben sie häufig an ihre Kinder weiter."

„Herr Cooper scheint sich wenig aus dem Tod seiner Tochter zu machen. Es ist ihm offenbar egal, warum sie nach Wien gekommen ist. Hauptsache, sie hat das Haus gefunden."

„So einfach kann man in niemanden hineinschauen. Und das Haus wurde seinen Großeltern ja tatsächlich weggenommen. Außerdem: Juden sind nicht mehr und nicht weniger gierig als alle anderen Menschen auch, es wäre nett, wenn sie anders geartete Vorurteile nicht weitertragen würden. Allein in meinem Bekanntenkreis sind zwei Familien an Erbschaftsstreitigkeiten zerbrochen und niemand von ihnen ist jüdischer Herkunft."

Ich stotterte: „Natürlich glaube ich nicht, dass Juden gieriger sind als andere Menschen. Im Gegenteil: Es bedrückt mich eben besonders, wenn jemand mit dieser Geschichte dann ... na, dann doch eben das Materielle in den Vordergrund stellt."

„Haben Sie angenommen, dass kollektives und individuelles Leid die Menschen edel macht? Glauben sie, es gibt nur nette Juden?" Ihr voller Mund verzog sich spöttisch.

„Nein, natürlich nicht, weil so ein Vorurteil wäre in gewisser Weise ja auch diskriminierend. Sie sind eben nicht alle nett und nicht alle sind reich. Manche sind sogar gierig, aber nicht alle eben, wie ihnen das in der Nazizeit unterstellt wurde." Ich seufzte.

Sie seufzte auch. „Leider nicht nur in der Nazizeit. Wissen Sie, was eines unserer größten Probleme ist? Dass sich in der Öffentlichkeit alles nur ums Geld dreht. Natürlich steht es den Naziopfern zu, geraubtes Vermögen zurückzuerhalten oder wenigstens im Nachhinein etwas für Zwangsarbeit zu bekommen. Ich werde mich immer dafür einsetzen. Aber es greift zu kurz. Die Medien beschäftigen fast ausschließlich damit. So als ob das, was vom Holocaust übrig geblieben ist, ein Streit ums Geld wäre. Vom System dahinter wird nicht geredet. Und schon gar nicht geschrieben. Die Politik hat auch wenig Interesse daran. Kein Wunder. Die großen Parteien haben nach dem Krieg durch Rechtsnachfolge einiges an arisiertem Vermögen gehabt, sie und der Gewerkschaftsbund haben von den halbherzigen Rückstellungsgesetzen profitiert. Nicht alles ist den ursprünglichen Besitzern zurückgegeben worden.

Außerdem war man von Anfang an bemüht die ehemaligen Nazis als Wähler zu bekommen. Wissen Sie, dass immer dann, wenn es in den Vierziger- und Fünfzigerjahren ein Gesetz zur Wiedergutmachung an Opfern des Nationalsozialismus gegeben hat, auch ein Gesetz im Interesse von Nazimitläufern, kleinen Mittätern oder zumindest der übrigen Bevölkerung erlassen wurde? Als die ersten Renten für KZ-Opfer beschlossen wurden, wurden auch Renten für Kriegsveteranen beschlossen. Als es um Entschädigungen für Eigentum ging, wurden alle gleich behandelt: Die Juden, denen man alles geraubt hatte, die man deportiert und in KZs gebracht hatte, mussten ebenso detailliert von der Stehlampe bis zum Küchenstockerl ihre Verluste angeben wie ausgebombte so genannte Arier. Ob Täter oder Opfer oder Mitläufer – es spielte keine Rolle. Und so ist es geblieben.

Man redet über das Geld und der Rest ist einfach nicht da. Wissen Sie, dass es in allen möglichen Ämtern noch Unterlagen über die Enteignung von jüdischem Vermögen gibt? Es hat sich bloß lange niemand darum gekümmert. Weil es nichts gibt, was es nicht geben darf. In der Psychoanalyse nennt man das Verdrängung. Da wird Abstand gesucht, alles, was an den Kern des Problems geht, vermieden. Kommt jemand dem Kern zu nah, dann sind die Reaktionen Ablehnung, Wut, die Sache kann eskalieren. Warum, glauben Sie, ist es sonst möglich, dass in unserem Land SS-Männer von Politikern belobigt werden, dass antisemitische Aussagen keine Konsequenzen haben? Weil weitgehend verdrängt wurde, dass es sich dabei um die direkte Fortschreibung der Nazizeit handelt. In einer Demokratie eben. Und zum Glück ohne die extremen Machtmittel für Einzelne."

Sie seufzte und lächelte dann. „Entschuldigen Sie, jetzt habe ich Ihnen einen Vortrag gehalten. Aber irgendwie neigt unsere Branche dazu. Wenn sich das Ganze einfacher und kürzer formulieren ließe, wäre es leichter, die Botschaft bei mehr Menschen rüber zu bringen. Aber wie? Ich weiß es nicht. Wahrscheinlich kenne ich zu viele Details."

„Es interessiert mich", murmelte ich. Und das war wahr. Dora Messerschmidt war anders als der selbstgerechte Journalist von „Boston Today". Glaubwürdig.

„Janes Großmutter hat ihre Vergangenheit auch verdrängt. Auf eine andere Art und Weise", sagte ich dann.

„Gut möglich. Es war für sie offenbar der einzige Weg, um leben zu können. Aber von Verdrängung kommt nichts Gutes. Und sie gelingt nicht vollständig. Denken Sie bloß an die Briefe, die sie aufgehoben hat. Wichtige Zeitzeugnisse für uns. Aber für Jane Cooper waren sie der Auslöser, um nach Wien zu fahren, um ganz allein nach ihren Wurzeln zu suchen. Und sie ist ermordet worden."

„Sehen Sie einen Zusammenhang?"

Die Zeitgeschichtlerin schüttelte den Kopf. „So einfach kann man es sich nicht machen. Keine Ahnung. Tatsache ist jedenfalls, dass das Haus nicht ohne weiteres durch einen Prozess rückgestellt werden kann. Die jetzigen Eigentümer bräuchten sich also wenig Sorgen zu machen. Allerdings gibt es in den letzten Jahren viele, die aufgrund der tendenziösen, manchmal bloß auch schlampigen Berichterstattung nervös geworden sind. Sie nehmen an, dass sie von heute auf morgen ihre Wohnungen zu verlassen haben, wenn die ehemaligen Besitzer das fordern." Sie lachte. „Absurd, wenn man es bedenkt. Es waren die Juden, die von heute auf morgen diese Wohnungen verlassen mussten."

„Warum haben so viele Leute zugesehen? So viele mitgespielt?"

„Geldgier und Neid. Das waren damals gute Motive und sie sind es wahrscheinlich heute auch noch. Da glaubt man gerne, dass Juden ohnehin Untermenschen sind. Dass ihnen ihr Eigentum nicht zusteht. Das war eine gute Entschuldigung. Egal ob es sich um altes Silberbesteck oder um ein Wohnhaus handelt. Die Leute hatten die

Chance, zu stehlen, und dafür auch noch eine politische Rechtfertigung."

Ich nickte. „Eines noch: Gibt es eine Möglichkeit, herauszufinden, wie und wo Janes Urgroßeltern gestorben sind?"

Das Gesicht der Zeitgeschichtlerin verschloss sich. „Ich habe beinahe vergessen, dass Sie beim ‚Magazin' arbeiten."

Ich wurde rot und genierte mich ausnahmsweise nicht dafür: „Ich weiß, dass das ‚Magazin' nicht eben für seine seriöse Zurückhaltung berühmt ist. Aber meine Geschichten waren sauber, oder? Ich arbeite normalerweise in einem anderen Ressort. Ich bin in den Fall hineingeraten, weil die verdächtigte Mitarbeiterin des Freud-Museums eine Schulfreundin von mir ist. Ich frage nicht deshalb, weil ich die genaue Todesursache von Janes Urgroßeltern journalistisch ausschlachten möchte, sondern weil es mir keine Ruhe lässt. Ich habe ihre letzten Briefe gelesen. Ich frage mich, was mit ihnen passiert ist. Ihr Enkelsohn will es leider nicht wissen. Irgendjemand sollte es wissen."

„Vielleicht hat er bloß gelernt, dass es besser ist, nicht zu wissen."

„Trotzdem: Gibt es eine solche Möglichkeit?"

Sie nickte. „Das Dokumentationsarchiv hat eine Menge Unterlagen im Computer. Die meisten der Opfer des Holocaust sind inzwischen bekannt. Mehr als sechzigtausend Namen allein in Österreich."

Ich gab ihr alle mir bekannten Daten und sie versprach mich anzurufen.

Als wir wieder auf die Straße traten, fragte ich sie: „Wie alt sind Sie eigentlich?"

Sie lachte. „Zweiunddreißig. Ich habe gesehen, wie sie mich zu Beginn gemustert haben. Keine Sorge, das geht mir immer wieder so. Aber ich habe keine Lust, nur deswegen älter auszusehen, weil es zum Image passt. Ich mag meine langen Haare, Blondinenwitze hin oder her. Es hat schon eine Zeit gegeben, in der ich statt Kontaktlinsen Brillen getragen habe und die Haare meist zu einem Knoten hochgebunden hatte. Aber irgendwann war mein Selbstbewusstsein dann groß genug um so auszusehen, wie ich eben aussehe."

„Wie ein Topmodel."

„Wie ein hübsches, dummes Blondchen. Ist doch schön, wenn man die Leute hin und wieder überraschen kann.“ Wir gaben einander die Hand und ich hatte das gute Gefühl, einen interessanten Menschen kennen gelernt zu haben.

[13.]

Ich hätte gerne gewusst, wie gut das Alibi der Familie Bernkopf wirklich war. Ulrike hatte Jane Cooper um 19.44 Uhr gefunden. Ich bin nicht sehr begabt im Behalten von Zahlen, aber diese Uhrzeit hatte sich mir eingeprägt. Wahrscheinlich auch, weil mir diese präzise Zeitangabe außergewöhnlich erschienen war. Würde ich auf die Uhr sehen, wenn ich eine Tote gefunden hätte? Menschen waren eben verschieden.

Zuckerbrot anzurufen hatte wenig Zweck. Droch? Er schien ohnehin schon anzunehmen, dass ich ihn bloß als Kontaktperson zu seinem Freund bei der Polizei sah. Ich sollte Ordnung in mein Beziehungsleben bringen.

Aber wenn ich etwas Näheres über das Alibi der Bernkopfs herausfinden wollte, dann blieb mir wohl nichts anderes übrig, als Droch einzuschalten. Mein Chefredakteur hatte es abgelehnt, eine Hintergrundgeschichte über arisiertes Vermögen zu bringen. Nichts für unser Blatt, hatte er gemeint. Seit wann ich denn so missionarisch sei? Wahrscheinlich sollte ich ihm Dora Messerschmidt vorstellen. Aber das hatte wiederum sie nicht verdient.

Ich stand auf und drückte auf die Klospülung.

Vielleicht ließ sich mit Zuckerbrot ein Geschäft machen. Aber dafür würde ich ihm etwas anbieten müssen, das er nicht ohnehin schon hatte. Was? Auch in der heutigen Ausgabe des „Blatts“ war Ulrike als Hauptverdächtige genannt worden. Zwar neben den so genannten „linken Randalierern“, und der Artikel war schon weit kleiner, aber allemal. Millionen Menschen lasen das Schmierblatt. In den anderen Zeitungen gab es nur mehr Kurzberichte auf den Chronikseiten.

Ich war im Freud-Museum gewesen. Ich war nach New York geflogen. Ich hatte die Flüchtlingsberatungsstelle gefunden. Vesna war in der Pension „Alexandra“ abgestiegen. Ich wusste jetzt eine Menge mehr über so genannte Arisierungen.

Routinearbeit wartete auf mich. Eine Doppelseite über das Nachtleben in Teneriffa, wir übernahmen Fotos und den Rohtext von einer deutschen Journalistin. Ich hatte die Sache bloß aufzubereiten. Ich suchte nach meinem Mobiltelefon und legte es in die Handtasche.

Läuten, fast gleichzeitig ein Schlüssel, der sich im Schloss drehte. Vesna. Mein Lifestyle-Artikel konnte warten.

Meine Putzfrau schnaufte empört. „Die ganze Treppe bin ich gerannt. Ich will nicht zu spät sein. Aber Idioten haben mich aufgehalten.“

Ich sah auf die Uhr. Schon nach zehn. Mir war es völlig egal, wann Vesna kam, und ich sagte es ihr.

„Dir schon, Mira Valensky. Aber mir nicht. Ich bin pünktlicher Mensch.“

„Was war los?“

„Filmaufnahmen. Idioten haben die ganze Straße gesperrt. Autobus ist nicht gefahren. Nur wegen blöden Filmaufnahmen. Die Menschen haben sich auch noch gedrängt. Weil sie gehofft haben, dass sie mit im Film sind. Idioten. Halten alles auf.“

„Was war das für ein Film?“

„Du auch?“ Sie sah mich empört an.

„Du willst doch immer Spaß. Sind Dreharbeiten kein Spaß?“

Sie schnaubte durch die Nase. „Für James-Bond-Film vielleicht schon. Aber das da ...“

Ich grinste und stellte mir Vesna als Bond-Girl vor. Nicht gerade die Klischeebesetzung, aber durchschlagskräftig. „Bond-Girl?“

„Pahh“, kicherte Vesna, „solche wie mich tun sie nur zu den Bösen. Slawin und Russin und so.“

„Also was waren das für Filmaufnahmen?“

„Irgendwelche langweilige Werbesachen. Mozartverkleidungen. Wie Wien eben ist.“

„Ich dachte, du magst Wien.“

„Wenn man etwas wirklich mag, man sieht genau hin und mag nicht alles. Aber man kann damit leben. Der Kameramann war Japaner.“

„Was gegen Japaner?“

Sie schüttelte den Kopf und schaltete die Kaffeemaschine ein. „Man muss arbeiten.“

„Das japanische Kamerateam“, schrie ich.

„Was?“

„Vesna, das japanische Kamerateam im Freud-Museum. Womöglich ist ihnen jemand durch das Bild gelaufen, den wir kennen. Sie waren kurz vor dem Mord an Jane da. Stell dir vor, wir sehen Bernkopf. Das ist zwar kein Beweis, aber ein ziemlich gutes Indiz. Ich muss sofort versuchen an den Film zu kommen. Du bist großartig.“

Sie wehrte geschmeichelt ab. „Zur richtigen Zeit am richtigen Ort.“

Die Sache mit dem Film war einfacher, als gedacht. Die japanische Produktionsfirma hatte eine Kopie des Films als Dankeschön für die exzellente Betreuung ans Freud-Museum geschickt. Nach einem Telefonat mit der Leiterin des Museums war klar, dass ich mir den Film jederzeit ansehen konnte. Nein, die Mordkommission habe nie danach gefragt. Ich verschob die Doppelseite über das Nachtleben in Teneriffa auf später und fuhr sofort in die Berggasse 19.

Ich klingelte, ging durch das mir inzwischen vertraute Treppenhaus nach oben, trat ein. Der Film würde in zehn Minuten für mich bereit sein, sagte mir ein Mitarbeiter. Ich schlenderte durch die Räume. Der Warteraum war das einzige Zimmer, das noch mit Freuds Originalmöbeln ausgestattet war. Dunkelroter Samtstoff, schwere Polster, ein Absperrseil, damit niemand auf den Gedanken kam, sich hier reinzusetzen.

Hanni Rosner war nach Amerika gefahren. Sigmund Freud war

nur einige Monate später nach London emigriert. Seltsam. Freud hatte für mich bisher in ferner Vergangenheit gelebt. Entrückt nicht nur durch seine Berühmtheit.

Ich ging durch die zwei Ausstellungsräume, sie kamen mir viel kleiner vor als in meiner Erinnerung. Ich betrachtete die Fotos und Gegenstände mit neuen Augen, blätterte im Ausstellungskatalog. Das Museum erzählte Geschichten, die weit über dieses Haus hinausreichten. In den USA hatte ich solche Museen lieben gelernt. Hier ging es nicht nur um Ausstellungsobjekte, sondern ums Leben. Um eine Zeit, die auch viel mit Janes Geschichte zu tun hatte.

Ernsthaft aussehende Männer mit Bart. Junge Frauen, den Blick in die Ferne gerichtet. Szenen aus einem Biergarten. Familienbilder. Bilder von Ehepaaren, ähnlich dem von Hanni Rosners Eltern. Publikationen. Freuds Töchter. Sein Bart war weiß geworden, sein Gesicht schmäler. „Gegen Psycho-Analyse“, stand in dicken schwarzen Lettern auf einem vergilbten Blatt. 1931, Süddeutsche Monatshefte. „... die Vergiftung eines der wenigen menschlichen Verhältnisse, die ihr, der Menschheit, noch als heilig gelten. Sie liegen auf der Linie des europäischen Nihilismus ...“ Was Hannis Eltern wohl zu Freuds Theorien gesagt hatten? Freud hatte offenbar nicht erst unter den Nazis Gegner gehabt.

Aufruf zu einem Antikriegskongress in Genf im Jahr 1932, Mitunterzeichner Sigmund Freud. Ein Auszug aus einem Brief Freuds, ein Jahr später: „In Wirklichkeit unterschätze ich keineswegs die Gefahr, die mir und anderen droht, wenn der Hitlerismus Österreich erobert. Aber ich sehe dem ruhig entgegen, bin gefaßt zu ertragen, was ertragen werden muß, und entschlossen, so lange auszuhalten wie immer möglich. Im Augenblick sieht es aus, als ob Österreich von der deutschen Schmach verschont bliebe.“ Auch kluge Menschen können sich in wesentlichen Fragen irren.

Das Bild eines eindrucksvollen Sitzungssaals der Psychoanalytischen Vereinigung.

Ein Foto vom Wiener Heldenplatz, voll mit Menschen, die gekommen waren um Hitler zu feiern. Dazu ein Text Freuds aus seinem Buch „Massenpsychologie und Ich-Analyse“: „Wir haben dies Wunder so verstanden, dass der Einzelne sein Ichideal aufgibt und es gegen das im Führer verkörperte Massenideal vertauscht. Das Wunder, dürfen wir berichtigend hinzufügen, ist nicht in allen Fällen gleich groß.“ Leute mit wenig Selbstbewusstsein waren immer schon eine leichte Beute für irgendwelche Führer gewesen. So jedenfalls verstand ich das und lächelte über Freuds ironischen Satz. Hatte er Humor gehabt? Diejenigen, die in der Gruppe stark taten, waren alleine nur allzu selten stark. Das machte sie freilich nicht weniger gefährlich.

„Kaum dass ich die Arbeit wieder begonnen hatte, traten jene Ereignisse ein, die, Weltgeschichte im Wasserglas, unsere Leben verändert haben. Ich konnte beim Radio lauschen der Kampfansage wie dem Verzicht, dem einen Jubel und dann dem Gegenjubel. Im Laufe dieser ‚eventful week‘ haben mich die letzten meiner wenigen Patienten verlassen“, hatte Freud ein paar Tage nach dem Einmarsch der Hitler-Truppen an Arnold Zweig geschrieben.

Etwa zur gleichen Zeit hatte Hanni einen Brief von ihren Eltern bekommen. Dass die Zeiten unruhig seien, dass man aber noch immer hoffe, es werde nicht ganz schlimm kommen, es werde eine „Lösung“ geben; dass der Teilhaber von Hannis Vater bis auf weiteres die Rechtsanwaltskanzlei übernommen habe.

Der Museumsangestellte tippte mir auf die Schulter. „Das Video ist eingelegt. Der Text ist japanisch, aber das wissen Sie ja.“

Ich folgte ihm. Freud war mir näher gerückt. „Haben Sie in den letzten Wochen im Museum einen Mann gesehen, Österreicher, zirka 55 Jahre alt, mittelgroß, eher graue Haare ...“ Ich brach ab. Meine Güte, diese Beschreibung traf auf eine Menge Leute zu. Aber Bernkopf war nun einmal eine sehr durchschnittliche Erscheinung.

„Sie meinen Ministerialrat Bernkopf?“

Ich sah ihn überrascht an. „Woher wissen Sie?“

„Es hat eine Gegenüberstellung gegeben. Natürlich haben wir offiziell nicht gewusst, um wen es geht. Jedenfalls ist unsere Belegschaft gestern ins Sicherheitsbüro gebeten worden. Wir sind gefragt worden, ob wir einen der älteren Männer, die da in einer Reihe standen, schon im Museum gesehen hatten. Einige von uns haben einen entdeckt."

„Ja?"

„Aber nicht Ministerialrat Bernkopf. Sondern einen Kriminalbeamten, der sich mit in die Reihe gestellt hatte. Er hat sich das Freud-Museum vor einiger Zeit angesehen. Privat. Selten so etwas, die wenigsten Wiener interessieren sich für unser Museum."

„Verdrängung", sagte ich kurz.

Jetzt sah er mich überrascht an.

Die nächste Stunde konzentrierte ich mich auf den Film. Immer wieder, wenn ich das Gefühl hatte, eine unbekannte Person im Hintergrund zu sehen, hielt ich das Band an. Japanisch ging mir auf die Nerven. Seltsam, etwas zu hören und nicht zu verstehen, aber gleichzeitig etwas zu sehen, das man gut kannte. Ich rieb mir die Augen. Die Museumsangestellten hatten Bernkopf nicht identifizieren können. Vielleicht war er verkleidet gewesen? Als Japaner? Ich grinste. Wahrscheinlich litt ich schon unter Verfolgungswahn. Immerhin: Auch Zuckerbrot hielt Bernkopf für verdächtig. Sonst hätte er nie eine Gegenüberstellung angeordnet.

Ich stoppte das Band. Ich ging näher zum Bildschirm. Jane Cooper. Sie stand da und betrachtete ein Foto von Freud. Eine schmale Gestalt in Jeans mit einem gelben Rucksack über der Schulter. Zentimeter für Zentimeter suchte ich das Bild ab, aber außer ihr war niemand zu sehen. Ich startete das Band wieder. Jane ging weiter, blätterte in ihrer Besuchermappe, sah dann aus dem Fenster. Schnitt. Nahaufnahme auf Freuds Zigarrenutensilien.

Ich blickte auf japanische Schriftzeichen. Der Abspann des Films. Ich ließ das Band noch einmal zu Jane zurückfahren. Eine amerikanische Studentin, die sich für die Geschichte der Psychoanalyse interessierte. An ihr war nichts Bemerkenswertes. Dennoch war sie nur kurze Zeit später ermordet worden. Im Film lebte Jane, und das war immer wieder abrufbar, als ich sie kennen gelernt hatte, waren ihre braunen Augen wie aus Glas gewesen. Ich schaltete das Videogerät ab. Eine Gruppe von Frauen war vorgekommen. Keine von ihnen war Frau Bernkopf, keiner der männlichen Besucher, die im Film zu sehen waren, war Herr Bernkopf. Auch sonst hatte ich – außer Jane – niemanden erkannt.

War den Hausbesitzern der perfekte Mord gelungen?

Statt in die Redaktion fuhr ich zurück in meine Wohnung. Vesna wollte gerade ihr Putzzeug verstauen, als ich mit der schlechten Nachricht kam.

„Aber gute Idee", sagte sie.

Ich schenkte mir ausnahmsweise schon zu Mittag etwas Weißwein ein und goss viel Mineralwasser dazu. Vesna nahm das Mineralwasser pur. „Vor Dunkelheit Alkohol ist schlecht", sagte sie.

Ich nickte. Ganz meine Meinung. Zumindest grundsätzlich.

„Was hat Jane in Wien getan?", fragte ich sie.

Vesna trank von ihrem Mineralwasser und goss dann überraschend auch Wein dazu.

„Sie wollte das Haus sehen. Sie ist sicher zum Haus gefahren. Sie war im Museum. Hat Bücher gelesen. Hat mit Psychiater geredet und mit ihm gegessen. Zumindest gegessen."

„Du meinst, dass da mehr wahr?"

„Keine Ahnung. Beide sind tot."

„Sie hat ihm von dem Haus erzählt", fuhr ich in unseren Gedankenspielen fort.

„Ja", sagte Vesna, „mit irgendjemand muss sie darüber reden."

Ich schüttelte den Kopf. „Ich glaube, dass sie auch im Haus war. Frau Bernkopf erzählt nicht alles, was sie weiß. Aber warum hätte Jane den Bernkopfs sagen sollen, dass sie dem Psychiater alles erzählt hat?"

„Vielleicht sie haben gedroht?"

„Vielleicht. Was hat Jane noch gemacht? Sie hat in der Pension gewohnt."

„Sie hat wenig geredet, aber Briefe geschrieben. Zumindest für Papierkorb."

„Ulrike hat gesagt, der Psychiater wollte ihr Wien zeigen. Sie sind also durch Wien gefahren."

Vesna knallte den Wasserkübel auf den Boden. „Sie hat fotografiert. Zum ersten Mal in Wien. Und Amerikanerin. Da ist das Haus der Großmutter, da sind alte Fotos. Fotos. Sie macht natürlich auch Fotos."

„Man hat bei ihren Sachen keinen Fotoapparat gefunden", sagte ich langsam. „Ihre Mutter hat mir die von der Polizei zurückbehaltenen und die verschwundenen Gegenstände aufgezählt. Es ist ihr Tagebuch weg. Und ihr Notizkalender. Und ihre Geldbörse mit Kreditkarten und Ausweisen. Aber von einem Fotoapparat war nie die Rede." Ich sah auf die Uhr. In New York war es acht in der Früh. Mit einigem Glück hatte Mrs. Cooper nicht Dienst.

Ich suchte mir die Nummer heraus und rief an. Die Stimme am anderen Ende der Leitung klang verschlafen.

„Entschuldigung, dass ich Sie so früh störe, Mrs. Cooper, Mira Valensky spricht."

„Früh?", fragte sie auf Englisch zurück. „Ich bin eben heimgekommen. Nachtdienst. Gerade habe ich eine Schlaftablette genommen und mich niedergelegt. Ohne Schlaftabletten kann ich nicht mehr schlafen."

„Nur ganz kurz: Hat Jane einen Fotoapparat nach Wien mitgenommen?"

„Ja, sicher."

Ich machte zu Vesna aufgeregte Zeichen der Bestätigung. „Haben Sie ihn wiederbekommen? Hat ihn die Polizei?"

„Ich habe ihn nicht. Ich habe gar nicht mehr daran gedacht und auf der Liste mit den Beweismitteln ist er auch nicht. Vielleicht ist er mit dem Tagebuch und dem Kalender und ihrer Geldtasche verschwunden."

„Hat die Polizei etwas davon gesagt?"

„Nein, ich glaube nicht. Auf der Liste, die ich unterschreiben musste, kam er nicht vor."

„Wie hat er ausgesehen?"

„Das kann ich Ihnen genau sagen, ich habe denselben. Es ist eine kleine APS-Kamera, Marke Canon. Silberfarbiges Gehäuse."

Davon gab es sicher Millionen.

„Ihr Name ist eingraviert. Mein Mann hat letzte Weihnachten

uns beiden einen solchen Apparat geschenkt. Damit wir sie nicht verwechseln, hat er selbst die Namen eingraviert." Ihre Stimme wurde unsicher. „Mein Mann macht solche Gravierarbeiten als Hobby. Auch auf Gläsern und solchen Dingen. Jane hat sich so über den Apparat gefreut. Haben Sie ihn gefunden?"

„Nein, im Gegenteil. Er ist verschwunden. Wir fragen uns, was aus den Fotos geworden ist."

„Hören Sie", sagte Mrs. Cooper mit müder Stimme. „Ich habe eine Bitte. Reden Sie meinem Mann nicht ein, dass er das Haus zurückhaben kann. Es gibt nichts wie Ärger. Von der Sache kommt nichts Gutes."

„Das war allein seine Idee. Es besteht auch wenig Aussicht, dass er das Haus tatsächlich bekommt. Obwohl er meiner Meinung nach im Recht ist."

„Sagen Sie ihm bitte, dass er keine Chancen hat. Wir waren glücklich. Mit dem Haus hat unser Unglück angefangen."

Ihr Unglück hatte nicht mit dem Haus, sondern mit den Nazis angefangen. Ich sagte ihr das.

„Ich habe nicht einmal gewusst, dass mein Mann jüdischer Abstammung ist. Nicht dass das irgendetwas ausmachen würde, aber ich habe es nicht gewusst. Und er auch nicht."

„Wir müssen alle Fotogeschäfte abklappern und nach einem Film für Jane Cooper fragen. Uns wird schon etwas einfallen", sagte ich zu Vesna.

Sie sah mich spöttisch an. „Ohne dass wir wissen, ob sie einen abgegeben hat? Du weißt, wie viele Fotogeschäfte es gibt? Und dass in jedem Supermarkt auch Fotos geholt werden können?"

Selbst für die Polizei war das eine kaum zu bewältigende Aufgabe. Ich konnte Zuckerbrot natürlich von der verschwundenen Kamera erzählen. Aber ob er etwas unternehmen würde? Und wenn: Was? „Wir müssen eben bei den Geschäften rund um die Pension und rund um das Freud-Museum anfangen", sagte ich mit deutlich weniger Enthusiasmus.

„Ich habe bessere Idee." Sie machte eine Kunstpause. „Frau Bernkopf hat eine Putzfrau. Die werde ich fragen. Oder selbst mitgehen putzen, wenn Frau Bernkopf nicht da ist. Und dann sehen wir nach."

„Vorausgesetzt, der Film ist noch in der Kamera."

„Wissen wir nicht. Wissen wir auch nicht, ob sie ihn in ein Geschäft getragen hat."

„Sie werden die Kamera längst weggeworfen haben."

„Kann sein, aber Chance ist größer, als in allen Geschäften zu fragen. Wahrscheinlich ist der Film in der Kamera. Die Kamera ist vielleicht bei Bernkopf. Ich werde nachsehen."

Vesnas Putzfrauennetz hatte bekanntlich schon öfter gut funktioniert. Warum sollten wir es nicht wieder damit versuchen? Außerdem graute mir bei dem Gedanken, unter einem Vorwand sämtliche Lebensmittelgeschäfte, sämtliche Drogeriemärkte, Elektro- und Fotogeschäfte abklappern zu müssen.

„Morgen du weißt Bescheid. Wir haben heute Abend Familientreffen. Nicht nur die Familie, auch die Freunde."

Ich erschrak. „Du hast doch nicht etwa Geburtstag?"

„Aber nein, du weißt doch, Mira Valensky, der ist erst in einem Monat. Die Zwillinge sind es. Die haben Geburtstag. Ich muss noch Torte backen und all so etwas."

Wieder einmal verblüffte mich, wie wenig ich von Vesna wusste. Ich hatte ihren Lebensgefährten kennen gelernt und auch ihre Kinder. Ich wusste, wo sie wohnte. Aber was wusste ich von ihrem Leben?

Sie muss mir meine Gedanken angesehen haben und legte mir die Hand auf den Arm. „Du weißt viel mehr von mir als andere, Mira Valensky. Wenn du willst, dann bist du heute herzlich eingeladen."

„Aber wenn es eine Familiensache ist ..."

„Und Freunde. Wenn du magst, sonst ist es auch in Ordnung."

„Klar mag ich."

„Na also."

Es wurde ein rauschendes Fest. Viele Menschen auf viel zu wenig Platz. Stolze Zwillinge, eine Menge gutes Essen und Rotwein, den ein Cousin von Vesnas Lebensgefährten direkt aus Kroatien importiert hatte.

„Familie ist wichtig", grinste Vesna und schob sich eine Olive in den Mund. „Der eine weiß, wo guter Wein ist. Die andere kocht. Habe mir einfach bestellt, was ich wollte. Dafür gehe ich zu ihr ein paarmal putzen. Jani arbeitet als Köchin in Uni-Kantine."

Entweder war das Essen in den letzten Jahren dort besser geworden oder Jani lebte ihre Talente lieber im Freundes- und Familienkreis aus.

Vesna nützte die gute Gelegenheit, um sich über Putzfrauen in der Birkengasse zu erkundigen. Aber es schien sich keine Verbindung zu ergeben.

„Muss morgen noch ein paar Leute anrufen", tröstete mich Vesna zum Abschied. Ich war guter Dinge. Aber daran war wohl auch der Rotwein schuld. Erst auf dem Heimweg fiel mir ein, dass mir in einer Woche ebenfalls ein Familienfest blühte. Und dass ich mir langsam über ein Buffet für siebzig Personen Gedanken machen sollte.

Fast hätten Vesnas Putzfrauenconnections versagt. Erst drei Tage später konnte sie mir berichten, dass es sich bei Frau Bernkopfs Hilfe um eine hochnäsige Polin handelte, die sich auch nicht als „Bedienerin", geschweige denn als „Putzfrau" bezcichnen ließ, sondern als „Hausmädchen".

„Spätes Mädchen", präzisierte Vesna, „hat mir zumindest Bogdan erzählt. Auf alle Fälle will sie mit Jugoslawen nichts zu tun haben. Hält sich für etwas Besseres. Sagt, sie arbeitet nur in noblen Häusern. Mir ist dein Haus nobel genug, Mira Valensky."

Ich machte eine kleine feierliche Verbeugung.

„Auch das von meinem Steuerberater und so. Meine Leute sind nicht schlechter als die von der Polin. Was ist Ministerialrat schon? Minister ja, aber Ministerialrat?"

Ich nickte.

„Aber", fuhr Vesna fort, „Bogdan hat trotzdem gute Nachrichten gebracht. Die eingebildete Kuh, diese Polin, hat nämlich angegeben mit Ministerialrat. Und gesagt, dass es schon wieder einen ganz noblen Empfang bei ihnen gibt. Wohltätigkeit. Sie ist in so einem Damenzirkel, der Geld sammelt für irgendwelche Kinder. Ich glaube aus Rumänien. Da kommen auch Diplomaten und solche hohen Tiere, hat die Polin gesagt. Jetzt meine Idee: Ich gehe zu dem Empfang."

„Ohne Einladung wird das nicht gehen."

„Slowenische Gattin von Botschafter braucht keine Einladung. Sie hat von der guten Sache gehört und sie kommt."

„Warum slowenisch?" Eigentlich hatte ich etwas ganz anderes sagen wollen.

„Weil bosnisch verdächtig. Serbisch erst recht. Slowenisch weniger. Wenn die slowenische Botschaftsfrau da ist, dann kann ich schnell sagen, dass ich nicht richtig verstanden worden bin: Bin slowakische Botschaftsfrau. Du siehst, Mira Valensky, ich habe an alles gedacht."

„Du willst als Frau eines Botschafters auftreten?" Ich musterte die kleine, sehnige Gestalt in Baumwollhosen und T-Shirt.

„Du glaubst, Putzfrau kann das nicht, Mira Valensky? Du täuschst dich. Mit richtigem Namen kann ich sehr elegant sein. Beste Gesellschaft. Was glaubst du, dass der Unterschied zwischen Frau von slowenischem Botschafter und mir ist?"

„Der Unterschied ist: Sie ist es und du bist es nicht."

„Aber wenn ich so tue, als ob, dann glauben sie mir Botschaftsfrau. Garantiert. Ich sage, dass ich es bin. Da passt auch Akzent und alles. Bei Botschaftern ist der Akzent kein Problem."

„Und wenn sie dir doch auf die Schliche kommen?"

„Was dann? Dann fällt mir schon etwas ein."

„Und deine Aufenthaltsgenehmigung?"

„Ist sicher. Ist es strafbar mit fremdem Namen zu einem Fest zu gehen?"

„Und was willst du dort tun?"

„Durchsuchen natürlich."

„Das jedenfalls ist strafbar."

„Nur, wenn ich Fotoapparat finde und mitnehme. Aber das ist dann der Beweis, dass Bernkopf noch viel strafbarer ist. Also?"

Gegen ihre Logik war man machtlos. „Das ist viel zu gefährlich", sagte ich matt.

„Ich mache schon", sagte sie und strahlte.

„Ich komme mit."

„Sie kennt dich, Mira Valensky."

Richtig. „Ich bleibe in der Nähe."

„Wozu?"

„Weil ich dann ein besseres Gefühl habe. Und du kriegst mein Mobiltelefon."

„Einverstanden."

[14.]

Die nächsten beiden Tage beschäftigte ich mich mit der Vorbereitung des Geburtstagsbuffets für meinen Vater. Die eine Seite, die mir der Chefredakteur für die Mordfälle versprochen hatte, wurde kurz vor Redaktionsschluss gestrichen. Ein neuer Finanzskandal brauchte zusätzlichen Platz, wir hatten ein Exklusivinterview mit dem flüchtigen Bankdirektor. Samstagmittag begann das Fest für meinen Vater, Samstagabend war die Wohltätigkeitsveranstaltung im Hause Bernkopf. Ich verfluchte meine Idee mit dem Buffet.

Normalerweise hilft mir Kochen beim Nachdenken, es gibt mir meine Ruhe zurück. Diesmal steigerten die Buffetvorbereitungen meine Unruhe nur. Ich hatte einen ganzen Schweinsschinken gekauft und schnitt die Schwarte mit einer scharfen Schere ein. Die Druckstelle am Daumen würde sich wohl zu einer Blase auswachsen. Tausend Dinge waren noch zu tun, bevor ich morgen zu meinen Eltern fahren würde. Ich würzte die gut zehn Kilo Schweinefleisch mit Salz, Galgant, Neugewürz, grobem Pfeffer, schüttete eine ganze Flasche Rotweinlikör über den Schinken und würzte noch einmal nach. Morgen würde er im Backrohr meiner Mutter zwölf Stunden lang bei schwacher Hitze braten.

Zwei große Zettel hatte ich mit den verschiedenen vorzubereitenden Gerichten vollgeschrieben. Ich ging die Liste noch einmal durch. Die Geflügelleberterrine hatte ich gestern fertig gemacht. Zwei Seiten in Dillkraut gebeizter Lachs lagen mit einem alten Telefonbuch beschwert ganz unten im Kühlschrank. Viel besser und auch billiger, Lachs selbst zu beizen. Die Hummerterrine war fertig. Das Kalbfleisch für Vitello tonnato kühlte gerade im eigenen Sud aus. Die Zutaten für die Salate waren eingekauft. Die tiefgefrorenen Fische konnten morgen auf dem Weg zu meinen Eltern auftauen. Die Fülle für Tomaten und Zwergpaprika war vorbereitet. Um süße Sachen würde sich meine Mutter kümmern. Kuchen und Torten waren der blinde Fleck meiner Kochkunst.

Ein großes Buffet verlangte Planung. Normalerweise hätte mir so etwas Spaß gemacht. Doch meine größte Sorge war, ob ich rechtzeitig vom Fest meines Vater verschwinden konnte, um in Vesnas Nähe zu sein. Sie war viel zu unvorsichtig. Ich hätte doch noch einmal mit Zuckerbrot reden sollen. Immerhin hatte er diese Gegenüberstellung mit Bernkopf angeordnet. Die allerdings negativ verlaufen war. Nie und nimmer hätte er eine Hausdurchsuchung gemacht, nur weil Janes Fotoapparat fehlte.

Mein Vater war über das Buffet ehrlich gerührt. In einem seiner seltenen Anfälle von Zärtlichkeit umarmte und küsste er mich. „So viel Arbeit war es gar nicht", murmelte ich. Die ganze Pracht war in einem weißen Partyzelt im Garten meiner Eltern aufgebaut. Ich musste zugeben, die Wachteln mit den Wachteleiern, der Lachs, der riesige Schinken, die von Hummerscheren umgebene Hummerterrine, der Salat aus Mango, Anglerfilet und Garnelen – es sah wunderschön aus. Ich war stolz auf mich. Auch mein Vater war stolz auf mich. Meine Mutter hingegen hatte dazu keine Zeit, sie rannte zwischen Küche und Schlafzimmer hin und her, gab den beiden angemieteten Serviererinnen widersprüchliche Anweisungen und schickte sie schließlich zu mir.

Die Gäste kamen und auch sie waren vom Buffet beeindruckt. Dumm war bloß, dass sie es für das Werk einer professionellen Catering-Firma hielten. Nur die wenigen, die Näheres wissen wollten, erfuhren, dass ich das alles produziert hatte. „Sie glauben, dass das Unsummen gekostet haben muss", kicherte meine Mutter erfreut. Ich hatte ihr zwei Glas Prosecco eingeflößt. Jetzt nahm sie die Sache schon lockerer. Sie sah in ihrem lila Jackenkleid hinreißend aus: zerbrechlich, alterslos elegant. Warum war mein Äußeres nicht nach ihr, sondern nach meinem Vater geraten?

Ich achtete darauf, dass sich das Buffet nicht in ein Schlachtfeld verwandelte, legte nach, legte zusammen, räumte weg. Typisch, dass die Fleischgerichte viel mehr Anklang gefunden hatten als die diversen Fischspeisen. Ich nahm mir etwas von den Goldbrassenfilets in Zitronen-Champagnersauce. Alter Champagner war für solche Saucen großartig. Im Keller meines Vaters lag eine Menge davon herum. Zum Trinken war mir junger Prosecco lieber.

Ein Ehepaar, das meine Eltern schon seit ewig kannten, entblödete sich nicht mir zu sagen: „Erwachsen bist du geworden, Maria. Und stattlich."

Erwachsen war ich schon lange. Dass ich ein paar Kilo Übergewicht hatte, machte mich noch lange nicht stattlich. Falls doch, dann sollte man höflich darüber schweigen. Am meisten ärgerte mich aber, dass ich für meine Eltern und deren Umgebung immer und ewig „Maria" bleiben würde. Dabei stand in meinem Taufschein „Mira". Ein Versehen, ausgelöst durch einen Pfarrer, der offenbar schon mehr jenseits als diesseits gewesen war. Ein Glück, dass ich mit zwölf meinen Taufschein gesehen und bemerkt habe, dass ich eigentlich Mira hieß. Maria hieß bald jemand. Sogar im Gymnasium hatte ich alle davon überzeugen können, dass ich ab nun Mira war. Nur nicht meine Eltern und deren Freunde. Vielleicht trug auch das zu meinem distanzierten Verhältnis bei.

Ich beobachtete einige Parteifreunde meines Vaters. Sie hatten sich zusammengerottet und tranken Rotwein. Längst waren die Sakkos abgelegt, die Hemdsärmel aufgekrempelt und die Krawatten gelockert worden. Was war ihre Meinung zur Nazivergangenheit? Ich kannte sie ohnehin. Sie würden „von dem schrecklichen, verbrecherischen Regime" reden und dann darum bitten, diese alten Sachen nicht länger aufzuwühlen. Man müsse in die Zukunft sehen.

„Fürchterlich", hatte meine Mutter gesagt, als wir damit beschäftigt gewesen waren, ausgehöhlte Kartoffeln mit Trüffelcreme zu füllen. „Aber ich kann mir nicht vorstellen, dass diese Familie Bernkopf etwas damit zu tun hat." Außerdem riet sie mir, mich von

„diesen Psychodingern“ fern zu halten, man wisse ja, „dass das zu nichts Gutem führt.“

Kurz vor fünf verabschiedete ich mich von meinen Eltern. Es war ein gelungenes Fest, das noch stundenlang dauern würde. Die Serviererinnen hatten ihre Anweisungen und wussten, wo der Nachschub war. Die großen Töpfe Gulasch und Pasta e Fasoi würde meine Mutter gegen Mitternacht wärmen.

Zwei Stunden Fahrt. Wenn nichts Unvorhergesehenes passierte, würde ich es rechtzeitig zu Vesnas Wohnung schaffen.

Ich hätte sie beinahe nicht wiedererkannt. Dezent geschminkt, in einem dunkelgrauen Kleid, mit Perlenkette und Perlenstecker in den Ohren, halbhohe schwarze Pumps an den Füßen. Vesna drehte sich vor mir. Sie wirkte ... wie die Frau des Botschafters von Slowenien eben. Wobei nicht sicher war, ob die echte Frau des Botschafters so viel Stil hatte. Vesna griff nach einer großen schwarzen Handtasche. „Handtasche ist besonders wichtig. Weil vielleicht ich finde nicht nur Fotoapparat, sondern auch Tagebuch und so.“

Sie war voller Vorfreude auf das Abenteuer.

„Mein Mobiltelefon. Ich hab mir ein zweites aus der Redaktion besorgt. Die Nummer ist eingespeichert. Du brauchst nur auf die Taste 2 zu drücken.“

Sie nahm es und nickte. Höchste Zeit. Mir klopfte das Herz bis zum Hals. „Bist du nicht nervös?“

„Lampenfieber, ja, das schon. Aber sonst ganz ruhig. Es wird schon klappen.“

„Fahren wir.“

„Ich fahre mit Taxi, das wirkt echter. Mein Freund Bogdan ist Taxifahrer. Er fährt mich gratis. Frau Botschafter zu Fuß ist nicht so gut. Und Frau Botschafter, die aus einem kleinen Fiat von Freundin steigt, auch nicht. Außerdem: Vielleicht beobachten sie dich. Zwei haben sie schon ermordet.“

Vielen herzlichen Dank, das war genau der Zuspruch, den ich gebraucht hatte.

Vesna rauschte unter den skeptischen Blicken ihrer Zwillinge aus der Tür, ich hinter ihr drein. Ich hätte bestenfalls als ihre Privatsekretärin durchgehen können. Oder als ihre Putzfrau.

Bogdan fuhr eine Runde, damit Vesna sehen konnte, wo mein Auto geparkt war. Dann verschwand das Taxi. Bogdan sollte Vesna erst abliefern, nachdem die meisten Gäste eingetroffen waren. Ich würde warten, bis ich von ihr hörte oder sie sah. Eine verdammt passive Rolle. Mit dem Parkplatz hatte ich Glück gehabt. Ich konnte den Hauseingang ohne Probleme beobachten. Einige Meter vom Eingang entfernt hatten sich etwa zehn Demonstranten postiert. „Raus mit den Arisierern", stand auf einem Transparent. Zwei uniformierte Polizisten schienen das Häufchen bunt gekleideter Jugendlicher zu bewachen. Ein Mädchen mit grünen Haaren hielt ein Schild mit der Aufschrift: „Jane Cooper – ein Naziopfer". Sie sah nicht aus, als wollte sie sich auf die Festgäste stürzen. Ein Mann trug eine Tafel, auf der „Mahnwache gegen Faschismus" stand.

Zwei schlanke Frauen unbestimmbaren Alters und in teurem Kostüm stiegen aus einem dunklen Mercedes und machten einen möglichst großen Bogen um die Demonstranten. Ein Paar ließ sich von seinem Chauffeur bis zum Eingang bringen und tat so, als ob es den Protest gar nicht bemerkte. Eine ältere Frau kam zu Fuß die Gasse herauf und läutete ebenfalls in der Birkengasse 14. Ich hatte bereits über dreißig Gäste gezählt, als Bogdans Taxi vorfuhr. Vesna stieg aus, elegant in Dunkelgrau, mit einem Gang, als trüge sie immer Schuhe mit Absatz. Unwillkürlich ballte ich die Hände und drückte ihr auch physisch die Daumen.

Im Lauf der nächsten Stunde kamen weitere Gäste an, insgesamt zählte ich 54 Personen. Die meisten von ihnen sahen wohlhabend aus. Der Kulturstaatssekretär war mit einer schlanken Frau ganz in Weiß gekommen, der Wurstfabrikant hatte sich im Rolls-Royce vorfahren lassen. Und auch ein paar andere Gesichter waren mir bekannt vorgekommen. Offenbar verfügten die Bernkopfs über sehr gute Beziehungen und Kontakte zur High Society. Aber das hatte ich ja bereits gewusst. In der Garagenauffahrt stand ein offener schwarzer BMW, wohl ein besonderer Gast, der hier parken durfte.

Hatte die Studentin nicht erzählt, dass der Bernkopf-Sohn ein Kabrio fuhr?

Ich versuchte mir vorzustellen, wie das Haus und seine Umgebung im Jahr 1938 ausgesehen haben konnten. In der Gasse hatte sich wahrscheinlich gar nicht so viel verändert. Abgesehen von einer Villa, die eindeutig nach dem Zweiten Weltkrieg gebaut worden war, stammten alle Häuser aus der Zeit der Jahrhundertwende. Der Großteil der Bäume sah aus, als hätten sie schon vor über sechzig Jahren Schatten gespendet. Hinter der Häuserzeile begann der Erzherzog-Karl-Park. Ein weitläufiges Gelände, jede Menge Grün.

Autos hatte es damals natürlich weniger gegeben. Und wohl auch keine Demonstrationen.

Es wurde dämmrig. Die Fenster im letzten Stock des Hauses waren erleuchtet, Geigen- und Klaviermusik drang leise herüber. Es wurde finster. Ein kalter, fast voller Mond stand über dem Haus in der Birkengasse 14. Dann wurden die Fenster weit geöffnet, Stimmen und Lachen waren zu hören. Die ersten Gäste verließen die Party. Ein Mann zündete sich gierig schon am Hauseingang eine Zigarette an. Offenbar herrschte bei den Bernkopfs Rauchverbot. Kein Lebenszeichen von Vesna. Ob es bei Familie Rosner auch Feste gegeben hatte? Mit Sicherheit. Hannis Vater war Anwalt gewesen, Geld und Gelegenheiten hatten wohl ausgereicht, um hin und wieder zu feiern. Bestimmt hatte Hanni ihre Freundinnen eingeladen. Jetzt dämmerte eine im Altersheim vor sich hin, eine war gestorben und von den anderen beiden fehlte jede Spur.

Ich schreckte hoch. Eine Sirene. Ich konnte Polizei- und Feuerwehrsirenen nie auseinander halten. Ich lauschte angestrengt. Eine Polizeisirene. Jetzt war ich mir fast sicher. Ich sah gehetzt auf den Hauseingang. Die Polizisten lehnten weiter am Gartenzaun. Keine Veränderung. Ich lauschte. Auch am Stimmengewirr aus der Wohnung der Bernkopfs hatte sich nichts geändert. Die Sirene kam näher. Was sollte ich tun? Wegfahren? Vesna zu Hilfe kommen? Da. Die Eingangstür ging auf. Ich krallte meine Hände ins Lenkrad. Zwei lachende Frauen traten heraus. Die Sirene wurde leiser und war schließlich nicht mehr zu hören.

Ich kramte in der Seitentasche meines Autositzes und zog eine kleine Flasche irischen Whiskey heraus. Notvorrat. Jetzt brauchte ich einen Schluck. Nur einen.

Vesna kam aus dem Haus. Allein, die große schwarze Handtasche unter dem rechten Arm. Sie sah sich um, ignorierte die Mahnwache, wie alle aus der Bernkopfschen Gesellschaft, und kam dann langsam auf mein Auto zu. So, als ob sie den mondhellen Abend genießen und noch etwas spazieren gehen wollte. Ich öffnete die Tür und blitzschnell saß Vesna an meiner Seite.

„Ich habe ihn", sagte sie, „fahr los, Mira Valensky."

Ohne ein Wort zu sagen startete ich. Niemand hielt uns auf. Niemand folgte uns. Erst drei Gassen weiter fragte ich: „Den Fotoapparat?"

„Was sonst? Mit eingraviert ‚Jane'."

Ich zwängte mein Auto in eine Parklücke. „Erzähle."

„Also gut." Vesna holte tief Luft. „Von Anfang an."

Ich nickte ungeduldig.

„Also, ich bin ins Haus gegangen. Die Türe der Bernkopf-Wohnung war offen. Die Polin hat so ein kleines weißes Schürzchen getragen, wie in alten Filmen. Lächerlich. Ich bin auf sie zu und habe gesagt: ‚Frau Doktor' – Doktor ist immer gut, Mira Valensky –, also: ‚Frau Doktor Maier hat mir von der Wohltätigkeitsparty erzählt. Mein Gatte, der slowenische Botschafter, wäre gerne auch gekommen, aber er ist verhindert.' Gut, was? Sie hat nur genickt und ich war drinnen. Und da hat sich dann herausgestellt, dass Frau Bernkopf lange nicht alle Gäste gekannt hat. Man hat Champagner bekommen und in jedem Zimmer waren kleine Körbe für Spenden. Weil alle so vornehm sind, waren da auch Kuverts, in die man das große Geld tun kann, und auch Erlagscheine. Ich habe ein Kuvert genommen und ganz heimlich getan und dann zwanzig Schilling hineingesteckt. Für die armen Kinder in Rumänien. Ich wette, Mira Valensky, ein paar andere haben auch keine Tausender hineingetan. Erlagscheine sind besser für Spenden, da sieht man, wer was gibt.

Herr Ministerialrat Bernkopf war auch da, den kenne ich ja vom Foto aus der Zeitung. Und ein Junger, der, glaube ich, ihr Sohn ist. Gute Erscheinung, das schon. Viele haben Titeln gehabt. Also, ich bin herumgegangen und habe Champagner getrunken, nicht viel natürlich. Das nicht. Weil ich habe ja noch was vor. Ich habe mir die Räume eingeprägt. Dann kommt das Programm. Eine Frau am Klavier und ein Mann mit Geige. Sehr langweilig, wenn du mich fragst. Nicht alle haben auf den Sesseln Platz gehabt. Ich bin ganz hinten gestanden. Dann bin ich leise gegangen. Weil ich habe auf die Toilette gemusst. Nicht wirklich natürlich, nur wenn wer fragt. Polnische Putzfrau ist auch im großen Raum gestanden und hat Buffet fertig gemacht. Der Raum hat mindestens 150 Quadratmeter, sage ich dir. Nobel. Zum Putzen aber eine Katastrophe. Mit drei Kristallluster. Weißt du, Mira Valensky, wie es ist, so was zu putzen?" Sie schüttelte angewidert den Kopf. „Also, ich bin hinaus. Als Erstes bin ich ins Schlafzimmer gegangen. Weil hinter Schlafzimmer könnte ja sein Toilette. Nachttischladen. Nichts. Kasten. Nichts. Ganz genau habe ich nicht geschaut, aber dort, wo Verstecke eben sind. Unter dem Bett viel Staub, sonst nichts. Polnische Putzfrau ist nicht besonders gründlich. Gut, ich bin in die Küche. Vorsichtig. Aber kein Personal. Bernkopf ist knauserig, habe ich gedacht. Oder doch nicht reich. Aber da waren keine guten Verstecke. Arbeitszimmer oder Gästezimmer? Was als Nächstes? Da höre ich Applaus. Denke mir, jetzt ist das Konzert aus und alle gehen wieder herum. Nicht in allen Zimmern, aber im Gang und so. Also mache ich zuerst ganz schnell den Vorraum. Ich öffne Lade unter der Sitzbank und da liegt er. Neben alten Hauspatschen. Ich nehme vorbereitetes Taschentuch aus Stoff, blicke mich um und schon ist Fotoapparat in der Tasche. Ich schwitze etwas und schaue noch, ob Tagebuch und die anderen Sachen auch da sind. Nichts. Die Tür geht auf. Ich gehe elegant auf Frau Bernkopf zu und gratuliere ihr im Namen Sloweniens zur Wohltätigkeit."

Ich röchelte.

„Hat sich geehrt gefühlt und mich um eine Karte gebeten. Habe nach Karte gesucht und war dann untröstlich. Habe sie vergessen.

Dann hat sie mir ihre gegeben und ich habe gesagt, ich schicke ihr meine. Kein Problem, sie vergisst wieder. Vielleicht sitzt sie bald hinter Gittern. Und ihr Mann auch."

„Niemandem ist etwas aufgefallen?"

„Nein, niemandem. Ich habe mich bewegt wie Botschaftersfrau. Weißt du was, Mira Valensky? Das macht Spaß. Schon in Schule haben sie zu mir gesagt, ich habe einen eleganten Schritt. Habe ich."

„Und dann bist du gegangen?"

„Weitersuchen zu gefährlich. Außerdem: Warum sollten sie die Dinge an verschiedenen Orten verstecken? Ich bin noch geblieben und habe noch ein Glas Champagner getrunken. Buffet war nicht besonders gut. Unser Fest für die Zwillinge war besser. Dein Buffet sicher hundertmal, Mira Valensky."

„Wir müssen den Film sofort entwickeln lassen. Lass sehen, wie viele Aufnahmen sie gemacht hat."

„Vorsichtig. Nicht anfassen." Vesna nahm den in ein blütenweißes Tuch gewickelten Fotoapparat aus ihrer Handtasche. Sie schlug das Tuch auf. Ein kleiner silberner Apparat. Das erste wirkliche Indiz dafür, dass Bernkopf Jane Cooper ermordet hatte. „Da steht es." Sie drehte den Apparat vorsichtig. Am Boden war in geschwungener Schrift „Jane" eingraviert. Kein Zweifel. Offenbar hatte sie elf Aufnahmen gemacht. Oder wurden die verbleibenden Aufnahmen gezählt? Jedenfalls gab es Fotos.

Plötzlich ernüchtert sah ich Vesna an. „Wir müssen Zuckerbrot informieren. Das ist wichtiges Beweismaterial." Ende des Detektivspiels. Jetzt war die Polizei am Zug.

„Besser, wir haben Fotos und geben sie ihm dann. Und Fotoapparat auch. Sonst wissen wir nie, was auf Fotos ist."

„Beweismaterial zu unterdrücken ist strafbar."

„Aber wir unterdrücken ja nicht. Wir haben gefunden. Wir übergeben. Nur etwas später."

Vesnas Logik. Mir war bei der Sache nicht wohl zumute. Es würde schwer genug sein, Zuckerbrot zu erklären, wie wir in den Besitz des Fotoapparates gekommen waren und dass er tatsächlich in einer Vorzimmerschublade von Ministerialrat Bernkopf gelegen war. Wir hätten uns besser absichern sollen. Wer weiß, ob die Mordkommission uns glauben würde?

„Auch schon egal“, sagte Vesna, „jetzt will ich Fotos sehen“.

Ich schüttelte den Kopf und rief im Sicherheitsbüro an. Natürlich war Zuckerbrot nicht mehr da. Es war Samstagnacht.

„Und was ist mit Fotos für Story? Welcher Reporter lässt sich das nehmen?“, hetzte Vesna. „Was ist mit Ulrike? Sie braucht Hilfe. Wir haben Fotos. Wenn Zuckerbrot alles am Montag hat, dann reicht das. Haben wir ihn am Wochenende nicht erreicht.“

Ich griff noch einmal in die Seitentasche des Autositzes, zog die kleine Whiskeyflasche heraus und trank einen Schluck. Vesna sah mich missbilligend an. Ich grinste.

„Okay, Vesna, dann suchen wir uns eben ein Schnelllabor, das die ganze Nacht offen hat.“

„Na also“, sagte Vesna tief befriedigt.

[15.]

Die U-Bahnstation war Samstagnacht noch erstaunlich belebt. Viele junge Leute. Eine andere Stimmung als die, die ich sonst hier kannte. Offener, freundlicher, lebensfroh. Wir hatten den Film abgegeben und waren gebeten worden in einer Stunde zurückzukommen. Was, wenn sie den Film falsch belichteten und zerstörten, ging es mir durch den Kopf. Wir saßen in einer Fastfood-Pizzeria und warteten, bis die Zeit verging. Eigentlich hatte ich Vesna zu einem guten Essen einladen wollen, aber sie hatte wie immer praktisch gedacht und gemeint, dass so ein Essen wohl länger als eine Stunde dauern würde. Also aß ich eine Pizza Cardinale, die gar nicht so schlecht war. Bloß der Teig war viel zu dick. Aber so liebte man die Pizza hierzulande eben.

Noch eine Viertelstunde.

Einige Kinder kamen herein. Es war bereits gegen Mitternacht. Wahrscheinlich waren sie fünfzehn oder sechzehn und schon lange keine Kinder mehr. Irgendwann einmal würde ich den Anschluss verlieren, über „die Jugend von heute" schimpfen und die Vergangenheit verklären. Oder verdrängen, je nachdem. Nächstes Jahr würde ich vierzig werden. Zum ersten Mal beunruhigte mich dieser Gedanke. Ich blickte wieder auf die Uhr. Endlich. Zeit, zu zahlen.

Unsere Fotos waren schon fertig. Ich hatte sicherheitshalber von jeder Aufnahme drei Kopien machen lassen.

„Soll ich die verwackelten Bilder gleich weggeben?“, fragte der Verkäufer.

„Nein“, rief ich rasch, „geben Sie mir alle Bilder.“

„Aber Sie brauchen die schlechten Bilder bei uns nicht zu bezahlen.“

„Ich möchte sie alle, wirklich.“

Wir standen in der U-Bahn-Unterführung und öffneten die Fototasche. Meine Finger zitterten. Auch Vesna war lange nicht so ruhig, wie sie tat.

Die Fotos waren nach dem Aufnahmedatum geordnet. Es waren doch mehr als elf. Die ersten stammten vom zehnten April, dem Tag ihrer Ankunft. Es waren typische Ferienschnappschüsse. Sie zeigten den Stephansdom, einen Fiaker, das Parlament, die Kärntnerstraße. Auf den zwei letzten Fotos des Tages war die Außenansicht des Freud-Museums zu sehen. Elfter April: Vier Fotos vom Haus in der Birkengasse aus unterschiedlicher Perspektive, aber alle von außerhalb des Gitterzauns aufgenommen. In der Garagenauffahrt stand dasselbe schwarze BMW-Kabrio wie bei der Wohltätigkeitsparty. Zwei der Bilder waren verwackelt. Menschen waren keine zu sehen, nur das Haus, das im Gegenlicht aufgenommen viel düsterer wirkte als in Wirklichkeit. Warum hatte Jane Cooper zwei Bilder verwackelt? War sie gestört worden? Oder war es die Vorstellung gewesen, dass hier ihre Großmutter gelebt hatte, dass von hier ihre Urgroßeltern vertrieben worden waren? Dass das der Schauplatz war, an dem die ersten Briefe nach Amerika geschrieben worden waren?

Zwölfter April: Zwei Bilder von der Außenansicht des Freud-Museums. Diesmal allerdings stand sie selbst neben der Eingangstüre. Lächelnd. Die dunklen Augen hatte sie von ihrer schönen Großmutter geerbt. Noch ein Bild, das vor dem Museum aufgenommen worden war. Ein blonder Mann mit Athletenfigur zeigte auf die Freud-Gedenktafel. Der Psychiater Peter Zimmermann.

Dreizehnter April: Zwei weitere Fotos vom Haus in der Birkengasse. Dann drei Fotos, auf denen kaum etwas zu sehen war. Unterbelichtet und verwackelt. Sie zeigten ein Wohnzimmer. Eine

Biedermeiergarnitur war in groben Umrissen auszumachen, auch ein Kristallluster.

„Bernkopfs Wohnung?“, fragte ich Vesna.

Sie nickte. Das hatte auch ihr die Sprache verschlagen.

Vesna kam zu einem ausführlichen Sonntagsfrühstück. Wir waren uns einig. Jetzt war es wirklich höchste Zeit, Zuckerbrot zu informieren. Doch der Journaldienst der Sicherheitsdirektion konnte uns nur sagen, dass Zuckerbrot erst morgen in den Amtsstunden zur Verfügung stehen würde. Und Droch war nicht zu Hause. Ein Mobiltelefon hatte er nicht. Er spottete über alle, die jederzeit erreichbar sein wollten. „Handysklaven“ nannte er sie. Wir hinterließen auf Anrufbeantwortern, bei Beamten, bei Portieren Nachrichten.

Das Wetter hatte sich eingetrübt. „Man kann nicht einfach herumsitzen“, sagte Vesna, nachdem wir gemeinsam das Frühstücksgeschirr weggeräumt hatten.

Diesmal war es umgekehrt. Vesna wartete im Auto und ich ging zum Haus in der Birkengasse. Ich wollte die Bernkopfs mit den Fotos konfrontieren. In der Jackentasche hatte ich ein kleines Aufnahmegerät mit einem guten Mikro. Auf eine unerlaubte Aktion mehr oder weniger kam es nun auch nicht mehr an. Das BMW-Kabrio war da. Die Demonstranten waren auch da. Gut, mit denen wollte ich ohnehin reden. „Ich bin Mira Valensky vom ‚Magazin‘“, stellte ich mich vor.

Sie schienen nicht zu wissen, dass ich die ganze Sache ins Rollen gebracht hatte und sahen mich abwartend an. „Irgendjemand aus eurer Gruppe hat mit mir vor ungefähr zwei Wochen Kontakt aufgenommen. Ich war es, die herausgefunden hat, dass es sich um ein arisiertes Haus handelt.“

Sie schienen mir nicht zu glauben. Der Mann mit dem Schild „Mahnwache gegen Faschismus“ war etwas älter als die anderen, er schien der Wortführer zu sein. „Wenn das stimmt, dann haben Sie aber seither nicht sehr viel getan, damit die Nazis raus müssen.“

Ich seufzte. Fundamentalisten gingen mir auf die Nerven. „Nazis sind das nicht, glaube ich zumindest. Auch wenn ich finde ..."

„Klar machen Sie mit denen gemeinsame Sache", mischte sich eine junge Frau ein. Sie trug einen Silberring durch die Oberlippe, und ich musste mich sehr anstrengen den Blick von ihrem Mund zu wenden. Ich wollte schließlich nicht als Spießerin dastehen.

„Unsinn", erwiderte ich, „mir geht es um die Morde. Sie könnten etwas mit dem Haus da zu tun haben. Natürlich bin ich dafür, dass arisiertes Vermögen zurückgegeben wird. Egal ob es Nazis haben oder ganz normale Bürger."

Der Anführer nickte. „Gut, und was wollen Sie von uns?"

„Haben Sie irgendetwas Besonderes bemerkt?"

Allgemeines Schulternzucken. Die mit dem Lippenpiercing meinte: „Was ist etwas Besonderes? Etwa die Zusammenrottung des Establishments von gestern Abend?"

„Das habe ich gesehen. Irgendetwas, das nicht ins Bild zu passen scheint."

„Die passen perfekt in ihren Rahmen."

Ich musste grinsen. „Ich lasse meine Telefonnummern da. Für den Fall, dass sich etwas Berichtenswertes tut. Ich würde gerne wissen, warum ihr da seid. Die Motivation. Um darüber in der nächsten Ausgabe des ‚Magazins' zu schreiben ... falls ich genug Platz für eine Story bekomme", fügte ich einschränkend hinzu.

In diesem Moment verlangsamte ein roter Renault die Fahrt, blieb stehen. Aus dem geöffneten Fenster heraus schoss ein Fotograf Aufnahmen von der Mahnwache und von mir. Dann raste der Wagen davon. Helle Aufregung. Das sei die Staatspolizei gewesen, war die Vermutung. Oder die Kriminalpolizei. Oder sonst eine Polizei. Als ob es nicht ein Grundrecht wäre, zu demonstrieren, empörten sie sich.

„Wo sind eigentlich eure Bewacher?"

Die Frau mit den grünen Haaren lächelte. „Wir haben sie auf ein Frühstück geschickt. Die sind ganz in Ordnung und haben schon kapiert, dass wir friedlich sind. Aber nicht verraten."

„Die Polizei war es nicht, die euch fotografiert hat", klärte ich sie auf. „Es war jemand vom ‚Blatt'." Hätten sie mich gefragt, warum, ich wäre ratlos gewesen. Das „Blatt“ gab Demonstrationen nicht eben viel Raum. Ihre neuerliche Empörung ersparte mir Erklärungsversuche.

„Ich geh zu den Bernkopfs. Sind sie da?“

„Warum?“

„Recherchen.“ Mir kam die Mahnwache ganz recht. Mit so vielen Zeugen konnten sie schlecht versuchen noch eine dritte Leiche zu produzieren.

„Wir sind erst vor einer Stunde gekommen. In der Nacht zahlt es sich nicht aus, da zu sein. Da merkt es niemand. Keine Ahnung, ob sie im Haus sind.“

„Hoffentlich komme ich hinein.“

„Kein Problem“, erwiderte der Anführer, „das Gitter zur Garagenauffahrt funktioniert automatisch. In der linken Säule ist ein kleiner versteckter Knopf.“

„Und trotzdem stehen Sie außerhalb?“

„Hausfriedensbruch kommt teuer. Wir wollen bloß zeigen, dass nicht alle in diesem Land Arisierungen für völlig normal halten.“

„Scheiß auf das Land“, sagte die Grünhaarige, „wir sagen, dass endlich Schluss sein muss mit den Nazimethoden.“

Einer drückte für mich auf den versteckten Knopf, das Gitter ging auf. Ich lief zur Eingangstüre und stellte fest, dass sie verschlossen war. Was soll’s. Ich wollte die Leute von der Mahnwache nicht in die Sache hineinziehen, also läutete ich bei Bernkopf. Der Summer ertönte. Keinerlei Rückfragen. Ich atmete tief durch und öffnete die Tür.

Zwei Stockwerke nach oben. In den Fenstern der Treppenabsätze standen große altmodische Grünpflanzen. Mit Pflanzen, die man nicht essen kann, kenne ich mich nicht besonders aus. Ich glaube, es waren Sansevierien.

Im obersten Stockwerk gab es nur eine einzige Türe. Sie stand offen. Und in der Tür stand ein Mann um die dreißig. Groß, schlank, mit dunklen Haaren und hellen Augen. Eine sportliche Erscheinung. Er lächelte verbindlich. Ob Ministerialrat Bernkopf da sei?

„Nein, meine Eltern sind im Vormittagskonzert des Musikvereins. Ich dachte, sie wären zurück und hätten geläutet. Deswegen habe ich geöffnet. Was kann ich für Sie tun?“

Einen Moment lang überlegte ich. Es war wohl besser, wenn er seine Eltern nicht warnen würde. „Schade, dann komme ich ein anderes Mal wieder. Es geht um eine Hausangelegenheit.“

„Sie werden doch nicht bei uns einziehen wollen? Das wäre mir eine Freude.“

Sein Lächeln war etwas zu breit. Wie hatte die Studentin gesagt? Er hielt sich für unwiderstehlich. „Gehört das Kabrio Ihnen?“

„Ja, das tut es.“

„Schönes Auto, ich komme dann ein anderes Mal wieder.“ Bevor er weiterfragen konnte, eilte ich die Treppe nach unten, vorbei an den Demonstranten, die Gasse hinauf zu Vesna.

„Fehlanzeige“, sagte ich zu ihr, „es war nur der Sohn daheim.“

[16.]

Am Montag fuhr ich früher als sonst in die Redaktion. Heute würde sich ein Gespräch mit Zuckerbrot nicht mehr vermeiden lassen. Besser, ihm von Anfang an klarzumachen, dass ich eben als Journalistin das Recht hatte, zu recherchieren, was ich wollte. Außerdem hatten wir ohnehin versucht ihn am Wochenende zu erreichen.

Die Redaktionssitzung hatte schon begonnen. Unser Chefredakteur liebte es, wenn möglichst viele von uns daran teilnahmen. Aber Anwesenheitspflicht bestand nur für die Ressortchefs. Mein Ehrgeiz hielt sich in Grenzen, ich verzichtete auf das Theater, so oft es ging. Letztlich blieben diejenigen Sieger, die dem Chefredakteur am besten einzureden vermochten, dass ihre Ideen eigentlich seine gewesen waren. Der Großteil der Storys freilich ergab sich ohnehin automatisch: Wenn alle über Rinderwahn schrieben, schrieben auch wir darüber. Wenn alle über eine Ablöse des Ministers XY spekulierten, spekulierten wir mit.

Ich versuchte, mein Telefonat mit der Sicherheitsdirektion noch hinauszuzögern, holte mir einen Packen Zeitungen und verzog mich an meinen Schreibtisch. Das „Blatt" brachte auf Seite 8 ein Foto des Demo-Anführers vor dem Haus in der Birkengasse. „Neuer Verdächtiger?", stand darunter. Über den Augen des Demonstranten war ein dünner schwarzer Balken. Das entsprach dem Medienrecht, hatte aber bloß die Wirkung, dass er tatsächlich gefährlich und verdächtig erschien. Erkennbar blieb er trotzdem. Ein Glück, dass sie kein Bild genommen hatten, auf dem auch ich zu sehen war.

Ich las: „Ein neue Wendung gibt es im Fall der Psycho-Morde. Wie von Experten schon länger vermutet, verstärken sich jetzt die Verdachtsmomente gegen mutmaßliche Täter aus dem linksextremen Milieu. Der Student Heinrich K. stand mit der ermordeten Amerikanerin Jane Cooper (22) von Anfang an in Verbindung. Mit ihm traf sie sich auch in einer so genannten Flüchtlingsberatungsstelle, in der er zeitweise Dienst tut. In den letzten Tagen war Heinrich K. Speerspitze der Demonstrationen vor dem Haus in der Birkengasse. Der wegen Ruhestörung und Widerstands gegen die Staatsgewalt mehrfach vorbestrafte Student könnte Jane Cooper zuerst überredet haben das Haus zurückzuverlangen und sie später ermordet haben, um eine politische Bühne zu bekommen. Von Hinweisen in diese Richtung jedenfalls wusste man in gut informierten Polizeikreisen zu berichten. Auffällig auch, dass jene Journalistin, die versucht hatte, die Morde dem unbescholtenen Hausbesitzer in die Schuhe zu schieben, mitten unter den Demonstranten gesehen worden ist. Gut möglich, dass der Mord an dem Psychiater Peter Z. (37) zwar im selben Milieu, aber ohne Zusammenhang mit dem an Jane Cooper verübt wurde. Er dürfte von einem seiner Patienten vergiftet worden sein."

Dieser Unsinn kam nicht von Zuckerbrot. Das hatten sich die Journalisten vom „Blatt" ganz alleine aus den Fingern gesogen. Sicher. Oder zumindest fast sicher. Warum hatte mir der Demonstrant nicht erzählt, dass er Jane Cooper gekannt hatte?

Ich schnappte meine Tasche, fluchte darüber, dass ich mein Auto zu Hause gelassen hatte und leistete mir ein Taxi.

Das Häufchen stand mit seinen Transparenten und Spruchtafeln dort wie an den Tagen zuvor. „Warten Sie", wies ich die Fahrerin an, „ich komme gleich wieder."

Ich pflanzte mich vor dem Studenten auf. „Warum haben Sie nicht gesagt, dass Sie Jane Cooper kannten?"

„Ach, auch schon das ‚Blatt' gelesen", lautete die Antwort. Er blickte mich spöttisch an.

„Besser, Sie steigen vom hohen Ross. Die Geschichte ist

Schwachsinn, aber viele Leute werden sie glauben. Also, woher kannten Sie Jane Cooper?"

Er sah mich misstrauisch an. Dann lockerten sich seine Züge und er wirkte mit einem Mal sehr jung und sehr verwirrt. „Ich arbeite bei der Migrantinnen- und Migrantenstelle, nebenher, meistens gratis. Sie haben viel zu wenig Leute und viel zu viel zu tun. Und ich war eben da, als die junge Amerikanerin gekommen ist. Ich habe ihr den Tipp mit der Pension ‚Alexandra' gegeben. Das war alles, ich habe sie nie wieder gesehen. Ich habe keine Ahnung, wer das dem ‚Blatt' erzählt haben kann."

„Und die Mahnwache hier?"

„Glauben Sie, ich begehe einen Mord, damit wir in die Zeitung kommen? Ich bin beim Antifaschistischen Bund. Wir sind Pazifistinnen und Pazifisten."

„Hat man Sie sonst noch einmal mit Jane Cooper gesehen? Waren Sie mit Ihr im Freud-Museum? Gab es irgendeinen Kontakt zum ermordeten Psychiater?"

Er schrie beinahe. „Nein, wenn ich es Ihnen sage: Ich habe sie ein einziges Mal gesehen. Und jetzt versuchen die mir daraus einen Strick zu drehen. Dabei sind wir total gegen Gewalt."

Die restlichen an der Mahnwache Beteiligten waren näher gerückt. Ich schluckte. „Aber wegen Widerstands gegen die Staatsgewalt sind Sie verurteilt worden."

„Klar, das sind wir alle. Über Polizeimethoden sollten Sie einmal etwas schreiben, aber das passt wohl nicht in ihr Hochglanzmagazin."

„Halten Sie mich auf dem Laufenden." Ich drückte ihm noch einmal eine Karte in die Hand und stieg ins Taxi.

Zuckerbrot drohte mich vom Fleck weg in Beugehaft nehmen zu lassen. Er brüllte am Telefon etwas von unterschlagenem Beweismaterial, und dass mir diesmal auch mein Freund Droch und mein ganzer Charme nichts helfen würden. War ich charmant? Ich hatte mich eigentlich nie so gefühlt. Und: Wollte ich überhaupt charmant sein? Für einen Moment war ich abgelenkt, dann konzentrierte ich mich wieder voll auf Zuckerbrots Vorwürfe. Er war wütend, weil wir den Fotoapparat gefunden hatten und er nicht. Ich sagte ihm das und hielt dann den Hörer einen halben Meter von meinem Ohr weg. Er befahl mir sofort ins Sicherheitsbüro zu kommen, samt Fotoapparat und Fotos.

Es wäre mir lieber gewesen, einer seiner Beamten hätte die Sachen abgeholt. Ich bin keine Freundin direkter Konfrontationen. Schon gar nicht, wenn die Gegenseite weitgehend im Recht ist. Aber was blieb mir anderes übrig?

Diesmal ließ er mich nicht warten. Er stand schon im Sekretariat, als ich die Tür öffnete. „Kommen Sie", sagte er barsch. „Ich habe einen Kollegen gebeten, bei unserem Gespräch mit dabei zu sein. Sicher ist sicher."

Auch das noch. Ich folgte ihm in sein Zimmer. Ein junger Beamter in Zivil erhob sich und gab mir die Hand. „Fahrnleitner."

„Valensky", erwiderte ich und musste trotz meines flauen Gefühls im Magen über seine förmliche Ernsthaftigkeit lächeln.

Ich legte den Fotoapparat mitsamt Vesnas Taschentuch auf den Schreibtisch. Die Fototasche mit dem Originalfilm und einem Satz Abzügen übergab ich Zuckerbrot mit einer kleinen Verbeugung.

„Spielen Sie hier nicht den Clown", knurrte er.

Wir setzten uns.

„Wie sind Sie zu dem Fotoapparat gekommen?", fragte er dann.

„Informantenschutz. Kann ich nicht sagen. Nur, dass er in der Wohnung der Bernkopfs in einer Vorzimmerschublade gefunden worden ist."

„Wer hat ihn gefunden?"

„Erfahren Sie nicht."

„Ich dachte, Sie sind an der Aufklärung des Falls interessiert."

„Sonst hätte ich Ihnen ja den Apparat kaum übergeben."

Er schlug mit der Hand auf den Tisch und brüllte: „Das ist strafbar, wissen Sie das eigentlich? Auch für Journalisten gelten unsere Gesetze."

„Ja, aber wir haben das Recht, die Namen unserer Informanten nicht preiszugeben."

„Nicht, wenn sie in Mordfälle verwickelt sind."

„Mein Informant hat Beweismaterial gebracht. Wichtiges Beweismaterial. Das dient wohl der Aufklärung des Falles und ist keine Verwicklung in den Fall."

„Woher soll ich wissen, dass der Apparat in der Wohnung der Bernkopfs gefunden worden ist?"

„Weil ich es beschwören kann."

Er lachte böse. „Werden Sie nicht melodramatisch. Den Geschworenen ist es egal was Sie beschwören können. Sie verlangen Beweise."

„Einer der Beweise findet sich auf den Fotos. Ich habe es Ihnen schon am Telefon gesagt: Es gibt drei Aufnahmen, die Jane Cooper von der Wohnung der Bernkopfs gemacht hat."

„Und wie soll ich wissen, dass sie nicht viel später gemacht wurden?"

Ich sah ihn möglichst neutral an. „Weil bei den modernen Kameras das Datum mit aufgezeichnet wird. Einen Tag später wurde sie ermordet."

Zuckerbrot schluckte. Er nahm die Fototasche, blätterte die Fotografien durch, sah sich einige genauer an. „Das beweist noch nicht, dass sie von Ministerialrat Bernkopf ermordet wurde. Im Gegenteil: Wenn sie in der Wohnung war, warum hätte er sich dann mit ihr noch im Freud-Museum treffen sollen?"

„Jedenfalls beweist es, dass er gelogen hat. Sie war in der Wohnung."

„Aber es klärt nicht, ob er auch in der Wohnung war."

„Vielleicht war es seine Frau. Ich hatte von Anfang an das Gefühl, sie verschweigt etwas."

„Frau Ministerialrat Bernkopf soll die Morde begangen haben?" Er sah mich spöttisch an.

„Warum nicht?"

„Unter anderem deswegen nicht, weil sie ein Alibi hat. Was übrigens in eingeschränkter Form auch auf ihren Mann zutrifft."

„In eingeschränkter Form?"

„Von mir erfahren Sie sicher nichts."

„Ich weiß jedenfalls, was sie als ihr Alibi versteht: Sie hat gekocht. Und am Abend haben sie Gäste gehabt. Sie kann zwischendurch weggegangen sein."

„Ihr Hausmädchen war da."

„Die Polin? Die ist ihr gegenüber loyal. Vielleicht weiß sie auch etwas über die Polin."

„Vielleicht auch noch Erpressung? Haben Sie je mit Frau Bernkopf geredet? Die Dame kümmert sich ums Haus und um ihren Mann und um Wohltätigkeitsaktionen."

„Ich sage ja bloß, dass ihr Alibi nicht wirklich wasserdicht ist. Es wäre gut, eine weitere Gegenüberstellung zu machen: Vielleicht erkennen die Angestellten des Freud-Museums Frau Bernkopf wieder."

„Ich bin doch nicht verrückt."

„Ich kann mir ja ein Foto besorgen und die Angestellten fragen."

„Tun Sie, was Sie nicht lassen können."

„Sie sind nicht neutral, Sie sind auf ihrer Seite."

Seine Stimme war gefährlich ruhig. „Das lasse ich mir von Ihnen wirklich nicht sagen. Seien Sie bitte so gut und dämpfen Sie ihre Selbstgerechtigkeit."

„Sie machen, was das ‚Blatt' will. Die verdächtigen Besitzer eines arisierten Hauses werden zu Opfern, diejenigen, die ihre Rechte einfordern, zu Tätern. Und was ist mit der Mahnwache? Gegen die ermitteln Sie auch."

„Keine Sorge, ihrer Freundin mit den grünen Haaren tue ich schon nichts."

„Aber was ist mit dem Mann aus der Flüchtlingsberatung?"

„Vergessen Sie's."

„Bleibt immer noch Ulrike. Während die Bernkopfs weiter als Unschuldslämmer gelten."

„Nehmen Sie zur Kenntnis: Die Sache mit der Arisierung ist eines. Die Sache mit den Morden etwas anderes. Die Bernkopfs werden nicht dadurch zu Mordverdächtigen, weil sie heute ein Haus besitzen, das früher einmal Juden gehört hat."

„Aber die Geschichte des Hauses ist die Geschichte der Morde."
„Und der Psychiater?"
Ich stutzte. „Auf alle Fälle hatten die Bernkopfs ein gutes Motiv, Jane Cooper aus dem Weg zu räumen. Sie hatten Angst, das Haus zu verlieren. Auch wenn die Angst eher unbegründet ist."
„Ich sollte Anzeige gegen Sie erheben wegen Unterschlagung von Beweismaterial."
„Sie waren am Wochenende nicht zu erreichen, ich habe es immer wieder versucht. Das müssten Ihnen die Beamten des Journaldienstes eigentlich gesagt haben. Außerdem: Ohne mich hätten Sie das Beweismaterial nicht. Oder hätten Sie etwa auf meine Anregung hin eine Hausdurchsuchung gemacht?"
Er schnaubte. „Wir sind an die Gesetze gebunden, etwas, das für Sie nicht zu gelten scheint."
„Sie haben den Apparat. Und eventuelle Fingerabdrücke wurden nicht verwischt. Darauf habe ich geachtet."
„Sie sagen mir, wer Ihnen den Apparat gegeben hat und ich verzichte auf eine Anzeige."
Ich sah ihm so konzentriert wie möglich in die Augen. „Sie glauben wirklich, dass ich darauf einsteige?"
„Woher soll ich wissen, ob der Apparat nicht ganz woanders gefunden worden ist? Man könnte schließlich auch Sie getäuscht haben."
„Wer? ‚Linksextreme Randalierer', wie sie vom ‚Blatt' und seinen Lieblingspolitikern genannt werden?"
„Hören Sie doch auf."
„Die Demonstranten haben nichts mit den Morden zu tun. Die haben ihre Ideale und sie stellen sich dafür auf die Straße."
„Sie sind abgrundtief naiv, wissen Sie das? Einige ihrer Freundinnen und Freunde sind vorbestraft und zwar nicht wegen Herumstehens. Sie haben Polizisten angegriffen, Steine geworfen, Autos und Schaufensterauslagen beschädigt."
„Das ist ja schon so gut wie Mord, oder?"
Zuckerbrot blickte auf den jungen Beamten, der bisher wortlos dagesessen war und sah dann wieder zu mir. „Also gut: Ich glaube

auch nicht, dass sie mit den Morden zu tun haben. Aber gegen das, was sich eine Zeitung aus den Fingern saugt, kann ich schlecht etwas unternehmen. Außerdem: Davon leben schließlich auch Sie."

„Bloß dass ich mir nichts aus den Fingern sauge."

Er lachte schon wieder böse auf.

„Hören Sie, die Aufnahmen, die Jane Cooper vom Wohnzimmer der Bernkopfs gemacht hat, sind ein klares Indiz, dass sie zumindest einen aus der Familie gekannt hat. Sie hat nicht sehr viele Leute in Wien gekannt. Und noch weniger Leute, die ein klassisches Mordmotiv haben."

„Eifersucht ist auch ein klassisches Motiv."

„Absurd."

„Sie ist Ihre Freundin."

„Ich habe sie vor dem Mord mit Ausnahme eines Maturatreffens seit der Schulzeit nicht mehr gesehen."

„Eben, sie kann sich verändert haben."

„Absurd."

„Wir müssen in alle Richtungen ermitteln. Das verlangen doch gerade die Medien immer wieder von uns." Seine Stimme war etwas ruhiger geworden.

Ich musste in die Redaktion. Dringend. Wenn Zuckerbrot nichts unternahm, würde ich eben nachhelfen. Das „Magazin" konnte eines der verschwommenen Fotos des Wohnzimmers veröffentlichen. Nur Fakten. Aber damit Druck machen. Auch auf die Ermittlungen.

Zuckerbrot drehte sich wieder zu seinem Kollegen: „Willst du sie noch etwas fragen?"

Der junge Beamte schüttelte den Kopf. Ein schweigsamer Zeitgenosse. Zermürbend.

Ich fuhr mit der U-Bahn in die Redaktion zurück und überlegte. Darauf, dass mir Zuckerbrot voll Dank für das Beweismaterial um den Hals fallen würde, hatte ich nicht gehofft. Aber mit diesem Grad an Wut und Ablehnung hatte ich auch nicht gerechnet. Natürlich waren unsere Methoden nicht ganz astrein gewesen. Und wir hatten ihm den Fotoapparat erst mit zwei Tagen Verspätung zukommen lassen. Aber immerhin: Meine Anrufe in der Sicherheitsdirektion von Samstagnacht und Sonntag ließen sich nachweisen. Ich hatte ihn eben nicht erreicht. Keine Ahnung, ob er mich tatsächlich anzeigen würde. Ich hätte beim Studium besser aufpassen sollen, als Strafrecht an der Reihe gewesen war. Konnte ich wirklich wegen Unterschlagung von Beweismaterial angeklagt werden, nur weil ich es etwas später übergeben hatte? War ich verpflichtet Vesna auch offiziell in die Sache hineinzuziehen?

Vielleicht stand Zuckerbrot auch unter dem Druck seiner Vorgesetzten. Der Sicherheitsdirektor ließ sich gerne vom „Blatt“ feiern. Zuckerbrot war sicher darüber wütend, den Fotoapparat nicht selbst gefunden zu haben. Aber eine Hausdurchsuchung bei einem ehrenwerten Ministerialrat war wohl nicht so leicht durchzusetzen. Sie hätte weitere böse Berichte im „Blatt“ und in einigen anderen Zeitungen ausgelöst. Umso mehr sollte er mir dankbar sein. Ich schüttelte den Kopf. Es würde schon alles gut gehen. Vesnas Namen durfte ich auf keinen Fall nennen. Man stelle sich vor, das sickert zum „Blatt“ durch. Ich sah die Schlagzeile schon vor mir: „Bosnierin bricht bei Ministerialrat ein.“ Nein danke.

Ich ging gleich zum Chefredakteur. Seine Sekretärin grinste mir zu. „Er ist drinnen, aber ich muss dich erst anmelden.“ Auch so eine der Neuerungen, die er nach seinem letzten Managementseminar eingeführt hatte. Damit er nie überrascht werden konnte. Nun wurde darüber spekuliert, wobei man ihn denn überraschen könnte. Beim Nasenbohren? Beim Schlafen? Beim Comicslesen? Ich starrte auf die geschlossene Türe und wartete.

Was hatte Freud über das „Ichideal“ und über das „Massenideal“ geschrieben? Vielleicht waren Managementgurus dazu da, schwachen Persönlichkeiten irgendein kollektives Managementideal einzutrichtern. Egal ob Chefredakteure oder Wirtschaftsbosse: Sie schienen mir seltsam gleichgeschaltet zu funktionieren, vor allem die Jüngeren unter ihnen. Die Jüngeren männlichen Geschlechts. Aber Frauen waren auf dieser Ebene ohnehin selten. Da gab es irgendeine Heilslehre, der sich diese Typen verschrieben hatten. Erfolg war eine der zentralen Botschaften, Macht eine andere. Aber die einzelnen Personen, die dieses Managementmassenideal zu verkörpern hatten, waren alles andere als stark. Darum brauchten sie die Gurus wohl auch.

Die Sekretärin winkte mich hinein. Der Chefredakteur stand am Fenster und sah hinaus. Ich räusperte mich. Er drehte sich abrupt um, so als hätte ich ihn aus tiefen Gedanken gerissen.

„Es geht um die Mord-Story."

„Sie hätten bei der Redaktionssitzung sein sollen. Dann wüssten Sie schon, dass wir auch diesmal keinen Platz dafür haben. Vielleicht eine Kurzmeldung. Wie Sie gemerkt haben, finden die anderen Medien das Thema nicht mehr besonders interessant. Zumal sich ja nichts zu tun scheint."

„Ich musste in die Sicherheitsdirektion. Es gibt etwas Neues. Sogar etwas ganz Entscheidendes." Ich zog die Fotos aus der Tasche. Der Chefredakteur ließ sich in seinen schwarzen Lederschreibtischsessel fallen und blätterte sie lässig durch.

„Keine besonders gelungenen Aufnahmen. Es sind zwei Fotos von der Toten dabei, aber wir haben ihr Bild ohnehin schon gebracht. Und nur weil sie vor dem Freud-Museum steht ..."

„Ganz abgesehen davon, dass es sich um ein Foto kurz vor ihrem Tod handelt und dass das Foto vor dem Mordschauplatz aufgenommen worden ist: Das andere Foto zeigt den ermordeten Psychiater. Die Fotos stammen aus ihrem Apparat."

Ich erzählte ihm die Geschichte so, wie ich sie Zuckerbrot erzählt hatte. Seine Reaktion freilich war weit weniger emotional. Und sein Wissensdurst deutlich geringer. Immerhin nahm er die Aufnahmen der Wohnung und betrachtete sie genauer.

„Aber warum sollen wir den Leuten ein verwackeltes, unterbelichtetes Wohnzimmer präsentieren?"

„Weil es der Beweis ist, dass Bernkopf gelogen hat. Jane Cooper ist in seiner Wohnung gewesen. Sie hat sie sogar fotografiert. Wir veröffentlichen einen der wichtigsten Beweise. Wir haben ihn exklusiv." Ich machte eine Kunstpause. „Was glauben Sie, wie viele amerikanische Medien uns zitieren werden?"

Er blätterte die Fotos noch einmal durch. „Wir müssen seriös bleiben. Die Bernkopfs haben ein Alibi. Wir können Sie nicht als Mörder hinstellen, bloß weil die Ermordete in ihrer Wohnung Fotos aufgenommen hat."

„Sie haben ein sehr gutes Motiv, nicht mehr und nicht weniger."

„Warum? Bernkopf ist Jurist. Er hat ganz genau gewusst, dass selbst eine Klage auf Rückgabe des Hauses wenig Aussicht auf Erfolg hat."

„Woher wissen Sie das so genau?"

„Ich habe gestern beim Golfen per Zufall seinen Sohn getroffen."

Seit wann spielte der Chefredakteur Golf? Ich sah mich im Zimmer nach Golfschlägern um. Vielleicht war die Tür zu, weil wir ihn nicht beim Üben überraschen sollten. „Zufall wird das keiner gewesen sein."

„Natürlich war es Zufall. Ich habe ihn schon einige Male im Club gesehen, aber ich wäre nie auf die Idee gekommen, dass er der Sohn von Ministerialrat Bernkopf ist. Die meisten von uns Jüngeren sind per Du. Er heißt Mischa. Dass er auch Bernkopf heißt, daran habe ich nicht gedacht. Er ist überaus erfolgreich, und dabei ist er erst 31 Jahre alt. Er hat als einer der wenigen erkannt, dass man auch in Österreich auf neue Technologien setzen muss. Von ‚Internet-Consulting' werden Sie ja schon etwas gehört haben?"

Ich schüttelte den Kopf.

Er seufzte. „Sie sollten sich mehr für Wirtschaft interessieren. Das ist gerade für eine Lifestyle-Redakteurin wichtig. Wer prägt denn den Lifestyle? Die, die das Geld haben. Eben. Also ..." Er sah mich etwas verwirrt an. Manchmal fragte ich mich, ob er nicht heimlich trank.

„Bernkopfs Goldjunge", half ich ihm auf die Sprünge.

„Seien Sie nicht zynisch, das steht Ihnen nicht. Er ist wirklich großartig. Demnächst wird er mit seinem Unternehmen an die Börse gehen. Ich habe gehört, sein Penthouse im ersten Bezirk ist eines der schönsten in ganz Wien. Vielleicht könnten Sie ihn noch in die Serie ‚So wohnen Österreichs Prominente' aufnehmen? Alle Folgen haben wir ohnehin noch nicht gebracht, oder?"

Ich schüttelte den Kopf. Nicht auch das noch. Obwohl ich vielleicht bei dieser Gelegenheit in Bernkopfs Penthouse ... Unsinn, was würden seine Eltern dort schon verstecken. „Also was machen wir mit dem Foto?"

Der Chefredakteur runzelte die Stirn. „Mischa, also Bernkopf junior, hat mir versichert, dass seine Eltern nichts mit der Sache zu tun haben. Sie haben zwar nicht besonders geschickt reagiert, aber mit Medien haben sie eben sehr wenig Erfahrung. Er hat mir von ihrem Alibi erzählt. Ein Alibi, das er selbst bezeugen kann, weil ja auch er bei dem Essen war."

„Er hat Sie also unter Sportsfreunden gebeten die Sache fallen zu lassen."

„Er war besorgt, dass ich mir unhaltbare Theorien einreden lasse, die sich dann negativ auf das ‚Magazin' und seinen Ruf auswirken. Und auf meinen."

„Wir haben diese Fotos ..." – ich schob eine Kunstpause ein – „weltexklusiv. Es gibt eine Menge Medien, die viel Geld dafür zahlen würden, um die letzten Bilder, die Jane Cooper vor ihrem Tod gemacht hat, zu veröffentlichen. Ganz abgesehen davon, dass uns nicht nur die österreichischen, sondern auch die US-Medien zitieren müssten. Schlecht für das ‚Magazin'? Wir sagen ja nicht, dass die Bernkopfs die Mörder sind. Wir sagen, dass zumindest einer von ihnen gelogen hat. Denn dass Jane Cooper in die Wohnung eingebrochen ist, werden wohl doch die wenigsten glauben."

Er trommelte mit Zeige- und Mittelfinger auf den Tisch. „In Ordnung. Aber ich bekomme die Story vorher zu Gesicht. Eine Doppelseite, das meiste davon Bilder. Wir bringen ein kleines Bild von ihr vor dem Freud-Museum, ein kleines von dem Psychiater, ein mittleres von der Außenansicht des Hauses und je nach Qualität ein mittleres oder großes von dem Wohnzimmer. Gehen Sie gleich ins Fotolabor. Sie werden Zeit brauchen, um die Fotos halbwegs gut hinzubekommen."

Ich nickte und eilte ohne ein weiteres Wort davon. Ich hatte bekommen, was ich wollte.

Ich rief in der Rechtsanwaltskanzlei an, die immer noch als Puffer zwischen Ulrike und der Außenwelt in Aktion war. Oskar Kellerfreund hob ab. Ich hatte die Sekretärin erwartet und stotterte herum. Wenn mich schon derartige Kleinigkeiten aus dem Konzept warfen, wäre es besser, mich nicht mit Mordfällen zu beschäftigen. Ulrike sei für einige Tage zu einer Tante aufs Land gefahren, erzählte er. Es gehe ihr gut und es sehe auch so aus, als ob der Verdacht gegen sie nicht mehr lange aufrechtzuerhalten sei.

Ich bedankte mich für seinen Tipp mit Dora Messerschmidt.

„Eindrucksvoll, nicht?“, erwiderte er.

„Inhalt oder Form?“, fragte ich zurück.

„Beides.“

Ich begann gerade von der Sache mit dem Fotoapparat zu erzählen, als mir einfiel, dass ich diese Geschichte lieber nicht über das Telefon verbreiten sollte. Abzuhören war der Polizei zwar nur unter gewissen Umständen gestattet, aber die Erfahrung hatte gezeigt, dass sie sich nicht immer daran hielt. Seit ich unser gemeinsames Abendessen hatte absagen müssen, war mein Kontakt mit Oskar Kellerfreund nur auf Gespräche über die Mordfälle beschränkt geblieben. Trotzdem. Er konnte ja ablehnen. Ich holte Luft und lud ihn zum Essen ein. Als Wiedergutmachung. Bei mir zu Hause. Morgen, 20 Uhr?

Stille in der Leitung. Mira, warum kannst du nicht wie andere Frauen warten, bis du gefragt wirst? Oder zumindest etwas trickreicher agieren? „Das heißt ... ich möchte dir lieber persönlich über die neuen Entwicklungen erzählen.“

„Ach so. Ja, natürlich komme ich gerne. Auf jeden Fall. Ich bin es ja auch meiner Klientin schuldig, nicht wahr?“

Das hatte ich davon. Was soll's. Es würde ein gemütlicher Abend werden, nicht mehr. Ich brauchte Gesellschaft, nicht mehr. Da gab es schließlich auch noch Joe. Gab es ihn noch für mich? Er hatte sich seit mehr als einer Woche nicht gemeldet. Ich mich allerdings auch nicht.

„Super“, sagte ich mit übertriebener Begeisterung, „was willst du essen? Fleisch, Fisch, Geflügel, vegetarisch? Bestelle und ich koche.“

„Hast du überhaupt Zeit dazu?“

„Für ein kleines Menü wird es schon reichen.“

„Und ich soll sicher nichts mitbringen?“

„Nur dich.“

„Das ist aber nicht viel. Außer du siehst es mengenmäßig. Dann ist es eine ganze Menge.“

„Gerade richtig“, sagte ich. „Also was willst du essen?“

Wir einigten uns auf Geflügel. Ich begann mich zu freuen.

[17.]

Geräucherte Gänsebrust auf Rucola-Salat. Spargelcremesuppe. Lauwarme Entenleber auf Pflaumenbalsamico. Trüffelpastetchen. Frittierte Hühnerstreifen mit frittiertem Spargel. Stubenküken in Salbei. Selbst gemachtes Himbeer-Joghurteis. Mir lief das Wasser im Mund zusammen. Zum Glück hatte ich auf dem Markt bei der Bäuerin aus dem Marchfeld schönen Spargel bekommen.

Genug Zeit, um in Ruhe zu kochen. Viel mehr als eine Stunde würde ich nicht brauchen. Ich summte vor mich hin und begann den Tisch, dessen eine Hälfte wie immer mit Zeitungen, Büchern, geöffneter Post und allem möglichen anderen bedeckt war, abzuräumen. Der Großteil wanderte auf meinen Schreibtisch. In einer Klarsichthülle lagen Kopien der Briefe. „Liebe Hanni ..." Ich las noch einmal die Glückwünsche zum Geburtstag, überflog die Briefe von Hannis Eltern. Dann legte ich sie in die oberste Schreibtischschublade.

Zwei Kerzen in die Mitte des Tisches. Oder wirkte das zu absichtsvoll? Hatte ich Absichten? Jedenfalls sah es nicht nach Geschäftsessen aus. Das war auch gut so. Er sollte nicht glauben, dass ich ihn bloß eingeladen hatte um mit ihm über den Fall zu reden. Selbstbewusstsein schien ohnehin nicht seine Stärke zu sein. Schlimmstenfalls konnte ich immer noch einen Witz machen und die Kerzen wieder wegräumen.

Gismo beäugte meine Aktivitäten mit Misstrauen. Sie hasste jede Form der Veränderung. Ich würde sie mit ein paar schwarzen Oliven besänftigen. Wann kam Joe eigentlich zurück? Ich rechnete. Eigentlich hätte er schon wieder in Wien sein müssen. Jedenfalls wäre es mir nicht recht, wenn er heute Abend auftauchen würde.

Ich wählte seine Nummer. Nach dem dritten Läuten hob er ab. „Joe Platt hier."

„Hallo Joe, du bist schon zurück?"

„Ich wollte dich schon anrufen, aber ..."

„Ist ja in Ordnung, ich hab ohnehin viel zu tun und da habe ich mir gedacht, ich melde mich einmal zwischendurch."

„Ich muss noch ins Fernsehzentrum, wir haben Sitzung. Die Sommershows werden geplant."

Bei den Sommershows des letzten Jahres hatten wir uns kennen gelernt. „Vielleicht unternehmen wir am Wochenende etwas?"

„Ja, das wäre fein, ich melde mich noch. Du fehlst mir, Mira."

„Du mir auch."

„Du hast dich hoffentlich auf nichts Gefährliches eingelassen?"

„Wie ich dir versprochen habe. Nur ein Ministerialrat nebst Gattin. Ordentliche und anständige Bürger. Was soll da schon passieren."

„Hör mal, ich bin zwar nicht wirklich informiert, aber ich weiß, dass zwei Leute ermordet worden sind."

„Willst du mir Angst machen?" Ich wusste nicht, warum ich so aggressiv reagierte.

„Natürlich nicht. Ich will dich nur bitten vorsichtig zu sein."

„Bin ich."

„Bis bald, meine Süße."

„Bis bald."

Offenbar hatte er ohnehin Besseres zu tun, als sich mit mir zu treffen. Ich ärgerte mich, dass ich trotz allem gekränkt war. Immerhin war ich es, die einen anderen Mann zum Abendessen eingeladen hatte. Aber wer sagt, dass Joe allein war? Wer sagt, dass die Sitzung nicht bloß eine Ausrede war? Vielleicht gab es knackigen Nachwuchs in der Volksmusikbranche. Ich schüttelte den Kopf. Wir lebten in verschiedenen Welten. Mein Blick fiel auf die Kerzenleuchter, ich räumte sie wieder weg.

Ich hatte gerade die gefrorene Hühnerbrühe in einen Topf gekippt, als das Telefon läutete.

„Hier ist Oskar Kellerfreund."

„Ich weiß schon, welcher Oskar. Ich kenne sonst gar niemanden, der Oskar heißt", antwortete ich fröhlich. Er brauchte wirklich nichts mitzubringen, gar nichts, nur sich selbst.

„Ich ..." Er klang gedrückt.

„Was ist los?"

„Ich habe mich so auf das Essen gefreut, aber ich kann nicht."

„Du kannst nicht?" Offenbar hätte ich ihn doch nicht einladen sollen. Spät, aber doch hatte er den Mut gefunden, abzusagen.

„Es steht nicht in meiner Macht. Hast du Radio gehört?"

„Nein."

„Es sind drei Häftlinge ausgebrochen. Einer davon war mein Mandant."

„Und jetzt ist er hinter dir her?"

„Warum? Nein. Ach so, du siehst wohl zu viele Krimis. Es ist anders. Die drei sind mit dem Flugzeug bis nach Berlin gekommen und haben dort in einem Bistro Geiseln genommen. Es ist ziemlich klar, dass sich mein Mandant schnell ergeben wird, wenn ich mit ihm rede. Er ist kein hartgesottener Verbrecher. Den haben mit Sicherheit die beiden anderen in diese Sache mit hineingezogen. Er ist ein Idiot."

„Und wahrscheinlich unschuldig", spottete ich.

„Aber nein, den Banküberfall damals hat er begangen, wenn auch so dumm, dass sie ihn gleich gefasst haben. Ich war sein Pflichtverteidiger. Er ist wirklich nicht besonders intelligent und er wird dauernd in etwas verwickelt. Was keine Entschuldigung ist. Jedenfalls muss ich sofort nach Berlin fliegen und mit ihm reden."

Ich überlegte. Für eine Ausrede klang das alles zu kompliziert. Viel komplizierter als eine Sitzung. Und es war auch nachprüfbar. „Du gehst zu den Geiselnehmern hinein?"

„Nein, ich bin ja nicht lebensmüde. Ich rede nur mit meinem Mandanten. Wenn er das will. Jedenfalls versuche ich es über ein Telefon. Tja, und das ist der Grund, warum ich nicht kommen kann. Ich bin schon am Flughafen."

„Schade."
„Ja, schade."
Schweigen.
„Eine zweite Chance wird es wohl nicht geben?"
„Warum nicht? Hol deinen Bankräuber heim und melde dich wieder. Viel Glück."
„Danke. Und ... ich habe mich wirklich sehr darauf gefreut." Er legte auf.

Ich seufzte. Wozu jetzt meine Vorbereitungen? Wohin mit meiner Vorfreude?

Ich stellte den Topf mit der gefrorenen Hühnerbrühe auf den Herd und rief Vesna an.

Noch eine Absage. Ihre Kinder hatten in der Schule Theaterabend. Die Zwillinge spielten mit und da musste sie natürlich dabei sein.

Ich ging im Geiste einige Freundinnen durch, die ich schon länger nicht mehr gesehen hatte. Joe? Um zu testen, ob er überhaupt noch Wert darauf legte, mich zu sehen? Ein spätes Abendessen nach seiner angeblichen Sitzung? Aber wie ich aus Erfahrung wusste, stresste ihn ein Menü, das aus mehr als zwei oder drei Gängen bestand.

Was hatte ich damals zu Dr. Zimmermann mit den blauen Augen gesagt? „Ab und zu koche ich ganze Menüs nur für mich." „Nur?", hatte er daraufhin gefragt. Ich sei wichtig und es sei gut, etwas für sich zu tun. Ich lächelte, ging in die Küche, schälte den Spargel und schnitt ihn in kleine Stückchen. Mira Valensky, es wird mir eine Ehre sein, mit dir zu Abend zu essen. Her mit den Kerzenleuchtern.

Ich behielt einige Spargelspitzen zurück und warf den Rest in die kochende Hühnerbrühe. Je mehr Spargel, desto dicker wird die Suppe. Ich hatte sehr viel Spargel genommen. Den Rest der Suppe würde ich morgen essen. Oder übermorgen. Vielleicht mit Oskar. Vielleicht.

Während der Spargel weich wurde, bereitete ich die Pflaumensauce zu. Einige Pflaumen entkernen, in Stücke schneiden.

Butter in eine Pfanne, frisch gemahlene Peperoncini dazu. Jetzt brauchte ich mich wenigstens nicht zu fragen, ob Oskar auch gerne scharf aß. Die Pflaumen anbraten, bis sie genug eigenen Saft gelassen hatten. Zwei Esslöffel Balsamico-Essig dazu. Auf kleiner Flamme einreduzieren lassen. Ich hatte fertige Blätterteigpastetchen gekauft und legte drei auf eine flache Backform. Dann noch eines. Und dann noch eines. Ich würde es mir heute richtig gut gehen lassen.

Ob Frau Bernkopf, Verzeihung, Frau Ministerialrat Bernkopf auch gerade kochte? Ob wieder einmal Gäste unter den Kristalllustern saßen? Jane war in ihrer Wohnung gewesen. Tagsüber. Also sprach alles dafür, dass sie auf Frau Bernkopf getroffen war. Die Bernkopf hatte gelogen. Natürlich hatte sie ihrem Mann vom Besuch der Amerikanerin erzählt. Und Jane konnte wiedergekommen sein. Oder per Brief angekündigt haben Anspruch auf das Haus zu erheben. Offenbar war das Alibi von Ministerialrat Bernkopf noch schlechter als das seiner Frau, Zuckerbrot hatte so etwas durchklingen lassen. Würden die Fotos ausreichen um ihn vor Gericht zu bringen? Hätte Zuckerbrot die Kamera gefunden, wäre das ein viel besseres Indiz gewesen. Aber er hätte sie eben nie gefunden. Brave Bürger mit Beziehungen galten eben als unverdächtig.

Eifersüchtige Frauen, noch dazu im so genannten Psycho-Milieu, und linke Idealisten mit bunten Haaren galten hingegen als verdächtig. Was konnten Fakten daran viel ändern? Ich war es Jane und ihrer Großmutter schuldig, dass die Wahrheit herauskam. Viel zu lange war über viel zu viel geschwiegen worden. Was Janes Vater anging, so hatte Dora Messerschmidt schon Recht: Warum sollte es nur restlos sympathische Menschen jüdischer Herkunft geben? Wie gut Oskar Dora Messerschmidt wohl kannte? Ich sollte doch nicht so viele Trüffelpastetchen essen. Auch egal. Er war in Berlin, Joe war auf seiner Sitzung oder sonst wo und ich kochte mir ein Festessen. Wenn, dann ohne Kompromisse.

Ich vermischte zwei Löffel Crème fraîche mit Salz, Pfeffer, einem Eidotter, einer halben Tube Trüffelpaste und füllte das Ganze in die Pastetchen.

Das Stubenküken rieb ich mit Salz und Pfeffer ein, wälzte es in zerlassener Butter, streute eine Menge grob gerissener Salbeiblätter darüber, begoss es mit einem guten Glas trockenen Sherry und schob es ins vorgeheizte Rohr. 200 Grad, eine Stunde lang.

Die Himbeeren für das Eis waren noch nicht vollständig aufgetaut, kein Problem, ich musste sie ohnehin bloß mit einem Joghurt und zwei Päckchen Vanillezucker vermischen, den Rest erledigte meine kleine Eismaschine. Später.

Die frittierten Hühnerstückchen mit frittiertem Spargel würde ich auf morgen oder übermorgen verschieben. Eine gute Zukunftsperspektive.

Ich wusch Rucola, trocknete ihn ab, besprühte ihn mit einem feinen Feigenessig, ein paar Tropfen Zitronensaft dazu, Salz, Pfeffer. Darauf die geräucherte Gänsebrust. Ich nahm sie aus meinem großen Gefrierschrank und schnitt sie auf. Äußerst praktisch, wenn man so selten zum Einkaufen kam wie ich.

Was hatten wir übersehen?

Ich hatte im Freud-Museum gefragt, ob mir die japanische Produktionsfirma auch das nicht verwendete Filmmaterial zukommen lassen könnte. Fehlschlag. Die Videokassetten waren bereits überspielt. Ich hatte versucht Hannis Freundinnen zu finden. Nun wusste ich, dass Jane auf die gleiche Idee gekommen war. Doch Zusammenhänge mit dem Mord schien es keine zu geben. Ich hatte Janes Zimmer gesehen, mit ihren Eltern geredet.

Ich pürierte die Spargelsuppe. Sie wurde dick und cremig. Sollte ich alle Entenlebern nehmen? Ich stutzte. Dann gab ich drei Stück in eine kleine Pfanne mit Butter, das vierte legte ich für Gismo zur Seite.

Ich hatte mich viel mehr auf Jane Cooper konzentriert als auf den Psychiater. Sie war als Erste ermordet worden. Ihre Geschichte reichte weit in die Vergangenheit zurück. Und sie hing mit dem Haus in der Birkengasse zusammen. Wenn die Unterlagen des Psychiaters doch etwas besser lesbar wären. Wenn ich ihn doch damals das gefragt hätte, weswegen ich eigentlich gekommen war. Ulrike schien lange nicht so viel über sein Leben zu wissen, wie man das bei einer mehrjährigen Beziehung hätte annehmen können. Er war sehr attraktiv gewesen. Nicht eben mein Typ, aber sehr attraktiv. Also vielleicht doch ein Eifersuchtsmord? Es musste ja nicht Ulrike gewesen sein. Ich hatte ihr Bild nicht auf seinem Schreibtisch gesehen. Aber vielleicht war so etwas auch psychologisch unklug und er nahm es nur heraus, wenn keine Patientin da war. Damit sie sich besser mit ihm unterhalten konnte. Damit sie sich unter Umständen auch leichter verlieben konnte?

Ulrike hatte mir etwas von „Übertragung" und „Gegenübertragung" erklärt. Man überträgt die Gefühle auf den Psychotherapeuten und der zeigt auch irgendeine Wirkung. Welche? Galt das für Hass und für Mordpläne ebenso wie für Liebe? Und, in meinem Fall: Wäre er dann auch um fünf Uhr in der Nacht aufgewacht, wenn er lange genug mit mir darüber hätte reden können? Wahrscheinlich ging es um die psychologischen Phänomene dahinter. Was steckte bei mir dahinter?

Ich drehte die Flamme ab, salzte und pfefferte die Leber. Bernkopf hatte ein äußerst einfaches Motiv. Ich sollte mich nicht irre machen lassen. In seiner Vorzimmerschublade war Janes Fotoapparat gefunden worden. Sein Alibi war nicht besonders gut. Das seiner Frau auch nicht. Vielleicht sollte man noch klären, was ihr Goldjunge vor dem Abendessen getan hatte. Obwohl: Der hatte sein eigenes Penthouse. Und Geld genug. Ihn verbanden mit Sicherheit nicht so viele Emotionen mit dem Haus wie seine Eltern. Und wie Janes Großmutter. Und wie Jane.

Das Stubenküken war bereits schön gebräunt und duftete viel versprechend nach Salbei. Ich schaltete die Grilleinrichtung im Backofen dazu und schob die Trüffelpastetchen neben die Form mit dem Küken.

Statt des vorbereiteten Prosecco öffnete ich gleich eine Flasche Chardonnay aus dem Veneto. Das Essen konnte beginnen. Ich lobte mich und ließ es mir schmecken. Vor allem die lauwarme Entenleber auf pikanter Pflaumensauce war mir großartig gelungen. Schade, dass Oskar nicht da war. Oskar Kellerfreund, was für ein freundlicher Name. Ob ich mich in ihn verlieben konnte, nur weil er auch so gerne aß wie ich? Warum nicht? Ich grinste. Gismo hob den Kopf und sah sich nach mehr Leber um. Es gab schlechtere Gründe, sich zu verlieben. Aber das stand momentan ohnehin nicht zur Debatte.

Wahrscheinlich hatte ich zu viel gegessen und getrunken. Jedenfalls wurde ich Punkt fünf in der Früh wach und hatte die üblichen Symptome. Warum war ich nie zum Internisten gegangen? Was, wenn ich wirklich etwas am Herzen hatte? Der Psychiater hatte das nicht ausschließen wollen. Aber für unwahrscheinlich gehalten. Ruhig durchatmen, Mira. Du solltest abnehmen und Sport treiben. Und dich nicht mit Mordsachen beschäftigen. Ich war schweißgebadet, meine Beine waren verkrampft. Aufstehen, herumgehen. Es war ohnehin schon hell. Vielleicht war ich eine verkappte Frühaufsteherin? Der Psychiater hatte etwas von Eskimos ganz allein auf spiegelglattem Wasser erzählt. Niemand und nichts. Ich hatte mich gestern mit mir ausgezeichnet unterhalten. Hatte das Essen genossen. Es hängt nicht davon ab, ob man allein oder nicht allein lebt, hat er gesagt. Was hat er sonst noch gesagt? Nichts, was mit den Morden zu tun hat. Das wäre noch schöner, ich habe einen Herzanfall, sterbe und alle Welt zerbricht sich den Kopf, ob es ein natürlicher Tod war. Oder ob ich das dritte Opfer der biederen Bernkopfs geworden bin. Ich verzog den Mund zu einem Grinsen. Meine Zähne klapperten. Alles wie üblich, du solltest dich daran gewöhnen, Mira. Was bleibt von mir, wenn ich nichts tue, nichts schreibe, nichts recherchiere, für niemanden koche? Nicht einmal esse? Was ist dann? Was soll ich dann zählen, wenn mich niemand mehr wahrnimmt, habe ich den Psychiater gefragt. Er hat gesagt, dass es darum geht, zu begreifen, dass ich dann immer noch ich selbst bin. Es gilt, zu entscheiden, was ich wirklich tun will. Will ich wirklich diese Lifestyle-Geschichten schreiben? Will ich wirklich die Morde aufklären? Ich will Jane Coopers Geschichte wissen, ihre Geschichte, die den Anfang genommen hat in der Birkengasse 14, Jahrzehnte früher. Das will ich wirklich.

Mein Herz raste immer noch, aber die Angst ließ nach. Es wäre schön gewesen, hätte mich jetzt jemand in die Arme genommen.

Und mir gesagt, dass ich für ihn wichtig bin. Egal was ich tue. Einfach weil ich bin. Aber ich musste mir das wohl selbst sagen. Selbstbewusstsein im herkömmlichen Sinn hatte ich ja genug. Seltsam. Davon gingen auch alle Menschen aus, mit denen ich zu tun hatte. Ich mit mir allein auf spiegelglattem Wasser. Ich bin. Wenn bloß das verdammte Herz nicht so schlagen würde, dass ich es hören musste.

Ich kürzte ein paar Sätze, der Platz für den Text zwischen den Fotos war äußerst knapp. Das Labor hatte das Wohnzimmerbild gut hinbekommen. Düster und verwischt, dramatisch. Aus einem verwackelten Schnappschuss war ein kleines Kunstwerk geworden. Es gab die Stimmung der Geschichte perfekt wieder.

Ich hielt mich mit Verdächtigungen zurück und schrieb in bewusst trockenem Stil. Ich zählte Indizien auf, nannte Daten, stellte einige Fragen. Der Stil im „Blatt" hatte mich dazu gebracht, meine Phantasie mehr als sonst zu zügeln. Das hier war sauberer Journalismus. Nun gut, das traf vielleicht nicht auf alle Storys im „Magazin" zu, aber jedenfalls hetzten wir gegen niemanden. Wir waren bloß hie und da ein wenig oberflächlich. Ein wenig sehr oberflächlich. Kein Grund, es nicht besser zu machen. Jane Cooper war in der Wohnung von Ministerialrat Bernkopf gewesen. Das war die Kernaussage meiner Reportage, und sie war unwiderlegbar richtig.

Zuckerbrot würde ab morgen auch wieder von den anderen Zeitungen, vor allem von amerikanischen Medien, nach dem jüngsten Stand der Ermittlungen gefragt werden. Die Fotos würden dabei eine große Rolle spielen.

Ich nahm zuerst gar nicht wahr, dass mein Telefon klingelte. Unser Großraumbüro war kurz vor Redaktionsschluss voll besetzt. Und immer wieder klingelte es da oder dort. Ich sehnte mich nach dem Privileg eines Einzelzimmers zurück. Für einige Wochen hatte ich eines gehabt, damals, als ich in der Politik ausgeholfen und über das so genannte Menschliche am aussichtsreichsten Kandidaten der Präsidentschaftswahlen berichtet hatte. Für Lifestyle-Journalistinnen gab es solchen Luxus nicht. Wir waren ohnehin meistens unterwegs. Einzelzimmer gab es nur für einige ausgewählte politische Journalisten. Ich hob genervt ab.

„Hier ist Dora Messerschmidt. Ich habe Ihnen versprochen nachzusehen, was mit Hanni Rosners Eltern geschehen ist. Theresia und Salomon Rosner."

Der Gegensatz zwischen dem hektischen Redaktionsbüro und der Geschichte der Familie Rosner hätte größer nicht sein können. „Ja?" Ich wollte es trotzdem sofort wissen.

„Es ist ihnen gegangen wie Tausenden anderen aus Wien auch. Sie sind in verschiedene Wiener Sammelwohnungen verlegt worden, dann wurden sie nach Theresienstadt gebracht und von dort dann weiter nach Auschwitz. Salomon Rosner ist offenbar sofort selektiert worden. So hat das damals geheißen. Er war schon etwas älter und wurde gleich vergast. Theresia Rosner ist, so steht es zumindest in den Akten, ‚an Lungenentzündung verstorben'. Wahrscheinlich war es die allgemeine Entkräftung. Arbeit bis zum Umfallen, fast nichts zu essen, keinen Platz, um auszuruhen. Vielleicht haben sie sie auch erschlagen. Mehr kann ich Ihnen nicht sagen."

Ich schluckte. „Wie nehmen es die Verwandten auf, wenn Sie ihnen so etwas erzählen?"

„Üblicherweise mache ich das nicht. Da gibt es eigene Leute, die sich darum kümmern. Es ist eine schwierige Sache. Ich weiß nicht, ist es besser, zu wissen, wie sie gestorben sind, oder ist es besser, das nicht zu wissen? Sich den Tod wie einen üblichen vorzustellen? Schicksal eben und nicht dieses Ende."

„Ich weiß auch nicht", antwortete ich gedrückt, „herzlichen Dank jedenfalls." Sie wollte schon auflegen, als ich rief. „Eine Bitte noch. Es gibt zwei Freundinnen von Hanni Rosner, von denen niemand mehr etwas zu wissen scheint. Können Sie mir da auch nachsehen? Ich habe die Namen und ihre Adressen aus dem Jahr 1938."

„Ich sitze gerade am Computer. Wenn Sie wollen, kann ich sofort nachsehen."

Fünf Minuten später saß ich da und malte Fragezeichen auf meine Schreibtischunterlage. Dabei gab es da gar nichts mehr zu fragen. Elisabeth Mahler hat ihre Eltern offenbar freiwillig nach Theresienstadt begleitet. Später wurde sie nach Ravensbrück verlegt. Dort starb sie 1944 an Typhus. Franziska Rothkopf war zum Schluss Zwangsarbeiterin in einem Nebenlager von Auschwitz. Seither hatte niemand mehr von ihr gehört. Ich malte über alle anderen Fragezeichen noch ein großes, wütendes. Ich drückte so fest auf, dass das Papier riss.

Ich hackte in die Computertastatur und schickte meine Story ins Layout. Was für eine mickrige kleine Geschichte im Verhältnis zu dem, was ich eben erfahren hatte. Und das wieder waren bloß Details von dem, was vor rund 60 Jahren geschehen war. Ich stürmte die Stiegen hinunter, zu ungeduldig um auf den Lift zu warten.

Ich trieb den Taxifahrer zur Eile an. Sie sollte es wenigstens wissen. Einmal zur Kenntnis nehmen müssen, was geschehen war. Ich läutete bei Bernkopf Sturm. Frau Bernkopf sah aus dem Fenster.

„Machen Sie sofort auf oder ich brülle die ganze Nachbarschaft zusammen!“ Ich bemerkte erst jetzt, dass die Demonstranten verschwunden waren. Hatte man sie eingeschüchtert? Gab es noch andere Orte, an denen ihr Protest wichtig war?

Das Summen des Türöffners, zuerst am Gittertor zum Vorgarten und dann am Hauseingang. Ich hetzte die Stufen hinauf. Frau Bernkopf stand mit empörtem Gesichtsausdruck in der Tür.

„Wissen Sie, was mit Hanni Rosners Eltern geschehen ist? Den Menschen, denen dieses Haus gehört hat? Er ist nach Auschwitz gekommen und sofort vergast worden. Sie ist später in Auschwitz an Entkräftung gestorben. Oder erschlagen worden. Wissen Sie, was mit zwei von Hanni Rosners Freundinnen passiert ist? Die eine ist in Ravensbrück an Typhus gestorben, weil sie nicht mehr stark genug für die Zwangsarbeit war. Die andere ist in ein Lager bei Auschwitz gekommen und niemand hat mehr etwas von ihr gehört.“

Der reservierte Ausdruck auf ihrem Gesicht blieb. „Die armen Leute“, sagte sie dann, „aber wir haben daran wirklich keine Schuld gehabt. Unseren Eltern ist es im Krieg auch nicht so gut gegangen.“

„Die Rosners sind ermordet worden. Und Ihr Schwiegervater hat dieses Haus bekommen. Und niemand will schuld sein? Wahrscheinlich ist für Sie sogar Jane Cooper selbst daran schuld, dass sie ermordet worden ist. Wissen Sie übrigens schon, dass wir Janes Fotoapparat in Ihrer Vorzimmerlade gefunden haben? Und dass es Fotos gibt, die Jane Cooper in Ihrem Wohnzimmer aufgenommen hat? Heimlich? Oder wissen Sie noch immer von nichts?"

Frau Bernkopf schüttelte irritiert den Kopf. „Der Chef der Mordkommission hat uns informiert. Das muss alles ein riesiges Komplott gegen uns sein. Es gab keinen Fotoapparat in der Schublade. Wir bewahren dort nur Hausschuhe für Gäste auf. Offenbar ist das bloß eine Behauptung."

„Es gab ihn und Sie wissen es. Und was ist mit den Fotos? Die können Sie nicht abstreiten."

„Aber wir wussten nichts davon. Vielleicht hat die arme kleine Jüdin eingebrochen um sich umzusehen."

Ich konnte mich gerade noch zurückhalten, beinahe hätte ich zugeschlagen. Ich holte tief Luft. Das war nicht meine Art. Nicht meine Art, ältliche Hausfrauen zu schlagen. Auch nicht meine Art, so emotional zu werden. „Also meinen Sie wirklich, sie hat eingebrochen, dann zwei verwackelte Fotos gemacht, dann die Kamera in Ihre Schublade gelegt und sich dann aus lauter Tücke auch noch ermorden lassen? Nur damit Sie Schwierigkeiten bekommen?"

„Nein ... aber wir haben jedenfalls mit der ganzen Sache nichts zu tun."

„So wie mit der anderen Sache, damals im Krieg."

„Wir waren doch noch gar nicht geboren."

„Also geht es Sie auch nichts an. Also darf man alles ignorieren, so als ob es nie geschehen wäre. Viel besser, gerade für Hausbesitzer."

„Es war eine schlimme Zeit, die armen Frauen", sagte sie. Sie hatte nichts verstanden. Ich drehte mich um und ging.

[18.]

Ich knipste meine Nachttischlampe aus und schloss die Augen. Gismo lag am Fußende des Bettes und schnaufte zufrieden. Ich glitt in diesen seltsamen Bewusstseinszustand, in dem sich Gedanken und Träume zu mischen beginnen. Das Telefon läutete. Ohne Licht zu machen tapste ich ins Vorzimmer. Jane Coopers Vater. Es war kurz vor Mitternacht. Offenbar hatte er nicht an den Zeitunterschied zwischen New York und Wien gedacht. Was es Neues gebe? Warum ich um einen Rückruf gebeten hätte? Komme die Sache mit dem Haus ins Rollen?

Ich rieb mir die Augen und erzählte ihm von den Fotos.

„Die letzten Aufnahmen von meinem Mädchen." Er schien zum ersten Mal ehrlich erschüttert.

„Ich habe einen Satz Abzüge für Sie. Soll ich sie Ihnen schicken?"

„Ja. Aber besser an meine Adresse im Restaurant. Ich möchte nicht, dass meine Frau unvorbereitet die Fotos sieht." Er seufzte. „Sie nimmt die Sache sehr schwer. Sie weigert sich, eine Therapie zu machen. Sie hält die Psychologie, die Psychotherapie und all das für mit schuld an Janes Tod."

„Ich weiß nun auch, wie Ihre Großeltern gestorben sind."

„Warum? Wussten wir das nicht ohnehin schon? In einem dieser Konzentrationslager."

„Ich weiß Genaueres."

„Ich will es nicht wissen, mir reicht, was ich weiß."

Ich schwieg. Es war sein Recht, so zu denken. Selbst Dora Messerschmidt hatte sich gefragt, ob es tatsächlich besser war, auch die Details zu kennen. Aber ich konnte offensichtlich nicht anders. Ich musste wissen.

„Sind Sie noch da?"

„Ja."

„Und was ist mit dem Haus? Ich habe einen Anwalt beauftragt, aber ich habe noch keinen schriftlichen Bericht von ihm."

„Die Sache schaut nicht gut aus. Unsere größte Boulevardzeitung hetzt gegen die Rückgabe von Häusern und Wohnungen. Und rechtlich ist alles sehr kompliziert."

„Helfen Sie mir. Wenn Ihr Blatt anders berichtet, habe ich eine Chance. Das Haus steht mir zu." Er stutzte. „Und Jane. Und meiner Mutter."

„Ihre Frau will, dass Sie keinen Anspruch erheben."

„Weil sie Wien hasst. Aber wir könnten das Haus ja verkaufen."

„Noch haben Sie es nicht."

„Helfen Sie mir?"

„Ich wüsste nicht, wie", antwortete ich kühl. Die Demonstrantin mit den grünen Haaren hätte mich verachtet.

„Indem Sie in meinem Interesse berichten."

„Das tue ich in gewisser Weise sowieso. Was Menschen geraubt worden ist, sollten sie zurückbekommen."

„Also, was werden Sie tun?"

„Über die Morde berichten. Und darüber, wie alles begonnen hat."

„Wenn es eine Kampagne gegen mich gibt, dann müssen Sie eine Gegenkampagne machen. Sie sind es Jane schuldig."

„Ich bin Jane etwas schuldig. Und ihrer Großmutter. Das ist richtig." Ich legte auf. Der Schlaf war wie weggeblasen. Ich schenkte mir einen großen Whiskey ein, gab einen Tropfen Wasser dazu und drehte den Fernseher an.

Nachrichten um Mitternacht. Die Geiselnahme in Berlin war immer noch das Hauptthema. Ich sah ein Foto von Oskar Kellerfreund und erschrak. Dann erst hörte ich hin. Sein Mandant hatte sich ergeben. Das Verhandlungsgeschick des Anwalts wurde gelobt. Die anderen zwei Geiselnehmer harrten aus.

Ein ausführliches Interview mit dem Helden des Tages wurde für die Frühsendung angekündigt. Ich wollte ihn lieber selbst interviewen. Privat. Und Joe? Er erschien mir zunehmend unwirklich, ein Produkt der Fernsehindustrie, das sich perfekt den jeweiligen Gegebenheiten anpassen konnte. Einmal mit röhrenden Hirschen am Sakko, dann wieder in Jeans. Waschmittelverkäufer, Star der Liebhaber volkstümlicher Musikshows. Ich hatte ihn trotzdem gemocht. Was hatte ich an ihm gemocht? Und warum dachte ich schon in der Vergangenheitsform an ihn? Kein Problem, das sich heute lösen ließ. Eigentlich war ich schon zu alt für solche Gefühlsverwirrungen.

Warum eigentlich? Wer sagte das? Ich nahm noch einen Whiskey, ließ mir die Nahost-Politik erklären und ging dann um nichts klüger zurück ins Bett. Ich träumte, ich wäre auf einem spiegelglatten Meer. Rund um mich tauchten Seehunde auf. Ihr Kopf glich dem von Oskar.

[19.]

Diesmal musste ich an der Redaktionskonferenz teilnehmen. Nicht nur um mir ausreichend Platz für die Fortsetzung der Reportage über die beiden Morde zu sichern, sondern auch, weil ich meine Ressortleiterin zu vertreten hatte.

Ich ließ die Wortgeplänkel über innenpolitische Berichterstattung und den Stellenwert der Opposition an mir vorüberziehen und sah aus dem Fenster des Sitzungszimmers. Ein schöner Tag kündigte sich an. Ich hatte vor, mir den Nachmittag freizugeben.

Die Tür wurde aufgerissen. Gefolgt von unserer händeringenden Empfangsdame stürmte Bernkopf junior herein. „Ich will dich sofort sprechen", sagte er herrisch zu unserem Chefredakteur.

Fünfzehn Augenpaare wandten sich ihm voll Interesse zu.

„Ich habe Redaktionssitzung", erwiderte der Chefredakteur, „das siehst du ja. Wenn du etwas warten möchtest ... Ich bin dann gleich bei dir."

„Ich möchte nicht warten. Keine Sekunde lasse ich mir das gefallen. Ich habe dir vertraut. Dir von der ganzen Sache erzählt. Ich dachte, wir wären ... Freunde. Ich werde unsere Klubkollegen vor dir warnen müssen. Alles, was man dir erzählt, wird brutal ausgeschlachtet. Nur die Schlagzeile zählt."

Der Chefredakteur stand auf. „Ich habe keine Ahnung, wovon du sprichst."

„Und die steckt mit dir unter einer Decke." Er deutete auf mich. Droch hob amüsiert die rechte Augenbraue.

Der Chefredakteur bemühte sich sichtlich um Würde und sagte dann: „Du wirst deine Anschuldigungen erklären müssen."

„Das ist einfach: Ihr seid darauf aus, mich zu ruinieren. Das ist Kreditschädigung. Das ist eine Kampagne meiner Gegner, um den Börsengang von Internet-Consulting zu verhindern. Und du steckst mit ihnen unter einer Decke. Mein Name wird in einen Mordfall hineingezogen." Er fischte die neueste Ausgabe des „Magazins" aus seiner eleganten Aktenmappe. Es war schon an der richtigen Stelle aufgeschlagen. „Da! Nicht nur, dass meine Eltern diffamiert werden. Entgegen allen Abmachungen, die ich mit dir hatte. Der Journalist untersteht sich auch noch zu schreiben: ‚Einer also wird Jane Cooper die Tür geöffnet haben: Ministerialrat Bernkopf, dessen Frau, vielleicht auch ihr Sohn.' Das sind kriminelle Unterstellungen. Und ich kann es beweisen. Ich war an diesem Tag in Oslo. Wie ist das? Was tust du jetzt? Ich werde dich überall unmöglich machen."

Zeit, mich einzumischen. „Geschrieben habe ich das. Also kein Journalist, sondern eine Journalistin."

„Keine Haarspaltereien. Sie haben keine Ahnung. Normalerweise sind Sie für Mode und Partys zuständig, habe ich Recht? Ich habe mich erkundigt." Und an den Chefredakteur gewandt: „Ich verlange, dass sie sofort von der Berichterstattung abgezogen wird. Und dass es eine Richtigstellung gibt: Ich war in Oslo. Und natürlich haben auch meine Eltern nichts mit der Sache zu tun."

Der Chefredakteur wuchs beinahe über sich hinaus. „Ich bitte dich, sofort den Sitzungssaal zu verlassen. Unsere Aufgabe ist es, zu recherchieren. Das haben wir getan. Wir haben die Pflicht, die Öffentlichkeit zu informieren."

Droch drehte die Augen über.

„Es gibt eine Reihe von Indizien, die gegen deine Eltern sprechen. Nichts anderes haben wir behauptet. Frau Valensky hat gute Arbeit geleistet. Wir wurden selbst in amerikanischen Medien zitiert. Frau Valensky hat auch nie behauptet, dass du Jane Cooper getroffen hast. Sie hat bloß eine Frage gestellt. Und fragen wird man wohl noch dürfen. Es ist geradezu unsere Pflicht, zu fragen. Auch, was mit arisiertem Vermögen geschehen soll."

„Vor ein paar Tagen noch hast du ganz anders geredet. Wer hat dich umgedreht? Du hast mit Inter-ZZZ geredet, richtig? Unsere Konkurrenten wollen verhindern, dass wir an die Börse gehen. Was haben sie dir geboten?“

„Pass auf, sonst hast du eine Klage am Hals. Und: Was sollte unsere Reportage denn verhindern?“

„Das kleinste Detail reicht an der Börse aus, das solltest du wohl wissen. Ich werde die Leute im Klub vor deinen extremistischen Ansichten warnen müssen.“

Extremismus hatte unserem Chefredakteur noch niemand vorgeworfen. Die meisten Mitglieder der Redaktion genossen das Schauspiel. Ich allerdings fragte mich, warum der junge Bernkopf derartig in Rage geraten war. Hatte er tatsächlich angenommen sein Golffreund würde die Story abdrehen? Fast wäre es ja auch so gekommen. Aber eben nur fast. Dank der Fotos.

„Ich bitte dich noch einmal im Guten, die Redaktion zu verlassen. Sonst sehe ich mich leider gezwungen dich hinauszuwerfen.“

„Ich werde auf Unterlassung klagen. Und wegen Kreditschädigung. Und ich werde mit den Eigentümern des ‚Magazins‘ reden. Du hast hier die längste Zeit den großen Mann gespielt. Nur nebenbei: Es hat sich ausgeduzt.“

„Dann gehen Sie. Ich stelle mich voll und ganz hinter meine Redaktion.“

Ein Held. Der andere Held ging nun tatsächlich.

„Die Redaktionssitzung ist aus“, sagte der Chefredakteur lässig. „Mira, Sie bleiben hier.“

Wir standen uns gegenüber. Ich wartete und schwieg.

„Dass Sie ihn mit ins Spiel gebracht haben, habe ich ehrlich gestanden überlesen“, murmelte der Chefredakteur. „Das war natürlich nicht in Ordnung. Aber im Nachhinein gefällt es mir. Geschieht ihm ganz recht, dem aufgeblasenen Typen.“

Vor einigen Tagen noch war Bernkopf junior für ihn eine Art Wirtschaftsgenie gewesen. Mir sollte seine Wandlung recht sein.

„Wissen Sie, was?“ Er beugte sich vertraulich zu mir. Ich lege Wert auf etwas mehr Distanz, aber ich wollte hören, was es zu wissen gab. Also hielt ich still. „So gut soll es seiner Firma gar nicht gehen. Ich habe Gerüchte gehört. Angeblich hat er sich bei Geschäften in Osteuropa übernommen. Wenn seine Eltern nicht für ihn geradestehen würden ..."

„Seine Eltern? Mit dem Haus?"

„Keine Ahnung, ich habe bloß gehört, dass seine Eltern etwas damit zu tun haben. Und dass er deswegen immer brav zu ihnen fährt. Der angebliche Großkapitalist."

Ich starrte ihn an. „Danke", rief ich dann, klopfte ihm auf die Schulter und rannte zu meinem Telefon.

Bernkopf junior hatte also größtes Interesse daran, dass das Haus in der Birkengasse 14 nicht in die Schlagzeilen geriet. Ich musste sofort herausfinden, ob es mit Hypotheken belastet war. Schon lange hatte ich mich im Grundbuchamt nach den Eigentumsverhältnissen erkundigen wollen. Aber Kontakte mit Ämtern sind mühsam, die Bürokratie ist meine Sache nicht. Wer hatte einen einfachen Zugang zu den Grundbuchakten? Die Eigentümer natürlich, aber die würden mir kaum helfen. Ich konnte im Grundbuchamt anrufen, aber einfacher ging es über den Computer. Oskars Anwaltskanzlei, Anwälte hatte mit Grundbuchangelegenheiten dauernd zu tun. Oskar war schon wieder zurück, die Frühnachrichten hatten ein Interview mit ihm gebracht. Ich wählte die Nummer seines Mobiltelefons, er meldete sich sofort.

„Ich bin's, Mira."

„Schön, dass du anrufst, ich hatte schon Angst, du bist verärgert wegen ..."

„Hör einmal her, Oskar. Ich brauche dich ganz dringend." War das nicht missverständlich? Keine Zeit für solche Überlegungen. „Ich brauche eine Grundbuchauskunft."

„Ach so", erwiderte er ernüchtert. „Ja, wenn ich dir helfen kann ..."

„Du kannst. Sogar ganz enorm. Ich müsste wissen, ob das Haus in der Birkengasse 14 mit Schulden belastet ist."

„Bis wann?"

„So schnell wie irgendwie möglich. Ich bin in der Redaktion."

„Ist es wirklich so wichtig?"

„Ja, wirklich", sagte ich ungeduldig.

„In Ordnung. Das müsste sich machen lassen. Ich rufe dich zurück."

„Wie lange wird es dauern?"

„In zehn Minuten kommt eine wichtige Klientin. Ich versuche, es noch vorher zu schaffen. Okay?"

„Danke."

Erst als er schon aufgelegt hatte, fiel mir ein, dass ich mich nicht einmal nach der Geiselaffäre erkundigt hatte. Geschweige denn sonst irgendetwas Nettes zu ihm gesagt hatte. Obwohl ich ihn wirklich nett fand. Was war das für eine „wichtige Klientin", von der er gesprochen hatte?

Ich zeichnete Robbenköpfe auf meine Schreibtischunterlage und überlegte. Bernkopf junior hatte für den Tag, an dem Jane ihre Wohnzimmerfotos schoss, offenbar ein gutes Alibi. Hatte Zuckerbrot ihn für die Morde überhaupt in Betracht gezogen? Warum auch?

Bernkopf juniors Alibi für die Mordzeit war um nichts besser als das seiner Eltern. Ich würde herausfinden müssen, was er getan hatte, bevor er zum Essen kam. Offenbar stand sein Auto doch nicht aus reiner Sohnesliebe so oft in der Birkengasse, sondern weil er vom Wohlwollen seiner Eltern abhängig war. Sollte ich Zuckerbrot erzählen, dass Bernkopf junior in finanziellen Schwierigkeiten steckte? Es war nur ein Gerücht. Besser, zuerst selbst nachzuforschen. Ich hatte keine besondere Lust, ihm nach unserem letzten Auftritt freiwillig Informationen zu liefern.

Ich starrte auf das Telefon. Ich würde Oskar noch einmal zum Essen einladen. Etwas Besseres fiel mir nicht ein? Wahrscheinlich hatte er gar kein Interesse an mir. Ein viel beschäftigter Anwalt. Mit wichtigen Klientinnen. Ich dachte an eine elegante junge Frau mit blondem Lockenkopf und einem eng sitzenden Nadelstreifkostüm. Verdammt, warum rief er nicht an und erzählte mir, was mit dem Haus in der Birkengasse los war?

Droch. Besser, er würde Zuckerbrot nicht von Bernkopfs Auftritt in der heutigen Redaktionssitzung erzählen. Ich wusste, dass die beiden sich regelmäßig zum Mittagessen trafen. Ich starrte weiter auf mein Telefon, während ich durch das Großraumbüro ging und an Drochs Tür klopfte.

„Ja?"

„Ich muss mein Telefon im Auge behalten, also wundere dich nicht."

„Ich dachte, Telefone arbeiten mit akustischen Signalen."

„Aber wenn ich es ansehe, kann ich es besser läuten hören."

Er hatte schon damit begonnen, etwas über Logik und Frauen zum Besten geben, als ich ihn stoppte. „Bitte erzähle Zuckerbrot noch nichts von Bernkopf. Ich möchte mit seiner Sekretärin bei dieser Internetfirma reden. Wenn sich zuvor schon die Polizei gemeldet hat, ist es sinnlos."

„Warum sollte sich Zuckerbrot für den jungen Bernkopf interessieren?"

„Offenbar steckt er bis zum Hals in Schulden. Seine Eltern sollen für ihn finanziell geradestehen. Zumindest hat der Chefredakteur so ein Gerücht gehört. Das Haus könnte als Sicherheit dienen. Schon Medienberichte, dass jemand darauf Anspruch erhebt, könnten seine Gläubiger nervös machen. Und den Börsengang seiner Firma verhindern."

„Zuckerbrot sollte davon erfahren."

„Natürlich. Aber es ist besser, ich versuche zuerst mit der Sekretärin oder einem der Mitarbeiter seiner Firma zu reden."

„Ich treffe Zuckerbrot übermorgen."

„Kein Problem, übermorgen kannst du ihm alles erzählen. Ich weiß nicht, ob Bernkopf seine Belegschaft vor mir warnt. Je schneller ich bin, desto besser. Ich warte jetzt nur noch auf eine Auskunft vom Grundbuch und dann sause ich los."

„Sei vorsichtig."

„Das höre ich momentan dauernd."

Mein Telefon klingelte. Ich hetzte hin und hob ab.

„Die Hälfte des Hauses gehört einem Friedrich Bernkopf. Die andere Hälfte hat bis vor einem Jahr Anna Bernkopf gehört, jetzt ist sie auf Michael Bernkopf eingetragen."

Ich atmete lautstark ein. Das war noch besser, als ich gedacht hatte.

„Michael Bernkopfs Haushälfte ist bis über das Dach verschuldet. Er wird monatlich ganz schön viel hinblättern müssen, um die Kredite abzuzahlen. Die andere Hälfte des Hauses ist unbelastet."

„Du hast mir enorm geholfen."

„Worum geht es eigentlich?"

„Kommst du zum Essen? Ich erkläre es dir. Kann sein, dass es heute aber nur etwas Käse gibt. Ich habe eine Menge zu tun. Aber ich kann dir dann vielleicht auch eine Menge erzählen."

„Ist Michael Bernkopf der Sohn?"

„Ja, ist er. Gratuliere noch zur Aktion in Berlin. Ich war richtig stolz, als ich dich gestern um Mitternacht im Fernsehen gesehen habe."

„Wirklich?"

„Und ob."

„Wann soll ich kommen?"

„Sicherheitshalber erst um neun. Diesmal wird hoffentlich nichts dazwischen kommen."

„Hoffentlich."

Mir war völlig klar, dass ich mich bei Internet-Consulting nicht als Journalistin zu erkennen geben durfte. Kurz dachte ich daran, Vesna einzuschalten. Allerdings: Dass man einer bosnischen Putzfrau dort erzählen würde, was ich wissen wollte, war zweifelhaft. Auch ihr Auftritt als slowenische Botschafterin schien bei der Internetfirma wenig Erfolg zu versprechen. Ich konnte nur hoffen, dass der junge Bernkopf kein Foto von mir aufgelegt hatte. Einen Steckbrief. „Wanted: Mira Valensky". Ich muss gelacht haben. Jedenfalls starrte mich mein Visavis in der U-Bahn empört an. In der Wiener U-Bahn gab es offenbar nichts zu lachen.

Es war Mittagszeit. Wenn ich Glück hatte, war Bernkopf junior essen gegangen. Ich stand unter dem Bürogebäude im ersten Bezirk und rief in der Firma an. „Berner da. Könnte ich bitte Herrn Bernkopf sprechen? Ich habe einen Termin mit ihm."

„Herr Bernkopf ist bei Tisch."

„Es ist wichtig, wenn er im Haus ist, dann sagen Sie ihm bitte, dass ich am Apparat bin."

„Er ist außer Haus."

„Wann kommt er wieder?"

„So gegen fünfzehn Uhr, aber es wird sehr schwer sein, heute zu ihm durchzukommen. Er ist sehr beschäftigt. Vielleicht kann ich Sie zurückrufen? Worum geht es?"

Eine gut geschulte Sekretärin. Ich legte auf. Ich konnte nur hoffen, dass ihr Chef tatsächlich außer Haus war.

Wen würde die Sekretärin am wenigsten schnell abwimmeln? Eine potentielle Kundin? Ich wusste gar nicht genau, was diese Firma tat. Ich hätte mich vorher erkundigen sollen. Einen Vertreter? Wofür? Jemanden, der für einen wohltätigen Zweck sammeln ging? Ich schüttelte den Kopf. Vielleicht jemanden, der sich um einen Job bewarb. Allerdings hatte ich von den Feinheiten des Internet wenig Ahnung, ich konnte im Internet surfen, aber wer konnte das nicht? Vesna hatte sich beim Wohltätigkeitsempfang in der Birkengasse perfekt verstellt. Ich würde mich als Putzfrau vorstellen. Wenn Vesna als slowenische Botschafterin durchgegangen war, warum dann nicht ich als Putzfrau? Man muss nur behaupten es zu sein und schon funktioniert es, hatte Vesna gesagt. Also.

Ich stopfte meine dünne Seidenjacke in die große Handtasche. Jeans und T-Shirt. Damit konnte man beinahe alles sein, mit Ausnahme des Papstes vielleicht, aber auf diesen Job hatte ich ohnehin wenig Lust.

Die Tür ging automatisch auf. Ich würde mir spontan eine Geschichte ausdenken müssen. Einige Räume zweigten vom Gang ab, ein paar der Türen standen offen. Zwei Männer saßen über einen Computer gebeugt, eine Frau aß einen Apfel. Hier gab es wenig Publikumsverkehr, keine der weiß lackierten Türen war beschriftet. Ich klopfte auf gut Glück an die Tür am Ende des Ganges. Richtig geraten. Das war das Sekretariat.

„Entschuldigen Sie", begann ich schüchtern.

„Ja?" Eine schlanke Rothaarige in meinem Alter wandte sich mir zu.

„Ich habe gehört, dass hier eine Stelle frei ist."

„Da täuschen Sie sich. Bei uns ist nichts frei."

„Man hat mich hergeschickt. Für eine Stelle als Bedienerin. Aber ich kann auch Akten schlichten und solche Dinge machen. Oder zur Post gehen." Ich hoffte, dass ich meine Unterwürfigkeit nicht übertrieb. Vesna würde die Vorstellung mit Sicherheit nicht gefallen, aber sie war ja auch nicht für sie gedacht.

„Da sind Sie falsch informiert worden."

Ich seufzte abgrundtief. „Es ist nicht mehr auszuhalten. Eine Absage nach der anderen. Den ganzen Tag bin ich schon wieder unterwegs, weil man mir gesagt hat, ich soll mich nicht bloß auf Bewerbungsbriefe verlassen. Haben Sie ein Glas Wasser für mich?"

Sie nickte mitleidig, ging zu einem Kühlschrank und kam mit einem vollen Glas wieder. „Hier."

„Verzeihen Sie", sagte ich, „ich wollte Sie nicht belästigen. Aber ich brauche so dringend einen Job, dass ich schon beinahe zu allem bereit bin. Mein Mann hat sich scheiden lassen und ist mit einer Freundin ins Ausland. Jetzt stehe ich mit meinen drei Kindern da. Überall sind nur Schulden und ich habe nie außer Haus gearbeitet, seit ich die Kinder bekommen habe. Dabei habe ich sogar maturiert. Aber beim Arbeitsmarktservice hat man mir gesagt, ich soll es vorerst als Reinigungskraft versuchen. Und dann Kurse machen. Aber auch das scheint nicht zu funktionieren."

„Das tut mir sehr Leid", antwortete die Sekretärin. Offenbar hatte ich nicht zu dick aufgetragen. Andererseits, solche Geschichten gab es ja tatsächlich immer wieder.

„Vielleicht könnte ich kurz mit Ihrem Chef reden?"

„Er ist nicht da. Immer unterwegs."

„Und Sie müssen zu Mittag das Büro hüten."

„Tja, so ist das. Aber immerhin habe ich meinen Job. Ich darf nicht klagen."

„Schade, es scheint eine so interessante Firma zu sein."

„Ja, zweifellos. Demnächst gehen wir an die Börse."

„Unglaublich. Dann muss Ihr Chef ja ein sehr tüchtiger Mann sein."

„Das ist er. Dabei ist er erst knapp über dreißig. Daran muss man sich zu Beginn erst gewöhnen, dass der Chef um einiges jünger ist als man selbst, aber er versteht wirklich etwas vom Geschäft."

„Mein Mann hat auch eine Firma gehabt, keine so große. Aber dann hat er sich übernommen und geblieben ist nur ein Haufen Schulden."

Sie schüttelte fröhlich den Kopf. „Das ist bei uns ganz anders. Wir expandieren ständig, deswegen brauchen wir jetzt auch Börsenkapital. Mit dieser Firma geht es aufwärts, nicht bergab."

Sie schien von den finanziellen Schwierigkeiten Bernkopfs nichts zu wissen. Oder sie war eine geschickte Schauspielerin. Vielleicht aber steckte hinter den Hypotheken auf dem Haus ohnehin nicht mehr, als dass er rasch Geld für eine rasche Expansion gebraucht hatte. Was war mit seinem Penthouse? War es auch verschuldet? Aber das konnte ich seine Sekretärin schwer fragen. Ich trank das Wasser aus.

„Ich will Ihnen nicht zu nahe treten. Aber vielleicht können Sie mich privat als Hilfe brauchen. Oder vielleicht sucht Ihr Chef privat eine Putzfrau?"

Sie lächelte. „Ich kann mir keine Putzfrau leisten, es geht auch so. Und mein Chef braucht keine andere als die im Büro."

„Aber er wird doch ein schönes Haus haben."

„Er ist noch Junggeselle. Er lebt so sehr für die Firma, dass er vor ein paar Wochen sogar ins Büro gezogen ist. Hinter seinem Bürozimmer gibt es zwei Räume, da ist er eingezogen. Unglaublich, nicht wahr?"

Ich nickte und fand es tatsächlich nahezu unglaublich. Offenbar hatte er sein Penthouse verkaufen müssen. „Tja, da habe ich eben wieder Pech gehabt", verabschiedete ich mich. Besser, nicht so lange zu bleiben, dass mich der junge Bernkopf überraschen konnte.

„Wer hat Sie denn nun überhaupt geschickt? Besser, ich rufe dort an, damit nicht noch andere vergeblich kommen."

„Ich weiß nicht genau, es ist über ein paar Ecken gegangen." Ich sah mich Hilfe suchend im Raum um. An einer Pinnwand hing ein großes Plakat mit einem durchgestrichenen Totenkopf. „Rauchen ist Gift“, stand darauf. Offenbar bemühte sich die Arme gerade, mit dem Rauchen aufzuhören. Gift. Der Psychiater war vergiftet worden. Mit einem Gift, an das man nicht automatisch dachte. Natürlich würde mir Bernkopfs Sekretärin nie sagen, ob ihr Chef einmal in psychotherapeutischer Behandlung gewesen war. Vorausgesetzt, sie wusste es. „Es war jemand in einer Pharmafirma, eine, die Medikamente herstellt und Gifte und so. Ich kann mich an den Namen nicht erinnern. Aber ich weiß, dass der Personalchef gesagt hat, dass Ihre Firma seine beraten hat. Hervorragend beraten hat. Aber den Namen ...“

„Das werden wir gleich haben.“ Sie griff nach einer Liste und fuhr mit dem Zeigefinger die Zeilen nach unten.

„Arbeiten Sie für mehrere solche Firmen?“, fragte ich rasch.

„Nein, nicht dass ich wüsste. Da kommt nur eine in Frage. Ja, da ist sie. Multipharm – ist sie das?“

„Nein, es war ein ganz anderer Name. Tut mir Leid, da muss es eine riesengroße Verwechslung gegeben haben.“

„Ist nicht so schlimm.“

Ich hoffte für sie, dass es nicht so schlimm werden würde. Sonst nämlich könnte es leicht sein, dass auch sie bald auf Arbeitssuche war. Ich bedankte mich für das Glas Wasser und ging.

Über einen Bekannten in einer großen Immobilienfirma erfuhr ich, dass Bernkopfs Penthouse tatsächlich zum Verkauf stand. Sehr viele Luxuswohnungen gab es in Wien nicht, und wenn eine auf dem Markt war, dann wussten die besseren Immobilienhaie alle davon. 15 Millionen Schilling wollte der junge Bernkopf dafür. Nach der Meinung meines Bekannten war das aussichtslos. Mehr als acht oder zehn Millionen waren nicht drin, wenn er rasch verkaufen wollte. Und das wollte er offenbar.

Jetzt wartete ich auf Peter, einen unserer Wirtschaftsredakteure. Vielleicht konnte er klären, ob in der Firma Multipharm auch das Gift Botulinus hergestellt wurde.

In der Zwischenzeit brütete ich über den kryptischen Aufzeichnungen des Psychiaters. Zu einigen der Deckblätter gehörten viele

Einlageblätter, zu anderen nur wenige. Darauf hatte ich bisher noch nicht geachtet. Ich war bloß einmal bei ihm gewesen. Nur zu zwei Deckblättern mit Initialen gab es lediglich ein einziges weiteres Blatt. „Angststörung", glaubte ich zu entziffern. „Kindheit???", stand auch da und „funktionieren?!". Und „Umbruch??? – Wohin will sie?". Einige Fachausdrücke konnte ich nicht zuordnen. „Agora ...", oder hieß dieser Wortanfang „Angora ..."? Unten am Blatt stand eine Fünf. Um fünf Uhr wachte ich auf. Ich sah auf die Initialen. N. W. M, N. V, W. So einfach war das. Bloß eine Verschiebung um einen Buchstaben, wenn ich Recht hatte. Mir wurde heiß. Vielleicht gehörte das andere einzelne Blatt Bernkopf.

Pech gehabt. Die Initialen waren B. J. und auch die wenigen Worte, die ich lesen konnte, schienen nicht zum jungen Bernkopf zu passen. „Trauma", „Sicherheit" und „Soziophobie". Auch keine der anderen Initialen entsprachen denen Bernkopfs. Mein ganzes Gedankengebäude geriet ins Wanken. Wenn das nicht stimmte, dann war vielleicht auch vieles andere, was ich mir zusammengereimt hatte, falsch. Aber es gab Fakten.

Ich rief Vesna an und bat sie, in einer Stunde zum Türken um die Ecke zu kommen. Gemeinsam würden wir vielleicht klarer sehen. Zeit genug, um danach noch etwas Käse einzukaufen und die Sache am Abend mit Oskar durchzugehen. Und auch sonst einiges.

Peter war gerne bereit mir zu helfen. Ich hatte ihm vor einiger Zeit Vip-Karten für den Grand Prix in Imola besorgt. Seine Freundin war ein Formel-1-Fan und ihm schienen Autorennen auch zu gefallen. Es dauerte nicht lange, bis er mit zufriedenem Gesicht an meinen Schreibtisch kam. „Auftrag erledigt."

„Und?"

„Ja, sie erzeugen Botulinus Toxin A. Allerdings hat mein Kontaktmann gesagt, dass es von einigen Firmen erzeugt wird."

„Gibt es eine Geschäftsverbindung mit Internet-Consulting?"

„Positiv. Die haben für sie ein ganzes Package an Internet-Kommunikation zusammengestellt. Von der Kommunikation mit Zulieferfirmen über Internetverkauf bis hin zu einer typischen Werbehomepage und der Vernetzung der einzelnen Firmensitze."

„Ist ihnen Botulinus abhanden gekommen?"

„Ich weiß nicht genau. Da war mein Informant sehr zugeknöpft. Offenbar kommt es öfter vor, dass irgendwelche Substanzen in kleinerer Menge verschwinden. Jedenfalls haben sie dem Team von Internet-Consulting eine Menge von ihrer Firma gezeigt, sie haben ihnen auch Produktionsvorgänge und Verwendungszwecke erklärt."

„Großartig."

„Es geht um den jungen Bernkopf, nicht wahr?"

„Du bist ein ganz Schlauer." Ich legte meinen Zeigefinger auf den Mund. „Aber pssst."

Er grinste. „Ich habe von seinem Auftritt bei der Redaktionskonferenz gehört. Ziemlicher Angeber, wenn du mich fragst. Aber auch sehr bewundert in seinen Kreisen."

„Hat dir das Formel-1-Rennen übrigens gefallen?"

Er verzog den Mund. „Das Rennen war nicht so übel, nur meine Freundin ist mir abhanden gekommen. Die ist jetzt so eine Art Groupie bei Ferrari. Angeblich kümmert sie sich um irgendwelche Werbekontakte."

Ich tätschelte ihm die Schulter.

Ich packte meine Unterlagen zusammen und ging ins Lokal um die Ecke. Die Serviererin grüßte freundlich wie immer, ich nahm an dem kleinen Ecktisch Platz. Noch war der Raum weitgehend leer. In einer Stunde würden die ersten Gäste zum Abendessen kommen. Vesna winkte vom Eingang und brachte einige der klebrigen Süßigkeiten mit. Ich konnte mir nicht erklären, was sie und Droch daran fanden.

Vesna aß und lauschte. „Sehr gut", sagte sie zum Schluss. „Bernkopf junior war es. Der ist gierig. Der darf nicht verlieren. Bevor alles den Bach hinuntergeht ..." Sie machte eine Handbewegung, als ob sie jemandem die Kehle zudrücken wollte.

„Aber er hat für den Tag, an dem Jane die Fotos gemacht hat, ein Alibi."

„Dann hat ihr eben die Mutter aufgemacht. Würde es nie zugeben."

„Hat sie von den Morden gewusst?"

„Sie hat Jane gesehen. Sie weiß, dass ihr Sohn geredet hat mit Jane. Also muss sie zusammenzählen können. Wenn sie will. Das zumindest. Oder sie hat sowieso gewusst."

„Und er? Ministerialrat Bernkopf?"

„Dem war es recht. Oder er hat nichts wirklich gewusst. Ganz nichts aber nicht. Weil dass Jane in Wohnung war, hat seine Frau sicher gesagt. Dass sich der Sohn mit Jane trifft, auch. Wahrscheinlich."

„Wenn die Bedienerin Jane aufgemacht hat?"

Vesna rümpfte die Nase. „Diese Polin sagt sofort alles. Dann haben es die Bernkopf von der Polin. Eigentlich egal."

„Gut, der junge Bernkopf trifft Jane, um mit ihr über das Haus zu reden. Sie will das Haus und er bringt sie um."

„Ja. Nur:", Vesna sah mich an, „wir können es nicht beweisen. Wir haben Motiv. Aber wir haben keinen Beweis bis auf den Fotoapparat."

„Er hat Angst, dass seine Firma den Bach hinuntergeht. Er hat sein hübsches Penthouse verkaufen müssen, als Nächstes könnte sein Auto dran sein. Er hat sich übernommen, weil er nicht genug kriegen konnte."

„Erpressung wäre möglich bei so einem. Wir sagen, wir haben Beweise für Mord. Fotos aus dem Museum oder so. Ein Treffen mit ihm. Er zahlt. Das ist Beweis. Wir lassen Sache auffliegen."

„Zuckerbrot sperrt uns wegen Erpressung ein."

„Wir tun ja nur so."

„Wenn es doch sein Vater war?"

„Dann wir werden merken."

„Warum ist der Fotoapparat in der Vorzimmerlade seiner Eltern gelegen?"

„Er kann ihn hineingelegt haben. Vielleicht als Ausweg. Lieber Eltern belasten als sich selbst."

„Netter Gedanke."

„Ist aber möglich. Er denkt an sich selbst. Wir müssen ihn aus Reserve locken. Was ist? Die Erpressungsidee ist gut.“

„Ich habe keine Lust, sein drittes Opfer zu werden.“

„Ich fürchte mich nicht.“

„Ich weiß, Vesna. Aber ich möchte auch nicht, dass du sein drittes Opfer wirst. Wenn er es war.“

„Du musst vorsichtig sein mit Essen, Mira Valensky.“

„Du meinst, er hat noch Botulinus übrig?“

Sie zuckte mit den Schultern.

Ich legte die Briefe, die Unterlagen des Psychiaters, meine bisher erschienenen Reportagen auf den Tisch. „Der Schlüssel liegt woanders“, sagte ich langsam, „Er liegt in der Vergangenheit. Die Geschichte hat früher begonnen. Vielleicht haben wir irgendetwas übersehen.“

„Wie sollen alte Briefe zu neuem Mord führen? Du bist romantisch, Mira Valensky.“

Ich genierte mich ein wenig. „Wahrscheinlich hast du Recht. Aber es gibt irgendeinen Anhaltspunkt. Irgendetwas, das wir übersehen haben. Wir haben so viele Fakten. Von der Ermordung ihrer Urgroßeltern bis hin zum Umstand, dass in dieser Pharmafirma Botulinus erzeugt wird. Es muss einen Punkt geben, an dem die Fäden zusammenlaufen.“

„Das Haus in der Birkengasse.“

Ich seufzte. „Ja, das ist es. Aber das ist nicht präzise genug.“

Ich bestellte mir noch ein Soda-Zitron. Ich wollte einen klaren Kopf bewahren. Heute Abend würde ich mit Oskar ohnehin eine oder auch zwei Flaschen Rotwein trinken. Ich durfte nicht darauf vergessen, noch Käse einzukaufen. Ewig schade, dass ich heute keine Zeit hatte, zu kochen.

„Hörst du mich?“, fragte Vesna.

Ich schreckte auf. „Oskar Kellerfreund kommt heute zum Abendessen.“

„Ah“, sagte Vesna bloß und versuchte, völlig neutral zu schauen.

„Ich meine, ich muss noch rechtzeitig Käse kaufen.“

„Wenn du meinst, der Schlüssel ist beim Haus in der Birkengasse, dann ist es gut, die Briefe noch einmal lesen.“

Ich hatte sie schon so oft gelesen.

„Dein Kellerfreund kann warten."

Ich kramte die Kopien heraus und begann, halblaut vorzulesen. Vesna beugte sich zu mir und las mit.

„...Vaters Husten ist leider schlimmer geworden. Morgen wird er einen Arzt aufsuchen. Unser bisheriger Hausarzt hat es leider für notwendig erachtet, das Land zu verlassen.

Liebes Kind, bleibe in New York, bis sich die Lage beruhigt hat. Und dann komme wieder. In der Hoffnung, Dich schon bald wieder in die Arme schließen zu können,

Dein Vater und Deine Mutter."

Ihre Hoffnung hatte sich nicht erfüllt.

Wir lasen auch die Briefe der Freundinnen. Ich dachte an Theodore Marvin, den Mann, dem zuliebe Hanni in die USA gefahren war. Wahrscheinlich hatte ihr diese Aktion das Leben gerettet. Ich würde ihn besuchen, wenn ich das nächste Mal nach New York flog. Ob ich dann schon wusste, wer die Enkelin seiner früheren Geliebten ermordet hatte?

Die ersten Tische füllten sich. Höchste Zeit, Käse zu kaufen. Schnell noch die Briefe, die Hanni nach dem Krieg erhalten hatte.

„Liebe Hanni, Du kannst es nicht ernst meinen, daß Du nach diesem Brief nie mehr ein Wort Deutsch schreiben oder reden wirst. Es tut mir wirklich leid, was mit Deinen Eltern geschehen ist. Ich kann mich gut an Deine Mutter erinnern. Sie war eine wirklich liebe Dame. Ich war auch noch einmal bei Eurem ehemaligen Haus. Kannst Du Dich noch erinnern, wie wir unsere Botschaften und Schätze in dem Loch in der Hausmauer versteckt haben?

Gib mir wenigstens Nachricht, ob es Dir auch gutgeht. Ich kann schließlich nichts dafür, nicht jüdischer Herkunft zu sein. Und sei vorsichtig. Man hört so viel von der Kriminalität in Amerika."

Ob sie wirklich je Freundinnen gewesen waren?

„Wir haben auch Loch in der Mauer gehabt, bei Gartenmauer. In dem Dorf, in dem ich aufgewachsen bin", sagte Vesna. „Es war schöne Zeit. Zumindest meistens."

Das Loch in der Hausmauer. Vielleicht war es noch da. Ein Loch, das nicht auffiel, wahrscheinlich auf der Gartenseite des Hauses. Jane hatte die Briefe mit Sicherheit sehr aufmerksam gelesen. Sie konnte kaum Deutsch. Sie hatte sie Wort für Wort übersetzen müssen. Dabei übersieht man nichts. Jane war im Haus gewesen. Vielleicht hatte sie auch nach dem Loch gesucht. Vielleicht hatte sie ihr Tagebuch in das Loch gelegt? Sie war jung und romantisch gewesen. Ich dachte an ihre pastellfarben geblümelte Bettdecke und die vielen Plüschtiere.

Vesna nickte heftig. „Man muss sofort hin."

„Ich muss Käse kaufen."

„Du und der Käse. Das kannst du unterwegs."

Ich sah auf die Uhr. Es würde sich alles ausgehen, wenn auch knapp. Vorausgesetzt, es gelang uns, unbemerkt auf die Rückseite des Hauses zu gelangen. Das war Hausfriedensbruch.

„Dahinter ist der Park. Wir gehen durch den Park", bestimmte Vesna.

Schlimmstenfalls konnte ich Oskar per Mobiltelefon bitten etwas später zu kommen.

[20.]

Wir bogen die Äste, so gut es ging, zur Seite und suchten nach einer Möglichkeit, vom Park aus zum Haus zu kommen. Ich fluchte. Eine Dornenranke hatte mir die Hand blutig gekratzt.

„Da“, zischte Vesna, „hier fehlt Zaun.“

Wir waren fast hundert Meter vom nächsten Weg entfernt. Die wenigen Menschen, die jetzt noch in der Dämmerung spazieren gingen, sahen uns nicht. Das dichte Buschwerk und der Abstand zum belebten Teil des Parks waren wohl auch die Gründe gewesen, warum die Bernkopfs das fehlende Stück Zaun nie ersetzt haben. Wir schlichen durch den großen Garten. Einige alte Obstbäume. Rosenbögen, Gemüsebeete. Im letzten Stockwerk ging das Licht an. Offenbar waren die Bernkopfs zu Hause. Vesna blickte bloß kurz auf die beiden erleuchteten Fenster und zog mich weiter. Noch drei rasche Schritte, dann lehnten wir uns für einige Sekunden an die Mauer der Gartenseite des Hauses. Zwei Meter weiter rechts war eine schmale braune Tür. Der Hinterausgang. Wenn jetzt jemand kommen würde ... Welche Strafe stand auf Hausfriedensbruch? Aber gab es einen anderen Weg, herauszufinden, ob das Loch noch existierte und ob auch Jane von seiner Existenz gewusst hatte?

Vesna begann, Zentimeter für Zentimeter der Hausmauer abzutasten. Es gab keine Beleuchtung. Das war auf der einen Seite ein Glück. Auf der anderen Seite erschwerte es unsere Arbeit.

„Loch kann nur niedrig sein, wenn es Versteck von Kindern ist.“

„Sie waren schon junge Mädchen vor dem Krieg.“

„Gefunden haben sie das Loch als Kinder. Sicher."

Neben dem Hinterausgang standen ein paar Gartengeräte und eine große Gießkanne aus Metall. Vesna schob sie vorsichtig weg. Ich fuhr mit den Hand hinter die Kanne und zuckte zurück. Ich hatte auf eine Nacktschnecke gegriffen. Kalt und glitschig. Beinahe hätte ich aufgeschrien.

Vesna verdrehte bloß die Augen. „Mäuse sind viel schlimmer."

„Vor Mäusen habe ich keine Angst."

„Dann ist ja gut. Du kümmerst dich um Mäuse, Mira Valensky, und ich um Schnecken."

Wahrscheinlich war das Loch schon vor Jahrzehnten zugemauert worden. Ministerialrat Bernkopf war ein ordentlicher Mann. Auch wenn die Vorderseite seines Hauses gepflegter war als die Rückseite. Wir sahen uns ratlos an. Wir hatten die ganze Wand abgesucht. Die Doppelgarage war eindeutig erst nach dem Zweiten Weltkrieg angebaut worden. Hinter der Garagenmauer lag gestapeltes Holz. Offenbar gab es einen offenen Kamin oder einen Kachelofen im Haus. Es wurde inzwischen empfindlich kalt. Ob das Auto des jungen Bernkopf in der Auffahrt stand? Keine Chance, das von hier festzustellen. Ich sah die Garagenmauer noch einmal genau an. Der Zubau endete einen halben Meter vor der hinteren Hauskante. Das Holz war entlang der Garagenmauer gestapelt, die Schmalseite des Stapels aber wurde von einem Stück der alten Hausmauer begrenzt.

Ich zog Vesna hin. Sie begriff sofort. Gemeinsam räumten wir einige Scheite zur Seite. Ein Loch, gerade groß genug um eine Hand hineinzustecken. Vesna nickte und tastete ins Innere. Die Hand verschwand, dann auch das Handgelenk.

Ich sah mit angehaltenem Atem zu, als Vesna einen weißen, mittelgroßen Briefumschlag zu Tage förderte. Der Umschlag trug eine Art von Anschrift. Bloß einige Worte. Inzwischen war es stockfinster geworden. Warum hatten wir nicht daran gedacht, eine Taschenlampe mitzunehmen?

„Ich weiß, wie das Gittertor aufgeht", flüsterte ich Vesna zu.

„Zu gefährlich. Das hören sie. Wir müssen hinten herum. In den Park. Zu einer Lampe. Oder gleich zum Auto."

Wir rannten durch den Garten, drückten uns durchs Gebüsch. Vesna war vor mir, sie lief auf den Parkweg zu. Ich keuchte und bekam kaum mehr Luft. Ich musste endlich etwas für meine Fitness tun. In der Schule war ich im Laufen recht gut gewesen, es gab sogar noch ein paar Pokale aus der Zeit. Aber das war zwanzig Jahre her. Alle joggen heutzutage. Ich hasse solche Massenbewegungen. Ach was, in Wirklichkeit war es bloß meine Faulheit, die mich davon abhielt. Wir hatten mein Auto bei einem Nebeneingang des Parks abgestellt, zwei Gassen von der Birkengasse entfernt.

Vesna war am Weg stehen geblieben. Ein eng umschlungenes Paar ging an uns vorbei. Es schien uns gar nicht bemerkt zu haben.

„Dort ist Lampe“, sagte Vesna und sprintete wieder los. Wenn ich diese Sache heil überstand, würde ich zu joggen beginnen, gelobte ich mir und versuchte mein Bestes, um ihr nachzukommen.

Hier, im Licht der Straßenlampe, konnte man problemlos lesen. „To my grandmother“, stand auf dem Kuvert.

„Aufpassen, dass es nicht beschädigt wird“, sagte ich. Unnötig, der Brief war nicht zugeklebt. Vesna zog die Lasche mit solcher Vorsicht heraus, als handle es sich um eine Briefbombe. Im Kuvert lag ein anderes Kuvert, kleiner und älter. Und es lag ein beschriebenes Blatt dabei. Der Text war in Englisch. Ich übersetzte für Vesna:

„Liebe Großmutter, wenn der Krieg nicht gewesen wäre, dann hättest Du hier gewohnt. Hier hätten wir uns getroffen. Vielleicht hätte auch ich hier gewohnt. Ich habe mich entschlossen, das Haus zurückzufordern. Nicht für mich, sondern im Andenken an Dich, Deine Eltern, Deine Freundinnen und an alle Opfer der Nazizeit. Vielleicht gelingt es mir, ein Gedenkzentrum aufzubauen. Wien hat kein Memorial-Center wie wir in Washington. Ich bin mit der Schule einmal dort gewesen, aber da habe ich noch von nichts gewusst. Morgen Nachmittag treffe ich mich mit dem Sohn der jetzigen Hausbesitzer im Freud-Museum. Er kann im Gegensatz zu seiner Mutter Englisch. Vielleicht begreift er in dieser Umgebung leichter, worum es geht: nicht zu vergessen, weil man die grauenvollen Dinge, die im Krieg passiert sind, nur verdrängen, aber nicht vergessen kann. Er ist noch jung und angeblich sehr erfolgreich. Vielleicht wird er mir sogar bei einem Gedenkzentrum helfen. Das wäre ein schöner, versöhnlicher Akt. Wir werden sehen.

Gib mir Kraft und wünsche mir Glück,

in Liebe Deine Jane.

PS: Den letzten Brief meiner Urgroßeltern habe ich beigelegt. Er gehört in ihr Haus und auch er soll mir und dem Haus in Zukunft Glück bringen."

Wir sahen uns an. Dann öffnete ich langsam den Brief. Das Kuvert hatte keine Anschrift. Der kleine Zettel war aus grauem, schlechtem Papier, er schien von einem größeren Blatt hastig abgerissen worden zu sein. Offenbar hatte jemand erst später den Zettel in das Kuvert gesteckt. Janes Großmutter?

„Liebe Hanni,

ich kann nur ganz kurz schreiben. Wir sind in ein Lager im Osten gekommen. Es heißt Auschwitz. Dein Vater und ich sind getrennt worden, aber ich bin zuversichtlich, ihn wiederzufinden. Die Bedingungen hier sind nicht gut. Vielleicht sehen wir uns nicht wieder. Eines aber möchte ich Dir mit auf den Weg geben.

Hüte Dich vor zwei Dingen: vor Habgier und vor Phantasielosigkeit. Und hüte Dich vor allen, die habgierig und phantasielos sind. Sie können Dir alles nehmen. Das Haus und das Recht, zu leben, und sie werden sich dennoch keiner Schuld bewusst sein.

Deine Dich immer liebende Mutter."

Die Bäume rauschten leise im Wind. Der Weg war verlassen. Die wenigen Lampen warfen ein ruhiges Licht, so als ob sie immer schon geleuchtet hätten und immer weiterleuchten würden. Eine Zeit lang sagten wir nichts. Dann steckte ich den Zettel zurück in das Kuvert, das Kuvert und Janes Brief in das größere Kuvert.

„Er darf nicht entkommen", flüsterte Vesna mit beschlagener Stimme. „Wir müssen sehen, ob er da ist."

Wir liefen den Weg entlang zum Ausgang. Ich nahm nur flüchtig wahr, dass es in meiner Seite stach. Es war beinahe befreiend.

Irgendetwas musste weh tun. Er hatte sein Auto in der Garagenauffahrt geparkt.

Wir standen hinter einem weißen Lieferwagen. „Zuckerbrot muss kommen. Sofort."

Ich zog mein Mobiltelefon aus der Tasche und wählte. Die Telefonzentrale im Sicherheitsbüro teilte mir mit, dass er schon gegangen sei. Immerhin sei es schon nach neun Uhr am Abend. Du liebe Güte, Oskar. Egal. Ich ließ mich mit Zuckerbrots Mordkommission verbinden. Irgendjemand würde hoffentlich noch da sein.

Ich erreichte ausgerechnet Fahrnleitner, den jungen Beamten, der wortlos dabeigesessen war, als mich Zuckerbrot wegen der Sache mit dem Fotoapparat anbrüllte. Egal. „Hören Sie, ich brauche sofort eine Nummer, unter der Zuckerbrot erreichbar ist. Es ist wichtig."

Vesna nickte wie zur Bestätigung.

„Nein, Ihnen werde ich es nicht sagen. Nur Zuckerbrot. Wenn Sie mir die Nummer nicht geben, dann machen Sie sich mit schuld ..." Woran eigentlich? Aber mein Appell hatte gewirkt. Er gab mir eine Handynummer, ich notierte sie mit zittrigen Fingern und wählte dann.

„Er kommt aus dem Haus", sagte Vesna.

Tatsächlich. Bernkopf junior ging auf sein Auto zu.

„Ich halte ihn auf. Du telefonierst", zischte sie und rannte schon los. Das Freizeichen. Geh zum Telefon, Zuckerbrot. Gebannt beobachtete ich, was sich in der Garagenauffahrt der Bernkopfs abspielte.

„Oh", rief Vesna über das Gitter, „Herr Bernkopf junior. Ich bin Frau von slowenischem Botschafter. Sie erinnern sich, die Wohltätigkeit."

Er kam näher.

„Schöner Spaziergang hier, was für eine schöne Gegend für ein Haus. Und schönes Haus."

„Danke." Er fragte sich spürbar, was die Frau von ihm wollte.

Ich wählte erneut. Hoffentlich hatte mir der Beamte keine falsche Nummer gegeben.

Vesna lachte. „Oh, Sie fragen sicherlich, was macht Frau des Botschafters in solchem Kleid? Und mit zerkratzten Armen? Das war der böse Park. Habe Kind aus dem Gebüsch geholt. Nicht eigenes, fremdes. Wie es eben so ist.“ Sie lachte wieder. Es klang etwas schrill.

„Wollen Sie zu meinen Eltern?“

„Nein, nicht zu Eltern, nur etwas plaudern an lauem Maiabend.“

„Ich habe noch einen Termin.“

„Ach, an schönem Maiabend kann Termin warten.“

Oskar würde auch warten.

„Ich fürchte, nicht.“

Wieder das Freizeichen. Bitte geh dran.

„Oder ist es ein Mai-Termin, wie wir sagen in Bo ... in Slowenien? Mit schöner Frau? Kein Wunder, bei einem schönen jungen Mann.“

„Ja, so etwas ist es. Ich will sie nicht warten lassen.“ Er klang ungehalten.

„Ist sie Verlobte, wenn ich fragen darf?“, säuselte Vesna weiter.

Wieder hob niemand ab.

„Ich wüsste nicht, was Sie das angeht.“ Jetzt war seine Stimme messerscharf. Er öffnete per Fernbedienung das Gitter vor der Garageneinfahrt. Vesna ging hinein und hielt ihn am Ärmel fest.

„Mein Mann, der Botschafter, möchte Familie Bernkopf gerne zum Dinner einladen.“

„Wir freuen uns. Aber ich muss jetzt los. Auf Wiedersehen.“ Bernkopf junior schüttelte ihren Arm ab und stieg ins Auto. Vesna taumelte. Jetzt blieb mir keine Wahl mehr. Ich legte das Mobiltelefon auf den Gehsteig und sprintete los. Hoffentlich würde Vesna es finden.

Er hatte den Wagen schon gestartet, als ich mit aller Kraft auf die Motorhaube schlug. Ein dumpfer, nicht besonders lauter Ton. Er kurbelte das Fenster herunter. Jetzt erst erkannte er mich.

„Wir müssen reden“, sagte ich.

„Glaube ich nicht“, erwiderte er.

„Jetzt habe ich meine Beweise. Soll ich damit zur Polizei gehen? Es gibt auch noch eine andere Möglichkeit.“ Vesna war verschwunden. Hoffentlich ging Zuckerbrot endlich ans Telefon. Sonst sollte sie den Notruf anrufen. Irgendwen, der kam und mich aus dieser Lage befreite.

„Schreien Sie nicht so“, sagte Bernkopf junior. „Ich weiß zwar nicht, was Sie meinen, aber mit mir kann man über alles reden.“ Er würgte den Motor ab und stieg aus. „Gehen wir in den Garten.“

„Warum in den Garten?“

„Kommen Sie schon!“

Er packte meinen Oberarm. Ich ließ mich führen, unfähig auch nur ein Wort zu sagen. Wo war Vesna? Ich musste ihn hinhalten. Er ging mit mir auf die Rückseite des Hauses. Die kannte ich schon. Sie war finster. Ich musste weg von hier. Sofort. Das war die Sache nicht wert. Ich riss mich los und versuchte in Richtung Gasse zu laufen. Er hielt mich brutal fest. „Jetzt wird nicht davongelaufen. Sie wollten mir etwas sagen.“

Ich holte Luft. Ich hatte ein kleines Aufnahmegerät in meiner Jackentasche. Für alle Fälle.

„Ich ...“, begann ich und tastete mit der linken Hand danach. Er durfte es einfach nicht bemerken. „Ich habe Beweise, dass Sie Jane Cooper ermordet haben.“ Das lenkte ihn ab. Ich hoffte inständig, den richtigen Knopf gedrückt zu haben.

„Welche Beweise?“

„Filmaufnahmen. Das japanische Kamerateam hat Sie im Freud-Museum gefilmt. Außerdem gibt es einen Brief von Jane, in dem steht, wann und wo sie sich mit Ihnen treffen wird. Sie ist von diesem Treffen nicht mehr zurückgekommen.“

„Was wollen Sie von mir?“

„Wie viel ist Ihnen der Brief wert?“ Noch immer war niemand in Sicht.

„Zeigen Sie ihn mir.“

„Ich habe ihn natürlich nicht mit.“

„Unsinn.“ Er entriss mir blitzschnell die Handtasche, ich griff danach und versuchte, sie ihm wieder wegzunehmen. Ich zerrte verbissen und wortlos. Er stieß mich wütend zu Boden, trat nach mir, ging selbst zu Boden und kramte in der Tasche. Ich griff wieder danach, aber da hatte er den Briefumschlag schon gefunden. Nie zuvor hatte ich mich schwächer gefühlt.

„Da ist er“, rief er triumphierend und steckte ihn ein. Er hielt mich mit beiden Armen am Boden fest. Ich musste ihn dazu bringen, zu gestehen. Und hoffen, dass alles auf Band aufgenommen wurde. Hoffen, dass ich nicht sein drittes Opfer werden würde. Ich versuchte noch einmal mich loszureißen.

„Ich schreie“, drohte ich.

„Schreien Sie ruhig, niemand wird Sie hören. Wir haben gute Fenster und meine Eltern sind schon ein wenig taub.“

Ich hätte ohnehin nicht schreien können, mir fehlte auch dazu die Kraft. Es war wie in einem Albtraum. Man will wegrennen und kann es nicht. Noch einmal versuchte ich auf die Beine zu kommen. Der junge Bernkopf hatte Bärenkräfte. Wahrscheinlich regelmäßiges Training im Fitnessstudio. Wie konnte ich jetzt bloß an so etwas denken?

„Kommen Sie“, befahl er und zog mich in die Höhe.

Ich landete plump auf den Knien.

„Auf. Sofort.“ Er zog mich in Richtung Park. Ich wehrte mich, aber sein Griff war zu stark. Ich stemmte mich dagegen, versuchte ihn abzuschütteln.

„Ich habe den Brief und ich habe dich. Worüber willst du jetzt reden?“, keuchte er.

Ich öffnete den Mund. Ich musste schreien, sofort. Dann würde zumindest Vesna kommen. Zu zweit hatten wir eine Chance. Er drückte mir die Hand auf den Mund, nahm sie wieder weg und schlug blitzschnell mit der Handkante auf meinen Hals. Ich bekam keine Luft. Ich ging wieder zu Boden. Er schleifte mich weiter. Er kniete über mir. Ich keuchte. Verdammt, so einfach würde ich es ihm nicht machen. Zumindest bis zum Ende versuchen, was ich gelernt hatte. „Und jetzt erwürgen Sie mich, wie Sie Jane erwürgt haben?“ Mein Hals brannte.

Er lachte spöttisch, fühlte sich als Sieger. Ich hatte keine Chance, mich zu befreien. Seine rechte Hand fuhr zu meinem Hals. „Ja, so ähnlich wird es wohl gewesen sein. Es ist nur viel schneller gegangen. Frauen sollten nicht schreien, das steht ihnen nicht.“

„Warum?"

„Warum? Sie war enttäuscht, weil ich ihr klar gemacht habe, dass sie gar kein Recht auf das Haus hat. Sie wollte hinausschreien, dass es sich um arisiertes Vermögen handelt. Das japanische Kamerateam. Ausgerechnet im Freud-Museum. Ich muss verrückt gewesen sein mich dort mit ihr zu treffen. Aber ich konnte ja nicht wissen, dass die kleine Amerikanerin hysterisch wird. Ich lasse mir mein Eigentum nicht wegnehmen. Von niemandem, verstehst du?" Auch er keuchte. Er sollte weitererzählen. Vielleicht gab es dann eine Chance, mich loszureißen. Er schlug mir mit der flachen Hand ins Gesicht. Mein Kopf flog auf die andere Seite. Alles begann sich zu drehen.

„Jetzt bist du dran. Im Park soll sich ein Irrer herumtreiben, werde ich erzählen." Er schlug wieder zu. Ich schmeckte Blut auf meiner Lippe.

„Aber Sie haben einen Fehler gemacht."

„Was?"

Ich spuckte Blut. „Sie haben den Fotoapparat in die Lade ihrer Eltern gelegt und wir haben ihn gefunden."

„Was sagt das schon?" Er verdrehte mir die Hand.

„Sie hätten ihn wegwerfen sollen."

„Ich habe das verdammte Ding total vergessen. Aber es ist egal. Besser, als er liegt bei mir."

„Sie wollten sich die Bilder ansehen."

„Halt den Mund."

Ich spannte alle Kräfte an und bäumte mich auf. Er rollte von mir herunter. Ich kam auf die Beine, lief. Er packte meinen Fuß. Ich knallte in die Sträucher und schmeckte bitteres Grün. Er durfte mich nicht wieder in den Griff bekommen. Wir rollten hin und her. Ich versetzte ihm einen Tritt. Er stöhnte. Meine Chance. Noch ein Versuch. Diesmal war er schneller, ich kam erst gar nicht dazu, aufzustehen. Er hieb mir mit der Faust in den Magen. Ich krümmte mich.

„Aber warum haben Sie den Psychiater ermordet?", würgte ich heraus.

Er lachte. „Du hast wohl noch immer nicht genug?“ Er versetzte mir noch einen Schlag. Mir wurde schwarz vor den Augen. Hoffentlich war das Aufnahmegerät noch ganz. Es war meine einzige Hoffnung.

„Warum sollst du es eigentlich nicht erfahren? Sie hat mir damit gedroht, dass sie dem Psychiater alles erzählt hat. Ich hatte einen Auftrag von einer Pharmafirma. Kein Problem, sie auszuhorchen und nachzusehen, ob es ein Gift gab, das sich leicht in Bonbons füllen lässt. Ich habe übrigens noch etwas davon. Nein, du wirst es nicht finden. Niemand wird darauf kommen. Ich habe es in eine kleine Schnapsflasche gefüllt und in die Hausbar gestellt.“ Er kicherte abgehackt. „Darauf kommt niemand. Aber jetzt ist Schluss mit der Rederei.“ Er drückte mich mit den Beinen zu Boden und fuhr mit der rechten Hand an meine Kehle. „Es geht schnell.“

Ich schüttelte mich. Er verlor das Gleichgewicht und trat mir zur Strafe auf die Brust. Wieder blieb mir die Luft weg. Ich musste mich bewusstlos stellen, schoss mir ein. Das hatte ich irgendwann in einem Artikel über Selbstverteidigung für Frauen gelesen. Ich ließ mich schwer auf die Seite fallen. Er kniete sich neben mich. Durch die halb geschlossenen Augen konnte ich sein triumphierendes Lächeln sehen. Er hob beide Arme, eine rasche Bewegung zu meinem Hals, sie hatte nichts Pathetisches an sich. Jetzt. Ich trat ihn mit aller Kraft in den Bauch. Er kippte um. Ich rannte. Rannte. Zurück durch die Büsche. Wie hatte es mich je stören können, dass eine Dorne meine Hand geritzt hatte? Weiter. Hin zum Licht, hin zum Haus, hin zur Birkengasse. Er warf sich von hinten über mich. „Das war es jetzt, Mira“, dachte ich. Wir waren noch viel zu weit vom Haus entfernt, als dass uns jemand hätte hören können. Ich lag mit dem Kopf im Gras, unfähig mich zu rühren.

Aber plötzlich sprang Bernkopf auf, der Druck war weg. Stimmen. Vesna. Zuckerbrot und ein zweiter Mann hetzten hinter Bernkopf her. Vesna kniete nieder und streichelte mein Gesicht. Ich weinte. Ich war nun einmal keine Heldin. Eine andere Stimme. „Das sollten Sie mir überlassen, Vesna.“ Es war eine gute Stimme. Große Hände streichelten meine Wangen. Ich rappelte mich auf, öffnete die Augen. Was um alles in der Welt tat Oskar hier? Egal, es war gut so. Ich ließ mich in seine Arme sinken. Was für eine Gelegenheit. Ich musste innerlich lachen. Offenbar ging es mir lange nicht so schlecht, wie ich gedacht hatte. Wahrscheinlich war ich aber bloß unglaublich überdreht.

„Alles in Ordnung, Mira?“, murmelte Oskar dicht an meinem Gesicht. „Ich habe solche Angst gehabt.“

„Sie sollten hinter Verbrecher her sein“, mischte sich Vesna ein.

„Ich bin Anwalt und kein Polizist. Außerdem habe ich Übergewicht.“

Ich versuchte, schön langsam wieder einen klaren Kopf zu bekommen. „Was machst du hier?“

„Du hast mich versetzt. Ich habe versucht, dich am Mobiltelefon zu erreichen, aber es war dauernd besetzt. Dann war Vesna dran. Sie hat gesagt, ich soll sofort herkommen. Also bin ich gekommen.“

Ich lauschte in Richtung Park. Weit entfernt waren Stimmen zu hören. „Ob sie Bernkopf kriegen?“, krächzte ich.

„Früher oder später“, meinte Vesna trocken. „Du brauchst Krankenwagen. Lippe ist offen und sonst wahrscheinlich auch noch eine Menge.“

Ich versuchte aufzustehen. Ich taumelte etwas, aber ich stand. Oskar stützte mich. Guter, großer Oskar. „Ich hab mir nichts gebrochen, seht Ihr? Er hat mich getreten. Aber ich ihn auch. Mein Hals ... er hat mich mit der Handkante auf den Hals geschlagen.“

„Du musst ins Spital“, sagte jetzt auch Oskar.

Ich hasse Spitäler und schüttelte energisch den Kopf. Alles begann sich zu drehen. Ich stütze mich fester auf Oskar. Das Drehen ließ wieder nach.

„Das Aufnahmegerät“, sagte ich und suchte mit unsicheren Fingern in der Jackentasche danach. Es war weg. Ich war dem Zusammenbruch näher denn je. „Ich hatte ein Aufnahmegerät in der Tasche, aber jetzt ist es weg“, murmelte ich.

Vesna sprang auf und begann, den Boden abzutasten. „Wir brauchen Taschenlampe“, sagte sie. „Nein, stopp, ich habe es.“

Sie hatte es wirklich gefunden. Wir setzten uns einfach in das feuchte Gras. Ich konzentrierte mich. Jetzt bloß die richtige Taste drücken. Rücklauf. Wiedergabe. Knarren. Ein Schlag. Rauschen. Und dann, undeutlich aber verständlich, Bernkopfs Stimme: „Warum sollst du es eigentlich nicht erfahren?"

Es war alles auf Band. Ich begann wieder zu weinen. Vesna und Oskar stützten mich. Sirenen heulten auf, dann sahen wir auch die Blaulichter. Polizisten in Uniform rannten an uns vorbei, ließen die Autos mit den sich weiter drehenden Blaulichtern mitten in der sonst so ruhigen Birkengasse stehen. Sie schienen genau zu wissen, wo sie hin wollten. Fenster wurden geöffnet. „Was ist da los?", schrie Ministerialrat Bernkopf mit autoritärer Stimme.

Das würde er bald erfahren. Vom Park her näherten sich drei Männer, der mittlere von ihnen schien nicht freiwillig mitzugehen. Die Uniformierten übernahmen ihn.

Wir gingen ihnen nach zur Vorderseite des Hauses.

Im harten Licht der Lampe des Hauseingangs sah Bernkopf junior starr und trotzig geradeaus. Zuckerbrot hatte einige Schrammen abbekommen. Vergönnt. Außerdem bot ich selbst mit Sicherheit einen viel schlimmeren Anblick. „Wie geht es Ihnen?", fragte er mich. Es klang beinahe freundlich.

„Jetzt gut", antwortete ich.

Frau Bernkopf kam aus dem Haus gestürzt. Sie stellte keine Fragen. Sie schrie sofort los: „Er hat es nicht getan, ich hab von nichts gewusst, von gar nichts, lassen Sie ihn los, sofort, sonst wird mein Mann Sie klagen."

Bernkopf junior sah sie böse an. „Ihr habt mich doch hingeschickt um mit ihr zu reden."

„Das ist alles nicht wahr", schrie seine Mutter weiter, „er weiß nicht, was er sagt, wahrscheinlich haben Sie ihn geschlagen, oh Gott, mein armer Sohn, ich weiß von nichts. Gar nichts. Ich habe keine Ahnung."

[21.]

Wir saßen in meiner Wohnung. Das Stiegensteigen war eine Tortur gewesen. Aber jetzt stand ein Whiskey vor mir und zwei besorgte Gesichter sahen mich an. Selbst Gismo strich vorsichtig wie selten um meine Beine.

„Ob sie wusste, dass ihr Sohn die beiden ermordet hat?"

Oskar schüttelte zweifelnd den Kopf.

„Sie wollte nicht wissen, also hat sie nicht gewusst", erwiderte Vesna.

Ich kramte in meiner Tasche und lächelte dann. „Er hat den falschen Brief genommen. Irgendeine Rechnung in einem Umschlag. Janes Briefkuvert war größer."

Gemeinsam lasen wir den letzten Brief von Jane noch einmal. Wie arglos sie daran geglaubt hatte, mit den Bernkopfs über das Haus reden zu können.

Wie es wohl Hannis Mutter gelungen war, einen letzten Brief aus Auschwitz herauszuschmuggeln? Auf welchen Umwegen der Brief wohl nach New York gelangt war?

Ich würde nach New York fahren und Janes Eltern die Briefe bringen, oder zumindest Kopien davon. Ich würde den alten Mann in der Fifth Avenue besuchen und ihm von Jane und ihrem Mörder erzählen. „Magst du New York?", fragte ich Oskar.

„Ich liebe New York", erwiderte er. Vielleicht würde er mitkommen. Vielleicht würde ich mit ihm sogar ins Veneto fahren. Die Reisetasche war schon gepackt gewesen, als Ulrike damals anrief.

Ein warmes Gefühl durchströmte meinen Magen. Wahrscheinlich der Whiskey, oder doch auch noch etwas anderes? Man würde sehen. Alles schien auf einmal so viel Zeit zu haben.

Ich nahm den Brief von Hannis Mutter, Janes Urgroßmutter, heraus und strich das graue Papier glatt.

[Danke!]

Herzlichen Dank an Clemens Jabloner, Eva Blimlinger und Brigitte Bailer-Galanda von der HistorikerInnenkommission. Sie haben mir entscheidende Einblicke in die ganz realen Auswirkungen so genannter „Arisierungen“ vermittelt. Sie haben mir auch deutlich gemacht, dass es um viel mehr geht als um die selbstverständliche finanzielle Entschädigung. Es geht darum, die Mechanismen der Nazizeit zu begreifen. Nicht mehr länger mit erbarmungsloser Phantasielosigkeit so zu tun, als ob es im Krieg eben allen schlecht gegangen sei. Opfer und Täter zu benennen. Indifferenz für nicht zulässig zu erklären.

Vielen Dank auch an die Direktorin des Freud-Museums, Inge Scholz-Strasser. Sie und ihre MitarbeiterInnen standen mir von Anfang an mit wichtigen Informationen zur Verfügung. Ihr offenkundiges Interesse für das Projekt hat mich beflügelt. Das Freud-Museum ist ein großartiges Museum und ich wünsche mir, dass es endlich von viel mehr ÖsterreicherInnen besucht wird.

Besonderen Dank schulde ich „meinem“ Psychiater Rudolf Karazman, der mir nicht nur einiges über Psychoanalyse und Psychotherapie beigebracht hat, sondern der sich auch mit Feuereifer bei seinen Kollegen erkundigt hat, welches tödliche Gift man denn am besten in Bonbons injizieren könne. Ich hoffe, da sind keine Missverständnisse aufgekommen. Und ich hoffe, er verkraftet es, dass dieses Gift ausgerechnet für einen Psychiater gedacht war.

Für die dringend notwendige kulinarische Unterstützung während der Entstehung des Buches und Inspiration insbesondere bei den Kochrezepten bin ich einigen genialen KöchInnen und Wirtshäusern zu Dank verpflichtet: dem Weinviertler Gasthof Sommer und seiner großartigen Köchin für die einzigartige Betreuung; dem Wirtshaus „Zur alten Schule“, in dem das Ehepaar Buchinger beweist, dass sich Spitzengastronomie und familiäre Atmosphäre nicht ausschließen müssen; meinem venetischen Lieblingslokal „Tre Panoce“, dem unübertrefflichen Armando und seiner temperamentvollen Frau Ave, und natürlich den Auersthaler Weinbaubetrieben Döllinger und Vock, deren Weine wohl nicht mehr viel länger ein Geheimtipp bleiben werden.

Sara Paretsky danke ich für ihre Bereitschaft, sich mit mir über das Schreiben und über gesellschaftspolitisches Engagement auszutauschen. Ihre Mails haben mich in meinem Weg bestätigt. Und auf ihr nächstes Buch freue ich mich schon enorm.

Ich danke meinem Lektor Franz Schuh, der mit seinen klugen Ratschlägen viel zur Entwicklung des Buches beigetragen hat und dessen pointierte Randbemerkungen zum Text mir die saure Korrekturarbeit versüßt haben.

Ich danke dem gesamten Team des Folio Verlags.

Und dann danke ich natürlich noch Ernest.

Drei Literaturhinweise:

Dokumentationsarchiv des österreichischen Widerstandes (Hrsg.): Jüdische Schicksale – Berichte von Verfolgten. Österreichischer Bundesverlag, 1993.

Harald Leupold-Löwenthal, Hans Lobner und Inge Scholz-Strasser (Hrsg.): Sigmund Freud Museum – Katalog. Verlag Christian Brandstätter, 1994.

Edmund Engelmann: Sigmund Freud Wien IX Berggasse 19. Verlag Christian Brandstätter, 1993.

EVA ROSSMANN Folio Verlag

... weitere Mira-Valensky-Krimis

Wahlkampf
Hardcover, 252 S., ISBN 3-85256-117-5

„Der Krimi ‚Wahlkampf' liest sich spannend, amüsant und sinnlich." *ORF*

„Commissario Brunetti auf österreichisch." *Libro Journal*

„Brisanter Politkrimi mit richtig ‚menschelnden' Kandidaten, schlechten Journalisten, intriganten ‚spin-doctores' und ansehnlich gebauter Handlung." *Buchkultur*

Ausgejodelt
Hardcover, 228 S., ISBN 3-85256-139-6

„Originell und amüsant." *Bayerischer Rundfunk*

„Rossmann schlägt die US-Tante mit ihrem venezianischen Kieberer um Längen." *Die Presse*

„Ein gutes Stück österreichischer Unterhaltungsliteratur." *ORF*

„Rossmann schildert mit boshafter Detailversessenheit, wie es bei den ‚echten' Volksmusikshows zugeht." *Die Welt*

SACHBÜCHER VON EVA ROSSMANN

Unter Männern
Frauen im österreichischen Parlament
Franz. Broschur, 294 S., ISBN 3-85256-030-6

Die Angst der Kirche vor den Frauen
Katholikinnen erzählen
Franz. Broschur, 280 S., ISBN 3-85256-052-7

Frauensache
Beruf, Familie, Politik. Ein Ratgeber
Paperback, 143 S., ISBN 3-85256-060-8

FOLIO VERLAG

Transfer

Sämtliche Bände 13,5 x 21 cm

Zoran Ferić — **Bd. XVIII**
Walt Disneys Mausefalle. Zehn Erzählungen
Hardcover, 139 S., ISBN 3-85256-085-3

Martin Kubaczek — **Bd. XIX**
Hotel Fantasie. Roman
Hardcover, 132 S., ISBN 3-85256-107-8

Brunamaria Dal Lago Veneri — **Bd. XX**
Der Traum der Vernunft. Von Einhörnern, Hippogryphen, Basilisken, Monstern und Sirenen
Hardcover, 262 S., ISBN 3-85256-115-9

Rebecca Brown — **Bd. XXI**
Die Gaben des Körpers. Roman
Hardcover, 145 S., ISBN 3-85256-114-0

Josef Oberhollenzer — **Bd. XXII**
Was auf der erd da ist. Geschichten
Hardcover, 84 S., ISBN 3-85256-118-3

Michael Hamburger — **Bd. XXIII**
Das Überleben der Erde. Gedicht
Franz. Broschur, 105 S., ISBN 3-85256-119-1

Freimut Duve/Nenad Popovic (Hg.) — **Bd. XXIV**
Verteidigung der Zukunft. Suche im verminten Gelände
Franz. Broschur, 187 S., ISBN 3-85256-136-1

Miljenko Jergović — **Bd. XXV**
Mama Leone. Erzählungen
Hardcover, 315 S., ISBN 3-85256-120-5

Olga Sedakova — **Bd. XXVI**
Reise nach Brjansk. Zwei Erzählungen
Hardcover, 129 S., ISBN 3-85256-127-2

Freimut Duve/Nenad Popović (ed.) — **Bd. XXVII**
In Defence of the Future. Searching in the Minefield
Franz. Broschur, 195 S., ISBN 3-85256-147-7

Zoran Ferić — **Bd. XXVIII**
Engel im Abseits. Neun Erzählungen
Hardcover, 140 S., ISBN 3-85256-085-3

Michael Hamburger — **Bd. XXIX**
In einer kalten Jahreszeit. Gedichte
Franz. Broschur, 58 S., ISBN 3-85256-154-X

FOLIO VERLAG **Transfer**

Sämtliche Bände 13,5 x 21 cm

Freimut Duve/Heidi Tagliavini (Hg.) **Bd. XXX**
Kaukasus – Verteidigung der Zukunft
24 Autoren auf der Suche nach Frieden
Franz. Broschur, 310 S., ISBN 3-85256-161-2

Freimut Duve/Heidi Tagliavini (ed.) **Bd. XXXI**
The Caucasus – Defence of the Future
Twenty-Four Writers in Search of Peace
Franz. Broschur, 281 S., ISBN 3-85256-171-X

Drago Jančar **Bd. XXXII**
Die Erscheinung von Rovenska. Erzählungen
Hardcover, 194 S., ISBN 3-85256-160-4

Martin Kubaczek **Bd. XXXIII**
Strömung. Erzählung
Hardcover, 175 S., ISBN 3-85256-162-0

Alexander Pjatigorskij **Bd. XXXIV**
Erinnerung an einen fremden Mann
Hardcover, ca. 194 S., ISBN 3-85256-188-4

Luis Stefan Stecher **Bd. XXXV**
Korrnrliadr
Hardcover mit Audio-CD, ca. 140 S., ISBN 3-85256-189-2

Andrej Blatnik **Bd. XXXVI**
Das Gesetz der Leere
Hardcover, ca. 180 S., ISBN 3-85256-187-6